귀휴

유중원
단편소설

귀휴 歸休

글누림

차례

찍새와 뽀찌

찍새와 뽀찌

2호선 지하철 서초역 2번 출구에 있는 12층 건물의 9층에 **이유경** 변호사 사무실이 있었다. 서로 만나기로 사전에 약속이 돼 있었던 것이다.

"말씀은 많이 들었습니다. 변호사님은 유명하시니까."

"무슨……"

"변호사님은 서울 중앙에서 형사부장하다 나오신 거네요. 일년쯤 전에 말입니다. 그러니 얼마나 전관예우를 잘 받으시겠습니까."

"그렇습니다만…… 여부가 있겠습니까. 지금 한창…… 듬뿍 받고 있다고 할 수 있겠지요……."

"그러니까 지금 형사23부 부장님하고는 법대 동기시고 연수원 동기시고 가족들끼리도 친하다고 들었습니다. 변호사님이 영월 지원장 할 때 그분은 원주 지원장을 하였다면서요."

"그렇고말고요. 우린 가족이라고 할 수 있지요."

"전화로 대충 말씀드렸습니다만 긴히 상의할 일이 있습니다."

"마음 푹 놓으시고…… 허심탄회하게 말씀하시지요."

"죄송하지만 담배 한 대만 피우겠습니다. 아! 재떨이 같은 게 보이지 않는군요. 그만두겠습니다. 참, 변호사님은 공군에서 군 법무관 제대하실 때 그때부터 담배를 끊었다고 들었습니다만……."

그 거물 브로커는 검은색 양복에 붉은 넥타이를 맸다. 네모진 얼굴 표정이 의젓하고 아주 의기양양하다. 지금 살살 눈웃음을 지으며 교활하게 말하기 시작했다.

"저는 지금 프리랜서로 뛰고 있습니다만 몇몇 큰 사건을 처리하기 위해서 소속이 필요하지요. 검찰 쪽에 괜스레 책잡히면 안 될 것 같습니다. 물론 그쪽에도 굵은 선이 연결되어 있기 때문에 절 건드릴 수는 없을 것입니다만……

무슨 말씀인가 하면 저를 이 사무실의 사무장으로 해주십시오. 그런데 사무장이라고 하면 이제는 구닥다리 냄새가 나지요. 그래서 말인데요, 사무국장이라고 해 주시고 변호사회에 정식으로 사무직원 등록도 해주십시오."

"글세, 필요하다면 그렇게라도 해야겠지요. 여부가 있겠습니까."

"며칠 전에 특수부에서 기소했는데 마침 23부에 배당이 되었습니다. 아주 아주 큰 건이지요. 이 사건은 말 그대로 고구마 줄기라고 할 수 있습니다. 크고 작은 민 형사 사건이 줄줄이 걸려있거든요. 이번에 한몫 잡아야지요. 절호의 기회 아닙니까.

그래서 말인데요, 이 기회에 아파트도 넓히고 사무실도 아주 넓은 대로 옮기세요. 저기 걸려있는 저런 수채화 그림은 싸구려

모조품 같네요 저런 건 저라도 그릴 수 있지요 이참에 값나가
는 진짜를 몇 장 걸으세요 그러면 수준 높은 고객들이 알아볼
겁니다. 그리고 미국에 유학 가 있는 애들한테도 부족함이 없이
풍족하게 해줘야 할 것 아닙니까."

"그런데 그게 그룹이라고 하셨나요?"

"그렇지요 그룹이라고 할 수 있습니다. 합법적인 주식회사가
몇 개 모여서 수익성이 좋은 사업을 이것저것 하고 있으니까요
저도 그렇게 들었습니다."

"그렇게 말씀하시니까 솔직히 말해서 구미가 당기네요"

"그렇겠지요. 요즘 좋은 사건이 씨가 말랐는데 이런 대형 사
건은 좀처럼 보기 드물 겁니다."

"너무 궁금하군요 도대체……"

"너무 서두르지 마십시오. 전 잔챙이가 아닙니다. 제가 스스
로 이런 말을 하기는 뭐합니다마는 서초동에서 몇 안 되는 거
물 중에 거물이라고 자부할 수 있습니다."

"예…… 그렇지요. 저도 소문은 많이 들었습니다. 솔직히 말
씀드리면 큰 결심을 하고 단독 개업을 하였는데 영 신통치가
않습니다. 지금 있는 사무장들은 전부 무능하지요 사건을 가져
오지를 못 한다니까요 기껏 가져온다 해도 잔챙이들만……"

"톡 까놓고 본론을 말씀드리겠습니다. 잘 아시겠지만 이쪽 바
닥에서 찍새들의 뽀찌는 30%입니다. 더도 아니고 덜도 아니지
요 그것만 보장해주십시오"

"글쎄, 그게 공정가격이라니 전들 어쩌겠어요 당연히 그렇게

해야지요."

"조금 자세히 말씀드리자면, 자세한 것은 기록을 보시면 아시겠습니다만, 어떤 기업에서 실적이 전혀 없는 유령 기업 두 곳을 거저먹기로 인수하였는데, 서울에 있는 세무서에서만 20년이 넘게 근무한 전문가 중에 전문가인 세무사를 시켜서 연간 매출액이 각기 150억 원인 것처럼 재무제표를 꾸몄고, 그걸 여러 금융기관에 감쪽같이 중복 제출해서 모두 110억 넘게 대출을 받아냈지요.

중소기업의 경우에는 규제가 완화되면서 관할 세무서가 발급한 확인서가 아니라 세무사가 써준 확인서가 있으면 대출이 가능하도록 되어있거든요. 그런데 꼬리가 길면 잡힌다고 그게 얼마 전에 들통이 난 것이지요.

어느 성실한 은행원이 아무도 모르게 회사 공장을 현지 조사차 방문했다가 공장이 기계 설비 하나 없이 텅 비어있는 것을 발견한 것이지요. 그래서 검찰에 사기죄로 고소를 했습니다. 지금 그 세무사가 구속되어 있지요."

"좋습니다, 좋아요. 그렇다면 좀 알아봅시다. 피해를 변상하고 합의는 하였나요?"

"변호사님도 순진한 말씀만 하십니다. 110억 원을 어떻게 변상하고 합의할 수 있겠습니까. 그 돈은 진즉 모두 허공으로 날아가 버렸겠지요. 그러니 합의는 불가능하지요. 그리고 금융기관은 공공기관이어서 쉽게 합의가 안 되지요. 만약 개인이라면 제법 똑똑한 애들을 동원할 수도 있겠지만 말입니다."

"그러면 어떤 조건으로……"

찍새가 아주 느긋한 표정으로 거들먹거렸다.

"제가 크게 불렀지요. 제 말이라면……. 우선 착수금으로 2억을 드릴 겁니다. 그리고 보석이 되면 성공보수금으로 2억이고 최종적으로 집행유예로 석방된다면 5억을 드릴 겁니다. 그것도 전부 현금으로 지불할 것이지요. 변호사님 세금 줄이게 말입니다. 어떻습니까? 만족하십니까?"

"꽤, 구미가 당기는군요. 모처럼 사건다운 사건이지요. 보석도 불가능한 것은 아니라고 봅니다. 김 부장한테 가서 싹싹 비벼야지요. 개업하고 나서 한 번도 부탁한 적이 없었거든요. 김 부장이 개업식에 왔었는데 사건만 가져오라고 하면서 눈을 찡긋했지요..

그리고 특수부장도 절친한 고등학교 후배이지요.. 아시다시피 법조계는 다 그렇게 끼리끼리 연결되어 있어요. 보석을 신청하면 그 친구한테 부탁해서 까다롭게 굴지 말라고 하는 거죠. 다시 말하면 '적의처리 하시기 바람'이라고 해 주는 거죠.

최종적으로 구형을 할 때 10년 구형할 것을 7년쯤으로 낮추는 것이죠. 검사의 구형이라는 게 판사를 압박하는 측면이 있거든요."

"금상첨화입니다. 역시나……믿겠습니다. 이 사건만 잘 해결되면 다른 사건들이 줄줄이 사탕으로 기다리고 있습니다. 투자사기사건과 유사 수신사건도 수사가 진행 중에 있는데다 그것들이 민사소송과도 연결이 되어 있거든요.."

"무죄의 가능성도 있는지 검토해 보아야지요. 이건 기록을 꼼꼼히 검토해 봐야 하긴 합니다만…… 무슨 말이냐 하면 제 경험에 의하면 봐줄 거라면 차라리 화끈하게 무죄를 해 주는 게 낫거든요.

집행유예보다는 뒷말이 더 없지요. 판사가 무죄라는데……"

변호사는 그날 늦게 퇴근하면서 혼자 지하 카페에서 빈속에 술을 마셨다. 너무 정신적으로 피로했고 뭔가 씁쓸하고 역겨웠던 것이다. 입에 침도 안 바르고 그런 말을 하다니……. 벌써 진짜 변호사가 다 된 기분이 들었다. 그래서인지 집에 일찍 들어갈 수가 없었던 것이다. 맥주와 위스키를 되는대로 마구 섞어서 토할 때까지 마셨던 것이다.

지하철 2호선 역삼역 부근 한국은행 별관 뒤쪽 이면 도로에 있는 5층 건물의 5층 사무실.

2000년대 들어와서 이 비밀 그룹은 비대한 전국구 조직을 포기했다. 실속도 없이 너무 많은 비용이 들어갔고 조직원 관리도 쉽지 않았던 것이다. 그래서 강남 지역을 거점으로 한 중소 규모 형태로 조직을 날씬하게 만들고 공갈과 위협에 의한 갈취형 방식에 더하여 기업형 방식을 혼합하였다.

이 그룹은 전체 매출에서 차지하는 비중이 유흥업소와 성매매 관리와 운영 수입이 30%, 오락실과 게임장이 25%, 사채업과 채권 추심업이 25%, 도박장과 사설 경매장이 10%, 경비용역이 10% 등이다.

위험을 분산하고 사업을 다각화하기 위해서 조직을 분산시킨 것이다. 각 조직은 외부적으로 주식회사 형태를 취해서 바지 사장인 대표이사가 있고 상무라는 책임자가 있어서 실질적으로 관리하였다. 김 전무가 제2인자로서 총괄 관리했고, 두목이, 모두 왕 회장님이라고 불렀다. 최종적으로는 정점에서 막강한 권력을 한 손에 쥐고 있었다.

그런데 바깥 경기가 불경기이다 보니 역시 이쪽도 불황을 심하게 겪고 있었고, 엎친 데 덮친다고 경찰 단속이 계속적으로 이루어지고 있었다. 그러니까 강남 일대 유흥업소는 죽을 맛이었다. 고급 공무원들이나 기업체 간부들이 몸을 사리니 룸살롱 영업이 반 토막이 났고 덩달아서 성매매업도 안 되었다. 애들이 100명이 있는 살롱에서 2차 나가는 애들이 20명도 안 되는 실정이었다. 그래서 매출이 전년도 대비 반 토막 이상으로 감소했고, 그 대책이 시급한 실정이었다. 그리고 설상가상으로 영업 이익이 많이 나는 오락실이나 게임장도 단속이 워낙 심해서 비밀영업을 하는 데도 한계가 있었다. 고리의 사채업도 경쟁이 나날이 심해지고 경기가 나쁘니까 주 고객인 시장 상인들이 돈을 안 쓰고, 거기에다 제2금융권이 막대한 자금력을 동원해서 낮은 이자로 설쳐대니까 도대체 영업이 되지 않았던 것이다.

그래서 조직에서는 새로운 영역을 개척할 수밖에 없었는데 주요 진출 사업은 기업의 인수합병이었다. 이를 위해서는 전통적인 주먹들이 아니라 학력이 높고 키가 크며 용모가 단정한 깔끔한 조직원을 뽑아야 했고, 큰 싸움이 필요할 경우에는 지방

조직에 아웃소싱을 주었다.

5월의 나른한 오후. 변호인 접견실에서 교도관이 변호사 이름과 수용자 이름을 차례로 불렀다. 두 사람은 플라스틱 유리로 칸막이가 된 좁은 공간으로 들어가 마주 앉았다. 가운데 복도를 두고 양 옆으로 길게 늘어선 접견실에서는 이미 다른 수용자들과 변호사들이 머리를 맞대고 열심히 수군거리고 있다.

"이세연 세무사이시죠? 오랫동안 세무서에서 근무하셨더군요 그것도 막강한 부서인 서울청 조사국에서만 몇 년씩이나 근무하셨고"

"그렇습니다만…… 지금은 신세가 처량하지요

그나저나 변호사님 기다리다 눈이 다 빠지는 줄 알았습니다. 자주 좀 와 주십쇼 정말 변호사님이 기다려지지요. 며칠 전 아내가 면회와서 그쪽에서 좋은 변호사를 샀다고 말해주더군요"

그는 눈 밑에 다크서클이 짙게 드리웠으나 위 아래로 짧은 턱은 말끔하게 면도를 하였다. 연한 하늘색 수의를 입고 있는 몸에서 감방에서 나는 특유의 퀴퀴한 냄새가 풍겨왔다. 변호사는 잠시 미간을 찌푸렸다.

"글쎄 말입니다. 제가 워낙 바빠서. 개업한 지가 일 년밖에 안 되지 않았습니까. 전관예우 때문인지 사건이 너무 몰리고 있지요"

"그렇다면 세금도 절약할 겸 해서 새끼 변호사를 고용하세요 요즘은 로스쿨 출신 변호사는 싸게 고용할 수 있다고 하던데요 얼굴이 예쁜 여자 변호사를 고용해서 집사 변호사로 활용하세요. 이왕이면 다홍치마라고 여자가 좋지요. 여자 분 냄새 맡은 지가 꽤 오래 됐군요. 여자의 향기처럼 달콤한 게 어디 있겠어요.

그런데요. 그 대표이사는 아직도 잡히지 않은 모양이죠. 아마도…… 은행 지점장 출신이긴 합니다만 바지가 아닌가……. 여태 안 잡힌 걸 보면 죽었는지 모르겠습니다. 그 배후는 전혀 모릅니다. 그나저나 공모에서 빠져나올 수가…… 내가 먹은 게 훨씬 적었지요. 그런데 나만 구속되었지요. 정말 억울합니다."

"글쎄요. 기록에도 바지인지 여부는 안 나오지요. 그쪽에서 귀신처럼 처리해 가지고 금융계좌 추적은 불가능했던 모양입니다.

먼저 용건부터 말씀드려야겠지요. 보석을 신청할 작정입니다. 합의도 안 되고, 사기 금액이 워낙 커서 쉽게 되리라고는 기대할 수 없습니다만, 그러나 가서 한번 비벼봐야지요. 하지만 집행유예만큼은 어느 정도 기대해도 좋습니다.

내가 부탁한 첫 사건인데…… 무슨 수를 써서라도 빼주겠지요. 판결문은 적당히 얼버무리면 되는 것이지요. 그러니까, 뭐 초범이고 충분히 반성하고 있다고 하면 되는 것이지요"

"정말이지 고맙습니다. 변호사님만 믿겠습니다. 제가 누굴 믿겠습니까. 변호사님은 하늘이지요. 그리고 말입니다. 드릴 말씀이 있는데……"

"그런데 성공보수금은 틀림없겠지요. 그걸 확실하게 보장해

17

야만 합니다. 그래야만 제가 힘이 나서 뛸 것 아닙니까."

"변호사님……. 우리 변호사님……. 그건 전혀 염려하지 마십시오. 틀림없다니까요. 그쪽 회사에서도 실무자들이 철석같이 약속을 했습니다. 만약 의심하신다면 이 자리에서 혈서라도 쓰겠습니다."

"내가 그 부장판사하고는 미리 골프도 쳐야 하고, 그러나 그건 핑계에 불과한 것이고 골프 끝나고 저녁식사 자리에서 술한잔하고 두둑한 봉투도 건네야 할 것입니다. 아무리 친한 친구라고 해도 인간적으로 답례는 해야 할 것 아닙니까."

"그렇지요. 그렇습니다. 아주 지당한 말씀입니다."

"그런데 부탁이 있지요. 어려운 게 아니지요. 집사 변호사가 오거든 이 사건 이야기는 일절 하지 않는 겁니다. 수임 조건이라던가 이런 거는…… 그러니까 말동무가 되어서 바깥에서 세상 돌아가는 일반적인 이야기만 하는 것이지요."

"잘 알겠습니다. 틀림없이 그렇게 해야지요. 제가 그렇게 눈치 없게 보이십니까."

"아까 말씀하시다 만 것 있지요? 어서 말씀하세요."

"범털이라고 들어보셨겠지요. 아주 돈 많은 거물들 말입니다. 저희 방에는 망하긴 했어도 재벌 회장을 비롯한 범털들이 여럿 있지요. 모두가 사기죄나 배임 횡령죄로 들어와 있거든요. 그리고 다른 방에는 그 인간들도 잔뜩 들어와 있지요. 마약 사범 말입니다. 그 마약쟁이들 돈이 많다고 소문이 났습니다.

얼마 전까지는 수용자가 알음알음으로 변호사를 알아서 접견을 요청하고 모든 조건이 맞아 떨어지면 선임을 했었는데 지금은 거꾸로 변호사들이 직접 발로 뛴다는 말입니다. 무슨 말이냐 하면 변호사가 재력 있는 수감자를 스스로 접견 신청을 하는 거죠. 소위 말하는 '피의자 쇼핑'이니 '접견 쇼핑'이니 하는 일이 비일비재 하지요. 그걸 역으로 본다면 수용자들이 '변호사 쇼핑'을 하는 셈이지요.

세상이 많이 바뀌었지요. 그건 전관예우를 받는 막 개업한 변호사들이 주로 그렇게 하지요.

그들은 돈 없고 연줄도 없는 평범한 개털들은 거들떠보지도 않지요. 괜히 귀찮게 이것저것 물어보기만 하니까요.

그러나 그렇게 해서는 선임이 잘 되지 않습니다. 제가 쭉 지켜봤지요. 구슬이 서 말이라도 꿰어야 보배라고 하지 않습니까. 그런 거지요. 소문이 자자해야 합니다. 누가 그 변호사가 괜찮다, 잘한다, 전관예우를 받고 있다고 부추겨 주어야만 선임으로 이어지는 거예요. 변호사님이 잘만 해주시면 제가 그 역할을 충실히 하겠습니다. 우리 변호사가 유능하다고 동네방네 나팔을 부는 거지요. 진격의 나팔을 분단 말입니다."

"그것도 그렇군요. 제가 열심히 하겠습니다. 그렇게 해주신다면 어떻게 은혜를 잊을 수 있겠습니까."

그는 변호사와 아직 헤어지고 싶지 않았다. 뭔가 자꾸 화제를 만들어서 변호사를 붙잡고 싶어 한다. 그러나 변호사는 미심쩍어하면서도 그만 일어섰다.

5월은 계절의 여왕이다. 온갖 꽃이 만발하고 따스한 햇빛은 닿는 곳 어디에서나 눈부시게 빛났다. 강물에 부딪히면 하얗게 흩어지며 다이아몬드처럼 찬란하게 빛났다. 늦은 오후의 빛이 서울구치소의 회색 담벼락에 긴 그림자를 드리웠다.

변호사는 어쩐 일인지 정체를 알 수 없는 불안감을 떨칠 수가 없다. 서류 가방이 무겁고 거추장스럽게 느껴진다. 갑자기 가슴이 조이며 배에서 기분 나쁜 통증이 느껴진다. 그러니까 며칠 전에도, 바로 그날 처음으로 그걸 느꼈었다.

혹시 암이 아닐까. 그것은 가장 두려운 상상이었다. 신경과민인가. 그래도 병원엔 안 갈 거야. 안 가, 안 간다구, 절대로 안 가. 의사는 별 것 아니라고 하면서 마음을 편히 가지고 스트레스 받지 말라고 하겠지. 뻔하다구, 뻔해. 그는 고개를 세게 흔들어서 그 기분 나쁜 상상을 털어내려고 애썼다. 이 나이에 벌써…… 자신에게는 그런 불길한 일이 일어날 리가 없었다. 내 인생은 그 동안 너무너무 순탄했었거든. 공부를 너무 잘하니까 법대에 갔고 4학년 때 덜컥 사법시험에 우수한 성적으로 합격했고, 남들이 부러워하는 좋은 결혼을 했고, 공군 법무관으로 제대했고, 판사가 되어 부장 판사로 퇴직했으니…… 화려한 혹은 평탄한 인생코스를 걸어왔지 않는가 말이야.

"이번 공판기일에 결심할 것 같습니다. 잘 아시다시피 금융계좌 추적을 위해 모든 은행에 사실조회를 하였지만 몇 달 동안 시간만 잡아 먹었지 아무런 소득이 없었어요. 실무자라고 하는 자들도 딱 시치미를 떼더라구요. 자기들은 대표가 직접 처리했기 때문에 아무것도 모른다고 하더군요. 검찰에서도 그렇게 진술했고요.

검찰에서 버틸 만큼 버텨야 하는 건데 너무 쉽게 자백을 해버렸어요. 금융계좌 추적도 안 되는데 말입니다. 그 자백 때문에 돈 받은 물증을 찾아낸 것이지요."

"그게 어렵더라구요. 첫날 검사가 지나가는 말처럼 묵비권을 행사할 수 있고 변호사를 선임할 수 있다는 둥 어쩌구 저쩌구 하더라구요. 그런데 그 쪽 회사에서는 청와대 민정수석과 연결이 되고 그 수석이 검찰의 인사권을 좌지우지하니까 검찰 고위층을 내리누를 거라고 했습니다. 그러니 조금도 염려하지 말라고……

그래도 안 되면 기소가 된 다음 전관예우를 받는 적임자를 변호사로 선발할 거라고 했지요. 저는 아무것도 모르니 그대로 따를 수밖에요……"

"그래도 그렇지……? 수사 초기에 회사와 대표이사의 집을 압수 수색했었지만 아무것도 찾지 못했어요. 뒷북만 친 것입니다. 그런데 자백을 받아내려고 그걸 숨겼지요. 그리고 나서 다 찾은 것처럼 겁을 준 것이지요."

"어렵더라구요, 어려웠어요. 평생 잊지 못할 불쾌한 경험이지요. 저는 내내 고개를 숙이고 있었지요. 눈을 맞추지 않으려고 말입니다. 하지만 워낙 겁을 주고 윽박지르고 하니까……. 제가 조금이라도 더듬거리면 서류를 바닥에 내던지고 그것도 모자라서 주먹으로 가슴을 쥐어박고 볼펜으로 얼굴 이곳저곳을 마구 찔러댔지요.

양심의 가책 때문은 아니었어요. 무슨, 빌어먹을 양심입니까!
스트레스와 압력이 엄청났지요. 그리고 회유가…… 자백을 빨
리하면 최대한 선처해 준다고 했거든요. 그러니까 무력감이 마
구 들고 자포자기가 되더라구요"

"그 버릇 어디 가겠습니까. 옛날에는 더 심했지요. 자백할 때
까지 무지막지하게 때렸거든요. 그런데 배후가 있었던 것 아닌
가요. 그런 의심이 문득 들지요. 수백 개의 대포통장을 이용해
서 뺑뺑 돌리다가 현금화한 것으로 보이는데…… 그러니 추적
이 안 되는 것이지요. 그 많은 대포통장을 모으려면 대표 혼자
서는 불가능했겠지요"

"지금도 곰곰이 생각해 보는데, 그러나 캄캄하지요. 저는 그
쪽이 원하는 대로 서류 작업만 해주었고, 받은 돈도 전체 금액
과 비교하면 턱없이 적었어요. 저는 대표이사하고만 상대했어
요. 그가 바지가 아닌가 의심할 수 있습니다만…… 그래도 국책
은행의 지점장 출신이거든요. 설마…… 금융기관 상대는 그가
처리했지요.

은행에서 28년을 근무한 지점장 출신이니까 금융거래 추적을
교묘하게 피할 수 있었을 것입니다.

그가 이 좁은 나라에서 아직 잡히지 않을 것을 보면 이상하
긴 하지요. 검찰에서 들었습니다만 그 사람은 뒤늦게 이혼하고
오피스텔에서 혼자 살고 있었다고 합니다. 만약 배후가 있다면
감쪽같이 처리한 것이 아닐까요"

"도저히 알 수가 없습니다. 합리적으로 추측한다면 낌새가 이상하자 즉시 해외로 빠져나갔을 것입니다. 밀항을 해서라도 말입니다. 이게 가능성이 가장 큽니다. 그에게는 돈이 있었으니까요. 아니면 배후 세력이 감쪽같이 죽여서 묻어버렸거나, 압박감을 이기지 못하고 자살했는데 아직 그 시체를 찾지 못했거나, 여태 어디에서 숨어있는 거겠지요.

결정적인 물증 없이 단순한 심증만으로는 섣불리 말할 순 없겠지요. 그나저나 그러한 범위 내에서 열심히 변론을 하겠습니다."

벌써 가을이었다. 피고인은 점점 지친 기색이 역력했다. 변호사 역시 지치기는 마찬가지였고 그는 요즈음 정체모를 불안과 초조감 때문에 밤잠을 설치고 있었다.

"검사가 얼마나 구형할까요……? 그 검사는 재판 내내 정말 무성의했었지요."

"공판 검사는 본래 그렇지요. 그런데 구형이……"

한동안 무거운 침묵이 감돌았다. 회장님은 검은색 가죽 소파에 깊숙이 앉은 채 전혀 움직이지 않았다. 회장님이 회색 줄무늬 고양이의 턱 밑을 간지럽혔고, 늙은 고양이가 그르렁거리다 슬그머니 책상 밑으로 사라졌다. 회장님은 위스키를 맥주 컵에 가득 채워서 단숨에 들이키고 나서 마침내 일어나더니 방을 왔다 갔다 했는데 지독한 팔자걸음이었다. 보일 듯 말 듯한 아주 희미한 미소를 짓는다. 머리카락이 전혀 없는 완전한 대머리여서 딱히 나이를 짐작키 어려워 보였다.

속을 알 수 없는 눈빛으로 평소와 다름없이 느릿느릿한 음성으로 말한다.

"자세히 설명 좀 해 보라구. 내가 모든 걸 똑똑한 김 전무한테 일임했는데 말이야. 도대체 일이 어떻게 돌아가는 거야. 그 브로커와 변호사가 장담을 했다면서…… 돈은 쓸 만큼 쓰고서 말이야."

"회장님 면목이 없습니다. 입이 열 개라도 할 말이 없지요."

"당신은 우리 조직에서 유일하게 법대 출신 아니냐 말이야."

"그래도 고시에는 몇 번이나 떨어졌지 않습니까."

"그건 그렇다 치고 좌우간 어떻게 된 거야."

"개업한 지 일 년밖에 되지 않은 전관예우를 톡톡히 받고 있는 변호사이기 때문에 믿을 수밖에 없었습니다. 그 변호사가 보석을 다소 어정쩡하게 장담하긴 했습니다만…… 언감생심이었지요. 보석을 신청하기는 했는데 뻔히 안 될 줄 알면서도 우리에게 보여주기 용이었지요.

그 인간이 집행유예만은 장담하기에 철석같이 믿었습니다. 정말 죄송합니다. 검찰에서는 뭔가…… 특경제로 12년을 구형했는데 법원은 10년을 때려버렸지요. 정말 기가 막혔습니다. 차라리 국선 변호사로 할 걸 그랬습니다."

"아무리 폭력조직이라고 해도 인간의 의리는 있어야 할 것 아닌가. 우리가 지금 사정이 어려울 때 그 세무사가 도와준 셈이니까. 우리에게는 그를 도와줄 인간적 의무가 있는 거야. 돈이 얼마가 들더라도 말이지.

우리는 꼬리 자르기 식으로 무사히 빠져나왔고 그 바지는 행방불명이 된 거야. 김 전무가 솜씨 좋게 처리한 거지.

물론 그 세무사도 자기 몫을 챙겼고 쥐도 새도 모르게 우리 조직의 엄호를 받긴 했지만…… 김 전무 말만 믿고 누굴 시켜서 가족에게 석방을 장담했는데…… 체면을 완전히 구겼구만. 우리 식구들이 감쪽같이 그 친구 옥바라지에 소홀함이 없었어.

그런데 서초동 사람들이 배신자인 거야, 아니면 위선자이거나. 요즘은 도대체 믿을 사람이 없다니까?"

"서초동에는 온통 구린내가 나지요. 우리 쪽에서는 회사의 실무자인 척하면서 그 변호사가 요구한 대로 모두 해줬고 한껏 비위를 맞춰주었는데요. 제가 이번 일은 크게 실수한 것 같습니다. 전관예우를 너무 믿었던 거지요"

"일을 하다 보면 실수인 줄을 명백히 알게 되는 실수도 있고, 실수인 줄 모르는 그런 실수도 하게 되는 거야. 이번 일은 그런 실수라고 할 수 있겠어."

"옳으신 말씀입니다만…… 앞이 캄캄하지요. 이런 식이면 항소심에 가서도……"

"그런데 그 거물 브로커는 잘 계신가? 수사가 시작되면서부터 이 핑계 저 핑계로 뜸해가지 않았는가 말이야. 이번에는 변호사는 변호사고 자신이 직접 고등학교 선배인 법원장한테 별도로 부탁한다고 했다면서. 그래서 따로 줬지 않느냐 말이야.
그러니까 그 친군 뭐라고 하던가?"

"지금 만날 수가 없지요. 외국에 나갔다는 말도 있구요"

"거물이라며…… 거물. 어떻게 아는 사이야?"

"몇 년 전 일입니다만…… 그때 사소한 일이어서 회장님께는
보고하지 않고 제가 단독으로 처리했지요. 제 식구들 중 하나가
문제가 생겼습니다.

광주에서 조무래기 폭력배 생활을 하던 애가 있었지요. 배짱
좋고 주먹을 잘 썼는데 그 애가 쓸 만해서 스카우트했지요. 징
병 신체검사에서 현역 입영 대상인 1급 판정을 받게 되어있었
습니다. 너무 건강하니까요. 그래서 팔에만 새겼던 무시무시한
문신을 온몸에 새기고 현역 대신 공익근무 판정을 받아냈지요.

그걸 병무청이 적발해서 병역 면탈 혐의로 구속될 지경이 되
었습니다. 그런데 그 브로커가 직접 전화 한 통화로 해결해 주
었습니다. 그 대신 그가 찍어준 대상을 칼로 무릎뼈를 찍어 병
신을 만들었지요.

정말로 서초동에선 1000명이 넘는 브로커 가운데 몇 손가락
안에 드는 알아주는 거물로 소문이 났었습니다. 그 쪽 업계는
워낙 폐쇄적이어서 말입니다, 그래서 소문만 떠들썩하지요.

한마디로 마당발이라는 것이지요. 어느 정도냐 하면 이 정권
실세와 핫라인이 개통되어 있어서 청와대 수석에게도 전화를
해서 반말을 찍찍하고 법원이나 검찰의 고위직과는 호형호제하
면서 주말마다 골프치고 식사를 한다는 것입니다. 그래서 공공

기관의 건설사업의 발주에도 경쟁 업체를 청와대 공직기강 비서관을 시켜서 완전히 주저앉히기도 했다고 합니다. 그렇게 소문이 자자하게 났지요.

휘하에는 경찰과 검찰, 법원 출신의 새끼 브로커들을 여러 명 데리고 있는데 필요할 경우에는 자신이 직접 여기저기를 쑤시고 다닌다고 하더군요. 그리고 수십 명의 거물 변호사를 맞춤형으로 연결해서 처리한다고 했습니다. 그러니까 그가 주연이고 변호사들은 하수인에 불과한 것이지요. 그런 거물이라서 벤츠도 아니고 롤스로이스나 벤틀리를 번갈아 타고 다닌다는 것입니다."

"그만하라구, 알겠다구. 그래서 그 교활한 쥐새끼는 지금 어디에 있는거야."

"요즈음 검찰에서 브로커 단속을 심하게 하다 보니까 잠수를 탄 것이지요. 중국으로 갔다는 이야기도 있고, 필리핀에 있다는 소문도 있습니다. 그런데 샅샅이 조사해 보니까 아무도 그의 고향이 어딘지, 지금 어디에 사는지, 결혼을 했는지조차 모르더라구요. 사기 공갈, 횡령, 폭력, 변호사법 위반 등 전과가 수두룩하지요."

"그렇다면 어떻게 할 거야. 그자는 잡히는 대로 따끔하게 손보기로 하자고. 뛰는 놈 위에 나는 놈 있다고, 기고만장했겠지. 그러니까 말이야, 그 찍새를 못 잡으면 변호사라도 족쳐야지.

결국 말이야…… 돈은 변호사한테로 흘러들어간 거 아니겠어. 받은 돈 전부 게워내게 하라구. 할 수 있겠어. 아니라면 다

른 애들을 보낼게. 필요하다면 병가를 내고 쉬던가. 이번 일로
마음고생이 심했겠지."

"제가 저지른 일이니까 제가 끝까지 책임을 지겠습니다. 저에
게 맡겨주십시오"

"그렇게 하게나. 부탁이 하나 있는데 처음부터 다짜고짜 난폭
한 짓을 하면 안 되겠지. 변호사는 닳고 닳은 사기꾼은 아니지
않는가. 그 변호사가 잔머리 굴리지 않고 허튼소리 하지 않으면
그대로 놔두라고 알겠지. 그러면 나가보게."

"야, 이새끼들아! 너희 변호사 어디 있어! 그 사기꾼 말이야!
빨리 나오라고 해!"

"왜, 이러십니까. 이러시면 안 되지요. 주거침입죄로 경찰을
부를 수 있습니다."

"경찰 좋아하시네! 어디 한 번 불러보시지! 불러보라고! 불러
보라니까! 이새끼야! "

"애들아! 좀 조용히! 가만히 좀 있으라구. 서두르지 말라니까."

"아! 예! 형님! 잘 알겠습니다."

그 때 변호사가 창백한 얼굴을 하고 변호사실 문을 열고 나
왔다. 안에서 그 소란을 다 들었던 것이다.

"하여간에 오셨으니까 제 방으로 들어오시지요"

거무스름한 얼굴의 김 전무가 말했다.

"그렇습니다. 조용히 이야기 해야지요"

변호사가 말했다.

"정말 면목 없습니다. 최선을 다했습니다만…… 결과가 이렇게 될 줄은 꿈에도 몰랐지요."

"전관예우 운운하면서 장담하길래 철석같이 믿었는데……"

"입이 열 개라도 할 말이 없군요."

"알고 있어서 다행이라고 할까요……. 그건 지난 일이고 마무리가 필요하지요. 정산을 해야 할 것 같습니다."

"어떻게……?"

"받으신 걸 전부 돌려주신다면…… 우린 깨끗이 잊어버리겠습니다. 항소심도 준비해야 하니까요."

"그건 좀 심하신 것 같습니다. 변명이 아니라 저도 할 만큼은 했거든요. 저만해도 10번을 넘게 접견을 갔고 임시로 고용한 여자 변호사가 거의 매일 접견을 가서 집사 변호사 노릇을 했구요. 그리고 마지막 공판기일에서 성실하게 변론을 잘 했지요.

피고인은 자세한 내용은 모르고 회사에서 해 달라는 대로 서류작성을 해줬을 뿐이고 세무사로서 소액의 수수료를 받은 게 전부라고 했지요. 평소 기장 대리를 해주는 거래처이기 때문에 요청을 거절하기 곤란하다고 했지요.

아마 판사가 바보가 아닌 이상 그 말을 믿진 않았을 것입니다. 그 말을 하면서 미심쩍어 법대를 슬쩍 쳐다보았는데 못 들은 척 고개를 숙이고 있더군요.

판사들은 결백한 사람은 그가 미치지 않는 한 자신이 저지르지 않은 일을 자백할 리가 없다고 생각하지요. 그래서 자백을 아주 좋아합니다. 검찰에서 이미 다 자백을 해 버렸는데 뒤늦게 어쩔 도리가 없었습니다.

그걸 뒤엎을 만한 게…… 배후에 누가 있다는 강한 의심이 들긴 했습니다만 아무리 금융계좌를 추적해 봐도 아무것도 찾을 수가 없었지요. 그런데 마땅한 증인도 없었구요. 배후가 누군지 모르지만 철저히 숨어 버렸더라구요.

그러니 검찰은 대표이사는 기소중지 처리하고선 불쌍한 세무사 쪽으로 몰아간 다음 손을 턴 것이지요.

그래서 정상을 참작해 달라고 한 것입니다. 피고인은 초범이고 지금 많이 반성하고 있으며 집에는 팔순 노모를 비롯해서 가족들이 애타게 기다리고 있으니 가족들의 품으로도 하루빨리 돌아가게 해달라고 했단 말입니다. 더 이상은 할 말이 없더군요."

"우리도 그게 궁금하지요. 우리가 알기로는 배후는 없어요, 없다구요. 쓸데없는 추측은 하는 게 아니지요. 그 지점장이 혼자 다 해먹고 날아가 버린 거겠지요.

그런데, 그런 건 국선 변호사도 하는 변론 아닌가요. 진짜 변론을 했어야지요."

"그렇지요. 진짜를 해야지요. 그놈의 부장판사도 몇 번이나 만났고 전화한 것은 열 번도 넘었습니다. 제가 죽을 지경이라고 사정사정했지요."

"그러니까 판사가 뭐라고 하던가요."

"그야 뭐, 매번 잘 알았다고 했지요."

"잘 알았다는 게 10년이란 거죠. 우리 직원이 선고한 날 법원에 갔어요. 그런데 재판장이 피고인에게 일어서라고 지시하더니 거만하게 내려다보면서 초범이긴 하지만 죄질이 극히 불량하고 반성의 기미가 없다고 해서 10년을…… 피고인은 그 순간 집행유예를 기대하고 있다가 눈앞이 캄캄해서 비틀거리고……"

"저도 배신감을 느끼지요. 그러니까 말이지요. 제 생각에는 반만 받으시는 게……"

"참으로 뻔뻔하군요. 결과가 어떻게 됐는데. 차라리 국선 변호사를 선임했으면 좋을 뻔했지요. 우리도 참는 데 한계가 있다는 것을 알아주시기 바랍니다. 전부 아니면 안 되지요."

"그건 좀 너무한 게 아닌가요."

김 전무의 얼굴이 경멸하는듯한 표정으로 변한다. 그리고 느닷없이 외쳤다.

"애들아! 단단히 준비해라! 이 새끼가 영!"

그들은 건장했고 적당히 뚱뚱했다. 웃옷을 모두 홀라당 벗었다. 근육질 몸에 새겨진 청룡들의 입은 활활 타고 있는 불을 뱉어내고 무시무시한 독사들이 서로 엉킨 채 우글거리며 혀를 날름거리고 있었다. 우악스럽게 벌어진 입들이 느슨한 비웃음을 띠며 근질근질하던 차에 너 잘 걸렸다는 표정들이었다.

"씨발 새끼! 씨발! 콱 던져버릴거야!"

왜소한 체구의 변호사는 부들부들 떨며 반짝반짝 빛나는 흰색 리놀륨 바닥만 내려다보고 있다.

김 전무가 딱딱하게 굳은 채로 차갑게 쏘아보다가 싸늘하게 말했다. 변호사는 그 순간 다시 뱃속에서 기분 나쁜 통증이 올라왔다.

"우리가 약간 조사를 해봤지. 이 건으로 부가세는 고작 200만 원만 신고했더군. 그러니까 탈세를 했단 말이야. 그건 뿐일까, 명백히 변호사법 위반이고, 사기죄까지 가능하다고 하더라고"

"어떻게…… 그렇게까지……."

"우리도 엄연히 고문변호사가 있고 경찰이나 검찰에 선이 있으니까 다 알아본 거지. 틀림없이 구속감이라고 하더라고 관련해서 대법원 판례도 있다고 하니까. 그러면 끝장이지. 변호사 생명이 끝장이란 말이지."

"좋습니다. 어쩔 수 없군요. 제가 받은 2억 전부를 돌려드려야지요. 그러면 되겠지요."

"뭐라구? 정말 안 되겠군. 혼이 좀 나봐야."

"그게, 말씀하신 조건 아닌가요?"

"그때…… 그러니까 벌써 6개월이 훌쩍 지나가 버렸네. 벌써 가을이 다 지나가 버렸으니. 당신 사무장한테 착수금조로 5억을 주었다니까."

"그럴리가요. 분명히 2억을 받기로 했는데요. 그리고 그는 이 사건을 소개만 했지 우리 직원도 아니지요"

"이제는 오리발까지. 변호사도 직업윤리라는 게 있을 게 아니야. 여기 명함을 보라구. 더럽게 구네. 여기 사무국장이라고 되어 있네. 그리고 명함 뒤에다 5억원 영수했다고 자필로 썼다구. 그때 우리는 요구한 대로 현찰을 준비해서 가방에 넣어 건넸

단 말씀이야. 그리고 그걸 우리 애들이 폰으로 찍어 놓았다구. 혹시나 해서."

"명함은 모르는 일입니다. 돈은 분명히 2억만 가지고 왔습니다. 그러니까 전 그것만 돌려줄 수 있지요."

김 전무는 이제 자제력을 잃었고 노골적으로 나왔다. 오랫동안 조폭세계에서 중간 두목으로 제2인자로 올라오면서 써온 험악한 말투가 튀어나오기 시작했다.

"네놈이 정말 찌질한 변호사로군. 개새끼 같으니라구. 그래도 판사일 때는 정의의 사도인 양 법대에서 한껏 떵떵거렸겠지. 더러운 위선자 같으니라고. 내가 폭력으로 재판을 받았는데 판사새끼가 엄청나게 훈계를 하더라고, 풀어주지도 않으면서 말이야. '씨발 새끼 지랄하네' 하고 욕을 했는데 하마터면 입 밖으로 튀어나올 뻔 했지. 네 놈도 보아하니 지랄깨나 했을 거 아냐.

다시 말하면 사무장이 자기가 모시는 변호사를 얼마나 우습게 보았으면 그렇게 했겠어. 사무장이 먼저 3억을 꿀꺽 삼키고 나머지만 갖다준 거네. 배달 사고인지 사기인지 알 수가 없구만.

우리 같은 깡패들도 그런 비열한 짓은 안하지. 우리에게도 윤리의식은 있거든. 어쨌거나 그건 우리가 알 바 아니지. 그 사무장은 네 놈 직원이니까.

"……"

"지금 당장 돈을 내놓으라구. 뒈지기 전에. 저기 큼직한 검은 금고가 있군그래. 저 속에는 현찰이 잔뜩 들어있겠지. 그까짓 5

억쯤이야. 아니면 은행 대여금고에 숨겨났나?"

변호사의 입술이 걷잡을 수 없이 파르르 떨렸다.

"그 금고는…… 텅…… 비어있어요. 제가 개업할 때…… 친구들이…… 괜히 개업 기념으로 선물한 것이지요."

"좋아. 지금 아니면 언제까지 줄 거야."

"제가 무슨 돈이 있겠습니까. 겨우겨우 사무실을 유지하고 있는데……. 말미를 좀 주시면 아파트를 담보로 융자를 받겠습니다."

"융자 좋아하네. 네 놈이 개업할 때 이미 입빠이 융자를 받았던데. 누가 융자를 해준데. 차라리 아파트에서 뛰어내리지 그래."

"……"

창문을 통해서 들어온 오후의 햇살이 엷은 햇볕을 띠며 티크원목 가구들 위로 비스듬히 걸쳐있다. 도시의 소음들이 들려온다.

변호사는 피로가 엄습했고, 온갖 망상이 머릿속에 떠올랐다. 변호사는 배신감에 온몸을 떨며 눈물을 흘렸다. 자업자득이야. 그렇지, 그렇다고 그때 앉아있는 소파가 갑자기 땅속으로 푹 꺼져버렸다. 동시에 흰색 벽돌이 검게 변했고 숨이 턱턱 막혔다. 건물이 무너져 내리며 추락의 공포에 사로잡혔다. 그는 목이 막혀서 더 이상 말이 나오지 않는다는 사실을 깨달았다. 사형수의 목에 올가미가 걸릴 때 이런 느낌이 들까. 그는 그럴수록 기도해야 한다고 생각했다. 그러나 갑자기 기도문이 막혀버렀다.

"예수님…… 우리 예수님…… 어쩌면 좋아요"

괴여만리장성 壞汝萬里長城

모창 가수

모창 가수

누구에게나 자기 자신은 둘도 없이 소중한 것이다.
— F. 라블레
'너 자신을 알라'고 하는 격언은 적절한 말이 아니다.
오히려 '다른 사람을 알라'고 하는 말이 더 실용적이다.
— 메난드로스

한국모창가수협회

모창 가수 박○○ 또는 나운하가 누구인가?

평생을 나훈아이면서 나훈아가 아닌 삶을 살았던 것이다. 그렇다고 박○○의 삶을 살았던 것도 아니다.

그는 최근 세상을 뜬 너훈아, 아직 활동 중인 조용필의 모창 가수인 주용필, 패티 김의 패튀 김, 태진아의 태지나와 마찬가지로 오리지널 가수의 목소리와 몸짓을 흉내 내 노래를 한다.

우리들은 그들을 모창 가수라고 부른다. 모창 가수란 말 속엔 박수보다는 야유가 더 많이 섞여 있다. 아무리 노래를 잘 흉내 낸들 이들은 진짜를 뛰어넘을 수 없고, 뛰어넘어서도 안 되는 것이다.

가수들의 협회로 한국가수협회가 있고, 한국싱어송라이터협회도 있지만 모창 가수들로 구성된 한국모창가수협회도 있다.

나훈아, 너훈아, 나운하는 1991년 SBS 개국 기념 '나훈아 모창 대회' 때 처음 한자리에 모였다.

"그때 두목을 처음 봤지요. 내가 앞에 가서 허리를 90도로 굽혀서 꾸벅 인사를 했었거든. 그러니까 웬일인지 씁쓸한 미소를 짓더라고. 그 뒤로는 두목 공연할 때마다 따라 다니며 많이 도왔지요. 로드매니 저처럼 허드렛일을 한 것이지요. 가끔 '일 좀 많이 하냐?' 이렇게 묻기도 하고 나한테 '머리를 더 길게 길러야지 비슷하지 않겠어?' 이런 조언도 해주었지요."

한국모창가수협회인 '이미테이션클럽'에 가입한 회원은 20여 명이다. 클럽 회장인 주용필은 "협회 회원 수는 많지 않지만 이런저런 행사장을 오가며 만난 사람들로 미뤄 짐작할 때 최소 100명 정도 전문 모창 가수가 활동하는 것으로 알고 있다."고 말했다.

모창 가수들은 주로 지방에서 활동한다. 칠순, 회갑 잔치에서 노래를 부르거나 지방의 작은 축제 무대에 선다. 지난해 문화체육관광부가 집계한 군 단위 이상 음악 행사는 모두 900여개이다. 이보다 작은 행사를 모두 합치면 한 해 3000개 정도 축제가 열린다고 공연업계는 보고 있다.

공연업계의 한 인사는 "1년에 섭외하는 행사가 300건 정도인데 10% 정도인 30건 정도는 모창 가수들 공연으로 꾸미지요."라고 말했다. 주용필은 "팬들이 원하는 유명 스타가 가기 어려

운 지방의 작은 행사들의 여흥을 우리가 책임지고 있다고 보면
된다."고 말했다. 이런 행사에서 모창 가수들은 통상 원조 가수
의 히트곡 네다섯 곡을 부르고 나서 60~150만원을 받는다.

일부지만 해외에서 큰돈을 버는 모창 가수도 있다. 종종 해외
교포들의 초대를 받아 공연하는 한 모창 가수는 "지난해 일본과
미국 공연을 다 합쳐 다섯 번 뛰었다. 나라 밖에서만 1억 원 정
도 돈을 벌었다."고 말했다.

그러나 우리가 알아야할 게 있다. 모창 가수를 한다고 모두
성공하는 것은 아니다. 주용필은 "실력은 기본이고 원조 가수의
인기에도 큰 영향을 받을 수밖에 없다. 원조 가수의 인기가 오
르락내리락하면 모창 가수의 인기도 이에 비례해서 출렁인다."
고 말했다. 가장 좋은 것은 '인기는 여전히 많은데 대중 앞에 뜸
하게 모습을 드러내는 원조 가수'다. 나훈아 모창 가수인 나운
하는 "나훈아 또는 조용필처럼 일반 행사를 전혀 뛰지 않는 가
수의 모창 가수를 사람들이 더 찾는다."고 말했다.

주용필, 방쉬리, 현숙이 등 모창 가수들은 가장 많은 모창 가
수를 거느린 원조 가수가 나훈아라고 입을 모았다. 나운하는
"지방마다 나훈아 모창 가수는 한 명 이상 꼭 있더라. 심지어
일본 오사카에서도 한 명 봤다"고 말했다. 현숙이는 "나훈아 모
창 가수가 많은 이유는 꺾고 뒤집는 이른바 나훈아 스타일이
어느 정도 수준까지는 모방하기 쉽기 때문이다. 어두운 피부색,
부리부리한 눈, 거친 턱수염 정도만 갖춰도 얼추 비슷한 이미지
가 나오는 것도 나훈아 따라하기가 쉬운 이유 중 하나"라고 말

했다.

귀남진은 트로트의 제왕 김남진을 두목님이라고 불렀다. 그에게는 노래하는 신이었으니 아예 예수님처럼 생각했다.

그의 집은 김남진에 대한 오마주 또는 패러디 그 자체로 보였다. 집안에는 항상 두목님의 히트곡 선율이 잔잔하게 흐르고 있고, 거실에는 L.A 공연의 거대한 포스터가 소파 뒤쪽 벽에 붙어있다. 안방과 부엌 벽에는 김남진이 화려한 무대복을 입고 요란한 제스처와 함께 활짝 웃는 사진이 초대형 액자 속에 걸려 있었다. 사진 속에서 김남진은 뜨거운 안광을 뿜어대며 화려하게 웃고 있다.

단독주택의 지하에 있는 노래 연습실 책장엔 김남진의 노래를 담은 구식 카세트테이프와 LP판, CD가 수백 개씩 꽂혀 있고, 무엇보다도 천장이나 사방 벽할 것 없이 그의 크고 작은, 옛날 또는 최근 브로마이드 수천 장이 도배되어 있다.

귀남진은 매일, 도처에서 그를 쳐다보는 사진 속 두목님을 의식하며 노래를 연습했다. 두목님이 사진 속에서 지켜보고 있는 것 같다. 그랬으니까 마치 두목님이 곁에 있는 것처럼 더욱 긴장해서 연습을 했던 것이다.

그의 집은 온통 김남진의 세계였다. 그러니까 귀남진의 집에 귀남진은 없었다.

그랬으니 그가 집에서 키우는 붉은꼬리검은 앵무새는 하루 종일 횃대에 도사리고 앉아있다 사람만 보면 째지는 듯한 괴상한 목소리로 '내가 김남진'하고 외쳤다. 그럴 때마다 그가 '김남진'이라고 이름 지은 반은 진돗개이고 반은 뭔지 알 수 없는 잡종개가 앵무새를 향해 짖어대기 시작했다.

귀남진은 시골 산골짝에서 중학교를 다닐 때부터 라디오에서 흘러나오는 그때 막 뜨기 시작한 김남진의 노래를 듣고 또 들었다. 마치 자기 자신이 부르는 것처럼 친근하게 느껴졌다. 전라도 사투리 억양이 섞인 말투도 비슷하고 노래하는 목소리도 비슷해서 어쩌다가 노래를 따라해봤더니 거의 똑같이 들렸다.

그는 신이 나서 김남진을 열심히 따라했다. 금세 그 지방 명물로 소문이 났다. 고등학교 2학년 때에 벌써 광주와 목포의 밤무대에서 찾아와 노래를 해달라고 했다. 한 시간 노래를 부르면 500원도 주고 1000원도 줬다. 그런데 돈맛을 알고 보니까 학교가 보이지 않았다. 대학에 진학할 생각을 아예 접은 것이다.

광주 밤무대에서 인정받은 귀남진은 고등학교 졸업 후 가수의 벅찬 꿈을 안고 서울로 무작정 상경했다. 그러나 상고를 나와 은행에 다니는 친구와 자취를 하면서 찾아간 어느 음악 학원을 통해 신곡 몇 곡을 발표했지만 가요계의 반응은 너무 싸늘했다. 그에게는 가수로서 타고난 끼와 재능이 조금 부족했던 것일까? 든든한 스폰서가 없었던 탓일까?

그는 먹고 살기위해 어쩔 수 없이 다시 김남진의 노래를 듣고 전국 방방곡곡 밤무대에 나섰다. 진짜 김남진과 똑같은 놈이라는 소문을 등에 타고 본격적인 모창 가수의 인생이 시작된 것이다.

그의 본명은 **김정석**이다. 1980년대 중반 모창 가수로 인기를 끌면서 무대용 이름으로 지은 것이 귀남진이었다. 그는 모창 가수라는 꼬리표가 어느새 몸에 익었다. 그러나 차별도 심했다. 그 역시 모창 가수이기는 하지만 엄연한 가수인데, 사회자들은 무대에서 그를 소개할 때마다 엄청 놀려댄 것이다. 특히 개그맨들은 공개적으로 모창 가수 놀리기를 레퍼토리로 삼았다.

귀남진은 모창 가수로 살면서 몇 번씩이나, 진짜 김남진이 된 적이 있었다. 김남진은 1980년대 초반부터 일본에서도 미국에서도 교포들 사이에서 큰 인기를 끌었다. 1998년의 일이다. 김남진과 미국 LA 교민회 사이에서 공연 일정을 둘러싸고 마찰이 생겨 공연이 취소될 위기에 놓인 적이 있었다. LA 교민회가 그해 추석을 맞이해서 김남진에게 공연을 의뢰했는데 실무자의 실수로 다른 중요한 공연과 겹치기가 돼버린 것이다.

교민회는 홍보며 무대 준비며 다 됐는데 막상 김남진이 없었던 것이다. 이 일을 수습하려고 김남진 측에서는 부랴부랴 대타를 찾아야 했다.

그러나 특설 무대는 진짜 김남진을 위한 최고의 조명, 최고의 밴드, 최고의 음향 시설이 갖춰져 있었다.

그는 눈물이 절로 났다. 흥분한 나머지 두 시간 동안 무아지경으로 노래를 불렀다. 그러다 관객의 흥분과 환호에 홀려 자신도 모르게 폭탄 발언을 하고 말았다.

여러분…… 사실 저는 가짜입니다! 진짜가 아니란 말입니다. 자신도 모르게 어쩌다 튀어나온 소리에 그는 흠칫 놀랐다.

왜 갑작스럽게 그 말을 내뱉었는지 스스로도 이해가 되지 않았다. 왜 느닷없이 튀어나왔지? 그러나 곧바로 안심했다. 관객들을 둘러보니까 아무도 놀라지 않았다. 오히려 웃고 떠들며 더 크게 박수를 치는 게 아닌가. 김남진이 무대에서 하도 웃기는 소리를 잘하니까 농담이라고 생각한 거였다.

그날만큼은 그가 진짜 김남진이었다는 생각이 들었다. 끔찍한 느낌이다. 머리가 빙빙 돌고 심장이 마구 떨린다. 고함을 내지르고 싶다. 그러면서 진저리를 쳤다. 그리고 서글픈 마음에 울고 싶었다.

귀남진이 진짜 김남진이 되는 것은 흔히 있는 일이다. 지방 노인정 공연에선 말이다. 어르신들 앞에서 노래를 부르고 나면 할머니들이 귀남진을 덥석 끌어안는다. 귀남진은, "아이고, 이런 세상에, 내가 죽지 않고 지금까지 산 보람이 있는 가베. 내가 살아서 그 양반을 끌어안고 얼씨구! 절씨구! 덩덕쿵! 막춤을 추게 될 줄 어떻게 알았겠어." 라고 말하며, 행복해하는 할머니들 앞에서 차마 가짜라는 말을 꺼낼 순 없었다.

귀남진의 가수로서 인생의 목표는 뚜렷하였다. 김남진처럼 똑같이 생기고 똑같이 노래를 부르는 것이다. 귀남진은 이제까지 두목님을 향해 30년을 뛰었다. 그의 하루는 오전 10시 연습실에서 시작된다. 꼬박 10시간 동안 김남진의 노래를 연습한다. 30년 동안 매일 해온 일이다. 테이프가 다 늘어나 끊어질 때까지 두목님의 음악을 듣고 또 듣고, 비디오를 보면서 제스처와 표정도 따라하고 무대에서는 똑같은 옷을 입고 분장을 하고 한 치의 빈틈도 없이 똑같은 화려한 무대 동작으로 노래를 했다. 어느새 일상생활에서도 얼굴 모양이나 헤어스타일, 턱수염, 목소리, 팔뚝의 문신, 걸음걸이, 제스처, 다른 신체 동작, 생활 습관까지 점점 닮아가기 시작했다.

이제 사람들이 수군대기 시작했다. 일란성 쌍둥이야. 도무지 구분할 수가 없어, 똑같다니까, 똑같아.

마누라가 웃으면서 농담을 했다.

지금 보니까…… 정말이지…… 그 사람과 당신은 완전히 쏙 빼닮은 거야. 정말 똑같아요. 복제인간인 거지. 그 사람 아버지와 당신 어머니가 아주 옛날에 정분이 난 것이 아닌가요

그런데, 어느 날 트로트의 황제 김남진의 모창 가수인 귀남진이 교통사고로 갑자기 사망한 것이다.

어둠 속에서 지리산 고리봉 쪽에서 천운사로 내려왔는데 겨울이라 길에는 살얼음이 얼어있었다는 것이다. 급커브에서 낭떠러지로 미끄러지며 몇 바퀴를 굴러 떨어지자 차에 불이 붙었고 시체 역시 불에 타서 형편없이 훼손되었다. 그러나 귀남진의 처가 경찰에 가서 자신의 남편임을 확인하고 시체를 인수한 것이다.

경찰은 아무런 의심도 하지 않고 거의 재가 되다 시피한 시체를 넘겨주었다.

그 모창 가수는 원래 엄청난 자동차 속도광이었는데 그게 제

운명이어서 결국 그렇게 죽은 것이다.

진짜 김남진이 밤늦게 빈소를 찾았을 때 한국모창가수협회가 보낸 조화 하나가 덜렁 놓여있고 몇몇 문상객들만 남아 소주잔을 기울이고 있다.

우리는 여기서 잠시 생각해보자.

트로트의 제왕 진짜 김남진의 장례식장이라면 어땠을까? 연예기획사, 음반 제작사, 공중파와 케이블 TV의 카메라, 언론사 연예부 기자들, 한국가수협회 회원들, 한국싱어송라이터협회 회원들, 한국모창가수협회 회원들, 김남진 팬클럽 회원들, 수많은 연예계 선후배, 그냥 열혈 팬들, 어중이떠중이들로 북새통을 이루었을 것이다. 그리고 TV에서는 그를 추모하는 특집 방송이 나올 것이고 신문마다 그를 애도하는 추도사가 실렸을 것이다.

그렇지 않은가.

문상객들이 중구난방으로 말했다.

"좀, 섭섭하시겠습니다. 두목님을 예수님처럼 존경하는 수제자가…… 갑자기 죽어서 말입니다."

김남진이 말했다.

"저도 정말 안타깝습니다. 제가 그동안 칩거하고 있으면서 많은 신곡들을 준비했었거든요. 세상을 놀래게 해주려고 말입니다. 그 노래가 뜨면 그가 또다시 모창을 해서 다시 함께 뜰 수 있었는데 말입니다."

"새로 나올 앨범이 기대됩니다. 그러면 뜬소문이 사라지겠지요. 하도 험악한 소문들이라서……."

"그 사람 세상을 잘못 태어난 게지요. 본인보다 노래를 더 잘했으면 잘했지……. 못하지는 않았는데 말입니다. 그렇지 않습니까? 인정하시……."

김남진은 문상하는 자리이기 때문에 불편한 심기를 전혀 내색하지 않고 말했다.

"그렇지요. 그렇고말고요. 인정합니다. 인정하고 말구요. 세상이 불공평하지요. 세상이……. 그런데, 장지는 어디로 정했답니까? 혹시 고향의 선산으로?"

"아니지요. 내일 아침 발인을 하면 곧바로 화장을 한답니다. 마누라가 화장을 고집해서 말입니다. 그러면 한줌의 재만 남아서 납골당으로 가겠지요"

"……그렇군요. 그가 죽었다는 말이지요. 죽었……."

김남진은 오랫동안 소식이 끊겼다. 언제나 초만원 사례였던 대형 공연도 끊어진 지가 얼마만인가. 신곡 앨범을 발표한 지도 까마득한 옛날 일이 되었다. 연예계 전문 기자들이 아무리 추적을 해도 그의 행방은 묘연했다.

그래서 갖가지 뜬금없는 별의별 소문이 나돌았다.

일본의 한국계 야쿠자가 거액의 개런티를 제시하며 오사카 공연을 추진하였는데 이를 특별한 이유 없이 거절해서 야쿠자 두목의 분노를 산 나머지 엄청나게 폭행을 당했고 급기야 거시기까지 절단당했다는 것이다. 또는 그가 너무 답답한 나머지 바람도 쏘일 겸 아프리카 쪽으로 몇 달간 트래킹 여행을 떠났는데 그때 에이즈에 걸려서 지금 사경을 헤매고 있다는 소문, 그 때문에 20세 연하의 세 번째 부인과 결별을 했다는 소문 (그러 나 무슨 이유에서인지 자세한 내막을 알 수는 없지만 그 부인 과 이혼한 것은 사실이었다.), 평소 하루에 담배를 두 갑씩이나 피워댔는데 폐암에 걸려서 몇 년째 투병 중이라는 설이거나 폐 암으로 진즉 죽었고 소리 소문 없이 화장을 하였다는 설, 무리 한 스케줄을 소화하면서 성대 근육이 위축되는 증세로 갑자기 목소리가 잠겨 노래가 안 나오자 자포자기하여 마약과 독한 술 에 빠졌고 결국 폐인이 되어 시골 어딘가 숨어산다는 설, 곧 세 상을 깜짝 놀라게 할 신곡들을 준비하면서 칩거하고 있다는 설 등이 난무하였다.

그 모창 가수의 마누라가 말했다.
"나는 매일 새벽마다 정화수 떠놓고 기도하고 있지요. 뭐라고 말하는 줄 아세요. 진짜 김남진 후딱 뒈져라, 빨리 뒈져라. 그래 야만 우리 귀남진이 뜨게 된다."
그리고 남편에게도 화가 나서 소리쳤다.
"자기는 불행한 거야, 불행하다고. 그 지독한 구두쇠…… 당 신이 그 고생하며 뒷바라지 했는데 돌아온 게 뭐지? 왜 우리가 열등감을 느껴야지? 뭐가 부족해서 모창이야. 지겹지…… 지겨 워. 그 작자 때문이야. 그 작자가……"
그 무렵 귀남진은 성형수술을 여러 차례 받았다. 그의 턱은 원래 약간 뾰족한 턱의 가운데 부분이 갈라졌는데 수술 후에는 네모진 턱에 보형물이 들어가 있었다. 그리고 눈꺼풀 처짐 수술도 하였다. 원래 처짐이 심해 눈을 크게 뜨려고 할 때마다 발생하는 눈썹 처짐이 위로 이동한 것이다. 그래서 눈 꼬리의 위치가 김남진과 거의 일치하게 되었다. 또 양악수술을 받아 턱의 길이가 김남진의 턱과 완전히 일치하게 되었다. 가장 최근에는 사지 연장 수술을 받았는데, 원래 그의 키는 김남진보다 5센티미터 정도 작았는데 무려 5천만 원을 들여 그만큼 키를 늘린 것이다. 그래서 1년여 동안 몸에 고정 기구를 차고 휠체어 신세를 졌다.

귀남진은 30년 동안이나 그렇게 살았으니 언뜻 보기엔 외모가 똑같이 생긴 것 같지만 얼굴 길이, 치아 구조, 귀 모양, 가마의 위치, 이목구비의 간격이 미세하게 차이가 났던 것인데 몇 번의 성형수술을 통해 그 차이를 없애 버린 것이다. 또한 말하는 음성과 노래하는 창법에서도 귀남진이 똑같게 하려고 피나게 노력을 하였고 김남진의 목소리와 창법 역시 세월에 따라 바뀌면서 이제 양자 간 차이는 거의 없어졌다. 특히 비브라토는 완전히 일치해서 누구도 도저히 구분할 수가 없었다. 거기다 어두운 피부색 얼굴에 턱에 짙은 수염을 기르고 검은색 뿔테 안경을 끼면 누구도, 아마 본인들도 구별하기가 힘들 정도였다.

그때 김남진은 지리산 상선암의 작은 암자에서도 더 깊은 산속으로 들어가 있는 그의 암자에서 몇 년째 혼자 칩거하면서 신곡들을 준비하고 있었다. 필생의 역작을 말이다. 어느 날 갑자기 홀연히 나타나서 세상을 깜짝 놀래키고 그 동안의 흉흉한 소문을 잠재울 것이다.

그는 뽕짝 스타일의 트로트에 우리 국악의 3박자를 가미하였고 노랫말 역시 단순하지 않은 아득하면서도 시적 감각을 입혀 발라드풍으로 변형시켰다. 관조와 향수의 정서. 그래서 김남진스러운 창법을 죽이고 음악에 맞춰서 감정 전달에 집중하기로 했다. 그는 과거에 멈춰있지 않겠다는 의지를 표명하고 싶었던 것이다.

"그런데 자네가 웬일이야?"

"두목님······ 예수님······ 형님······ 참으로 오래간만입니다. 여기 숨어계실 줄은······. 좀 섭섭하지요. 저에게만은 귀띔을 해주었어야 ······ 제가 누굽니까?"

"갑자기 웬 형님? 계속 두목님이라고 하지 않았나."

"그게 그거지요 뭐. 형님과 불과 7살 차인데요, 뭘. 럭키 세븐 아닙니까."

"럭키 세븐 좋아하시네. 그런데, 여길 어떻게 알고?"

"제가 누구입니까. 그나저나 저는 형님의 확실한 분신 아니겠습니까. 그러니까 텔레파시가 통하는 것이지요."

"뭐! 텔레파시라고! 그러긴 한데 점점 구분이 안 되는군. 성형수술로는 설명이 되지 않겠지. 무슨 가증스러운 요술을 부린 거야? 똑같이 닮은 인간이 함께 있으니까 어색하기도 하고 웃기기도 하고. 그렇군, 안 그런가?"

"네, 그렇지요. 그렇거든요."

"무슨 용건이?"

"별 것 아니지요. 하도 소문이 흉흉해서 얼굴이나 한 번 뵈려고요. 진짜 살아계셨군요."

"그래, 나는 지금 이렇게 잘 있지 않은가. 곧 세상이 깜짝 놀랄 거라고 전혀 다른 스타일의 신곡들을 많이 준비했거든. 그동안 사랑과 이별 타령을 너무 많이 했으니까 창피한 생각이 들지 않겠어. 그 테마들을 끊임없이 반복하고 변주곡만 만들었으니까.

정말 괜찮은 노래들이야. 리듬도 알맞고, 가사의 울림이란…… 나이도 나이인 만큼 삶의 고통, 절망, 희망, 그리움 같은 것을 절절히 느껴야하지 않겠어.

그러니까 말이야…… 통나무 쪼개듯 토해내던 남성적 가창은 줄여야하지. 다시 말하면 힘을 빼고 멜로디를 사뿐히 올라타는 거야. 그림으로 비유하자면 붓 자국이 너무 뚜렷한 유채물감을 버리고 수채화를 택하는 거야.

반복적인 멜로디의 후렴구를 살려야 하는 거야. 요즘 유행처럼 약간 경쾌하고 호흡이 짧아야 하니까. 그래서 아예 후렴구를 가성으로 부를까 싶지. 음원 매출도 기대해 볼 수 있을 거야.

내년 봄이 적당할 거야. 봄과 여름에는 경쾌하고 신나는 리듬이 맞고…… 가을에는 약간 우울하고 어두운 분위기가 어울리거든. 그러니까 세상일이라는 게 타이밍이 맞아야 하는 거야…… 알겠어…….

그러나 많은 생각들이 오락가락했지. 내 안에 있는 음악을 어떻게 표현할까, 무척 고민했었거든. 다시 말하면 대중들에게 내 마음과 노력이 얼마만큼이나 전달될지, 그게 숙제인 거지. 그래서 약간은 초조한 심정이야.

이제 와서 퇴물인 주제에 새로운 음악의 방향을 제시한다고 거창하게 나갈 순 없겠지. 나이가 들어 갈수록 초라하게 보이지 않을까 걱정이 앞서는 거야.

목소리가 제대로 안 나와서 곡의 느낌을 관객에게 전달하지 못할까봐 이 계곡에서 매일 목소리를 가다듬고 있지. 하지만 노장은 죽지 않았다는 것을 보여주겠어."

진짜는 길게 기른 머리털과 덥수룩한 짙은 턱수염이 완전히 회색으로 변한 것 이외에는 건강해 보였고 활력과 자신감이 넘쳐났다.

"그거야말로 제가 불러야겠지요."

"당장은 아니고…… 그렇지. 신곡이 발표되고 나서 몇 년이 지나고 나면 모창 가수가 부를 수 있겠지. 내가 너를 위해 할 수 있는 일은……."

그를 아래위로 훑어본다. 그에게서 눈길을 떼지 않으며 노골적으로 비웃는다. 비웃음과 슬픔이 섞인 미소가 그의 입가에 어렸다가 사라졌다. 그는 귀남진의 시선을 피해 창밖을 내다본다. 하늘에는 잿빛밖에 없다.

"형님…… 뭔가 오해가 있으신 것 같습니다. 봄이 오면 제가 불러야 한다는 말씀입니다. 제가 새 앨범을 내고 나서 전국 콘서트 투어를 하는 거죠. 형님은 너무 늙었어요. 이제는 욕심 그만 부리고…… 은퇴하셔야죠. 영원히 말입니다."

"뭐야? 무슨 소릴? 모창 가수 주제에. 네가 나를 흉내 낼 때
마다 속이 메스꺼웠지. 알기나 해?"

"결단을 내려주십시오, 그렇지요 결단이…… 당장 결단이 필
요하지요."

"무슨 결단? 점점 알 수 없는 소리를 하고 있고만……?"

"오랫동안 자아의 정체성 혼란을 겪어왔지요. 내가 진짜 김남
진이고 형님이 가짜라는 생각이 든단 말이지요.

수치심, 불안, 우울증 때문에, 자기소외인지 자기분열인지, 그
래서 가끔 악몽을 꾸게 되고 말입니다.

몇 십 년을 그렇게 행세를 했으니…… 그럴 만도 하지 않겠
어요?

그러나 남을 흉내 내는 것은 어리석은 짓이었지요. 죽이 되던
밥이 되던 그 자신이 되어야 하는데…… 내 방식대로 해야 되
는데 말입니다. 이미 때가 늦었지요. 하여간에 진짜 김남진이
두 사람이나 존재할 수는 없는 거지요."

"뭐? 자아의 정체성? 뜬금 없이……. 그런 건 나하고는 상관
이 없지. 그렇지 않은가?"

"그게, 네 놈이 당장 죽어달라는 뜻인 거야. 한 번쯤 냉정하
게 생각해 보시지. 불과 일곱 살 차이로 늦게 태어났기 때문에
누구는 모창 가수가 되고 누구는 트로트의 황제가 되고…….

불공평하지 않아? 나도 더 늦기 전에 진짜 김남진이 되어야
할 것 아니야. 모창 가수, 그건 역겨운 모욕인 거야. 무대에 설

때마다 모창 가수라고 엄청나게 놀림을 받았거든. 내가 뭐가 부족해서 그 수모를 평생 당해야만 하지? 다 네놈 때문이야. 이 지겨운 인간아…… 당장 죽으라고…… 영원히 떠나라고"

"그래서 어떻게 할 셈인데?"

"이게 권총이지."

"날 쏠 셈이야? 날 살려줘야만 너도 다시 모창으로 뜰 수 있는 거 몰라?"

"아직도 말귀를 알아듣지 못했군. 스스로 자기를 우상화해서 나르시시즘에 빠지고 오만해진 거지. 그래서 주변 누구에게나 멸시의 시선을 보내는 거야. 네놈은 잔인한 사디스트야."

"……."

초겨울이다. 짧은 해가 산 너머로 사라졌다. 날이 점점 어두워지고 있다. 깊은 산속이라 사방이 칠흑처럼 깜깜해질 것이다. 밤공기가 차가웠다. 멀리 아래쪽 계곡에서부터 밤안개가 밀려올라왔다. 모든 것이 아득하게 느껴진다.

그가 중얼거렸다. 오늘 밤이야. 오늘…… 지금은 완벽한 순간이다. 얼마나 기다리던 순간인가.

귀남진이 말했다.

"네놈이나 나나 둘 다 공통점이 하나 있지. 자동차를 무지 좋아하고 스피드광이라는 거야. 광란의 질주는 짜릿하지. 옛날 우리가 함께 달렸던 걸 생각해보라고. 정말 아름답지.

그러니까 운전을 하다가 낭떠러지에 떨어져 죽으면 참으로 어울리는 죽음이 될 거야. 우리를 아는 세상 사람들도 수긍을 할 거고. 누가 의심을 하겠어.

어서 일어나라고 운전대를 잡으라고, 운전대를…… 저 차를 박살내기에는 아깝지만. 나의 애마인데 말이야."

"……"

"이 새끼야! 빨리……. 빨리……. 서두르라고."

애마는 천천히 가장자리로 나아갔다. 그는 차가 절벽의 날카로운 끝부분으로 나아가도록 오른손으로 운전대를 조종하고 나서 안전하게 뛰어내렸다. 차는 짐승처럼 포효하면서 앞으로 돌진했고 잠깐 동안 날아올랐다. 그러고 나서 체조의 도마 선수처럼 돌고 돌아서 계곡으로 떨어졌다.

그는 갑자기 울음을 터뜨렸다. 지나간 세월이 너무 아쉬웠던 것이다. 나는 반평생을…… 너무나 오랫동안 가짜 인생으로 살았던 거야. 정말 긴 세월이었다고 너는 진짜 인생을 살았고 온갖 명예와 부와 여자를 차지했었지.

이제부터 나는 내 인생을 사는 거야. 내 비루한 삶은 끝났어. 끝났다니까. 그게 공평한 거라고 하늘에 하느님이 계신다면 틀림없이 동의하실 거야. 신의 은총이…… 그래서 나는 죄의식을 느낄 필요가 없는 것이다.

탄원서

탄원서

오오 양심이여! 양심이여!
인간의 가장 충실한 벗이여!
— 조지 크래브

서울동부지방법원 제3형사부 재판장님!

저는 2017년고합1650 폭행치사 사건 피고인 김정진입니다.

현재 동부구치소에 5개월 수감되어 있습니다.

수인 번호는 142번입니다.

지난 수요일 결심 공판이 끝났고 지금은 선고일만 남겨놓고 있습니다. 지금이라도 진실을 밝혀서 재판에 도움이 되었으면 합니다.

다시 말씀드리면 저는 제 자신을 변호하기 위해서가 아니라 실체적 진실을 사실대로 말씀드리고자 이 탄원서를 올리게 되었습니다. 저는 실체적 진실이 무슨 뜻인지 전혀 모릅니다. 하지만 검사님도 변호사님도 그 말씀을 자주 하시기에 그 단어를 알게 되었습니다.

판사님이 더 잘 알고 계시겠습니다만, 그날 먼저 판사님이 뭐라고 말씀하셨고 그 다음에 검사님이 무표정한 얼굴로 또 뭐라고 말씀하셨고 그리고 우리 변호사님이 마지막으로 말씀하셨습니다.

저는 오직 변호사님이 시키는 대로 두세 번 '네'라고 대답했을 뿐입니다. 변호사님은 재판이 잘 진행될 터이니까 쓸데없는 말은 하지 말라고 엄중하게 지시하셨습니다. 그래야만 유리하다고 하셨습니다.

검사님은 저에게 장기 5년 단기 3년을 구형했고, 변호사님은 제가 아직 철없는 미성년자이고, 자수를 했으며, 피해자야말로 나쁜 사람으로 처벌을 받아 마땅한 사람이고, 성폭행의 피해자로서 어쩔 수 없는 상황에서 거의 무의식적으로 저지른 행위이기 때문에 범행의 동기에 충분히 참작할 만한 정황이 있으므로 이를 참작하여 관대하게 처벌해달라고 판사님께 말씀하셨습니다.

우선, 제 진짜 나이와 자라온 가정환경부터 말씀드리겠습니다.

공소장에는 제 나이가 18세로 되어 있으나 실제는 21살입니다. 3년이 늦게 호적에 올라간 것입니다.

어머니가 저를 낳았을 때 미혼모였고 저는 친아버지가 누군지 알지 못하고 얼굴을 본 적도 없습니다. 어머니는 나중에 아버지를 만나 먼저 동거를 시작하셨고 동거를 시작한 지 몇 년이 지나서야 혼인신고를 하고 호적에 올리면서 그렇게 된 것입니다.

우리 가족은 전남 순천에서 살면서 가난하고 힘들게 살았지만 가족적으로는 아무런 문제없이 순탄하게 살았습니다.

아버지는 공사판의 일용 노동자였습니다. 아파트 공사장에서 벽돌 쌓는 일, 페인트공, 도배 등 닥치는 대로 일을 하였습니다. 순천뿐만 아니라 광양, 여수, 벌교, 고흥까지 다니면서 일을 했습니다. 율촌 산업단지 공사 때는 대형 건설회사의 하청업체에서 몇 년 동안이나 고용되어 안정적으로 일을 하기도 했습니다. 점차 나이가 들면서부터는 어떤 인테리어 업체에 소속되어 '노가다'라고 불리는 보통 인부로 일했습니다.

보통 인부는 일반 잡역에 종사하는 육체노동자를 말합니다. 온종일 허리 굽혀 일하느라 여기저기 쑤시고 결리는데도 다음 날 새벽이면 어김없이 일하러 나가야 합니다.

아버지의 키는 160센티미터 정도밖에 되지 않습니다. 아버지는 자신의 키 절반이 넘는 날이 굵은 드릴인 뿌레카를 든 채 공사 현장 바닥 콘크리트를 잘게 조각냅니다. 늙으신 아버지는 20킬로그램에 육박하는 뿌레카를 눈도 깜빡이지 않고 능숙하게 다룰 수 있습니다. 그 자리에는 돌이 부딪히는 소리에서 유래됐다는 깨진 콘크리트 덩어리를 이르는 막노동판 은어인 왈가닥과 잡석들이 수북이 쌓입니다.

공사판은 돌가루와 흙가루가 휘날리는 더러운 곳입니다. 그곳에서 무거운 건축 자재와 폐기물을 쉴 새 없이 나르는 것은 힘든 일입니다. 자칫 방심하면 다칠 수도 있으니 상당히 위험하기도 합니다. 아버지는 기초생활수급 대상자지만 수급비를 신청하지 않습니다. 수입이 있으면 수급비가 깎이게 되는데 거기에 속박되는 게 싫다는 것입니다. 그래서 자유롭게 일하고 싶다고 말씀하셨습니다.

아버지는 매일 고된 일로 몹시 피곤할 것인데 한 번도 예배를 거른 적이 없을 만큼 신앙심이 돈독한 천주교 신자이기도 합니다.

제가 아버지 이야기를 길게 말씀드리는 것은 아무리 생각해 봐도 아버지가 너무 자랑스럽기 때문입니다.

아버지가 열심히 일을 했으므로 우리 식구는 20평 연립주택에서 그럭저럭 먹고 살 수 있었습니다. 어머니는 아버지와 사이에 딸만 둘을 더 낳았습니다. 제 여동생들은 얼마나 귀여운지 모릅니다. 마음씨 착하고 저와는 달리 공부도 제법 잘하였습니다.

그런데 아버지는 아무런 내색도 없이 저를 친자식처럼 대해 주었습니다. 저는 자라면서 아버지로부터 폭행이나 학대를 받은 사실이 전혀 없습니다.

부모님이 매일같이 치고받고 싸우는 집안에서 자랐다거나, 아빠가 술만 먹고 들어오면 몽둥이를 휘두르는 탓에 집 안에 남아나는 물건이 없다거나, 부모 없이 자란 탓에 아무도 돌봐주지 않아서 누구에게 폭행을 당했다거나 하는 사건은 없었습니다.

그래서 저는 자라면서 제가 당연히 친자식인 줄 알았습니다. 어떤 의심도 하지 않았습니다. 다만 고등학교를 졸업할 무렵에 서야 어떤 일을 계기로 계부인 사실을 알았지만 그게 저에게 어떤 정신적 상처를 안겨주지는 않았습니다.

고등학교 졸업할 무렵 제 지능지수나 학교 성적을 생각할 때 또한 집안의 어려운 형편을 생각하면 대학은 일찍 포기하였습니다. 제가 무슨 염치로 대학 진학을 생각할 수 있었겠습니까.

저는 중·고등학교 6년 동안 항상 만화책이나 소설책만 읽었고 용돈이 생기는 대로 게임방에서 살았습니다. 가끔 밤새 아르바이트를 하고 지친 몸으로 느지막이 등교를 하여 지각하기도 했고, 수업이 끝나면 부리나케 화장실로 달려가 담배를 피웠습니다.

그래서 성적은 언제나 밑에서 거꾸로 일등이었습니다. 그러나 제 어떤 친구들처럼 학교로부터 정학이나 퇴학을 받은 일도 없었고 소년원에 간 일도 없었습니다.

저는 고등학교를 졸업하고 나서 집안에서 빈둥빈둥 노는 것도 지겹고 부모님이나 동생들의 눈치를 보는 데도 한계가 있었기 때문에 무작정 서울로 올라왔습니다. 저는 몸이 건강하기 때문에 무슨 일이든지 못하겠는가 하고 생각했던 것입니다. 순천역에서 밤 열차를 타고 온 것입니다.

하지만 서울은 냉정한 도시였습니다. 저는 아무도 아는 사람이 없이 무작정 상경했기 때문에 결국 가출 소년들끼리 만나게 됩니다.

서울에서는 신림동, 동대문, 천호 등이 가출 청소년이 많이 모이는 곳입니다. 저는 이렇게 해서 신림동에 있는 가출 패밀리의 멤버가 되었습니다.

저희들은 형편이 웬만하면 쉼터에 가지 않습니다. 가출 청소년 쉼터에 들어가면 담배도 못 피우게 하고 오토바이도 못 타서 답답하기 때문입니다. 밖에 있는 게 편한데 날이 더 추워지면 갈 곳이 없어서 어쩔 수 없이 잠시 가 있기도 합니다.

우리들은 찜질방, PC방을 오가면서 밤을 보냅니다. 전단 아르바이트와 배달 아르바이트로 돈을 마련하지만 이마저도 떨어져서 갈 곳이 없을 땐 숙식을 해결할 수 있는 청소년 쉼터를 찾게 되는 것입니다.

저는 지금까지 쉼터를 여러 곳 갔었는데 규칙이 엄격했던 곳은 답답해서 하루도 있지 못했습니다. 쉼터가 마음에 안 들면 가출 청소년들이 모인 온라인 카페나 단체 카카오톡방을 통해 다른 쉼터 정보를 얻어서 가기도 했습니다. 쉼터 여러 곳을 투어하듯 맴도는 청소년을 가출 청소년들 사이에서 쉼돌이, 쉼순이라고 부르지요

저는 마침내 여자들이 수십 명이나 있는 강남의 대형 풀코스룸살롱에서 종업원으로 일하게 되었습니다. 가출 패밀리의 형님이 다른 데로 옮기면서 그 자리를 물려준 것입니다. 그곳 여자들은 어김없이 2차를 갔습니다. 그리고 다시 호스트바의 웨이터가 되었다가 남자 보도가 되었습니다.

그곳에서 어느 날 저녁 좋은 손님을 만났을 때 저의 일과를 소개해드리겠습니다.

"똑똑." 노크를 하고 젊거나 어린 사내들이 3평 남짓한 룸 안으로 들어갑니다. 그러면 웨이터가 말합니다.

"초이스 들어가겠습니다. 1조부터 1번 2번 3번 4번입니다. 원하시는 분이 있으면 바로 골라주세요. 없으면 2조가 뒤따라 들어가겠습니다."

그러면 20대 초반 건장한 남자들이 좁은 룸 안으로 들어와 일렬로 서서 자신을 뽑아달라는 듯, 그렇지만 조금 애매한 미소를 짓고 기다립니다. 거기 온 여성 고객은 그런 청년들의 몸매와 얼굴을 한 번 쫘악 훑어본 다음 마음에 드는 남자를 고릅니다.

우리들은 서로가 마음에 든다고 할지라도 마음을 줄 필요는 없습니다. 우리는 순정파가 아닙니다. 어차피 그날 밤 하루 보고 안 볼 사이인데 무슨 말이 더 필요하겠습니까.

저희는 어색함을 피하고 매출을 올리기 위해서 푸짐하게 술과 안주를 시키고 말을 걸면서 애교를 떨지요. 그건 뭐 룸살롱에서 여자들이 남자들에게 하는 것과 하나도 다를 바가 없습니다.

우리는 나이와 상관없이 무조건 하고 누님이라고 부릅니다.

그날 밤 고객은 40이 넘은 늙은 아주머니였습니다. 테이블 위로 양주가 쉴 새 없이 오가고 분위기도 최고조로 흘러갔습니다. 우리는 어쩔 수 없이 많이 취했고 분위기는 무르익었습니다.

여자가 처음에는 무슨 일인지 억울하다고 하면서 울었습니다. 제가 위로했습니다. 그때부터 여자는 반말을 마구 지껄이기 시작했습니다. 처음에는 서로의 몸을 밀착시키며 애무를 하는 드라이 섹스부터 시작해서 온갖 체형을 요구했고 마침내 도기 스타일로 끝냈습니다.

그러면 우리는 30만원을 받아서 업소 측과 반반씩 나누게 됩니다. 그곳도 불경기를 타서 매일 손님이 있는 것도 아니고 손님 중에는 도저히 참아줄 수 없는 막나가는 꼴 보기 싫은 나이 어린 여자도 있습니다.

저는 이왕지사 이렇게 된 거 좀 더 확실한 수입원이 필요했습니다. 그래서 재작년부터 남자 성인 상대 성매매로 돌아섰습니다. 그쪽이 훨씬 수입이 좋았기 때문입니다. 저는 선릉역 근처 원룸에서 남자 성인들을 상대로 성매매하는 형들 4명과 함께 살면서 그 일을 했습니다.

우리들은 현재 스마트폰 앱 장터인 플레이스토어나 앱스토어에서 채팅 앱을 검색하여 성 매수자를 찾을 수 있습니다. '남자 - 남자' 간 성매매로 이름난 채팅 앱에 접속하여 자신을 10대 남자라고 밝히고 'ㅇㅂㄱㄴ(알바가능)' 또는 'ㅇㅂ(알바)' 라고 글을 올립니다.

거기에 들어가면 그런 게시물들을 여럿 찾을 수 있습니다. 밤 늦은 시각엔 자신의 알몸 사진을 올리고 가격을 제시하는 간 큰 어린 녀석들도 있습니다. 성매매가 이렇듯 스마트폰으로 아주 간단하게 이루어집니다.

이런 채팅 앱들은 실명이나 성인 인증 없이 손쉽게 회원으로 가입할 수 있고 채팅 앱은 전화나 문자와 달리 기록이 남지 않아 추후 확인이 어렵습니다.

피해자와는 그렇게 해서 채팅 앱을 통해 만났습니다.

그는 부자였기 때문에 매번 만날 때마다 정해진 가격의 두 배를 지불했습니다. 다시 말씀드리면, 제가 아담한 체격에 곱상한 얼굴이고 여자처럼 수동적 역할을 잘 하기 때문에 처음 만났을 순간부터 저를 좋아했고 저에게 완전히 빠져버렸습니다. 저는 꽃미남은 아니지만 나긋나긋해서 그게 성적매력이라고 했습니다. 그래서 만나만 주면 돈은 얼마든지 더 많이 주겠다고 했습니다.

저는 넓은 아파트에 갈 때마다 불편함을 느꼈습니다. 제가 있을 곳이 아니라는 생각이 들었던 것입니다.

어쨌거나, 그때부터 저는 노예나 다름없었습니다. 비싼 청바지와 스니커즈 운동화, 스마트폰을 사주고 수시로 필요한 용돈을 듬뿍 주었습니다.

우리는 자주 만났고 만날 때마다 그가 요구하는 대로 온갖 체위를 변형해가면서 펠라티오나 항문성교로 마무리하였습니다. 다행스럽게도 그는 사도마조히스트는 아니었습니다.

하지만 그의 요구는 갈수록 집요하게 늘어났습니다. 채팅 앱에서 탈퇴해야 하고 다른 사람을 만나서는 안 된다는 것입니다.

그는 저를 의심해서 에이즈 양성이 아닌지 궁금해했고 결국 병원에 가서 모든 종류의 성병 검사를 받게 하였습니다. 물론 에이즈나 매독, 임질 등 어떤 성병균도 발견되지 않았습니다.

그러나 그때부터 터무니없는 일이 일어났습니다. 그 문제는 저의 성 정체성과 관련된 것입니다. 저는 어느새 완전히 동성애자로 변모하면서 여자들을 혐오하게 된 것이지요. 돈을 벌기 위해서 남자들을 상대하다가 거기에 빠져들면서 게이가 된 것입니다.

그러면서 저는 그 늙은 남자에게 싫증을 내기 시작했습니다. 물론 질투심에 눈이 먼 그가 눈치채지 않도록 아무런 내색을 하지 않았습니다. 하지만 저는 종로 낙원동 쪽으로 기웃거리게 되었습니다. 그때는 점점 성욕이 왕성해졌기 때문입니다.

젊고 싱싱한 남자들. 끈적이는 피부. 그들은 근육질의 몸을 자랑했고 가슴에는 검은 털이 무성했습니다. 그들이 날 안아주면 가슴이 터질 듯했습니다. 그럼에도 불구하고 우아하고 똑똑해서 저를 매혹하였습니다. 우리들은 말이 통했고 영혼마저 통했습니다. 코카인이나 암페타민을 들이마시면 하늘로 올라갈 것 같은 기분이었지요. 더할 나위 없었습니다.

저는 지금 날마다 그때를 기억하면서 이 지겨운 감옥을 견뎌내고 있습니다.

점점 돈으로 나를 옭아매고 있는 그가 싫어지기 시작했습니다. 무작정 혐오스러웠고 본능적인 적개심을 억누를 수가 없었습니다.

저는 지금 제 주위를 둘러싸고 있는 혐오스러운 그 모든 것에 저항하기로 했습니다.

때로는 일어날 것 같지 않은 사건이 일어납니다. 저에게 말입니다. 저는 그를 어떻게 죽일지 생각했습니다. 총이 필요하다고 생각했지만 그걸 구하기는 불가능했습니다. 저는 밧줄로 목을 졸라 죽일 수도 있겠다고 궁리했습니다. 그러나 제가 마주치게 될 찌그러진 얼굴이, 튀어나온 눈알과 숨 가쁘게 헐떡거리는 입과 축 늘어진 혀가 상상만 해도 너무 끔찍했습니다. 칼로 난도질해서 죽일까? 그러면 처치 곤란하게 피바다가 될 것이었습니다. 독약은 구하기도 힘들지만 구역질과 구토를 유발할 것입니다.

저는 온갖 궁리를 하다가 그럴 필요가 없다는 것을 깨달았습니다. 그 늙고 추한 남자는 섹스가 끝나고 나면 피로에 지쳐서 죽은 듯이 늘어지니까요. 예정된 작업이 끝나고 나서 간단히 목을 서서히 조르면 되는 거였습니다.

저는 지금 그의 시신을 느낍니다.

제 두 손이 그의 목을 감싸서 옥죄었습니다. 저는 방 안의 대형 거울을 통해서 제가 그의 목을 조르고 또 조르는 것을 바라보았습니다. 그의 표정이 당혹스럽게 바뀔 겨를도 없었고 그의 눈이 놀래서 휘둥그레질 겨를도 없었습니다. 커다랗게 벌어진 입에서 소리 없는 비명이 들렸습니다. 그가 축 늘어졌고 제 손도 힘이 빠지면서 감각마저 사라졌습니다.

마침내 그가 죽었습니다.

저는 너무 피로해서 침대로 그대로 쓰러졌습니다.

저는 그 당시 그의 마수를 하루빨리 벗어나자는 생각밖에 없었습니다. 그러한 강박관념이 반복해서 돌고 돌아 저의 분노와 욕망을 분출하게 하였습니다.

저는 아직 젊으니 오랫동안 감옥에 썩고 싶진 않습니다. 저에게도 밝은 미래는 아니지만 어쨌거나 어떤 미래가 기다리고 있을 것입니다.

제게 관대한 처벌을 내려주실 수 없을까요?

집행유예 같은 거 말입니다.

안녕히 계십시오.

2017년 11월

김정진 올림

<추신>

담당 검사님은 처음부터 동정적이었고 너무나 친절하셨습니다. 저의 처지를 안타깝게 생각했습니다. 실제 결혼을 하지 않았다는 사실을 나중에 알게 되었고 독실한 기독교 신자라는 사실은 수사를 받으면서 알게 되었습니다. 처음 조사를 시작하면서부터 하느님께 너를 위해서 기도한다고 말씀했거든요

저는 어려운 법률 용어는 잘 모릅니다. 그런데 검사님은 경찰

에서 미필적 고의에 의한 살인죄로 저를 송치했다고 했습니다. 그러나 그건 도대체 말이 안 된다고 하였습니다. 저는 어린 나이에 더러운 성폭행의 피해자일 뿐이고 제가 목을 조른 행위는 저도 모르는 사이에 무의식적으로 한 행위에 불과하다는 것입니다. 오히려 처벌을 받아야 할 사람은 피해자라고 하였습니다.

저는 순진한 검사님께 더 이상 진술할 게 없었습니다. 그냥 시키는 대로 지장을 찍었을 뿐입니다.

그리고 담당 국선 변호사님 역시 여자 변호사였습니다. 동부구치소로 처음 접견을 와서는, 검사님 하고는 사법연수원 동기라고 하면서 수사는 잘 되었으니 더 이상 문제 삼으면 안 된다고 말씀하셨습니다.

남자는 여자에게 말할 수 없는 게 너무 많지요

저는 천사처럼 아름답고 엄마 같고 누나 같았던 두 분 여자 검사님과 여자 변호사님께 추잡한 사건을 도저히 솔직하게 말씀드릴 수 없었습니다.

저는 답답했지만 어쩔 수 없었음을 알아주시기 바랍니다.

저희 방의 방장님은 명문대학을 졸업하고 나서 금융회사에 근무했다고 했습니다. 스스로 그렇게 말씀하셨지요. 그런데 금융사기 등 사기전과 5범입니다. 하느님 같은 방장님께서, 제가 불쌍한 희생자라는 선입견과 약자를 펀들어야 한다는 모성 본능이 발동하여 작용한 것이라고 했습니다.

저는 그제서야 정신이 퍼뜩 들었습니다. 가슴이 마구 두근거리기 시작했습니다. 양심의 가책이 꿈틀거렸습니다.

그녀

그녀

사람들은 죄를 통해서 빛에 도달한다.
— E. 허버드

변호사 유호동 법률사무소

내 사무실은 교대역 14번 출구 뒷골목 으슥한 곳에 숨어있는 엘리베이터 없는 4층 건물의 3층에 있다. 개업을 한 지 30여년이 되었지만 지금은 로스쿨 이후 변호사들이 엄청나게 쏟아져서, 경제 용어로 말하면 공급이 수요를 훨씬 초과하고 있기 때문에 수임 사건이 뚝 떨어져 사무실 월세 내고 혼자 있는 여직원의 월급 주는 것조차 버겁다.

나는 원래 판검사 경력이 없어서 전관예우를 받아 큰돈을 번 일도 없었고 브로커를 써서 사건을 유치할 배짱도 없었으니 언제나 그럭저럭 사무실을 유지했다. 사무장은 눈치가 있어서 오래 전에 나갔고 지금은 전문대를 갓 졸업한 어린 아가씨 혼자서 사무실을 지키고 있다.

그 친구는 고향 친구이긴 하지만 태어난 면이 달랐고 중고등학교 동기 동창이다. 그는 대기업에 다니다 조기 퇴직을 당하고 지금은 사당동 쪽에서 부동산 중개업을 하고 있는데 우리는 몇 달에 한 번씩 가끔 만나서 식사를 했다. 그러나 그의 형님은 만난 적이 없기 때문에 그가 누구인지 전혀 모른다.

2015년 초겨울이었다. 그날 날씨가 몹시 추웠다. 그녀는 키가 훤칠했고 희고 깨끗한 피부에 이목구비가 섬세했다. 그녀의 화장기 없는 얼굴에 검은 눈동자는 추운 겨울 날씨와 잘 어울렸다.

"변호사님…… 작은아버지가 소개해서…… 고향 친구라고 하던데요. 전남 고흥 출신 아니신가요?"

"그렇고말고. 작은아버지와는 이웃 면이긴 하지만 출신 면이 다르지. 나는 소록도 근처라고…… 소록도에 가 본 적이……"

"대학 동아리에서 그곳 나환자를 위해 봉사활동을 간 적이 있어요. 제가 거길 가자고 우겼지요. 몇몇은 병균이 옮길까 봐 가길 꺼려했어요. 그러면 너희는 빠지라고 했지요."

"고흥에서 언제까지 살았나?"

"초등학교를 마치고 나서 중고등학교는 순천에서 다녔습니다. 그때 아버지께서 순천역에 근무하셨거든요. 아버지는 순천역장으로 정년 퇴직하셨습니다. 그리고 대학은 서울로 올라왔습니다. 대학원까지 마치고 나서…… 지금은 광고회사에 다니고 있는데…… 본사는 역삼역 근처에 있습니다.

입사한 지 꽤 오래돼서 팀장으로 있습니다. 맨날 프레젠테이션이 끝나면 회의가 이어지죠.

별것도 아닌 제품을 과대 포장해야 하니까요. 한 건 터뜨려야
하지요. 광고쟁이는 망상증 환자처럼 굉장한 상상력이 필요하
지요."

"그래서 유명한 광고회사가 아니겠는가. 안정된 직장에 근무
한단 말이지."

"시간이 있으신지 모르겠습니다. 변호사는 시간이 돈이라고
하던데요. 제가 빼앗은 시간만큼 비용을 지불해야겠지요."

"쓸데없는 소릴…… 보다시피 난 별 볼 일이 없으니까……
너무 한가하다네. 하고 싶은 이야길 하게나……"

그때 나도 모르는 새 겸연쩍어서 씩 웃었던 것 같다. 그러나
잔뜩 굳어있는 그녀 얼굴에는 뭔가 심상치 않은 기색이 엿보인
다.

"작은아버지와 친구시라면……"

"나는 아주 옛날 사람이지. 내가 생각해봐도 도무지 젊은 시
절이라고는 있었을 것 같지 않은 사람이라네. 디지털 시대에 사
는 아날로그. 그렇게 보이지 않나? 자넬 보니까 너무 부끄럽구
먼.

혹시 커피를 마시고 싶다면 저기 다방 커피가 있다네. 자네
마음대로 타 드시게."

"아니…… 괜찮습니다. 변호사님…… 이건 비밀이 필요해요.
누구에게도 말씀하시지 않겠지요? 작은아버지가 알면 안 됩니
다."

"걱정하지 말게나. 비밀을 유지하는 건 변호사의 직업윤리라네. 본론으로 들어가야지."

"전, 지금 협박을 받고 있어요. 심각합니다. 그 때문에 죽고 싶을 만큼 불안 강박증에 시달리고 있어요. 약을 먹었지만 소용이 없더라구요."

그녀의 눈에 잠깐 눈물이 고였다.

내가 말했다.

"진정하시게…… 안심하라니까…… 무슨 협박 말인가?"

"낙태죄와 관련된 것입니다."

"간통죄가 폐지되기 전에는 말일세…… 남자가 여자를 간통죄로 고소하는 일은 가끔 있었네만…… 낙태죄 고소는 흔한 일이 아니었지. 낙태는 죄라는 의식이 희박했거든."

"그래도 지금 고소하겠다고……"

"구체적으로 말해보게. 내가 도울 일이 있을지 모르겠네만……"

"제가 몇 달 전에 낙태를 했는데 남자 쪽에서 고소를 하겠다는 겁니다. 이제 와서 말입니다. 저는 물론이고 의사도 함께 고소하겠다는 거죠. 그것 때문에 회사에 가도 일이 손에 잡히지 않아요. 그 자식을 칼로 찔러서 죽이고 싶기도 하구요. 정말 비겁하죠."

"남자 쪽은 임신한 사실을 알고 나서 반응은……?"

"처음에는 어이없어했어요. 우리 사이가 무척 나빴거든요. 하지만 곧 마음을 고쳐먹더라구요. 이건 뭐 운명이라고 하면서…

… 결혼을 서두르자고 했어요"

"그렇다면 말일세. 그 흔해빠진 돈 때문은 아니었구먼?"

"그건 아니에요. 그렇게 치사한 사람은 아니거든요. 담배는 오랫동안 피웠다가 완전히 끊었고 술고래이긴 하지만 그렇다고 술주정을 하지는 않죠. 제가 헤어지자고 완강하게 버티니까……"

"여자가 먼저 헤어지자고 했단 말이지? 그러려면 합리적이건 아니건 간에 마땅한 핑계가 있어야 했을 텐데?"

"제가 얼렁뚱땅 둘러댔어요. 우린 두 사람이 안 어울린다고 했지요. 관심사가 서로 너무 다르고…… 그걸 절충할 중간 지점이 아예 안 보인다고 했어요.

그래서 당신은 당신의 길을 가고 나는 내가 가야 할 길을 가면 된다고 말했지요."

"자넬, 도저히, 이해할 수가 없는 것이…… 남자 쪽에서 먼저 결혼하자고 하는데 말이야…… 우리는 결혼이라는 제도 안에서 부모와 자녀들로 이루어진 가족이야말로 정상적인 가족이라고 알고 있지 않은가."

"전 결혼을 할 수가…… 그런데 제가 제 몸을 스스로 유지하고 하기 싫은 임신을 해서 그걸 없애겠다는 게…… 그게 죄가 된다는 게 도저히 이해할 수 없습니다. 그걸 알고 싶은 겁니다."

"차라리 스트레스 때문에 유산했다고 둘러댈 수는 없었나? 그 정도 거짓말은 별 거 아니지 않나?"

"어떻게……?"

"스트레스는 유산의 중대한 원인이라고 하더구만. 그냥 해 본 소리이지. 요즈음은…… 대안적 진실이니, 탈진실, 가짜뉴스의 시대가 아닌가? 그러니까 거짓말이 넘쳐나는 시대이거든."

"기만과 거짓은 인간의 본성이라는 말씀이신가요?"

"그러게 말일세. 인간은 대부분 거짓말에 능숙하다네. 동물이 보호색이라는 위장술을 쓰는 것처럼…… 그 정도로 하고 낙태의 문제로 넘어가자고"

"다시 말씀드리면…… 낙태가 죄가 된다는 게 도저히 이해가 안 되죠."

"형법에 엄연히 규정되어 있다네.

낙태죄는 낙태를 한 여성 본인에게는 자기낙태죄가 성립하지. 그리고 수술 등의 방법으로 낙태를 도운 의사는 업무상 촉탁 낙태죄가 성립하는 거야. 낙태에 대한 명시적 동의 의사를 밝힌 해당 남성은 낙태 방조죄가 성립하고

다만 예외가 있다면, 낙태는 강간에 의한 임신인 것으로 확인되거나 부모가 유전적 장애가 있는 예외적 경우에만 허용된다네.

대부분의 경우 남자 친구 또는 남편의 신고로 법의 심판대에 서게 된 낙태한 여성이 등장하지. 이혼 소송이나 양육권 분쟁에서 유리한 고지를 확보하거나, 경제적 문제가 있거나, 이별을 요구하는 여자 친구를 붙잡으려는 남성들에게 낙태죄가 악용되고 있는 거야.

자네는 어떤 경우인가?"

"따지고 보면…… 우린 대학 동아리에서 만났습니다. 남자가 복학해서 만났으니까 저보다 2년 선배이지요. 그러나 본격적으로 사귀기 시작한 것은 대학을 졸업하고 한참 지나서였습니다.

처음에는 행정고시 준비를 했습니다. 계속 떨어지자 방향을 바꿨지요. 그 어려운 국가정보원에 합격해서 3년쯤 근무했으나 일이 힘들고 적성에 맞지 않는다면서 포기하더라고요. 지금은 금융기관에 취업해서 잘 다니고 있습니다.

우리는 헤어졌다가 다시 만나고, 그걸 두 번이나 반복했지요. 그 기간 중에 저한테 불만이 많았으므로 이를 보상받기 위해서 다른 여자를 만났을지도 모르겠습니다."

"연애이건 동거이건 그 기간이 하염없이 길어지면 해피엔딩이 되긴 어렵지. 대개 그렇게 되더라고. 우리 아들도 그랬지."

"우리가 서른이 넘어서부터 결혼을 생각하지 않을 수 없었습니다. 둘 다 취업을 해서 생활이 안정되면 결혼을 하기로 약속했어요. 사실상 동거하다시피 했습니다. 그런데 제가 계속 미적거렸어요."

"아까…… 돈 문제는 아니라고 했는데?"

"돈 문제는 아니에요. 모든 게 원만하게 잘 돌아갔다면 돈 문제는 아무것도 아니었을 거예요.

그가 집안일 때문이라며 이 핑계 저 핑계를 대며 제가 모아둔 돈을 가져갔거든요. 그게 모두 해서 5,000만 원이 넘어요. 헤어질 무렵이 되니까 그 돈을 돌려받아야겠다는 생각이 들더라고요. 그걸 갚으라고 하니까 바로 은행 융자를 받아서 모두 돌려주었어요.

그가 막상 돈을 반환하니까 이제는 완전히 끝났다는 서글픈 생각이 들더라고요."

"자존심이 강한 사람이었구먼."

"제가 오죽 잘 알아서 그렇게 했는데…… 왜 남자가 개입할 수 있는 건가요?"

"글쎄 말일세…… 옛날에는…… 아주 옛날은 그렇지 않았네. 그때는 임신 중절은 사회적으로 아무런 문제가 되지 않았어.

2010년인가…… '프로라이프 의사회'라는 산부인과 의사들 모임에서 적극적으로 낙태반대 운동을 시작하면서부터…… 낙태수술을 한 동료 산부인과 의사들을 고발했거든. 그래서 심각한 사회 문제로 대두된 거라네. 그렇게 된 거야.

낙태 사실은 당사자인 여성과 수술한 의사하고, 상대 남성 등 극소수만 알고 있을 거 아닌가. 셋 중 한 명이 문제 삼지 않는 한 드러날 수가 없는 거야. 고소인은 대부분 상대 남성 또는 남성 측 가족인 거야. 낙태 사실이 발각되면 여성과 의사는 처벌을 받게 되지만 남성은 수술에 동의했다는 명시적 증거가 없으면 처벌을 면하게 되거든.

그러니까 경제적 여유가 조금만 있다면 남자에게 낙태 사실을 알리지 말라는 게…… 그게 요령이라고 하더군. 그런데 상대 남성의 동의 여부가 확인되지 않으면 수술을 거부하는 산부인과 의사가 많아서 문제인 거지.

판사들도 같은 낙태 여성이라도 남성 측 동의를 받으면 선고

유예 처분을 하지만 동의 없이 한 경우에는 벌금형으로 더 무겁게 처벌한다네."

"전, 낙태할 때 남자에게 알리지 않았습니다. 완강하게 반대할 게 분명했거든요."

"남자의 동의도 받지 않고 병원 기록에도 남지 않게 감쪽같이 수술을 받으려면 어쩔 수 없이 고위험 고비용의 수술을 받을 수밖에 없었을 거야."

"저의 경우에도 그랬습니다. 요즘 낙태 브로커들이 음성적으로 병원을 소개해주고 있어요. 그러면 수술비뿐만 아니라 100만 원 안팎의 추가 비용이 들게 되지요. 인터넷에 '낙태 가능 병원 상담 문의' 글을 올리면 여기저기서 연락이 쏟아집니다. 그들은 산부인과를 예약해주는 대가로 매 건당 10만원도 받고 30만원도 받습니다."

그녀는 많은 생각에 잠겨서 우울한 표정을 짓고 있다.

"자네는 아무래도 병원에 가 봐야 될 것 같네. 정신과 병원을 무서워할 필요는 없다네. 내가 소개를 해주지."

"……"

내 사무실에 저렇게 젊고 예쁜 여자가 찾아온 적이 있었던가? 그녀는 초라한 이 사무실에는 전혀 어울리지 않는다. 나는 늙었다. 여전히 정체를 알 수 없는 불안과 강박증에 시달리고 있다. 다만 늙어갈수록 사람들은 매우 비관적이 되어 가는데 그런 영향인지 모르겠다. 그러니 밤이면 잠을 제대로 잘 수가 없다. 늦게 겨우 잠들고 선잠을 자다가 일찍 깬다.

나는 마지막으로 말했다. 그녀에게 도움이 되지도 않을 하나 마나한 말이었다.

"결론 아닌 결론을 내려야겠구면. 남자가 분노해서 고소하겠다고 위협한 것은 이해가 된다네…….

나는 지금 낙태 반대 운동을 하고 있는 천주교 신자는 아니라네. 오히려 독실한 무신론자이지만…… 하여간에 낙태에는 찬성할 수 없다네. 생명은 소중하니까.

한편 생각해 보면 자네한테는 완벽하게 그럴 권리가 있다고 믿을 수도 있다네.

자네 스스로 선택한 일 아닌가. 자네 일은 자네가 책임져야지. 그러나 경거망동은 하지 말게. 자기를 스스로 지켜야 한다는 말일세."

판사

지금의 형법은 대다수 낙태 관련자들을 범법자로 만들면서도 처벌은 하지 않는 실효성이 없는 법이 되었다. 그럼에도 불구하고 처벌을 규정한 법의 존재는 많은 부작용과 문제를 안고 있는 것이다. 특히 모든 책임을 여성에게 묻고 있는 점은 문제라고 할 수 있다. 태아의 생명권과 임신한 여성의 자기결정권을 조화시키는 방법이 필요하다. 미국 연방대법원이 결정했듯이 임신 후 일정 기간 내에는 낙태를 허용하는 입법이 필요하다.

낙태가 사실상 용인되는 사회적 분위기를 고려할 때 의사들에게만 무거운 책임을 묻기 어렵고 낙태를 한 임부들에게 각자 납득할 만한 사정이 있다. 지금의 현실을 그대로 두고 낙태죄를 그대로 방치한다면 임신한 여성과 산부인과 의사를 잠재적인 범죄자로 내모는 셈이 된다. 낙태죄는 태아의 생명 보호라는 입법 취지에서 벗어나 어른들이 서로의 약점을 공격하는 수단이 되고 있어 문제이다.

피임을 거부하는 남성, 혼전 임신에 대한 사회적 낙인, 감당하기 어려운 양육비용 걱정 등 낙태에는 여성 개인이 혼자 결정하기에는 훨씬 복잡한 사회적 문제가 포함되어 있는 것이다.

나우열 정신과 의원

나는 군의관 시절 육군사관학교 병원에서 근무했다. 제대 후 대학병원에서 3년간 근무했지만 질식할 것만 같은 위계질서에 의한 조직 생활을 견디지 못하고 나와서 일찌감치 잠실에서 개업을 하였다. 세월은 참으로 빠르다. 어느새 내 머리가 반쯤은 빠져서 보기 흉하게 대머리가 되어 버렸다. 아내는 요즘 유행하는 가발을 쓰는 게 어떻겠느냐고 했지만, 그러나 거추장스러운 가발을 쓰고 싶지는 않다.

유 변호사님은 큰 형님과는 고향은 각기 다르지만 (우리는 충남 서천이고 변호사님은 전남 고흥이다.) 대학 동창이어서 가족적으로도 아주 친하다. 그래서 나도 몇 번 만난 적이 있고, 몇 년 전에는 심한 불면증 때문에 신경 안정제와 함께 새로 나온 부작용이 적은 수면제를 처방해준 적도 있었다.

그날, 젊은 여자 환자가 찾아갈지도 모르니 잘 좀 살펴보라는 전화를 했다. 불길한 불안, 강박 증세가 보인다는 것이다.

　나는 그녀가 창문 쪽으로 시선을 돌리는 틈을 타서 짧은 순
간 그녀의 얼굴을 흘깃 훔쳐보았다. 눈동자에는 두려움과 수치
심이 가득했다. 그녀는 안절부절못했다. 나는 그녀를 불안하게
해서는 안 된다. 정신과 치료의 경우 우선 환자 자신이 의사에
게 받아들여지고 있다고 느낄 때만 가능하기 때문이다.
　내가 먼저 말을 꺼냈다.
　"어서 오십시오 변호사님이 전화를 주셨지요 제가 흡족하게
도울 수 있을지 모르겠군요? 제가 정신과 의사이지만 제 정신
도 정상적인지 늘 의심하거든요 1983년생이군요
　우리 사이…… 정신과 의사와 환자 사이에 숨기는 게 있어서
는 안 되겠지요. 그건 전혀 도움이 안 될 겁니다. 치명적인 오
진을 할 수 있어요. 이 경우는 약간 정신분석학적 관점에서 대
화를 하고 해석이 필요하다고 봅니다만……"
　정신과 의사는 미로와도 같이 뒤얽힌 환자의 내면을 들여다
보아야 한다. 그래서 환자의 터무니없는 거짓말들, 앞뒤가 안
맞는 동기들, 계속적으로 왜곡된 단어들을 듣고 그걸 해석할 수
있어야 한다.
　그러므로 환자를 돕기 위해서는 환자에 대한 긍정적인 감정,
그 원인과 아픔에 대한 연민과 동정심, 공감, 인간으로서의 존
중, 그에 대한 희망 등이 있어야 한다.
　"저는 변호사 사무실이나 정신과 병원은 평생 처음이죠 많은

용기가 필요했습니다······. 문을 열기 직전 약간 현기증을 느꼈지요. 너무 긴장했나 봐요······ 두려웠거든요. 그러나 마음이 놓이네요. 모두 말씀드릴 수 있습니다. 먼저, 비밀을 지켜주실 수 있는지······?"

"환자의 비밀을 지키는 것은 의사의 직업윤리입니다.

누구나 정신과 치료를 받는 것을 두려워하지요. 자신의 비밀스러운 생각과 감정이 타인에게 드러나게 되는 것을 좋아할 사람은 없어요. 그러나 불가피합니다. 적절한 치료를 받아야 하니까요.

좋은 치료를 받으려면 우선 당사자가 간절한 마음으로 그것을 원해야 합니다."

"죄송하지만 물 한 잔만 주시겠어요······?"

"커피를 드릴까요? 제가 이래 보여도 바리스타 자격증이 있어요. 나중에 폐업하고 나서 커피점이나······"

우리는 조용하고 아늑한 내 진료실에 함께 앉아있다. 그녀는 천장에서 내려오는 부드러운 불빛만 바라보고 있다. 심상치 않은 분위기가 감돌면서 내 머릿속에는 벌써부터 오만가지 생각들이 오고가고 있었다.

"커피 맛이 정말 좋네요. 정신 분석에 대해서 조금 말씀해주시겠습니까? 뭔가······ 궁금하군요."

"정신 분석적 치료는 꽤 어렵습니다. 시간도 오래 걸리지요. 정신 분석가는 오랫동안 환자의 긴 이야기를 끝까지 들어야 하고 보다 적극적으로 대화를 나누어야 합니다.

그러니까 정신 분석은 우리가 무의식 속에 묻어두고 있던 갈등을 되돌아보게 합니다. 우리의 정신을 압박하던 원인으로부터 자유로워야 하니까요. 그러나 정신 분석 과정은 상당히 오랜 시간이 걸릴 수 있습니다."

"좀 더 구체적으로 말씀해주신다면……"

"분석가는 일주일에 네 번, 한 번에 한 시간, 그러니까 오랫동안 만나서 대화하는 게 필요하지요. 그러면서 가장 도움이 되는 방법이 무엇인지를 두고 고심하게 됩니다. 그때부터 두 사람이 동행하는 긴 여행이 시작됩니다.

환자 역시 분석가가 여행의 동반자로서 마음에 드는 사람인지를 먼저 따져보아야 하고…… 여행 경비도 감당할 수 있는지를 따져보고 결정해야 합니다. 의료보험이 되지 않거든요. 비용이 꽤 많이 나옵니다."

"그것뿐일까요?"

"분석을 시작한 이후에도 환자는 자신의 선택과 결정에 대해 끊임없이 갈등을 겪게 됩니다. 원래 사람과 사람의 관계가 그렇지 않습니까? 좋은 감정과 싫은 감정이 번갈아가며 변덕을 부리죠.

그러니까 지금은 초기 단계라고 할 수 있습니다. 정신분석은 보류하는 게 좋을 것 같습니다. 그냥 환자의 상태를 점검하고 약물치료가 가능한지 검토하겠습니다."

"먼저 낙태 문제에 대해서 말씀드리고 싶군요. 그게 원인이 되었거든요. 낙태를 찬성하십니까? 아니면……?"

"우리나라에서 낙태죄 폐지 논쟁은…… 언제나 '태아의 생명권'과 '여성의 자기결정권' 중 윤리적으로 무엇이 더 우선하느냐는 문제입니다.

낙태한 여성에게 불법이니 걸레니 창녀라는 낙인을 찍는 사회에서 여성들은 다른 사람들에게 그 경험을 털어놓기가 힘들겠지요.

그런데 남자는 낙태죄로 처벌받지 않습니다. 그럼에도 불구하고 낙태 수술에는 남자의 동의가 필요하니까…… 앞뒤가 전혀 안 맞지요. 남자는 혹시 그런 사실이 알려져서 자기 인생에 작은 흠집이라도 날까 걱정하는 게 전부입니다. 그런데 여성은 거기다 죄의식까지 강요받고 낙태에 대한 사회적 낙인까지 받게 됩니다.

낙태의 아픔은 오로지 여자만의 것이 되지요"

"그렇게 이해해주시니 대단히 고맙습니다. 혹시 무신론자이거나 불가지론자 아니신가요?"

"기독교 신자이긴 한데 교회에 안 간지가…… 꽤 오래되었군요"

"달콤하게 단잠을 자본 게 언제인지 기억에 없네요. 수면 부족에 시달리고 있어요. 현실 감각도 점점 잃어가고……"

"우리는 원인을 정면으로 들여다보아야만 합니다. 그래서 올바른 치유책을 발견할 수 있을 것입니다."

나는 김진주에게 문제의 핵심이 될 수 있는 모든 기억들을 쏟아내게 강요했다. 그것만이 그녀의 증상과 원인을 올바르게 판단할 수 있기 때문이다. 나는 무의식의 심연 속으로 뚫고 들어가야 한다. 우리는 한동안 말없이 서로 쳐다보기만 했는데 나는 그녀가 지금 어떤 생각을 하고 있는지 너무나 궁금했다.

"여전히 불안 강박에 시달리고 있습니다. 그렇다고 할 수 있습니다. 도저히 견딜 수 없도록 말입니다."

"스스로 그렇게 진단을 했단 말이죠? 너무 성급한 것이 아닐까요? 다른 신체적 증상이 있는가요?"

"저녁이면 가끔 변기에 대고 거꾸로 내장을 비우는 일이 있지요."

"아마 너무 긴장해서 그럴 겁니다. 낙태를 하게 된 경위랄까……? 보다 근본적인 이유가 있었을 텐데요. 그 당시 상대방 남자와의 관계가 궁금하군요? 남자의 태도, 행동, 관심, 감정, 이유 같은 거 말입니다.

특히 성관계가 원만했나요? 젊은 시절 그건 굉장히 중요한 문제거든요. 낡은 학설이긴 하지만 그게 모든 정신적 질환의 근원이 될 수 있다는 것이지요."

"사실 아이를 좋아해서 낳고 싶은 마음이 있었습니다. 그러나 혼전 임신에 대한 사회의 시선이 두려웠고…… 그 시선을 견뎌내는 것도 쉽지 않았습니다.

당시 병원에서 더 늦기 전에 당장 낙태수술을 해야 한다고 하길래 초조한 마음에 일단 낙태 쪽으로 결론을 내렸던 것이죠

그때는 남자와 관계가 서먹서먹해서 삐걱거리고 있었는데 애를 낳는다는 것은 불가능한 일이었습니다. 회사에서도 결혼도

하지 않은 여자가 애를 낳았다고 하면 난리가 나겠지요 당장 사표를 써야 했을 것입니다."

"이미 지나간 일입니다. 지금 새삼스럽게 죄의식을 느낄 필요는 없다고 봅니다만…… 그 남자와의 성관계 말입니다. 그게 모든 사태의 근원적 문제가 될 수 있습니다. 그걸 자세히 말씀해 보시죠"

"성이란 지저분한 거 아닌가요? 꼭 그걸 말해야 하나요? 짐작하면 될 거 아니에요?"

"꼭 짚고 넘어갈 필요가 있습니다. 성적 기능이 장애를 일으키면 심각한 문제가 되겠지요 제가 뭘 놓치고 있는지 모르니까요"

"전 섹스에 대해서는 아주 생소해요 경험이 거의 없거든요 몇 년 간…… 그렇게 시간이 흘러서 지나갔지요. 처음엔 지금 남자 친구와 사이에서 아무런 문제가 없었어요 하지만 시간이 흐를수록 섹스는 즐거움이나 환희가 아니고 지독한 고통이 되었다는 것입니다. 도저히 참을 수 없고 역겨운 것이었습니다.

그가 내 몸 속으로 들어올 때마다 그 순간이 떠오르는 것입니다. 성폭행을 당했던 그 순간 말입니다. 그가 누구인지는 밝힐 수 없습니다.

그러니 섹스를 할 때마다 제 몸이 뻣뻣하게 굳어버렸지요. 오르가즘을 느낄 수 없었고 한시라도 빨리 끝났으면 하고 간절히 바랐습니다. 그때마다 남자는 노골적으로 불만을 드러냈습니다.

'내가 싫어진 거야?'

'그게 아니라니까…… 아니야…… 아니'

'그러면 왜 그래? 이럴 거면……'

'너무 피곤해서……'

뭐 그런 식으로 맥 빠진 대화가 이루어졌지요."

"이제는 근원적 원인이 조금씩 밝혀지고 있군요."

"제가 그걸 숨기려고 애를 쓸수록 더욱 심하게 저를 옥죄기 시작했습니다. 그렇다고 남자에게 솔직히 털어놓을 수도 없었습니다. 죽어도 불가능했지요.

그러나 원만한 관계를 유지하기 위해서 계속 무척 노력했습니다. 그게 아무리 마음을 다잡아도 마음과는 달리 몸이 본능적으로 말을 듣지 않은 겁니다. 그때는 정말 괴롭고 슬펐습니다. 비탄에 빠져서 잠을 이루지 못했고 그럴 때마다 자기 자신을 증오했습니다."

"여성들이 몸으로는 성적 욕망을 느끼더라도 마음으로는 성행위를 완강하게 거부하는 경우라고 할 수 있을지 모르겠습니다."

"저의 경우는 거꾸로라고 할 수 있겠네요. 마음은 절실히 원하는데 몸이 말을 듣지 않는다는 거죠."

"그렇군요. 남자와의 관계는 계속……"

"그래서 남자는 점점 의혹을 품게 되고 서로 멀어지게 된 것입니다. 그 무렵 남자는 나에게 자꾸 트집을 잡기 시작했습니다.

나의 노력에도 불구하고 싸늘한 반응은 전혀 바뀌지 않았습니다. 그게 권태기와 겹치기도 했습니다. 그때는 저도 포기했어요. 그에게 싫증이 났거든요."

"그게 언제적이었던가요?"

"오래전의 일이지만요. 지금 남자를 만나기 훨씬 전이었어요."

"가장 깊고 가장 어두운 무의식의 심연에 갇혀있었던 게 어느 날 갑자기 튀어나온 거네요. 그 당시를 돌이켜보면 기억나는 게 있는가요? 시간이 많이 흘렀으니까 지금쯤 그때 일을 어떤 식으로든 냉정하게 판단할 수 있겠지요. 마음에 떠오르는 것을 모두 이야기해 보세요."

"그런데 이상하죠. 왜 강간범은 끝나고 나서 혐오감과 함께 불쾌감을 드러냈을까요? 전 그렇게 느꼈거든요. 저를 강제로 정복했으면 의기양양해야 하는 거 아니겠어요?"

"그가 누구인지 잘 모르니까…… 그러니까…… 상황에 따라 다르겠는데 강간범들은 발기는 잘 하지만 사정 순간에 전혀 쾌감을 느끼지 못할 수 있습니다. 그 순간 자신도 모르게 두려움 때문에 불감증이 되는 거죠.

다시 말씀드리면 아무리 강간범이라도 강박관념에 사로잡혀서 성교 기계처럼 움직이다…… 막상 끝나고 나면 덧없음과 허무감에 사로잡히게 되겠죠. 그래서 소와 돼지를 그저 고깃덩어리로 바라보는 푸줏간 주인의 눈길처럼 여자의 몸을 내려다보는 거 아니겠습니까?"

"그건 어디까지나 선생님의 견해시겠죠. 그렇지 않습니까?"

"그렇지요. 저의 견해인데…… 틀릴 수도 있습니다."

"강간범이 그때 절 위로했어요. 별일 아니라고…… 괜찮다고…… 말하더라고요. 그 때문에 마음이 한결 편해졌습니다."

"글쎄요…… 믿어야 할지 말아야 할지. 상상력으로 지어낸 이야기에도 그럴듯하게 나름 논리가 갖추어져 있거든요.

그런데…… 혹시 말입니다. 그게 성적 환상은 아니었나요? 왜냐하면 강간을 당하고도 그렇게 여유 있는 생각을 하다니…… 여성들이 갖고 있는 환상이 있어요.

남자는 성공했기 때문에 사회적으로 명망 있고 더군다나 잘생겼고 막강한 권력을 가지고 있어요. 나이 차가 많이 나지만 백마 탄 왕자님이 되는 거예요. 그래서 그가 강간해주기를 바랐던 것이죠. 저항불능 상태에서 성관계를 억지로 강요당하니까 오히려 그게 짜릿한 자극이 되고 수치심과 공포감이 사라지면서 훨씬 큰 흥분과 절정으로 치닫는 거죠.

다시 말하자면 성적 욕망에 대한 죄의식을 면제받는 거지요. 섹스의 빌미를 제공한 책임감을 짊어지지 않기 위해서 가식으로나마 저항하다가 무력하게 제압당하는 환상을 여자들이 즐긴다고 하죠.

물론 확실하게 근거가 있는 건 아닙니다. 남자들이 지어낸 허황된 소리라고 할 수도 있고요."

"아무리 정신과 의사라지만 상상력이 너무 풍부하군요. 남자들이란 생각하는 게 별수 없어요. 그 모양이죠. 제 친구는 순진한 편이죠……. 그건 완전히 소설이에요."

"그러면 그때 고소를 생각해보지 않으셨나요?"

"어떻게 고소를…… 그땐 언감생심이었어요. 여자는 당연히 그렇게 당하는 거라고 체념했지요."

"그러니까…… 섹스에 대한 불안과 피해망상, 강박장애, 공포증, 외상 후 스트레스 장애가 있다고 할 수 있습니다.

하지만 과잉 반응은 하지 마세요. 그게 간단한 일이라고 과소평가하는 것은 아닙니다.

그러니까 가끔 일어난단 말입니다. 혼자만 겪는 일이 아니란 말이에요."

"그렇게 온갖 증상이 나타나는데…… 저더러 과잉 반응하지 말라고요? 불가능한 일이에요."

"요즘 자신의 정신적 건강상태가 어떻다고 생각하십니까? 스스로 판단하기에 말입니다."

"심한 우울증에 시달리고 있습니다. 비참하고…… 절망적이고…… 죄책감 때문에……"

"혹시…… 죄송합니다만…… 가끔 자살 충동을 느낄 때가 있는가요? 그럴 수 있거든요."

"솔직히 말씀드리면 죽고 싶었습니다. 그렇지만 혼자 죽기에는 용기가 나지 않았습니다. 죽음에 대해서 자포자기하고 있지만 두려움이 너무 커서 스스로 목숨을 끊기는 어려웠지요.

트위터에 '죽고 싶습니다. 같이 자살할 사람을 찾습니다'라고 메시지를 올리기도 했습니다. 실제로 누구나 해시태그로 '자살 모집'을 검색하면 '같이 죽을 수 있다'는 글이 수십 개씩 검색이 되지요. 그러나 실제 그들과 연락한 적은 없습니다."

"거기 올라오는 글을 믿으면 정말 바보라고 할 수 있습니다. 장난이 엄청 많거든요"

"다시 생각해보면…… 혼자 죽는 건 억울하다는 생각이 들었습니다. 그래서 누굴 죽이고 나서 죽을까도 생각했습니다. 분노가 너무 컸기 때문에 그걸 누구엔가 전가하고 싶었던 거죠"

"자살은 말 그대로 자기 스스로를 살해하는 짓입니다. 범죄라고 할 수 있지요. 칼끝이 타자가 아니라 자기 자신을 향하고 있을 뿐입니다. 그럴 필요가 있을까요?"

"저도 고개를 거세게 흔들면서 그걸 부인하고 부인하지만 어쩔 수 없어요. 지독한 강박관념이 된 거죠"

"지금…… 명문대학을 졸업하고 좋은 직장에서 안정적으로 근무하고 있습니다. 무엇을 두려워하십니까? 자신의 의지로 충분히 해결 가능합니다. 실제 많은 사람들이 그렇게 문제를 극복했습니다."

"제 스스로는 불가능하기 때문에 여길 오게 된 것이 아닐까요?"

"음악을 좋아하시나요?"

"예전에는 너무 좋아했지만……"

"음악에는 단어가 들어있지 않지요. 그러나 가장 깊게 인간의 감정을 고취합니다. 음악을 들으면서 마음을 가라앉힐 수 있지 않겠어요?"

"그럴 수만 있다면……"

"요즘은 부작용이 적은 좋은 약이 많이 나왔지요. 진정제, 신경안정제, 항우울증 약을 드리겠습니다.

정신과의 경우에는 약국에 갈 필요가 없지요. 예외적으로 병원에서 직접 약을 조제해서 줄 수 있습니다.

이 약을 드시면 많이 좋아질 거예요. 가능하다면 당분간은 일주일에 한 번 정도 병원에 오시는 게 좋을 것 같습니다. 예후를 살펴야 하니까요. 대략 6개월이나 1년이 지나면 어느 정도 완쾌여부를 판단할 수 있다고 봅니다.

그리고 매주 3번 이상 땀을 뻘뻘 흘릴 만큼 1시간 정도씩 운동을 하세요. 그렇게 운동을 하면 혈류량이 늘어나고 근육이 단단해지면서 그런 강박관념들을 떨쳐내는 데 큰 도움이 될 겁니다.

다시 말씀드리지만 본인의 의지가 가장 중요합니다."

"감사합니다. 약을 잘 먹고 운동도 열심히 하겠습니다."

그녀가 진료실의 문을 닫고 나갔다. 김진주와의 긴 대화는 긴장되었고 힘이 들었다. 그녀가 마치 나에게 고해성사를 한 기분이 들었다. 하지만 그녀가 진실을 말했던가? 아무리 자신의 내면이라고 하더라도 본인조차 그것을 정확하게 의식하지 못 하는 경우도 있으니까. 나는 환자 앞에서 하얀 가운을 입지 않는다. 지레 겁을 먹고 더욱더 입을 다물어버리거나 말도 안 되는 소리를 지껄일 수 있기 때문이다.

이런 건 보험 청구도 되지 않는다. 그렇다고 그런 사실을 말하고 본인에게 별도로 청구하겠다고 말하기도 꺼려진다. 기본

진료비만 받고 그냥 넘어가야 한다. 그래서 정신과 의사들은 아우성이다.

정신과 의사가 정신병자라면? 나는 가끔 허황한 망상에 시달린다. 그래서 나는 내가 정신 이상으로 미쳐서는 안 된다고…… 신경쇠약에 걸려서도 안 된다고…… 스스로에게 주문을 외워야 한다. 미치면 안 되지. 신경쇠약도 안 돼.

나의 판단 혹은 진단은 정확한 것인가? 어떤 위험성이 내포된 것은 아닐까? 정신과 교과서에 나온 그대로 처방했다면 나는 의사로서 져야 할 의무로부터 법적으로나 도덕적으로 면책된다고 할 수 있을 것인가? 정신과 의사가 제공할 수 있는 치료법은 제한되어 있다. 자살을 생각하는 사람들은 보통 죽고 싶다고 하면서도 누군가 도와주었으면 하는 이중적 감정에 빠져 있다. 그녀에게 자살에 대해서 분명하게 물어보았으면 어땠을까. 오히려 그녀를 자극하지 않을까 우려했기 때문에 물어볼 수 없었다. 나는 두려웠다. 그녀에게 아무런 도움이 될 수 없었기 때문에. 그래서 그녀에게 의지에 달렸다고 말했던가. 의지가 무너진 사람에게…… 그게 의사가 할 수 있는 말인가.

그녀는 망상을 앓고 있다. 반드시 약을 복용해야 한다. 약물은 약간의 부작용에도 불구하고 그녀의 중추신경계에 침투하여 효과를 발휘할 것이다.

하지만 그녀가 의사의 지시를 따를지는 미지수이다. 아마 아닐 것이다. 어쩐 일인지 그렇게 느껴진다. 괜히 내가 우울해졌다.

김진주

그가 스타킹을 벗기고 옷을 벗겼다. 초여름의 가벼운 산들바람이 몸을 간질였다. 그도 옷을 벗자 근육질의 몸이 나타났다. 땀으로 끈적이는 피부, 털이 무성한 다리와 가슴과 배. 얼굴은 술주정뱅이처럼 빨갛게 부풀어 올랐다. 그에게서 몸을 빼내려고 발버둥 쳤지만 그건 불가능했다. 그가 내 목을 강하게 조르기 시작했다. 나는 그 순간 눈을 감았다. 온몸이 욱신거리다가 불끈 달아올랐다. 그가 빠져나가자 고통이 사라지고 완전히 경직되었던 온몸의 마비가 풀렸다. 몸이 솜털처럼 가볍게 느껴진다.

잠시 정적이 흐르는 가운데 바람소리만 가느다랗게 들렸다.

내가 믿고 따랐던 사람. 그를 따라서 간 게 잘못이었다. 양의 탈을 쓴 늑대 같은 인간이었는데 나는 그를 알아보지 못한 것일까. 그가 테스터스 초이스 커피 알갱이에 끓는 물을 붓자 커피 특유의 향이 퍼졌다. 그 향기가 지금도 코끝에서 맴도는 것 같다.

내가 비명을 질렀던가, 살려 달라고 애원했던가, 그런 것 같기도 하고 아닌 것 같기도 하다. 확실하지가 않다. 아마 입 밖으로 터져 나오지 못했을 것이다.

남자는 성 욕구 때문이 아니라 단지 여자를 지배하고 억압하기 위해서 강간을 한다는 주장은 어떤가? 무자비하게 폭력을 행사한 것은 아니었다. 그는 나에게 심각한 상처를 입힐 만큼 폭력을 행사한 것이 아니라 성교를 할 수 있을 만큼 부드럽게 폭력을 행사한 것이다.

난 그 사건을 오랫동안 돌이켜볼 수가 없었다. 어떻게 해서든지 기억의 심연 속에 묻어버려야 했다. 그러므로 그의 소식은 전혀 모른다. 다만 그자가 교통사고로 죽었거나 반신불수가 되었거나…… 아니면 지금쯤 지독한 암에 걸려서 오늘내일하길 바랄 뿐이다. 그러나 아마 어디에선가 멀쩡하게 잘 살고 있을 것이다.

성폭력 피해 사실을 스스로 드러낸다는 것은 참으로 어려운 일이다. 사람들은 어떤 반응을 보일 것인가. 그들은 동정 혹은 호기심을 드러낼 것인가. 아니면 벌레 먹은 과일을 보듯 떨떠름한 표정일까.

나는 내 마음의 상처를 털어 놓고 속 시원히 이야기하고 싶었다. 가까운 사람들로부터 공감과 위로를 받는다면 그러면 한결 마음이 편할 것 같았다. 그녀들 역시 비슷한 경험이 있을지 몰랐다. 그래서 'Me Too'라고 말한다면……

내가 나중에 소위 말하는 사회에서 알게 된 친한 언니 (물론 나에게는 위로 언니가 둘씩이나 있지만 부모님은 물론이고 그 언니들에게는 도저히 말할 수 없었다.) 에게 지나가는 말처럼 가볍게 얘기했을 때, 그녀는 어디를 어떻게 얼마나 만졌느냐는 질문을 아무렇지도 않게 하였다. 그 말이 내게 상처를 줄 수도 있다는 생각은 조금도 하지 못한 것이다. 지금 당장 관음증에 다름 아닌 자신의 궁금증을 해결하고 싶다는 욕망에 사로잡혀 있다.

나는 그녀에게 그 말을 꺼낸 것을 금방 후회했지만 이제 와서 주워 담을 방법은 없었다.

사람들이 성폭력 피해자에게 할 수 있는 질문은 사실 그게 그거다. 그러고 나서 왜 당시에 싫다고 말하지 못했느냐, 왜 적극적으로 반항하지 못했느냐고, 내심 비웃는다. 그때부터 타락한 여자로 간주해버린다. 그렇다. 왜 나는 그때 끝까지 저항하지 못했던가.

내가 지금 알고 있는 것을 그때는 몰랐었다. 그때 진즉 알았더라면 얼마나 좋았을까.

그녀는 나를 동정하면서 불쌍히 여기는 척했다.

나도 유치원 다니는 어린 딸이 있는데 내 딸이 그런 일을 겪었다면 어땠을지 도저히 상상이 안 된단다. 내 손을 꼭 잡고 가볍게 등을 두드려주는 그녀를 보는 순간 나를 위로하겠다는 것인지 그런 일을 겪지 않은 자기 자신이 참으로 행복하다고 생각하는지 알 수가 없었다.

그녀는 타인의 불행을 보면서 기쁨을 느낀다. 그걸 언젠가 읽어본 심리학 책에서는 샤덴 프로이데Schadenfreude라고 하였다.

친구는 말했다. 너처럼 똑똑한 애가 어떻게 그런 일을 당하면서 가만히 있었을 리가 없다는 것이다. 언제나 너무도 밝고 긍정적으로 보이는데 그런 일을 직접 겪었다는 건 말도 안 된다는 것이다.

혹시 내가 재미삼아 괜히 지어낸 이야기가 아닐까 하고 의심을 했다. 그렇다면 얼마나 다행스러운 일인가. 하지만 성폭력 피해자가 합의금만 받아도 무조건 꽃뱀이라고 몰아가는 이 험한 세상에서 자신이 겪지도 않은 사건을 만들어서까지 자기 자신을 성폭력 피해자라고 말하는 여성이 있을 수 있을까.

나는 무척 화가 났지만 그게 나 자신에게 화가 난 건지 친구에게 화가 난 건지 알 수 없었다.

초여름이었고 신록이 절정이었다. 꽃향기가 진했다. 남자의 땀 냄새와 섞였다. 그의 혀가 내 입속으로 헤집고 들어올 때 박하 냄새가 났다. 성에 눈을 뜨게 된 첫 경험. 나는 두려움과 함께 환희를 느꼈다. 죄책감은 없었다. 오히려 오랫동안 내 육체를 짓누르고 있었던 어떤 압박감에서 해방된 느낌이었다. 온몸이 가뿐했다. 나는 그를 정말 사랑할 수 있을 것 같았다.

나도 내가 이런 일을 당했다는 게 도저히 믿기 어렵다. 하필내 인생에서 이런 추악한 일이 일어나다니. 그렇다면 이 멀쩡한 세상은 어떻게 돌아가고 있는 것인가. 삶은 버겁다. 스스로 생각하는 것보다 훨씬 더 버겁다.

나는 왜 피해자이면서도 여성의 육체와 운명을 저주하고 수치스러워하며 자기혐오와 우울증으로 고통받아야 했던가. 나는 왜 해리성 인격 장애자처럼 엄청난 분노를 쏟아내며 히스테리를 부리지 않았던가. 가해자가 누구란 말인가. 페미니즘은 뭘하고 있는가. 이왕지사 이렇게 된 거…… 마음껏 성을 향유하면서 채찍질을 받고 쾌감을 느끼는 SM을 한 번쯤 시도해볼 수 있었지 않았을까.

내가 성폭력 피해자라고 할 수 있을 만큼 충분히 예쁘다고?

성폭력이란 남자가 성적인 욕구를 해소하기 위해 자행하는 것이라고 생각하는 사람들에게는 성폭력 피해자란 무조건 예뻐야 하고 섹시해야 된다. 그러니까 예쁘지 않은 여성은 성폭력의 피해자가 될 수 없는 것이다. 그리하여 성폭력이란 성적 매력이 넘치는 예쁜 피해자가 짧은 옷을 입고 밤늦게까지 밖으로 싸돌아다녔기 때문에 일어나는 일이 된다. 그러므로 성폭행은 폭력으로 욕구를 채우려는 남자가 아니라 오히려 남자에게 욕망을 불러일으킨 여자에게 책임이 있는 것이다.

성폭력을 당한 나는 충격을 받고 남성 혐오주의자로 거듭나게 되었는가. 그리고 여성을 만나 섹스를 하는 레즈비언이 되었는가. 그렇지는 않다. 나는 어떻게 해서든지 좋은 남자를 만나서 결혼하고 싶었다. 어머니는 항상 결혼을 강조했다. 어머니가 말했다. '나는 처녀로 결혼해서 남자는 아버지 한 사람밖에 모른단다.'

처음에는 콘돔을 요구했다. 그러나 남자 친구는 잘 안 하려고 했다. 남자 친구는 이런저런 말을 둘러대며 안 하려고 했다. 관계를 가질 때마다 불안했다. 그러나 남자 친구는 나를 진심으로 사랑하기 때문에 콘돔 안 끼는 걸 대단한 사랑의 증거인 것처럼 이야기했다. 더 이상 요구를 못 했다. 임신 때문에 고통을 겪는 건 나인데 말이다. 내가 낙태를 하게 된 것도 결국 피임을 안 해서였다. 내가 왜 강하게 피임을 요구하지 못했을까.

섹스에 응하고 남자에게 만족을 주는, 사랑받는 여자가 돼야 한다는 환상 때문이었다. 보다 근원적인 나만의 문제가 있었던 것인지도 모르겠다. 오히려 그런 귀찮은 것은 상관 안 할 테니까 계속 더 세게 해달라고 말하고 싶었다. 날 마구 짓누르면서 때리라고 소리치고 싶었다. 나는 그때 날 마구 때리고 짓밟았다면 좋았을 것이다. 얼마나 속이 시원했겠는가.

나는 그 시절 성에 눈을 뜨면서 느꼈던 그 놀라운 환희를 다시 맛보고 싶었다. 근육질의 단단한 몸이 내 몸을 조일 때의 그 느낌이 그립다.

지금 나는 혼자이고 외롭다. 나는 더 이상 그에게 강렬한 감정을 느낄 수가 없다. 몇 번이고 경험한 일이지만 사랑이란 허무한 것이다. 감정의 골은 깊을 대로 깊어졌다. 나는 지금 악몽을 꾸고 있는 것이 아니다. 모든 게 엄연한 현실이다. 그가 날 고소한다고? 그게 가능할까? 그는 분노가 폭발했지만 지금쯤 많이 가라앉았을 것이다. 그는 우유부단한 인간이 아니었던가?

다시 새로운 인생을 살아가기로 마음먹을 수 있을까. 마음의 평화와 깨달음을 찾을 수 있을까. 나는 두려움과 수치심을 극복해야 할 것이다. 약을 먹지 않겠다. 내 의지로 스스로의 힘으로 해결해야만 한다. 그게 그들이 내렸던 결론이었다.

휴가는 끝났다. 내일은 아무 일도 없었던 것처럼 하고 회사에 출근해야 한다. 열심히 일을 하면 잊혀질 것이다.

그런데 변호사이건 의사이건 그들이 내게 무얼 해줄 수 있단 말인가. 늙은 변호사와 대머리 의사. 그들 역시 자기만의 문제를 안고 있다. 그들이 내 마음 속에서 들끓고 있는 섬세한 감정적 문제를 이해할 수 있었단 말인가.

마치 형사가 범죄 사실을 조사하는 것처럼 온갖 질문을 다 했다. 내가 무슨 잘못을 범했단 말인가. 정신과 의사는 나에게 어리석고 모욕적이며 거만한 질문들을 쏟아냈다. 하지만 그들은 고작 당신의 문제를 해결할 수 있는 것은 오직 당신에게 달려 있다, 당신의 문제이니까 당신 스스로 해결하라고 하였다. 당신들이야 남의 일이니까 쉽게 그렇게 말할 수 있었겠지. 그런 말을 누군들 못 하겠는가. 그들은 전문가랍시고 자신을 과대평가하고 있다.

나쁜 개자식들.

우리는 연말에 즈음해서 우리끼리만 작은 망년회를 갖기로 했다. 고향 친구들 4명이 교대역 부근 남원추어탕에서 쏘가리 매운탕을 시켜놓고 처음에는 소주를 마시다가 소맥으로 넘어갔고 1차가 끝나자 입가심을 하기 위해 생맥주 집으로 옮겨 모두 얼큰하게 취하고 나서야 헤어졌다. 나는 그녀의 작은 아버지인 김준식과는 14번 출구 개찰구에서 헤어지게 되었다. 그는 2호선을 타고 사당동 쪽으로 가고 나는 3호선을 타고 수서 쪽으로 가야 되기 때문이다.

그가 말했다.

"그 녀석이…… 끝내 죽고 말았네. 자살했다는 말일세. 좋은 소식이 아니어서 진즉 말하지 못했네."

"……"

심리적 부검 psychological autopsy

나는 지금 성동경찰서 강력계에서 여전히 근무하고 있다. 무슨 팔자인지 경찰에 처음 들어오면서부터 강력계만 뺑뺑 돌았다. 하지만 지겹다고 생각해본 적은 한 번도 없었다. 어쩌면 그게 내 신체조건과 생리에 딱 맞는 일일 것이다. 내가 경찰이 되지 않았더라면 거의 틀림없이 조폭이 되었을 것이다. 처음에는 몽둥이나 칼을 들고 설치는 행동대원을 거쳐서 단계적으로 올라갔다면 중간 두목쯤은 됐을 것이다. 그러나 내가 최정상 두목이 되었을 리는 없다. 그건 내가 자신을 너무 잘 알고 있기 때문이다.

나는 더 이상 승진할 가망은 없다. 정년은 5년 남았다. 정년 이후 남은 긴 인생에 대해서는 아무런 계획이 없다.

그런데 살인 사건은 물론이고 자살 사건 역시 인간의 죽음과 관련된 것이므로 대개 강력계에서 처리한다.

경찰이 죽음과 관련된 사건을 조사하다 보면 반드시 죽음의 원인이 자살인지 타살인지를 판단해야 한다. 경찰은 수사와 부검 등을 통해 죽음의 원인을 밝혀내는데 때때로 사망자의 사망 직전 정신 상태를 조사하여 자살인지 타살인지를 판단하는 데 활용하기도 한다. 이를 심리적 부검이라고 한다.

자살자들은 자살하기 전에 자살을 암시하는 많은 흔적을 남기게 된다. 심리 부검은 자살 직전 나타나는 이러한 흔적들을 면밀하게 분석하는 것이다. 자살자가 남긴 일기, 메모, 가족 내부의 문제, 친구들이나 지인과의 통화 내용, 카카오톡 메시지,

자살 직전의 행동 등이 중요한 분석 자료가 된다.

하지만 이러한 징후들은 누군가 스스로 목숨을 끊은 후에 비로소 주변 사람들에게 조금씩 드러난다. 가족들조차도 자살의 징후를 발견하는 것은 쉬운 일이 아니다. 오히려 자살을 생각하는 사람들은 가족들이 알까 싶어 자신의 마음을 더 감추기 때문이다.

김진주가 혼자 살고 있던 원룸에서 사망했다는 신고를 받고 성동경찰서 강력계 형사 2명이 출동하였다. 그녀가 아무런 연락도 없이 이틀째 결근을 하자 회사의 직장 동료들이 집으로 찾아간 것이다. 우리는 강제로 문을 열고 들어갔다.

그녀의 집은 저장강박증 환자의 집처럼 상상을 초월할 정도로 난장판이었다. 싱크대에는 언제 먹었는지도 모를 음식 찌꺼기가 굳어 있고 그릇은 씻지 않은 채 가득 쌓여 있고 화장실에는 물도 내리지 않아 악취가 풍기면서 지저분했다. 침대와 방바닥에는 정리되지 않은 채 옷가지들이 널브러져 수북이 쌓여 있고 온갖 쓰레기가 여기저기 널려 있었다.

그 소식을 알게 된 회사의 직장 동료들은 항상 깔끔한 그녀를 기억하면서 도저히 믿기지 않는단 표정이었다.

나는 죽음의 원인을 캐기 위해 직장 동료 3명을 불러 조사했다. 그들은 그녀의 죽음에 대해서 의아해했고 더욱이 자살에 대해서는 전혀 낌새를 알아차리지 못했다.

가족들은 처음에 자살을 할 이유가 없다면서 믿지 않았다. 타살로 간주하고 수사를 요청하였고 경찰에서도 다방면으로 수사를 진행했다. 특히 그 상대 남자를 주목했던 것이다. 하지만 그 남자는 알리바이가 확실하게 성립되었다. 아무도 집에 침입한 흔적이 없었다. 화장대 서랍에는 여러 군데 정신과 병원에서 조제해주었으나 먹지 않고 내버려둔 약들과 약국에서 구입한 것으로 보이는 진통제, 신경안정제, 수면제, 각성제, 아스피린 계통 약들이 수북했다.

가족들과 회사 직원들을 상대로 조사한 결과 김진주는 과거이건 현재이건 인간관계나 사회생활을 하는 데 있어서 외부적으로 드러난 별다른 특이점은 없었다.

유서는 발견되지 않았다.

결국 수사 결과 자살로 판명되었다.

그녀는 학교에 다닐 때는 공부 잘하는 착한 학생이었고 회사에서는 열심히 일하는 나무랄 데 없는 유능한 사원으로 인정받고 있었다. 그러나 자살한 것이다.

나는 그 유별난 유서를 지금도 똑똑히 기억한다. 경찰에게 남긴 유서였기 때문이다. 유서란 보통 가족이나 연인, 친구들에게 남기는 법인데 경찰에 남긴 유서라니. 나는 그때 처음 그런 유서를 보았고 그 후로도 보지 못했다.

그녀의 이름, 김진주 때문에 그 유서가 갑자기 기억 속에서 튀어나온 것이다. 벌써 8년 전의 일이다. 그때 나는 관악경찰서 강력계에 근무하고 있을 때였다.

유서의 요지는 그랬다. (그러나 죽은 사람의 프라이버시 때문에 그의 이름을 밝힐 수는 없다.)

자신은 분명히 자살한 것이며 타살이 아니므로 수고스럽게 더 이상 조사할 필요가 없다고 했고, 이런 일로 경찰을 번거롭게 해서 매우 죄송하다고 하였다. 그는 자신의 승용차 안에서 번개탄을 피워놓고 죽었던 것이다.

그러고 나서 자살의 이유를 자세히 적었던 것이다.

자신은 남들이 부러워하는 사립 명문대 경영학과를 나와서 대기업에 다니고 있는데 3년차 신입사원이라고 했다.

그 무렵 김진주와 알게 되고 곧바로 결혼을 약속한 것은 아니었지만 깊은 관계가 되었다. 그들은 초여름 충주 월악산으로 산행을 하면서 처음 성관계를 가졌지만 둘 다 그날이 생애 최초였다는 것이다. 그들은 정신적으로 깊이 사랑했다고 할 수는 없었다. 그러나 육체적으로는 호흡이 너무 잘 맞았으므로 정말 육체적으로 사랑했다는 것이다. 그들은 1년 동안 걷잡을 수 없을 만큼 무수히 온갖 체위를 흉내 내면서 섹스를 했다.

그러나 즐거웠던 시절은 짧았다.

그가 석달 간 해외연수를 갔다 온 사이 사건이 일어났다. 그녀가 회사의 인사부장에게 그가 강간범이라고 상세한 내용의 편지를 보냈던 것이다. 회사는 그의 변명이나 해명을 들어보지도 않고 무조건 퇴직을 강요하였다는 것이다. 그는 회사에 번진 뒤숭숭한 소문을 도저히 견딜 수가 없었다.

그는 견딜 수 없는 배신감과 충격 때문에 잠시 정신과 치료를 받았지만 아무런 소용이 없었다는 것이다. 부모님과 친구들,

회사 직원들 볼 면목이 없어서 이런 식으로 죽을 수밖에 없었다고 했다.

나는 수사를 종결하면서 냉철하게 결론을 내려야 했다. 그녀는 自害恐喝犯이었다. 여자의 죽음은 현재와 과거, 기억과 현실의 뒤엉킴, 자기연민과 인간의 미망이 초래한 自業自得이었다.

우리들의 시간

우리들의 시간

삶이 그대를 속일지라도……

가을이 무르익어가고 있었다. 쾌청한 날씨가 계속되었다. 천고마비의 계절. 야외 스포츠를 하기에는 최적의 날씨였다.

밤이 깊어가고 있다. 거리에는 자동차의 왕래마저 뜸해졌다. 카페에는 손님이 거의 없다. 우리 일행만 구석진 자리에 남아있다. 그들 일행과 우리 일행 말이다. 모두 7명이었다. 우리들은 청바지 차림에 야구 모자 같은 걸 쓰고 있었다. 여자 종업원은 연신 하품을 하며 우리가 얼른 자리에서 일어나기만을 애타게 기다리고 있었다.

우리는 약간 긴장하고 있었다.

전직 펀드매니저 (우리는 오랫동안 그의 이름을 몰랐다.)는 한껏 거들먹거리며 그러나 작은 목소리로 말했다. 그는 우리만 남고 다른 손님들이 다 빠져나가기를 한참이나 기다리고 있던 것이다.

『대부님은 국제 축구계의 거물 중에서 거물이지. 피파 FIFA 회장 블라터도 그 양반 앞에서는 쩔쩔맨다고 하니까. 알겠지, 어느 정도인지. 그리고 말이야, 세계적인 베팅 회사인 유럽의 레드브룩스나 윌리엄힐과도 연결되어 있는 거야. 다시 말하면, 우리 뒤에는 그 양반이 있다는 거지.

그러니까 우릴 동네 조무래기들이나 하는 도박 브로커와 혼동해서는 안 된다는 거야.

스포츠 베팅은 하나의 문화인 거야. 오락 문화. 그건 합법이건 불법이건 마찬가지인 거지. 오늘날 축구가 전 세계적으로 발전한 것은 베팅 때문이거든. 그러니까 베팅은 스포츠의 일부분인 거지. 그것도 아주 중요한 일부분이지. 그건 자신이 응원하는 팀과 선수에게 보내는 애정의 표현이고, 체육 발전의 원동력이 되는 거야.

스포츠토토가 주는 체육진흥기금이 얼마인데. 정보의 바다라고 하는 인터넷을 보라고. 그날 경기에 관한 온갖 정보들이 수많은 웹사이트, 카페 또는 블로그에 올라오는 거야.

이왕 말이 나왔으니까, 너희들도 자주 베팅을 할 거야. 선수들에게는 금지되어 있는데도 말이야. 그런데 베팅회사의 배당률을 믿어서는 안 된다는 거지. 그건 순전히 미끼인 거야. 배터들이 베팅에 실패하면 그만큼 베팅회사의 이익인 거지. 그게 바로 배당률의 함정이라는 거야.

그건 그렇고…… 본론을 말해야겠지.

대부님은 신처럼 모든 걸 내려다보고 있는 거야. 그러면서 밑

에 있는 모든 인간들을 조종하고 있지. 그러니 속일 수도 없고 속여서도 안 되는 거지. 잔인해, 잔인하다고

배신자는 몸뚱이도, 뼈까지도 깡그리 태워서 흰 가루로 만들어 바다에 버리지. 하얀 이빨만 남는 거야.

그러나 계산 하나만은 정확하지. 그건 내가 보증할 수 있어. 먹튀는 안 한다는 말이야. 알겠지, 알겠어.

그러면 말이야 축구에 관한 이야기는 전문가인 김대성이 지금부터 이야기해봐. 너희들도 알고 있을 거 아닌가. 얼마 전까지 전남에서 뛰었으니까.

김 코치는 말이야, 풀백이든 센터백이든 수비형 미드필더이건 수비 포지션에서는 다 뛰었어. 그렇게 해서 프로 생활을 광주에서 시작해서 광주에서 끝냈다는 거지. 자기가 뭐 프랜차이즈 스타도 아니면서 말이야. 그렇지 않나?

너희들에게 알려줄 게 있는데 김 코치는 곧 어느 프로팀의 수비 전담 코치로 가게 되어있지.

그런데 말이야…… 안정수하고는 구면일 테지, 그렇고말고 서로 얼굴을 붉히고 잡아먹을 것처럼 으르렁거렸으니까. 안 그런가? 내가 잘못 알고 있는 건가? 그러나 이제부터는 그따위 감정은 풀어버리라고 동업자 아닌가.』

그는 몇 년 만에 부쩍 늙어버렸다. 머리는 벌써 반쯤 벗겨지고 얼굴은 잔주름이 자글자글하였다. 그의 삶이 지금 그만큼 고달픈 것일까?

김대성은 입안이 바싹 마른 사람처럼 말했다.

『본론으로 바로 들어가는 거야……

서울과 광주는 원래부터 게임이 안 돼. 통산 전적이 서울이 9 승 2무인 거야. 광주는 이상하게도 서울만 만나면 주눅이 드는 거지. 서울은 광주만 만나면 매우 공격적이 되고 광주는 수비만 하니까 공을 가지고 있는 시간이 적을 수밖에 없고, 힘쓸 틈도 없이 맥없이 당하는 거지. 공 점유율을 보니까 평균적으로 65대 35야. 그러니 게임이 안 풀리는 거지.

그러니까 광주가 한 번도 이겨본 적이 없어. 징크스야 징크 스, 그것도 무서운……. 그래서는 싸우기도 전에 힘이 빠져버리 는 거야.

나도 그랬어. 그렇게 되더라고.

오죽했으면 전남 운동장에 내린 악귀를 쫓는다고 한 밤에 소 금을 뿌리기까지 했을까.

그게 감독에게도 선수들에게도 엄청난 심리적 영향을 끼치는 거야. 감독은 서울만 생각하면 자다가도 숨이 막혀 벌떡 일어나 겠지. 지독한 악몽을 꾸거나.

배터들이 이구동성으로 말할 거야. '한 번도 못 이겼는데 이 번에도 지겠지. 뻔한 거야, 뻔하다고' 그래서 전부 서울에 걸게 되는 거야. 틀림없어. 틀림없다고.

우리는 그런 안이한 심리상태를 역으로 이용하는 거라고

그러니까, 서울에도 약점은 있어. 방심할 거야, 방심할 거라 고 광주쯤이야, 광주는 우리의 밥이야, 그러니 동기 부여가 될 리가 없지.

그리고 가장 중요한 보조 공격수인 노련한 김주성이 햄스트링 부상으로 3주간 결장하니깐 이번에는 출전하지 못하게 되지. 대체 선수로 나올 어린 박종윤은 별로이니까.

너희 감독은 원톱을 쓰겠지. 안정수가 혼자서 최전방 공격수로 나설 수밖에 없어. 너는 공격적이고 해결사이니까.』

그때 그는 안정수의 햇볕에 그을린 갈색 얼굴을 쳐다보고 위아래로 훑어 내렸다. 안정수는 그의 눈을 피해서 대리석 바닥만 내려다보았다.

김대성이 계속해서 말했다.

『그런데 서울에는 중심 수비수 한 명도 연습 도중 부상 때문에 이번 게임에 뛸 수 없다는 거야, 그건 우리가 캐낸 가장 확실한 정보이지. 수비는 조직력인데 공격수가 빠지는 것보다 수비수가 빠지면 전력 누수가 훨씬 심각하지. 물론 서울은 강팀이니까 선수층이 두텁긴 하지만.

우리는 시합이 시작되기 전날에 상대방의 선발 명단 알아맞히기 게임을 하지. 해봤을 거 아냐? 선수들의 명단을 대충 알게 되면 작전의 윤곽이 드러나는 거라고.

광주 감독은 사투리를 많이 쓰고 무척이나 쓸데없는 말도 많이 하지. 그러니까 선수들이 헷갈리는 거야. 혼자서 씨부렁거리니까 무슨 말인지 도통 이해가 안 되는 거지.

그러나 이건 확실하지, 너에게 전담 마크를 줄 거야. 그 양반 수비에서 지역 방어를 쓰면서도 너에겐 맨투맨을 하는 거지. 그 늙은 수비수가 스피드가 떨어지니까 노련하고 교묘하게 반칙을 잘하는 거 알고 있겠지. 내년쯤이면 은퇴한다고 하던데……

그러니 이판사판인 거지. 네가 시키는 대로 하지 않으면 무자비한 태클로 네놈의 발목을 부러뜨려서 선수 생명을 끝장낼 수 있다고 그러니 얌전히 시키는 대로 하란 말이야.

90분 내내 공격수가 슈팅을 안 할 수는 없을 거니까 슈팅은 마음대로 하라고 다만 유효 슈팅을 할 때는 골키퍼의 가슴에 안기게 하란 말이야. 무슨 말인지 알겠지. 그리고 절대 발리킥이나 오버헤드킥은 하면 안 되지. 그땐 공이 제멋대로 가니깐 너도 통제할 수 없게 되는 거야.

그리고 말이야, 가급적 헤딩도 하지 마라. 너는 본래 몸싸움을 싫어하지 않는가. 그 덩치 큰 수비수가 네가 헤딩하려고 점프하면 밀쳐서 깔아뭉갤 거니까.』

다시 펀드매니저가 말했다.

『다시 말하면, 너희는 이기는 경기를 해서는 안 된다는 거지. 알겠지? 알겠어? 이게 핵심이야.

이 경기는 그 결과가 뻔하다고 보니까 텔레비전 생중계도 없어. 그러니까, 안심하라고 무슨 짓을 해도 슬로우 비디오로 나오지 않을 거니까. 그들은 경기장에 입장할 때부터 패배의 그림자가 얼굴에 얼씬거리지. 한결같이 얼어붙어 있는 거야.

그 감독은 너무 무식해. 기술과 체력, 전술 다 필요 없다는 거지. 무조건 선수들의 멘탈만 강조한다고 그래도 지금까지 버틴 거지. 감독 목숨 파리 목숨인데…… 구단 쪽에 든든한 게 있거나…… 기자들과 사이가 좋았거나…… 그렇지, 뭐니뭐니해도,

행운보다 더 좋은 건 없는 거야.』

김대성이 말했다.

『그 감독님 그래 봬도 의리 하나는 끝내주죠. 자기 선수들을 보호해요. 절대 선수 탓을 안 하지요. 패배의 책임을 감독이나 팀 전체에 돌리는 거예요.

그런데 구단이 문제라구요. 돈이 없으니까 좋은 선수를 데려올 수 없잖아요. 공격 자원이 빈약하니까 수비적으로 나올 수밖에 없어요.』

펀드매니저가 담배를 꺼내 물었다. 그러나 불은 붙이지 않는다.

그가 말했다.

『수비 쪽과 골키퍼에게는 이미 손을 써놨지. 그걸 너흰 모른 척하고 있으라고. 알겠지. 오른쪽 풀백은 미끄러져 넘어지는 척하면서 결정적인 순간에 광주 공격수를 놓치게 될 거고, 골키퍼는 반대쪽으로 다이빙할 거야.

상황이 여의치 않으면 수비수가 고의적으로 심한 백태클을 해서 자신은 퇴장당하고 페널티킥을 허용하도록 각본이 짜여있지.

다시 말하면…… 광주가 언제든지 한 골이나 두 골은 빼낼 수가 있다는 거야. 그 이상은 불가능하겠지.

그리고 말이지, 주심의 경우에는 도대체 신경 쓸 게 없어. 주심이란 게 원래 그라운드의 독재자이지만. 모든 사람들의 증오심을 불러일으키는 지독한 냉혈한이라고 할 수 있는데.

이번에는 물렁물렁할 거라고. 그 주심 게으르고 느려 터져서 슬슬 걸어 다니니까 뭘 볼 수 없다고……』

김대성이 말했다.

『문제는 말이야, 공격 쪽이라고. 오늘은 공격 쪽만…… 알겠지? 이게 핵심이야. 네가 골을 넣으면 작업은 헝클어지지. 공격형 미드필더들도 그렇고 말이야.

아주 요령껏 자연스럽게 플레이를 하는 게 중요하지. 어쨌거나 지나치게 소극적 플레이를 해서는 안 되는 거야. 감독이나 코칭스태프들이 눈치채지 않게 말이야.』

재무팀장이 말했다.

『베팅 조건은 첫째는 2:0, 둘째는 1:0, 그러니까 한 골 또는 두 골 차 이상으로 지라는 거지. 두 골 차면 특별 보너스를 주겠어.

전남은 공격력이 있으니까 언제든지 한 골이건 두 골이건 골을 넣을 수가 있으니까. 그런데 너희가 반격을 해서 골을 넣지 않은 게 중요해. 이게 핵심이야.

우선 선수금조로 각자 1,000만원을 주겠어. 게임이 예정대로 끝나면 바로 5,000만원을 주지. 그러나 실패하면 선수금을 따블로 돌려줘야 하는 거야. 다음 게임에는 조건이 달리 적용되겠지. 알겠지, 알겠어?

그런데 네가 이 작업의 핵심이니까…… 다시 말하면 네가 골을 넣으면 안 되니깐 특별히 선수금을 더 많이 주고 싶군. 선수금으로 3,000만원, 끝나면 7,000만원을 줄 수 있어. 총 1억 원이

라고

늙으신 할머니가 중풍으로 고생하고 계신데…… 그 정도면
충분한 치료비가 될 거라고』

안정수가 말했다.

『우린 선수금 같은 거 필요 없어요. 따블은 말도 안 돼요. 막
상 시합에 들어가면 그게 마음대로 되냐고요. 저는 제가 본능적
으로 할 수 있는 걸 다 할 겁니다. 끝나고 보자고요. 끝나고 나
서…….』

그 경기는 2012년 10월 13일 18:00 상암월드컵 경기장에서
시작되었다. 그리고 예상을 뒤엎고 서울이 광주한테 3:2로 졌다.
어떻게 이런 일이? 혹시 잘 짜여진 각본대로?

예상대로 경기장 관중석은 텅 빈 채로 썰렁했다. 승패가 당연
한 시시한 경기라고 생각해서인지 서포터들도 나오지 않았다.

비둘기들만 날아다녔다.

전반전이 시작되자마자, 그러니까 겨우 5분쯤 지나서 광주의
센터가 가로챈 볼을 드리블해서 중앙선을 넘어서면서 그 순간
서울 쪽 아크 서클로 뛰어들어 공간을 만든 공격수에게 볼이
연결되었고 그때 공격수는 골키퍼가 왼쪽으로 몸이 쏠리는 것
을 놓치지 않고 오른쪽 골문 구석으로 밀어 넣은 것이다. 골키
퍼는 데굴데굴 굴러가는 공을 멍하니 쳐다볼 수밖에 없었다.

나는 그때 벤치 앞쪽에 앉아서 그 광경을 지켜보았다. 나는
후반전 중간쯤 이후에 교체 선수로 투입될 예정이었다. 감독님

으로부터 그렇게 귀띔을 받은 것이다.

전반전이 1:0으로 끝나고, 하프 타임 때 우리 감독은 라커룸에서 늘 하던 버릇대로 손톱을 잘근잘근 물어뜯으며 선수들을 심하게 다그쳤다. 그러나 감독은 자신의 실수를 깨닫고 있었다. 미리 맞춤형 수비 연습을 소홀히 했던 것이다. 더욱이 수비수들에게 상대 공격수에게 틈을 주지 말고 바짝 붙으라는 지시를 까먹기까지 하였다.

『왜 그 모양이야, 모두들 발이 땅바닥에 얼어붙어 있어. 경기를 구경만 하고 있다고 뛰란 말이야. 여기저기 쑤시고 다니란 말이야. 그래서 리듬을 타라고 축구는 리듬이야, 리듬.

빨리 동점을 만들라고 첫 골이 들어가면 게임은 우리 쪽으로 넘어온단 말이야. 그러면 우리 페이스대로 흘러가는 거지.

후반전 전반에 저것들이 약간 방심하고 있을 때 원톱에게 바늘구멍이라도 뚫리면 무조건 찔러주라고 그러니까 멀리 똥볼을 차면 안 된단 말이야. 그래서는 상대의 허를 찌를 수가 없는 거지. 한 박자 빠른 패스가 필요해.

원톱은 이쪽저쪽으로 살살 움직이며 공간을 확보해, 공간을. 어깨 싸움에서 밀리지 말라고 박스 근처에서만 어슬렁거리라고 수비는 전혀 신경 쓰지 말라고 광주 수비수를 등에 지고 터닝슛을 날려, 번개처럼 날리라고 골키퍼를 인정사정없이 죽여 버리라고 알겠지, 알겠어.』

안정수는 골문을 등지고 있었다. 공이 머리 위로 날아왔고 그는 가볍게 점프해서 가슴으로 공을 트래핑한 후 공이 땅에 떨어지기 전에 강슛을 날리려고 몸을 돌리는 순간 상대 수비수가 발로 공 대신 그의 가슴을 스쳤고 그는 나뒹굴었다. 이건 고의가 아니라 가벼운 실수였지만 여지없이 페널티킥이 주어졌다.

그는 하얀색 원으로 되어 있는 페널티킥 지점에 공을 놓고 몇 발자국을 물러섰다. 일부 열성적인 관중들이 자리에서 박차고 일어섰다. 주심은 땀을 뻘뻘 흘리며 호루라기를 입에 물고 있다. 그와 골키퍼는 잠시 동안 단둘이서 서로를 응시했다. 골키퍼가 그의 눈길을 피했다. 그는 이를 꽉 악문 채로 눈을 질끈 감았다가 크게 떴다. 그리고 다시 공을 쳐다보며 간절하게 주문을 외웠다.

'제발 좀, 들어가다오, 들어가라고.'

그는 그때 중학교 시절 봄에 열리는 전국 중등부 축구선수권대회 결승전 순간을 퍼뜩 떠올렸다. 후반전 막판이었고 그가 페널티 골을 넣으면 그대로 게임은 끝나는 찰나였다. 그가 힐끗 벤치 쪽을 바라보았다. 모두들 우승이라도 한 것처럼 박수를 치며 환호하고 있었다. 하지만 그가 찬 공은 하늘 높이 날아가 사라져버렸다.

그래서 페널티킥에 대해서는 그때부터 트라우마가 있었고 페널티킥을 할 때마다 내심 불안했다.

골키퍼는 슈팅이 되는 순간 거의 무의식적으로 키커가 공을 찰 방향이라고 지레짐작한 왼쪽으로 몸을 날렸지만 그는 침착하게 인사이드 킥으로 오른쪽 모서리로 찔러 넣었다.

이제 스코어는 1:1이 되었다. 당연히 서울 쪽에서 사기가 올라 계속 밀어붙여야 한다. 그의 몸놀림이 더욱 가벼워지며 최전방에서 공간을 만들고 있다.

그런데 어찌된 일인가.

후반전 후반이 되자 핵심 수비수인 김주봉이 갑작스럽게 허벅지 근육 통증으로 교체되어 후보 선수인 김정욱이 들어왔고, 그때부터 견고한 수비진의 밸런스가 무너지기 시작하며 밀리기 시작했다.

우리 선수들의 몸짓과 표정을 살폈다. 우리들은 단순해서 미묘한 감정의 변화를 감추지 못하고 얼굴에 그대로 드러내서 언제나 표정이 풍부하다. 모두들 당혹스러워서 어쩔 줄을 몰라했다. 그때는 땀이 비오듯 온몸을 적신다. 너무 긴장해서 미끄러지고 다리가 휘감기면서 헛발질까지 했다.

더욱 수비라인이 삐걱거리면서 연거푸 2골을 먹게 되었다. 불과 몇 분 간격이었다.

감독님은 라인을 따라 왔다 갔다 하면서 계속 시계를 들여다보았다. 두 손을 모아 선수들을 향해서 고래고래 소리를 질렀다. 얼굴이 흙빛이었다. 그들이 감독의 말을 듣기나 했는지 또는 그의 지시에 따라 움직이는지 알 수 없었다. 그들은 허둥대고 있었으니까.

나는 그게 그 펀드매니저가 수비수 쪽에 손을 썼다는 작업의 결과 때문이라고 생각했다.

그제야 감독은 몸이 무거운 늙은 박종수를 젊은 선수인 유지성으로 교체했다. 그리고 다이아몬드형 미드필드로 전환했다.

유지성이 들어오자마자 구석구석을 열심히 뛰어다니면서 수비는 점차 안정되었다. 그들은 패배에 대한 공포감 때문에 새삼 번쩍 정신을 차렸다. 어떻게 광주에게, 한 번도 진 적이 없었는데.

본부석 맞은편에 옹기종기 모여 있던 아줌마 부대들의 함성이 들려왔다. 상대 패스를 끊으라는 의미로 '끊어! 끊어! 끊어!'라고 외치거나 크로스를 올리라는 의미로 '올려! 올려! 올려!'라고 외쳤다. 그 중에는 우리 선수들의 어머니들이 끼어 있었다.

그들은 점점 빨라지고 전진했다. 그들은 땀을 뻘뻘 흘렸고 목구멍이 바짝바짝 타들어갔다. 그는 상대방 선수들과는 한 발짝 거리를 유지하고 계속 경계의 눈길을 던졌다. 끊임없이 움직이면서 위치를 조정한다.

그때 원톱에게 깊은 스루 패스가 들어왔다. 그는 상대 수비수들과 부딪치고 엉키면서 공을 차지했고 이리저리 공을 굴리면서 방향을 바꾸었고 결국 골키퍼가 전혀 예측하지 못했던 각도로 공을 날려 보냈다. 공은 빙글빙글 돌면서 날아가 마치 마른 낙엽이 바람에 떨어지듯이 방향을 바꾸어 골문 오른쪽으로 들어갔다. 뒤늦게 골키퍼가 몸을 날렸지만 그는 공을 잡을 수 없었다. 이제 스코어는 3:2가 되었다.

안정수는 계속 중얼거렸다. 침착해라, 침착. 아직 괜찮으니까. 시간은 충분하다니까. 흥분할 것은 없어. 공이 발에 걸리면 가차 없이 갈기는 거야. 갈기는 거라고.

그는 상상했다. 모든 눈이 나를 향하고 있다. 준비하라. 공이 날아오면 정확하게 반응한다. 나는 빠르게 공을 치고 달리며 수비수를 제치고 이제 골키퍼와 일대일로 맞서 그의 손이 도저히 미칠 수 없는 모서리로 침착하게 공을 굴린다.

그러나 아슬아슬하게 골대 밖으로 굴러가버린다. 골키퍼가 안도의 한숨을 쉰다. 그 순간 골로 착각한 관중들의 우레와 같은 함성이 아쉬운 탄식으로 변했다. 그는 온몸에서 힘이 빠졌고 상의 유니폼으로 흘러내리는 땀을 닦았다.

그 이후로는 좀처럼 단독 찬스는 찾아오지 않았다.

인저리 타임에서 1분을 남기고 코너킥 찬스가 왔다. 전담 키커가 공을 골키퍼의 손에 닿을 수 없게 높이 길게 찼고 키가 큰 윙백이 상대방 수비수의 방해를 뚫고 높이 떠올라 발밑에 떨구어지자 그는 이를 꽉 문 채 상대편을 여유 있게 제치면서 힘차게 갈겼다. 그는 골을 의심하지 않았다. 그러면 해트트릭이 되는 것이다. 아주 오랜만에…… 얼마나 기다리던 순간이었는가.

그런데 공은 굉음을 내며 골대를 맞추고 튀어 올라 아웃이 되어버렸다. 오, 이런! 이런! 그러고 나서 그 시합은 끝났다.

주심이 길게 경기 종료의 휘슬을 불었던 것이다.

광주는 승리가 확정되었으나 여전히 어리둥절해서 모처럼의 승리를 만끽하지 못했다. 너무 놀라운 사건이 일어나서 다들 눈에 초점이 없고 멍한 기분이다. 그들은 어정쩡하게 흩어진 채로 그라운드를 빠져나갔다.

조명탑의 불이 하나둘씩 꺼지면서 어두운 운동장에는 쓸쓸한 적막감이 감돌았다.

그는 어렸을 적에 부모가 이혼하면서 외할머니 손에 자랐다. 그래서인지 자기 자신이 무력함을 느끼거나 자존심이 상할 때 감정을 조절하지 못하는 '간헐적 폭발성 장애 또는 분노조절 장애' 증후군이 있었다.

골은 축구의 절정이다. 하얀색 둥근 대포알이 그물망을 흔들어 놓을 때마다 터져 나오는 요란한 감격과 흥분은 광기마저 느끼게 한다. 그는 누구보다도 골에 대한 집념이 강했다. 골을 넣으면 혈중 엔도르핀이 마구 치솟았다. 시합에서 골을 넣은 날은 너무 기뻤지만 넣지 못하면 미칠 것 같았고, 왈칵 눈물을 쏟았다. 이 축구 광신자는 골을 넣기 위해서라면 수단과 방법을 가리지 않고 무슨 일이든지 할 수 있을 것 같았다.

안정수는 중학교 3학년 여름방학을 마치고 그때 학교를 중퇴하고 서울 시티즌에 테스트를 거쳐 유소년 선수로 입단했다. 아주 일찍부터 다른 모든 것을 포기하고 대부분의 시간을 축구에 바친 사람만이 일류 프로선수가 될 수 있다는 것을 깨달은 것이다. 그래서 2군에서부터 체력을 단련하고 착실하게 기본기를 다졌다. 그리고 축구선수로서 운동감각을 길러야 했다. 하지만 오랜 반복 연습과 지루한 훈련을 견뎌내야만 몸속 온갖 신경과 감각이 조정되면서 집중력과 운동감각이 향상되는 것이다. 안정수는 그때 벌써 높이 점프할 수 있도록 수없이 점프 연습을 했고 중력이 허용하는 것보다 한두 발짝 공중에 더 떠 있도록 이미지 트레이닝을 반복했다.

그때만 해도 대한민국에서는 축구를 하는데도 학교 졸업장이 중요했다. 운동선수들에게도 능력보다는 학력과 출신 학교를 먼저 따졌던 것이다. 축구선수는 고대, 연대, 경희대, 한양대를 거쳐야만 청소년 국가대표, 성인 국가대표로 발탁되고, 일류 프로팀으로 진출하는 출셋길이 열렸다.

하지만 어차피 진짜 축구를 하려면 최종 목표는 프로팀에 입단하는 것이고, 그 후 국가대표선수가 되어 태극마크를 달고 나서 유럽의 빅 리그로 진출하는 것이다. 기회는 항상 있는 것이 아니고 기회가 있을 때 놓치고 싶지 않았다.

그는 벌써 기특하게도 게임을 결정하는 건 정신과 육체 둘 다인 것을 깨닫고 있었다. 축구는 정신과 육체를 포함한 모든 것의 총합이었다. 그는 최고가 되려는 진정한 욕망이 있었다. 그러나 유럽에서 뛰려면 육체를 먼저 단련해야 했다. 그쪽은 스피드가 엄청나고 너무 거칠고 불필요한 파울이 많으니까 이를 이겨내려면 체력이 우선이었다. 그는 절대 체력 훈련과 연습을 멈추지 않았다.

코흘리개, 그 어린 나이에 어쩌면 그렇게 어른스럽게 생각할 수 있었는지.

지금 생각해도 그것은 일생일대의 탁월한 선택이었던 것이다. 프로 팀만큼 좋은 시설을 갖추고 좋은 선수들이 모여 있는 곳이 어디에 있겠는가. 그는 성실하고 부지런했다. 그래서 계속적으로 일취월장 성장했다. 다만 여드름투성이 얼굴에 키는 180센티미터까지 계속 자랐지만 어쩐 일인지 지속적인 근육운동에도 불구하고 체중만은 적정한 수준까지 불어나지 않았다.

그는 책상머리에 '프리킥과 헤딩은 마드리드의 호날두처럼, 드리블과 패스는 바르셀로나의 메시처럼, 그리고 슛은 내가 한다.'라고 써 붙여 놓았다.

그는 페널티박스에서 몸놀림이 빨랐고 머리, 눈, 어깨, 발 등 온몸이 공을 향했다. 언제나 공이 골대로 빨려 들어가는 그 순간을 미리 예감하고 있었다.

그의 머릿속에는 오직 골밖에 없었다. 축구는 골이다. 골은 경기의 판세를 좌우한다. 그는 무자비하게 골을 집어넣으며 벌써부터 암살자의 면모를 보이고 있었다. 상대팀은 그를 두려워하였다.

그는 자면서도 축구공을 안고 잤다. 공은 친구였다. 이제 공은 여자가 되었다. 그녀에게 열광했고, 헌신했고, 복종했다. 그는 그녀를 끊임없이 추구하면서 줄기차게 꽁무니를 쫓아 따라다녔다. 그녀가 숨고 도망가도 그녀를 찾아서 달리고 깡충깡충 뛰어올랐다.

그에게 있어서 축구는 본능이고 무의식의 세계였다. 나는 축구를 한다. 고로 존재한다. 그는 그라운드에서 언제나 눈에 쌍심지를 켰다. 공을 찾아서.

2009년 여름이었던가?

김대성은 그 시합 며칠 전부터 안정수에 대해 연구했다. 감독님으로부터 그를 전담 마크하라는 지엄하신 지시가 떨어졌기 때문이다. 그는 몸놀림이 빨랐고 오른쪽, 왼쪽 양발 모두를 자유자재로 사용했다. 그는 세 개의 다리를 가지고 있었으니 작은 키이지만 문전에서 빈틈을 헤집고 헤딩슛도 탁월했다. 그는 어쨌거나 혼신의 힘을 다해서 밀착 마크하기로 결론을 내렸다.

감독이 말했다.

『그놈은 아직 이린데…… 볼을 제대로 다룰 줄 안다고 네가 맨투맨으로 마크하라고 절대 놓치지 말라고 적당히 잡아당기고 걸어차라고……』

원톱은 그날 나이키의 마지스타를 신고 나왔다. 그 축구화는 발목에서 발 밑바닥까지 감싸는 디자인으로 발을 자연스럽게 움직일 수 있었다. 문전에서 정교한 볼 컨트롤이 필요한 선수에게 적합했다. 김대성은 그 녹색 바탕에 나이키 로고가 선명한 축구화를 바라보는 순간 공포감이 밀려오면서 벌써 주눅이 드는 기분이었다. '저 자식을 어떻게 막는담?'

서울팀 감독은 원래 공격수를 2~3명을 기용하는 전통적 포메이션인 4-3-3 형태를 선호했다. 그래야만 투톱 또는 쓰리톱의 경우 공격수가 많기에 그만큼 다양한 공격전술을 사용해서 화끈한 골 퍼레이드를 펼칠 수 있는 장점이 있기 때문이다. 그러나 약점은 있다. 미드필더의 역할이 축소되면서 수비가 엷어지기 때문이다.

이번에는 전남의 날카로운 역습에 대비해서 미드필드를 강화할 것이고 안정수의 공격능력이 워낙 탁월하기 때문에 4-2-3-1 포메이션을 쓰고 당연히 그가 원톱으로 섰다.

그날 전남은 미드필드에서 강한 압박을 받았기 때문에 패스미스가 빈발했다. 팀이 전체적으로 앞으로 나아가지 못하고 볼 점유율 역시 훨씬 떨어졌다. 서울은 수시로 최전방에 있는 원톱에게 찬스를 연결하고 있었다. 김대성은 그때마다 중압감과 압박감을 느꼈다. 그가 밀착 수비를 하면서 심판 모르게 안정수의 유니폼을 잡고 늘어지고 팔꿈치로 가슴팍을 가격하고 침을 뱉고 욕설을 퍼부었다.

그러나 어린 안정수의 얼굴에서 알 수 없는 빈정거림과 적대감을 느꼈을 뿐이다. 그는 김대성을 철저히 무시하고 농락하고 짓밟았다. 그는 이성을 잃었다. 그가 공을 잡는 순간 무자비하게 백태클을 하였다. 안정수가 고통스럽게 발목을 감싼 채 뒹굴었고 그 순간 페널티킥이 선언됐다. 안정수는 곧바로 가볍게 털고 일어났다.

그가 페널티숏 지점에 둥근 공을 내려놓았을 때 경기장 전체에 숨 막힐 듯한 긴장감이 흘렀다. 그는 결정적인 짧은 순간 자신에게 물어보았다.

『골키퍼가 왼쪽으로 몸을 날릴 것인가, 아니면 오른쪽으로?』

안정수가 예리하게 왼쪽 골문 모서리로 차 넣었다. 그러나 골키퍼는 반대쪽으로 몸을 날렸다.

그는 목에 걸고 있던 작은 십자가에 입맞춤을 했고, 무어라고 중얼거렸다. 언제부터인가 예수쟁이이니까, 틀림없이 '주여! 감사합니다! 감사합니다! 저 악마에게 드디어 복수를 한 것입니다! 악마여! 회개하라! 그렇지 않으면 지옥이 가까웠느니라.'라고 말했겠지.

그는 그때서야 하프타임 때 감독님이 『야, 김대성, 약간 조심하라고. 골 에어리어에서 페널티가 나면 큰일이야. 걔가 벌써부터 헐리우드 액션을 알아가지고…… 파울을 얻어내려고 넘어질 거라고』라고 말했던 게 퍼뜩 떠올랐다. 이미 늦었지만 말이다.

그리고 그때 생각했다. 새까만 후배 녀석에게…… 고아 출신이나 다름없는 놈에게…… 겨우 중학교 중퇴한 놈에게 철저히 당했지, 무시당했지. 나는 축구 명문고와 명문대를 나왔고 국가대표까지 했는데 말이지.

저 놈은 지금 너무 잘나가고 있는 거야.

국가대표는 따 놓은 당상이고, 그런 후에는 거액의 계약금을 받고 유럽의 빅 리그로 순서대로 진출하겠지. 명예와 부를 한 손에 거머쥐는 거지.

그 꼴을 어떻게 봐? 그걸 내가 막아야만 하는 거야. 저놈을 반드시 파멸시켜야만 하지. 다음 시합에서는 그의 무릎이건 발목이건 분질러서 영원히 축구를 못하게 할 거야. 그래도 안 되면 다른 모든 수단을 동원해서 파멸시켜버리는 거지.

그는 그때 감당하기 힘든 굴욕과 함께 시기심과 질투심을 느꼈다. 그리고 복수의 칼날을 벼리고 있었다.

그 시합이 끝나고 며칠이 지나고 나서 우리는 자주 가는 당구장에서 만났다. 김태현이 이정훈에게 말했다.

『형, 잘하면 돈을 받을 수 있을 것 같아. 어차피 진 거니까, 그들이 말한 조건 일부는 충족시킨 거지. 그러니깐, 전부는 아니더라도 일부는 받아야 하는 거지.

내가 대성 형한테 전화를 했더니 '너네 한 것 맞냐.'하면서 큰 소리로 화를 내긴 했지만……. 형 이야기가 나는 잘 모르겠고 빠질 테니 너희들이 펀드매니저를 직접 만나보라고 했어.』

이정훈이 말했다.

『이왕 이렇게 된 거, 돈이나 받아야지. 그래, 그렇지. 그때 작업에 동의했던 다른 선수들에게도 이야길 해봐야겠어. 그런데 수비 쪽은 절대 아니었어. 내가 은근슬쩍 눈치를 살피면서 물어봤는데…… 아니더라고 그 매니저가…… 사기 친 거야.』

김태현이 말했다.

『내가 이미 대성 형한테 협박성 문자 메시지를 보냈거든. 사촌 형이 부산에서 유명한 칠성파 조폭이라고 했지. 그 형이 알게 되면 서울에 올라와서 가만 안 둘 거라고 했거든.

그랬더니 펀드매니저를 만날 수 있도록 주선한 거야. 그치한테도 형 이야기를 꺼내는 거지 뭐. 사실 그 형은 가짜야.』

어느새 가을이 다 지나가고 있었다. 가을은 어차피 여름이 타고 남은 것이다.

그들의 검은 색 외제 SUV를 타고 낡은 5층 아파트 단지를 지나서 개포동 변두리에 있는 텅 빈 가건물로 들어갔다. 건물 뒤쪽은 소나무와 밤나무 숲이 우거진 얕은 산과 붙어있다. 옛날에는 자동차 정비소였던 건물이었다. 천장에는 온통 거미줄이 쳐져있다. 시멘트 벽은 칠이 벗겨지고 습기와 곰팡이 냄새가 났다. 지독히 퀴퀴한 냄새. 바닥에는 버려진 엔진오일 자국과 쓰레기가 산더미를 이루고 있다. 그리고 한쪽 구석에는 바람 빠진 축구공이 반쯤 눌린 채로 놓여있다.

깍두기 머리에 검은 정장을 한 건장한 건달 두 명이 그를 호위하고 있다. 건달 하나는 계속 접이식 칼집에서 예리한 칼날을 접었다 폈다를 반복하고 있다.

펀드매니저가 우리를 아주 노골적으로 훑어본다. 자기는 모든 걸 빤히 다 알고 있다는 듯한 거만한 눈빛이었다. 나는 그의 일그러진 얼굴을 쳐다보지 않으려고 애썼지만 어쩔 수가 없었다. 나는 그의 눈 밑에 번져있는 다크서클을 힐끗 훔쳐보았다.

펀드매니저가 말했다.

『너희들이 일을 그르쳤지. 알겠지? 그게 핵심이었는데 말이야. 완벽한 기회였는데 말이야. 3:1이었을 때. 그런데 다 망쳐버렸지. 죽일 놈들 같으니라고 손해가 얼마가 난 줄 알아, 너희 놈들 때문에……. 이런 뻔뻔한 것들이.』

이정훈이 말했다.

『그래도 말입니다. 우리 팀이 졌지 않습니까. 모두의 예상을 깨는 커다란 이변이 일어난 것이지요. 조간신문 스포츠면마다 그게 톱기사 아니었습니까? 그렇지 않습니까?』

펀드매니저가 잔뜩 화가 나서 말했다.

『너희가 날 핫바지로 알고 있구먼. 축구에는 도대체 아무것도 모르는……. 그놈을 믿는 게 아니었어.

우리들의 계약조건을 완전히 무시했지. 물불 안 가리고 날뛰더구먼. 해트트릭을 할 뻔했으니까. 그리고 왜 김주봉이 쥐가 났겠어. 개념 없이 천방지축 너무 뛴 거야. 교체될 때까지 벌써 10킬로미터를 넘게 뛰었더라고. 그러니 쥐가 안 나겠어.

너흰 각본대로 따르지 않고 정상적으로 뛰었단 말이지.

서울이 그 날 진 것은 그렇게 된 거지. 공은 둥글고 둥글지. 그게 축구야. 강팀이 항상 이길 수는 없는 거지.

축구가 왜 재미있겠어. 누가 이길지 모르는 경기이기 때문인 거지. 작은 물고기가 큰 물고기를 삼켜버릴 수 있다는 거지. 그러니까 아무리 강팀과 약팀의 경기라도 강팀에게 단지 승리의 확률이 높다라고 말할 수밖에 없는 거야.

그래서 스포츠 베팅에서는 축구가 최고인 거야. 바로 그거야, 이번 시합은 바로 그거란 말이다. 그러니까 너희는 한 게 아무 것도 없어. 마지막 슛이 골대를 맞췄지. 그건 골이나 다름없는 거야. 우연 중의 우연이고 그 결과는 하늘에 계신 신만이 알고 있는 거지.

그러니까 배당금은 없어. 무슨 염치로…… 너희가 염치가 있는 놈들이야. 내가 너희 놈들이 다시는 축구를 못하게 발복이건 무릎이건 분질러 놓을 수도 있지만 이번만은 처음이니까 봐주는 거야.

다음 경기를 한 번 제대로 해주면 이번보다는 배로 올려주겠어. 그리고 이번 일을 완전히 용서해주는 거지. 알겠지? 알겠어? 이게 핵심이라구.』

건달들이 계속 눈알을 부라리며 째려보았다.

『밤길 조심해, 조심하라고. 푹, 쑤셔버릴 거야.』

나는 그 공포 분위기에서 너무 놀란 나머지 등줄기에서 땀이 흘러내렸고 바지에 오줌까지 지렸다.

이정훈이 겨우 말했다.

『우리들이 결정하기에는…… 형들과 다시 상의할게요』

서울남부지방검찰청 507호 검사실

담당 검사는 우리들의 시합 전후 통화 내역, 금융계좌 추적, 스포츠토토나 사설 토토를 한 사실, 프로토 승부식 발매내역에 의한 베팅분석, 전국적으로 판매점별 복권발매 및 적중현황 분석표, 네이버 스포츠 뉴스의 경기기록표에 의한 팀별 기록 및 득점상황표, 한국프로축구연맹의 K리그 경기별 분석기록지 등 만반의 준비를 갖추고 우리들을 차례대로 소환해서 조사하였다.

그 검사는 처음에는 약간 미심쩍은 눈길을 보냈다. 아니면 눈살을 찌푸렸던가? 그러나 곧 깔보는 듯한 거만한 눈길로 아래위를 쭉 훑어본다. 나는 불안하고 위축되어 몸이 얼어붙는 듯했다. 그리고 계속 으름장을 놓았다.

『전부 불어, 하나도 빠짐없이. 너희들이 빠져나갈 구멍은 없어. 만약 허튼소릴 하면 너희 가족들의 금융거래 내역과 탈세까지 깡그리 조사해서 패가망신시킬 테니 알아서들 하라구.

너흰 벌써 구속감이야.

너흰 이미 알고 있을 거야. 선수들은 국민체육진흥법에 의해 스포츠토토가 금지되어 있는데도 너희들은 그걸 했거든. 그것만 해도 징역감인데 사설 토토까지 했거든. 불법 스포츠 도박

사이트에 들어가면 말이야, 참여자도 운영자와 똑같이 5년 이하의 징역이나 5,000만 원 이하의 벌금형에 처하게 되어있지.』

우리는 일체의 진술을 하지 아니하거나 개개의 질문에 대하여 진술을 아니할 수 있다. 진술을 하지 아니하더라도 불이익을 받지 않는다. 그러나 진술을 거부할 권리를 포기하고 행한 진술은 법정에서 유죄의 증거로 사용될 수 있다. 우리가 신문을 받을 때에는 변호인을 참여하게 하는 등 변호인의 조력을 받을 수 있다.라고 했지만, 그게 무슨 소용이 있었겠는가.

검사는 처음에는 신중한 자세로 점잖게 질문했다고 할 수 있다. 그러나, 곧 개버릇 남 못 준다고 빈정거리는 미소를 지으며 신랄하게 또는 신경질적으로 계속 고함을 꽥 질렀다. 금방이라도 쥐어박을 기세였다. 검사는 끊임없이 협박을 하였다.

『검사한테 미운 털이 박혀서는 좋을 게 하나도 없다고 모두 빠짐없이 불란 말이야. 너희 놈들은 모두 구속시킬 수 있어. 구속한다고 그건 내가 결정하는 거야. 알고 있어, 알고 있냐고』

늦겨울의 막바지 추위가 기승을 부리고 있다.

우리는 몇 차례씩 불려 다녔고 그때마다 심한 질책의 말을 들었고 조금이라도 사실 관계가 엇갈리면 검사는 계속 윽박지르거나 손에 쥐고 있던 볼펜으로 뺨을 쿡쿡 찔렀고, 계속 대질신문을 받았다.

(우리는 내질신문을 할 때마다 불편했다. 그때는 서로 불안한 시선으로 멍하니 창밖을 내다보았다. 어쩌다 시선이 마주쳤지만 곧바로 외면했다. 우리들의 시선은 그 어느 곳에도 완전히

가닿지 못했다. 하지만 억지 미소를 지을 수는 없었다. 우리는 현기증을 느꼈고 어쩐지 씁쓸한 느낌에 사로잡혔다.)

감독과 선수들, 심판, 프런트 사람들도 불려 나와서 조사를 받았다. 우리 모두는 검사가 시키는 대로 신문조서에 지문을 찍었고 영상녹화에 동의를 해서 그 조사 과정을 녹음, 녹화하게 되었다.

그리고, 우리들이 기소된 후 변호사를 통해서 피의자신문조서, 진술조서, 녹화 CD 사본 전부를 볼 수 있었고, 나는 이를 통해서 내가 모르고 있던 사건 전모를 낱낱이 알게 되었다.

김태현은 포지션이 미드필더였으나 팀에서 2진급 선수로 출전 기회가 거의 없었다. 그는 경기 때마다 벤치에 앉아서 그라운드에서 열심히 뛰어다니는 선수들을 바라보며 그때마다 우울한 기분을 떨쳐버릴 수가 없었다. 그는 프로축구 신인 드래프트 때도 선순위로 지명되었는데 몇 년이 지난 지금은 별 볼 일 없는 처지가 되어버렸다. 그리고 고등학교, 대학교 시절만 해도 후보 선수였던 것들이 지금은 팀의 주전으로 뛰고 자신은 어느새 후보 선수로 밀려나 버린 것이다.

그는 그라운드에서 땀을 뻘뻘 흘리며 열심히 뛰고 싶었다. 그리고 팀으로부터 충성심을 인정받고 싶었다.

그는 불빛이 꺼지고 함성이 사라진 텅 빈 스타디움의 그 쓸쓸한 공허함을 알고 있다.

그는 선수들에게는 금지되어 있는 스포츠토토마저 시시해지자 베팅 규모가 훨씬 크고 다양한 경우 수로 따지는 사설 토토에 빠지게 되었고 그 당시 사채가 1억 원을 넘어서면서 악독 사채업자로부터 몹시 시달리고 있었다.

그는 그 즈음 간헐적으로 두통에 시달리고 있었다.

이정훈은 몇 달 전 오른쪽 새끼발가락 피부에 생긴 염증이 더욱 심해져서 결국 수술을 받았다. 새끼발가락에서 고름을 빼낸 후에는 발에 붕대를 감은 채 목발을 짚고 다녔다. 지금은 붕대를 풀고 재활치료를 받고 있었으니 몇 달째 연습도 못하고 시합에 나갈 수도 없었다. 그는 청소년 대표를 거친 뛰어난 공격수로 국가대표선수로 발탁될 가능성도 있었다. 그러나 그 무렵 그는 난생 처음 겪는 부상의 시련 때문에 몹시 의기소침해 있었다.

그는 그 시합에 나갈 수는 없었지만 김태현과 함께 선수 교섭에 나선 것이다. 특히 원톱으로 나서게 될 안정수를 수단과 방법을 가리지 않고 반드시 끌어들이라는 특명을 김대성으로부터 받았다. 그들은 그 대가로 시합에 출전하지 않아도 출전 선수들과 똑같은 조건으로 배당을 받기로 한 것이다.

김태현은 이정훈과 몹시 친했고 (어떤 계기로 친해졌는지는 밝혀지지 않았다.) 김태현의 고교, 대학 선배인 김대성이 먼저 김태현에게 접근했고 김태현은 그와 친한 이정훈과 상의했으며, 오지랖이 넓은 이정훈이 그 솔깃한 제안을 개별적으로 몇몇 선수들에게 은밀하게 전한 것이다.

박종윤은 나이는 어리지만 언제나 기회주의자였다. 그는 처음에는 『형들이 하면 저도 같이 하겠습니다.』라고 하였다. 그러자 이정훈이 말했다. 『하게 되면 구체적으로 네가 할 일을 말해 줄 테니. 당분간 입조심해라. 무슨 말인지, 알겠지.』 그러나 그 후 박종윤은 자기는 빠지겠다고 말했다. 그 대신 사설 토토에 걸겠다고 하였다. 우리는 그걸 그가 전력 질주하지 않고 슬슬 뛰겠다는 뜻으로 받아들였다. 그는 실제 시합에서 별다른 활약을 보여주지 못했는데 자신한테 도대체 패스가 오지 않아 열심히 뛸 수 없었다고 진술했다.

김주봉은 이정훈이 처음 조심스럽게 승부조작 제의를 하였을 때 가볍게 씩 웃었다. 드디어 우리에게도 올 것이 왔다는 느낌이 들었다는 것이다. 그러나 그는 『팀 분위기가 좋지 않다. 지금은 안 된다.』라고 단호히 말했다.

나는 그 제의를 받았을 때 매우 혼란스러웠다. 소문으로만 들었던 승부조작이 나에게도 제의가 들어왔기 때문이다. 그 시합에서 공격형 미드필더로 선발이건 교체선수이건 출전할 예정이었다. 나는 평소 스포츠는 승패를 떠나서 페어플레이 정신이 우선이고, 개인의 이익을 위해 승부조작 등 부정한 거래를 해서는 안 된다고 생각하고 있었다.

그러나 그 제의가 들어오자 다소 흥분했고 구미가 당긴 것도 사실이다. 사실 우리에게는 금지된 장난이라고 할 수 있는 매치

게임, 스페셜 플러스 게임, 경기의 승무패의 조합을 하여 거는 프로토에 자주 베팅을 하고, 그것이 시시하면 베팅 한도가 큰 사설 스포츠토토까지 하였다.

그건 연습과 경기 외에는 오락이 거의 없는 우리에게 유일한 흥밋거리였고, 공공연한 비밀이었다. 우리는 승부 예측에는 어느 정도 자신감이 있었기 때문에 스포츠 도박에 빠질 수밖에 없었던 것이다.

그런데, 내가 직접 그 경기에 참여해서 운명을 결정해버린다면 이 얼마나 통쾌한 일이 될 것인가. 그러나 나는 몹시 갈등을 느꼈다. 그랬으니 이러지도 저러지도 못했고 계속 애매한 태도를 취할 수밖에 없었다.

(피의자신문조서에 의하면 성명은 이순고, 나이는 24세, 직업은 프로축구 선수인) 나는 조사를 받으면서 검사에게 그 모든 시시콜콜한 일들까지 다 이야기해서 나를 억누르고 있던 무거운 짐을 벗어버리고 싶었다.

나는 초조했고 겨울 셔츠 아래로 식은땀이 줄줄 흘러내렸다. 나는 말들이 마구 튀어나올 때마다 해방감을 맛보았다.

『마산이 고향입니다. 아버지는 58세이고 지금 마산에서 개인택시를 하고 있습니다. 누나는 27세이고 전문대를 졸업하고 창원 공단에서 경리로 일하며 아직 미혼입니다. 저는 정당이나 사회단체에 가입한 사실이 없습니다. 종교는 없습니다. (그런 시시한 것들을 왜 시시콜콜 물어보는 걸까? 무슨 상관이 있다고 ……)

초등학교 4학년 때부터 담임선생님의 권유로 시작했어요. 공부를 싫어했거든요. 고등학교 때 패싸움에 말려들어 폭력전과가 한 번 있을 뿐입니다.

여자 친구와는 얼마 전에 헤어졌고 지금은 제 곁에 아무도 없습니다. 외롭습니다, 외로워요. (그 말을 하는 순간 그녀의 크고 빛나는 눈이 떠올랐다.)

2007년 캐나다에서 열린 청소년 월드컵의 50명 예비명단에 들어갔지만 막상 확정된 23명의 최종 명단에는 제 이름이 없었지요.

현재 팀에서 공격형 또는 수비형 미드필더이지요. 가끔 선발 또는 교체선수로 뛰고 있습니다. 아직 확실하게 자리를 잡지 못했거든요. 그 자리에는 아직 늙은 선배가 버티고 있습니다. 저는 장래가 매우 촉망되거나 아니거나, 그렇지요 뭐.

제가 직접 참여할 수 있다는 사실에 안도감을 느꼈습니다. 제외되었다면 크게 소외감을 느꼈을 것입니다. 그들의 속닥임에서 따돌림 받는 것은 싫었거든요. 그랬으니 양심의 가책을 느끼지 않았습니다. 죄의식도 없었습니다. 시합에서 지고 이기는 일은 흔한 일이기 때문입니다. 그러나 저는 이러지도 저러지도 못했습니다. 갈피를 잡을 수가 없었으니까요. 구미가 당긴 것은 사실입니다. 그러나 무서웠습니다, 무서웠다고요.

후반전 10분을 남기고 교체선수로 들어갔지만 공 한 번 제대로 차보지 못했습니다. 막상 경기장에 들어가자 승부조작에 대해서는 까맣게 잊어버렸습니다. 교체해서 들어갈 때 감독님의 지시 사항만 머리에 떠올랐습니다. 무조건 패스해라, 시간이 없다, 전진 패스를 하라고, 전진······.

그날따라 몸이 말할 수 없이 무거웠습니다. 공이 저를 피해 다녔거든요. 저는 본능적으로 공을 쫓아갔습니다. 그래도 딱 한 번 찬스가 왔을 때 안정수가 문전으로 쇄도하는 것을 보고 길게 패스해서 어시스트를 했습니다. 나중에 감독님이 칭찬을 했었습니다. 패스가 좋았다고

그러나 돈 한 푼 만져보지 못했고요. 펀드매니저 만날 때 따라간 것뿐이에요. 저는 그때 말 한마디 한 적 없었어요. 괜히 바지에 오줌만 저렸지요. 그저 그랬지요. 사실입니다, 사실이라고요. 믿어주세요. 저는 축구밖에 모릅니다.

명문 사립대를 졸업했지만 맨날 축구만 했으니 공부를 제대로 할 수 없었습니다. 어릴 때부터 독서에 취미가 있어서 흥미로운 책을 가끔 읽어보긴 했지만····· 어쩔 수 없었다구요.

어떤 처벌도 달게 받겠습니다. 그러나 축구만은 계속하게 해주세요. 저에게는 축구가 생명이고 인생의 전부입니다.

검사님····· 검사님·····. 용서해주십시오, 용서를·····. 제가 잘못 했어요, 무조건 잘못·····. 선처를 해주십시오, 선처를······.』

나는 조사가 끝났을 때 갑자기 목이 메었다. 아주 잠깐 동안이었지만 울음이 터질 것만 같았다. 나는 일어서면서 나도 모르게 '감사합니다, 정말 감사합니다.'라고 웅얼거렸다.

검사가 짧게 말했다.

『재판 잘 받으라고.』

김대성은 축구 명문고인 ○○공고를 졸업했고 청소년대표에 선발된 적이 있으며 역시 축구 명문대인 ○○대 체육학과를 졸업했고 잠깐 국가대표선수로 선발되긴 했지만 벤치 멤버에 불과해서 한 번도 경기에 출전하지 못했다.

그가 원했던 상무팀에는 그 당시 자리가 없었기 때문에 경찰청 축구단에서 군복무를 마쳤고 전남에서만 프로 선수 생활을 10년 넘게 하였다. 그는 양발을 능숙하게 사용하고 공중볼 능력도 좋은 정통 수비수였다. 그의 폭넓은 수비 능력과 끈질긴 대인 방어능력은 한때 높은 평가를 받았다. 그리고 프리킥을 대부분 전담했다.

그러나 30대 초반이 되어 고질적인 허리 부상에 시달리고 체력이 점점 쇠퇴하면서 교체 선수로 밀려났다.

그는 공격을 뒷받침하기 위해 위로 올라갔다가 볼을 빼앗기는 상황에서 수비에 가담하려고 제시간에 되돌아오는 것이 너무 버거워지기 시작한 것이다.

그 무렵 그는 근육량을 늘리고 상대방 공격수를 겁주기 위해서는 콧수염이 무성해야 한다고 하면서 공공연히 금지 약물인 스테로이드 계열의 메틸테스토스테론을 복용했다. 그러나 콧수염이 무성하게 자라지도 않았고 상대 공격수를 잘 막아내지도 못했다. 이미 체력적으로 한물간 선수를 그 약물인들 구해낼 수는 없었다.

그 무렵 구단 프런트에서 전화가 왔다.

『대성아, 다른 팀을 알아보는 게……. 윗선에서 방출하기로 결정했으니까. 감독이 어쩔 수 없이 사인을 했다고……』

그가 팀을 떠나고 나자 락커의 분위기가 몰라보게 편안하게 바뀌면서 선수들 사이에서 안도감이 돌았다. 그가 선수들을 꼼짝 못하게 휘어잡고 있었던 것이다.

그 후 그를 원해서 연락을 해오는 구단은 없었으니 몇 년간은 무직 생활을 했다.

그는 그 무렵 마누라와는 합의 이혼하였고 2명의 자식들에게 월 200만 원의 양육수당을 지급해야 했다. 그랬으니 돈이 몹시 쪼들렸다. 계속적으로 고리의 사채를 얻어 사설 토토에 베팅을 하였으나 예상과는 달리 그 결과는 신통치 않았다.

그때, 아는 선배의 주선으로 그는 프로 3부 리그 격인 내셔널 리그 소속 경주한수원 팀의 수비 전담 코치로 내정되어 있었으나, 프로 선수들 (야구나 축구, 농구와 배구 등을 포함해서)을 상대로 불법적인 스포츠 도박 사실을 폭로하겠다고 은근히 협박해서 돈을 뜯어내려고 시도했다는 혐의를 이미 받고 있었다.

축구의 경우 공격수가 교묘한 동작으로 일부러 골을 못 넣을 수는 있으나 계획대로 골을 넣기는 어렵다. 수비수는 상대편 공격수를 슬쩍 놓아줄 여지는 있고 골키퍼는 거의 반사적으로 골을 쳐내기 때문에 일부러 져주기가 쉽지 않다. 더욱이 골키퍼가 어설프게 실점하면 감독이나 코치가 의심을 하여 즉시 교체되며 다음 경기부터는 제외될 공산이 크다. 그러면 골키퍼의 생명은 끝장난다.

야구는 역시 투수 놀음이다. 그러니 투수가 유혹의 대상이 된다. 투수는 마음먹기에 따라 스트라이크와 볼의 조작이 얼마든지 가능하다. 농구는 선수들의 패스, 슛, 반칙이 모두 활용될 수 있기 때문에 가장 유혹이 많다. 자유투 실패는 아주 손쉬운 방법이다. 배구의 경우 수비와 공격에서 언제든지 교묘하게 실수를 가장할 수 있다. 스카이 서브를 시도하는 척하면서 볼을 아웃시키거나 네트에다 처박을 수도 있다.

그는 같은 처지에 있는, 지금은 은퇴한 프로배구 선수 출신인 유○○, 프로농구 선수 출신인 박○○와 짜고 냄새가 나는 선수들을 상대로 무작정 전화와 문자 메시지로 협박을 하였다는 것이다.

『과거뿐만 아니라 최근까지 불법적으로 스포츠 도박을 한 사실을 알고 있다. 무조건 2,000만원을 송금해라. 그렇지 않으면 전부 폭로하겠다. 그러면 너의 선수 생명은 끝장나는 거다.』 또는 『나는 승부조작해서 몇 년을 꼬박 살고 나왔다. 감방에서 살았다는 말이다. 너도 들어가야지. 나만 들어간 건 억울하지 않느냐. 그렇지 않나? 내가 다 알고 있는데 말이야』

그러나 모두 물의만 일으킨 채 미수로 끝났다는 것이다.

서울지방경찰청 사이버수사대는 그 당시 그들을 협박 혐의로 조사 중에 있었다.

김대성은 검찰에서 진술했다.

『저의 경우 정말 참작할만한 동기가 있었습니다. 검사님 그

걸 알아주십시오 김태현은 형편이 너무 어려웠습니다. 얼마 전에 그와 밥을 먹다가 알게 되었지요

그때 태현이가 울먹이면서 털어놓았습니다. 그러면서 형이 좀 도와달라고 했습니다. 그는 아버지의 암 수술비와 약값이 없어서 몹시 힘들어했고, 사채업자로부터는 심한 협박을 받아서 살고 있던 집의 보증금 5,000만원까지 넘겨주었다고 했습니다.

그래서 선배의 입장에서 그를 돕고 싶었습니다.』

하지만 김대성과 김태현의 대질신문에서 진실이 드러났다.

김태현이 울먹이면서 진술한 것이다.

『제가 사채업자로부터 협박을 받은 것은 사실입니다. 그러나 대성 형을 만났을 때 그걸 내색하지는 않았습니다. 아버지가 갑상선 암으로 수술한 것도 사실이나 수술비나 약값은 보험금으로 충당했기 때문에 형의 도움을 받을 필요가 없었습니다.

형은 '승부조작을 통한 사설 토토를 해서 나는 돈을 많이 벌었다. 너도 그걸 하면 돈을 벌 수 있다. 네 월급이 몇 푼 되느냐…… 출전수당과 승리수당이 나오지만 후보 선수인 너에게는 어림도 없는 일이지.'라고 말했기 때문에 제가 그 유혹에 빠져 들어간 것입니다.

이 사건 조사가 시작될 때, 형이 저를 만나자고 하더니 '네가 협박을 받고 있고 아버지 수술비 때문에 내가 도와준 것으로 진술해라'고 강요하였습니다.』

거래액이 1000억 원대에 달하는 불법 스포츠토토 사이트를

운영해서 수백억 원의 부당이득을 취한 일당이 서초경찰서의 지능수사팀에 붙잡혔다.

경찰은 미국에 서버를 두고 마닐라에 있는 콘도를 근거지로 해서 스포츠토토 도박 사이트를 운영한 혐의로 그 일당을 구속했다. 또 경찰은 필리핀 현지에서 해당 사이트들을 총괄 지휘한 대부라고 알려진 자에 대해서는 체포영장을 발부받아 인터폴 수배를 통해 추적 중이었다.

경찰이 우일신을 체포했을 때 그에 대해 집중적으로 추궁했다.

형사가 다그쳤다.

『너희 대부님 말이야, 도대체 본명이 뭐야? 뭐 아는 게 없어?』

『전들 아무것도 몰라요. 이름이 수십 개라는 거밖에……』

『그럼, 유령이란 말이야?』

우일신은 말했다.

『대부님은 얼마 전에 죽었어요. 그러니까 유령이 되었겠네요. 조폭이 운영하는 마카오, 마닐라, 베트남, 캄보디아의 카지노를 순회하면서 매일 죽치고 앉아있었지요. VIP룸인 정킷방에서 말이지요. 밤마다 수십억 원씩 걸고 블랙잭을 하다 돈을 다 잃었다니까요.

그 방에는 시간 가는지 모르게 시계가 없고…… 외부와 단절된 채로 도박에 몰두하게 하기 위해 창문이 없고…… 자신의 초췌한 얼굴을 볼 수 없도록 거울이 없으니 오직 올인할 수 있는 거예요.

그리고 대부님은 거물 중에 거물이었으니 온갖 서비스를 제공받았지요. 그러나 도저히 감당할 수 없는 거액의 도박 빚을 지면서 협박을 받고 쫓기는 신세가 되었지요.

필리핀 앙헬레스의 코리아타운에서 살인 청부업자에게 끌려간 후 여태 소식이 없어요. 배후가 누구겠어요? 그러니 죽은 거지요, 뭐. 틀림없다니까요.』

그러나 경찰청이 필리핀 현지에 파견한 코리아 데스크에서 그쪽 경찰에게 확인해 본 결과 아직 그가 죽은지 여부는 확인할 수 없다는 것이었다. 그가 죽었다는 확실한 단서가 없다는 것이었다.

경찰에 따르면 그 일당은 지난 2010년 8월부터 지난 12월 말까지 미국에 서버를 둔 사설 불법 스포츠토토 사이트 10개를 개설한 뒤 마닐라의 콘도에서 이를 운영하면서 불특정 다수를 상대로 K리그, 잉글랜드 프리미어리그, 스페인 프리메라리그, 독일 분데스리가, 북중미 프로축구 챔피언스컵 등 국내외 스포츠 경기 결과를 예측, 베팅하도록 하는 방식으로 부당이득을 취한 혐의를 받고 있다.

그 일당은 필리핀 현지에서 한국인 및 필리핀인 등 10명을 고용해 주야 2교대로 사이트를 운영하면서 수십 명의 총판을 고용하여 수많은 회원을 모집하였고 국내 브로커를 통해 항공택배로 법인 대포통장 100여 개를 매입한 뒤 수시로 입출금 계좌를 바꾸었다.

그런데 경찰은 조사 과정에서 도박 사이트 운영자들에게 대포통장을 판매하거나 양도한 혐의로 또 다른 일당과 사이트를 운영하며 상습적으로 사설 토토를 통해 도박과 승부조작을 일삼은 전직 펀드매니저 우일신을 어렵사리 체포한 것이다.

그는 서초동 남부터미널 근처에 있는 약 20평 규모의 복층 원룸에서 24시간 생활하였다. 복층에는 책상 2개와 컴퓨터 8대가 놓여있다. 4대는 사이트 운영에 사용하고 나머지 4대는 대포계좌로 실시간 이체를 한다.

아래층에는 낡은 소파와 탁자, 몇 권의 시집과 소설책들과 회사 경영과 주식투자와 관련된 책들이 꽂혀있는 책장, 간단한 취사도구들이 있다.

그는 이 오피스텔에서 재무팀장이라는 사람과 토토 사이트를 관리하고 있는 것이다. 그가 국내 총책이고 아직 이름이 밝혀지지 않은 재무팀장과 아르바이트생 4명이 실무 관리자로, 서로 업무 분담을 하고 있는 것이다.

그러나 다른 조직원들과는 반드시 밖에서 만났다.

포털 사이트 댓글이나 각종 인터넷 게시판에서 흔히 볼 수 있는 홍보 글과 고객 모집은 국내 총책이 지휘 감독하는 20여 명의 총판이 담당한다. 그들은 인터넷 사이트로 고객을 끌어들이기 위해 무차별적으로 휴대폰 문자메시지, 메일, 인터넷 카페를 활용한다.

그래서 홍보 글을 보고 많을 땐 하루에도 수백 명이 문의를 해온다. 사이트 홍보 글을 보고 신입 회원들이 연락을 해오면 재무팀장이 대포폰으로 통화를 해 회원 가입을 승인해주고 또한 사이트 주소와 돈을 베팅할 수 있는 대포 계좌도 알려주는 것이다.

우일신은 대부가 태국에서 운영하고 있는 또 다른 불법 스포츠 도박 조직과 연계해 외국에 서버를 개설하였다. IP(인터넷 주소)의 추적 등을 피하기 위해서다. 그들은 경찰의 추적을 피하기 위해서 유령처럼 움직인다. 대포폰과 대포통장만 이용하기 때문이다. 거기다 인터넷 공유기인 대포 에그까지 이용해서 흔적을 남기지 않는다.

사설 스포츠토토 사이트에 이용자가 몰리는 이유는 높은 베팅 한도 때문이다. 정부가 대대적으로 홍보를 하면서까지 복권의 판을 키우자 불법 도박업자들도 덩달아 고율 당첨금을 내세웠다. 사설 스포츠토토의 경우 1회 베팅 한도는 게임당 100만 원 이상이다.

언뜻 보면 큰돈을 만질 수 있을 것으로 착각하게 된다. 돈을 딴 회원에게 계좌 이체를 해줄 때도 있긴 하다. 하지만 배당률이 잘못됐다고 핑계를 대면서 베팅한 돈을 돌려주지 않기도 하고, 판돈이 커지면 사이트를 폐쇄하고 사설 포렌식 업체와 짜고 자료 복구가 불가능하도록 기록을 삭제한 뒤 돈만 챙겨 사라지는 것이다.

우일신은 체포된 뒤 국민체육진흥법 위반으로 구속되었고 우리 사건과 병합되었다. 그는 전관예우를 받는 거물 변호사를 선임했고 우리들은 국선변호사가 담당하였다.

마지막 공판기일에 우리들의 변호사가 변론을 하였다.

『젊은 시절에 우리는 들떠 있었으니 그 시절은 무지와 과오와 미숙의 시간에 시나지 않습니다. 그렇다고 누가 젊음을 탓할 수 있겠습니까. 결코 이루어질 수 없는 찬란한 꿈과 희망이 있었지 않았습니까. 그리고 끝없는 청춘의 방황이 있었습니다.

그런데, 돈의 유혹이 있었지요. 돈이라는 악마가 그들을 홀린 것이지요. 돈과 사랑은 사람을 철면피로 만든다고 하였습니다.

돈이 무엇인가요. 돈은 선이고 악이지요. 번뇌와 비애의 근원이지요. 누가 감히 돈의 유혹 앞에서 당당할 수 있겠습니까. 이 돈 때문에 얼마나 많은 슬픈 일들이 이 세상에서 일어나고 있는가요?

그렇다고, 피고인들이 돈 한 푼 받은 게 있나요. 없습니다, 없어요. 그들도 악마의 피해자라고 할 수 있습니다.

프로 세계의 냉혹함이란 이루 말할 수 없습니다. 프로는 무조건 황금이 지배하는 세계이지요. 그들은 아주 일찍부터 약육강식의 정글법칙이 적용되는 세계에 내팽개쳐진 것입니다. 그래서 일찍부터 검은 돈의 유혹에 노출될 수밖에 없었습니다.

이제 축구는 상품이고 마케팅이 되었습니다. 그들은 그라운드의 예술가가 아니라 일개 발 노동자로 전락했습니다. 그리고 발 노동자의 노동 강도가 더욱 높아졌지요. 초죽음이 될 만큼 과도한 훈련, 군대식 엄격한 규율, 끊임없는 이동, 매주 계속되는 격렬한 경기, 승리에 대한 부담감 때문에 그들은 지칠 대로 지쳐있지요.

그래서 축구는 점점 빨라지고 단순함의 미학이 사라지고 축구의 참된 멋이 사라져갔습니다. 더 이상 '우리는 이겼다, 우리는 졌다. 그러나 우리 모두는 즐겁다.'라고 말할 수 없게 되었습니다.

그 망할 놈의 유혹이 새파란 젊은이들을 다 버려놓은 거지요 그러니까 그들의 인생을 다 망쳐 놓았다는 말입니다. 법이 관대할 수 없을까요? 그들이 저지른 단 한 번의 실수를 용서할 수 없겠습니까. 지금 벌금형이나 집행유예가 무슨 소용이 있겠습니까. 어차피 축구계에서 영구 추방인데요

그들은 지금 막다른 골목에 와있지요 그들에게 죽으라는 이야기이지요 어른들이 잔인하지요 너무 잔인하단 말씀입니다. 지금 이 시점에서 중요한 것은 그들이 축구장으로 돌아가야 한다는 것입니다. 그들은 푸른 잔디밭에서 육체와 정신을 포함한 모든 것을 쏟아 부어야만 하지요 그게 축구의 본질이기 때문입니다. 그뿐입니다.

공은 둥글고 둥글고 돌고 돕니다. 이 세상처럼 말입니다. 그들은 공 하나에 모든 운명을 걸고 있었지요 그들은 순간순간 죽음의 심연을 향해 질주하는 인간들이지요 끊임없이 달리고 몸이 파도치듯 위로 솟구치고 허리가 획획 넘어지면서 말입니다. 그리고 적대적 세상을 향해 한숨을 토해냈지요 그들은 결국 패배자이니까요

이건 영국 아스널팀의 응원가의 한 구절입니다. (저는 그렇게 기억하고 있습니다.)

너는 공, 너는 축구, 너는 시.
너보다 나를 위로해준 사람은 아직 없었던 거야.』

잔인한 계절인 4월.

그러나 벚꽃이 만개했다.

이런 화창한 날에 어두침침한 형사법정에서 선고를 듣는다는 걸 나는 상상도 할 수 없었다. 그것은 비현실적인 광경이었다.

김대성은 3년의 징역형을 선고받았다. 김태현과 이정훈은 징역 1년에 2년의 집행유예, 박종윤과 나는 벌금형을 선고받았다. 그리고 우리는 모두 대한축구협회와 한국프로축구연맹으로부터 영구 제명되었다. 사형선고를 받은 것이다.

김주봉은 아무런 죄가 없었지만 팀의 선배로서 이 사태를 사전에 막지 못한 것에 대한 책임을 져야 한다는 유서를 남기고 자신의 승용차에서 번개탄을 피워 자살했다.

우리는 젊었고 철딱서니 없었고 오직 축구밖에 몰랐다. 축구는 삶의 전부였다. 그러나 우리는 삶으로부터 영원히 추방되었다. 그때 우리들의 시간은 영원 속에서 정지해버렸다.

삶의 부재.

삶의 공백.

결별의 기억

결별의 기억

삶에 필요한 것은 기억력이 아니라 망각 능력이다.

1. 그해 유난히 무더웠던 여름도 거의 다 지나갔다. 여름 방학이 끝나가고 있었던 것이다. 생리를 걸렀고 속이 계속 메슥거렸다. 그녀는 미적거렸지만 더 이상 미룰 수 없어서 그날 오후 늦게 병원으로 갔다.

심현숙은 임신 초기, 그토록 오래 기다렸던 임신이 정말 된 것인지, 자궁 속 태아가 착상을 해서 제대로 자리를 잡았는지 확인하기 위하여, 또 임신 초기에 나타나는 그런 징후들 때문에 심신이 지쳐 있어서 처방을 받을 필요가 있었다.

그녀는 그때부터 방배동 빌라가 밀집해 있는 동네 어귀에 새로 지은 번듯한 5층 건물 2층에 자리 잡은 '**김영준** 산부인과 의원'에 다니기 시작하였다.

"확실히 임신이에요. 초음파 검사 결과 착상이 잘 됐습니다. 그런데 첫 임신이고 나이가 많기 때문에 상당히 신경 써야 할 거예요. 까닥 잘못하면 유산할 수 있습니다. 아시겠죠……."

"그럼 어떻게 해야죠?"

"우선 영양이 중요해요. 임신하면 칼로리와 단백질의 요구량이 증가하거든요. 채소류, 과일, 유제품, 생선, 육류를 많이 섭취하세요. 또 적당한 운동도 필요하지요.

근육의 강도를 유지하고 유산소 능력을 높이기 위해서 필수적으로 주당 3~5회 정도 30분 이상 운동을 하세요. 수영, 활발하게 걷기, 자전거 페달 밟기, 미용체조 등이 알맞겠죠.

지금 증상이 심한 요통과 좌골신경통은 임신 중에는 매우 흔한 일반적인 증상이에요. 변비, 현기증, 피로감, 빈뇨 증상도 있고, 입덧도 심하다고 하셨죠. 그런 증상을 완화시켜주는 약을 처방해 드리겠습니다. 시간을 지켜서 잘 복용하세요.

정기검진을 위하여 당분간은 2주일마다 병원에 오셔야 합니다. 꼭 오셔야 합니다. 아시겠지요? 아시……"

그가 활짝 웃었다. 희고 고른 치아가 드러났다. 그 잘생긴 외모의 젊은 의사는 첫날부터 너무 너무 친절하였다.

그녀는 병원에 올 때마다 여러 차례 의사 선생님에게 자신의 자궁을 내보이면서 진찰을 받는 과정에서 느꼈던 수치심은 곧 사라졌다. 한 달이 지나면서부터 오히려 병원에 가는 것이 자꾸만 기다려지고 가슴이 설레기까지 하였다. 그녀의 감각기관은 그가 풍기는 풍성한 남자의 냄새를 예민하게 맡을 수 있었다. 그 달착지근하고 저속한 느낌의 체취는 최음제처럼 외설적이었다.

그녀는 어느 날, 마음을 졸이면서 젊고, 잘생기고, 부유하게 보이는 의사에게 정중하고도 은근한 이메일을 보내게 되었다.

매번 너무 잘해주셔서 감사드립니다.

선생님을 모시고 저녁식사를 할 수 있는 기회를 마련해 주시기 바랍니다. 선생님, 꼭 회신 바랍니다.

그 젊은 의사도 곧바로 그녀의 핸드폰에 메시지를 보냈다. 그 당시 그는 병원일이건, 집안일이건 모든 것이 권태롭고 심심해 죽을 지경이었던 것이다. 그는 처음에는 의사와 환자의 관계에서 위장한 무관심으로 그녀를 대하였지만 그녀가 먼저 절박하게 접근해오는데 이를 뿌리칠 이유가 없었다. 더욱이 그녀는 눈에 띄는 곱상한 외모를 갖추고 있었다. 그녀는 우아하고 예뻤으며 부자처럼 보였다. 자존심이 강한 그녀의 날씬한 몸매는 부드럽고 육감적인 향기로 감싸여 있었다. 물실호기였다.

그녀가 진찰실 문을 나설 때면, 벌써부터 몸을 해부하듯 그녀의 뒷모습을 훑어보고, 그 성애 찬미자의 칙칙한 시선은 그녀의 엉덩이를 집요하게 집적거리고 있었다.

그는 생각했다.

나이는 동갑이지만 훨씬 어려 보인다. 미인이고 육감적이다. 충분히 섹시하다고 미인에는 두 가지 타입이 있지. 하나는 미인 값을 하느라고 지나치게 도도하고 앙큼해서 남자를 피곤하게 하는 형이고, 다른 하나는 얼굴만 예쁠 뿐이고 마음이 약하고 멍청해서 남자를 곧 싫증나게 만드는 형이다. 그녀는 어느 쪽일까? 내가 상황을 통제하면서 여자를 잘 요리하려면 성격부터 파악해야 한다. 저 여자는 성격이 약하고 머리가 미련한 그런 형이 아니라 개성이 있어 보인다. 그러나 그쪽에서 먼저 작업을 걸고 있으니 일단 안심해도 될 것 같다. 나는 지금 새로운 여자에게 목말라 있지 않은가. 여름이 끝났다고, 여름이. 새로 시작하는 거야.

2. 심현숙은 그 당시 관악구에 있는 신설 사립 중학교의 음악 교사였다.

그녀의 부친은 그 품행에도 불구하고 자식에게만은 매우 고루하고 엄격한 사람이었다. 그 집에서 아버지의 말은 곧 법이었다. 아버지는 그녀가 태어날 당시의 시대정신을 반영하여 그녀가 현숙한 여자로 성장해서 현모양처가 되기를 간절히 바랐기 때문에 이름을 '현숙'이라고 지어줬다. 물론 그녀는 여자 고등학교 시절부터 벌써 그 이름이 구태의연하고 촌티 난다는 이유로 매우 싫어해서 친구들에게 끊임없이 불평을 해댔다. 그녀는 그 유치한 이름 대신 스스로 길거리 작명가가 지어준 '심지이'라고 부르기도 하였다.

그녀는 2남 1녀 집안의 막내로 태어나 좋은 환경에서 순탄하게 자랐다고 할 수 있다. 막내로 부모님과 오빠들의 귀여움을 독차지했으니, 그래서 어린 시절부터 발랄하고 깜찍했으며 당돌하였다. 겉으로만 보면 그랬다. 그러나 그 집안에 전혀 문제가 없었던 건 아니다. 아버지는 서울 시내 유명 사립대의 교수

였지만 자기애성 인격장애 성향을 가진 지독한 술꾼이고 바람
둥이였다. 그랬으니 어머니와는 일찍부터 사이가 좋지 않아서
각기 방을 따로 썼고 거의 대화도 없었다. 어머니는 아버지에
꿋꿋하게 맞서 자식들을 지켰지만, 그러나 그 시절 집을 과감하
게 뛰쳐나가지는 못하였다.

그녀는 여자 대학에서 성악을 전공할 무렵 자신은 타고난 목
소리와 재능에 비추어 프리마돈나로서 성공할 가망이 없다는
사실을 어느 날 문득 깨달았다. 불행하게도 그녀의 목소리는 너
무 약해서 독창을 소화하지 못했으므로 교회 합창단원으로 만
족하지 않으면 안 되었다. 무엇보다도 성악 훈련이란 게 감당할
수 없을 만큼 너무 힘들었던 것이다. 그러니 가왕 조용필처럼
피나는 노력으로 득음의 경지에 오를 만큼 강렬한 의지와 욕망
이 없었던 것이다. 그녀는 힘든 일은 딱 질색이었다.

그 당시 어린 시절부터 키워온 꿈이 아쉬워 크게 상심하였고,
심한 좌절감에 빠져 한동안 방황하였다. 그녀는 대리만족을 위
하여 장래가 촉망되는 테너가수가 완전히 변심할 때까지 그를
줄기차게 따라 다니기도 하였다. 그와의 심각한 관계는 일 년을
넘게 지속되었지만 결국 파국을 맞이하였다.

그녀는 그때 사랑과 정념, 절정과 싫증, 배신과 절망 같은 사
랑의 파멸에 따르는 수순들을 뼈저리게 체험하였다. 그것은 젊
은 날의 통과의례에 불과하였지만 말이다.

그녀는 대학 졸업 후 좋은 혼처 났을 때 결혼이라도 빨리 하
라는 엄마의 성화를 못들은 체 하면서 몇 년간을 하는 일 없이

빈둥거리며 지냈다. 그러나 여고 시절부터 벌써 남자들이라면 자신만만하였으니 끊임없이 이 남자 저 남자, 잘난 남자들을 찾아서 만나고 곧 헤어졌다. 대개 짧은 만남이었으니 그녀 쪽에서 냉철히 판단하고 끊어버렸던 것이다.

그런 후 아버지 쪽 친척이 재단 이사장으로 있는 중학교의 음악 교사로 반강제적으로 취직이 된 것이다. 그러나 의외로 그녀는 개미 쳇바퀴 돌 듯하는 단조로운 학교생활을 그럭저럭 잘 견뎌내고 있었고, 어느덧 그 생활에 안주하면서 첫사랑의 상처 같은 것은 까마득한 옛일처럼 잊어버릴 수 있었다.

돌이켜 보면, 그때 별것도 아닌 하찮은 일로 울고불고 질질 짠 자신이 한심했다. 쓴웃음이 절로 나왔다.

그리고 심현숙은 한층 성숙해졌다.

그 과정에서 자신은 지극히 평범한 생활을 해야만 행복해질 수 있다는 현실을 받아들이게 되었고, 이제는 좋은 남자를 만나기 위하여 맞선을 보는 일에도 주저하지 않고 적극적으로 나섰다. 잘생기고, 일류 대학을 나오고, 괜찮은 직장을 가진 좋은 조건의 남자를 고르기 위하여 무던히도 많은 남자를 만났던 것이다. 그녀는 유쾌한 남자 사냥꾼처럼 자주 짧게 남자들을 만나고 마음에 들지 않으면 그녀 쪽에서 먼저 깔끔하게 정리를 하였다. 그녀는 그때마다 빈틈없이, 필사적으로 계산하고 요모조모를 따졌다.

3. 김규현은 30대 중반쯤에 뒤늦게 중매 결혼한 지 5년쯤 지
나서야 아내가 어렵사리 임신을 하였다. 임신 후 아내는 학교에
왔다 갔다 하는 일, 고된 학교 일 때문에 상당히 힘들어했다.
그래서 그가 이참에 아예 학교를 그만둘 것을 그렇게 사정하였
지만, 아내는 절대로 그럴 수 없다고 고집을 피웠다.

"내가 이렇게 통사정할게. 지금 당장 말이지…… 제발 학교
그만둬. 그만두면 될 거 아냐. 우리가 얼마나 기다리던 임신이
야. 당신과 태어날 자식을 위해서 말이야.

나는 회사에서 인정받고 있고…… 월급도 많이 받고 있어.
먹고 살기에는 충분하다고. 나중에 건축사 사무실을 낼 수도 있
지 않겠어……"

그의 목소리는 날카롭고 긴박하였다. 그리고 아주 잠깐 동안
무겁고 짧은 침묵이 집안을 지배하였다. 그러나 아내는 신경이
날카롭게 곤두서서 외치다시피 하였다.

"뭐가 충분하다고? 그럴 수 없어요. 난 가르쳐야 해요. 학교
일이 점점 재미있어요. 나는 담임을 맡고 있는 우리 반 50명 아
이들의 이름을 전부 외울 수 있지요. 지금 모든 아이들과 너무
너무 잘 지내고 있단 말이에요."

"……"

"어떤 경우에도 내가 학교를 떠나는 일은 있을 수 없어요. 내
일에 참견 말아주세요. 쓸데없는 짓이에요. 그만해요.

당신에게 문제가 있다는 걸 알기나 해? 뭘 잘했다고 큰소리
치는 거야. 모두 당신 때문이야. 나도 지쳤거든. 이제는 끝내고

싶지. 당신과 사는 게 지긋지긋하지."

4. 심현숙은 진하게 밤 화장을 한 뒤 처음 만나기로 한 약속 장소로 갔다.

그들은 저녁 무렵이 되자 커피숍을 나와 청담동에 있는 멋있는 이태리 식당으로 가서 근사한 식사와 함께 포도주를 세 병이나 마시게 되었다. 분위기가 아주 그럴듯하였던 것이다.

그러나 의사 선생은 결코 의례적인 말로 서곡을 시작하거나 기교적인 은유를 사용해서 시적인 완곡어법으로 작업을 시작하지는 않았다. 그는 처음부터 산부인과 의사들이 쓰는 의학적 전문용어와 아주 음란한 단어들을 교묘하게 섞어서 말하여 그녀를 즐겁게 하고 들뜨게 해서 성적으로 자극하였다. 그리고 은근슬쩍 스치듯이 나중에는 노골적으로 그녀의 손을 만지고 이글거리는 눈으로 그녀의 얼굴을 훑어 내렸다. 여자가 짧은 순간 얼굴을 붉혔다.

여자는 그때 말할 수 없이 아름답다. 선홍색 입술, 복숭앗빛 뺨, 희다 못해 투명한 목덜미, 여신 같은 자태.

식사대를 지불하는 과정에서도 한동안 실랑이가 벌어졌다. 그가 한사코 자기가 내겠다고 우긴 것이다. 그녀는 자신이 초대한 자리인데 그럴 수는 없다고 하였지만, 그는 이런 자리에서는 남자가 계산하는 법이라고 우기면서 기어코 자신의 카드로 계산하였다.

그들은 모두 상당히 취하였고, 기분은 한껏 고양되어 있었다. 자연스럽게 2차를 갈 수밖에 없는 상황이 되었다. 그들은 그가 오래 전부터 알고 있던 카페에서, 마치 오래된 연인들처럼 귓불이 닿을 만큼 머리를 가까이 맞대고 다정하게 마주 앉아, 웃고 떠들면서 즐겁게 술을 마셨다.

그들은 어느 샌가 서로에게 반말을 하며 말을 편하게 놓았다. 그녀가 말했다.

"나는 남녀평등이니 여성해방이니 하는 말들은 딱 질색이야. 웃긴다고. 그렇지만 쓸데없는 가식은 싫어. 우리 서로 내숭은 떨지 말자고……"

관능적인 밤이 깊어 가고 있었다. 어둠 속에서 도시의 윤곽선이 허물어지고 있었다. 이제 술집에는 손님이 거의 없었다. 대부분 자리를 뜬 것이다. 그가 그녀의 검은 머리카락을 부드럽게 쓰다듬어 주자 그녀의 숨결이 거칠어졌다. 아름다운, 술기운으로 얼굴이 발그레해진 그녀가 온몸을 가볍게 떨었다. 그가 키스를 하였다. 그녀는 거부하지 않았다.

참으로 멋있고 유쾌한 밤이었다.

그들은 또다시 실랑이를 할 필요는 없었다. 그들은 이미 자신들을 더 이상 통제할 수 없었다. 그녀는 자신의 몸을 향락의 제단 위에 봉헌할 준비가 되어 있었다. 이심전심으로, 다정하게 손을 잡고, 근처 모텔로 가서는 밤늦게까지 함께 있었다.

두 사람 모두 어지간히 마셔서 술이 취하긴 했지만 그녀는 정신을 잃을 정도로 몹시 취한 것은 아니었다. 자신을 적절하게 조절했던 것이다. 그녀는 그와 손을 맞잡고 모텔로 향하면서도 약간 저어하는 기분은 있었다. 그가 자신을 경박한 여자로 여길까봐 두려웠던 것이다. 서로 긴 호흡으로 오랫동안 사랑하는 사이가 되려면 속도를 줄여서 천천히 나아갈 필요가 있었다. 그러나 어쩔 도리가 없었다. 그녀는 마치 끌려가는 것처럼 따라갔다.

참으로 격렬한 밤이었다. 사랑을 표현하는 데 말은 필요 없었다. 정말 필요 없었다. 여자와 남자가 처음 만나 데이트를 시작하면서 서로의 육체에 접근하는 일은 여러 가지 단계를 거쳐서 하나하나 밟아 나가야 하는 과정이 있기 마련인데 그들은 성급하게 그 과정을 생략해버린 것이다. 그는 피아노 연주자와 같은 섬세한 손길과 관능적인 입술로 번갈아가며 그녀 몸 구석구석을 더듬었다.

처음에는 조심스럽게 내뱉는 가벼운 신음소리가 그녀도 의식하지 못하는 사이에 어쩔 수 없이 점점 짙은 신음소리로 바뀌고 있었다.

김영준은 첫날부터 키스에 관한 거의 모든 것을 그녀에게 가르쳐 주었다. 어떻게 하면 서로의 입술을 달콤하게 빨아주는지, 상대방의 혀를 어떻게 음미하며 빨아주는지, 상대방의 침을 어떻게 빨아 먹는지, 어떻게 하면 남자가 여자의 혀를 잘 핥고 빨게 만드는지, 상대방의 입천장을 간질이는 방법 같은 거 말이다. 키스는 침묵의 대화이다. 서로를 해체시킨다. 상대방의 내밀한 곳으로 깊이 들어가는 관문이다.

밤의 열기 속에서 굴곡진 육체의 모든 곡선을 쓰다듬을 때마다 엄청난 욕망이 분출하였다. 그는 노련하게 여체의 리듬과 템포에 맞춰 강하게 또는 부드럽게 압박을 가하였다. 그녀의 우윳빛 살결이 꿈틀거리며 부풀어 올랐다. 그녀는 부르르 몸을 떨었고 심장이 격렬하게 펄떡이며 척추뼈는 뿌드득 소리를 냈다. 자제력을 완전히 상실한 그녀가 격렬하게 몸을 비틀며 목구멍으로 원초적인 쾌감과 신음 소리를 계속 토해냈다. 강력한 이물질이 그녀의 몸속으로 밀고 들어왔을 때는 온몸을 휘감고 도는 강렬한 충만감 때문에 그녀는 그만 까무러칠 뻔했다. 그들은 오랫동안 굶주린 사람처럼 몇 번이고 격렬하게 서로를 탐하였다. 그들의 샅타구니에서부터 야비한 욕정이 끓어오르면서 입술과 입술, 육체와 육체가 몇 번이나 맹렬하게 부딪쳤다.

마치 서로를 물어뜯어 삼키려는 두 마리의 성난 맹수처럼……

그는 예상했던 것보다 훨씬 능숙했다.

심현숙은 포만감을 느꼈다. 아주 오랜만에 맨살과 맨살이 닿으면서 느끼는 온기와 부드러움을 만끽할 수 있었다. 오랫동안 기다렸던 순간이었고, 이 순간에는 자신이 진정으로 살아있다고 선언할 수 있었다. 그 의사는 그녀의 등을 계속하여 쓰다듬었다. 그녀의 보드라운 살결과 좁은 어깨, 매끄럽게 이어진 등뼈를 어루만지면서 토실토실한 엉덩이를 깨물어주고 싶은 충동을 느꼈다. 그 부드러운 살점을 뜯어서 꼭꼭 씹어 삼키고 싶었다. 그녀의 넓적다리가 여전히 떨리고 얼얼하면서 땀이 났다.

그녀는 잠시 동안 공중에 떠있는 느낌, 아니면 모든 것이 멈춰 버린 느낌을 받았다. 그의 존재감을 절실하게 느낄 수 있었고, 감정적으로는 그와 자신이 완벽하게 연결되어 있다고 느꼈다.

밤의 열기가 방안을 가득 메웠다.

그날 밤 이후 그녀는 침대에서 김영준에게 모든 걸 맡겼다.

그녀는 지금 완벽하게 굴복했다. 그는 이제 그녀의 긴 속눈썹이 단 한 점의 부끄러움 없이 내뿜는 노골적인 눈빛, 그녀의 희고 부드러운 손이 가볍게 그의 몸을 꼬집으면서 전하는 은밀한 메시지, 밤의 어둠 속에서 몸을 뒤척이며 침묵으로 내던지는 고함소릴 완벽하게 이해하였다. 그는 그녀의 벌거벗은 육체의 숨겨진 모든 부분을, 그녀의 무한한 욕망을 지배하기 시작하였다.

그들은 자주 만날수록 서로의 육체에 익숙해지고, 온몸의 신경을 짜릿하게 하는 에로틱한 상상에 빠지면서 무한정 섹스에 탐닉하였다. 그러니 만나기만 하면 몇 번씩이나 섹스를 하게 되고 그때마다 노골적인 포르노에서 나오는 그 대담한 행위와 체위를 흉내 내서 바꿔가며 즐겼다. 그래도 그들은 늘 성적 쾌감에 허기진 사람들이었다.

그리고 그들은 매 순간마다 서로 메시지를 주고받거나, 전화 통화를 시도하였다. 그즈음 그녀는 자나 깨나 그 의사만을 생각했다. 그의 더없이 싱싱한 얼굴, 강력한 육체와 전율을 느끼게 하는 손놀림을 상상했고, 그와 자신은 끈끈하게 묶여 있고, 항상 그와 함께 존재한다는 행복한 생각에 젖어 있었다.

심현숙은 너무 들떠있어서 그래서 그에게 끊임없이 달콤한 메시지를 보내지 않으면 마음이 놓이질 않았다.

나는 당신에게서 배웠다, 사랑하는 것과 사랑받는 것을.

내 자신을 온전히 맡기고 싶다, 잠시의 중단도 없이.

당신의 거친 숨소리가 귓가에 맴돌아, 우린 빨리 만나야 돼. 조금도 지체 없이.

나와 함께 춤을 추라, 내 손을 잡고 나와 함께 춤을 추라.

내가 마음껏 울도록, 다만 나를 내버려 둬요 등과 같이 대개는 어느 그렇고 그런 썰렁한 시집에서 따온 것 같은 지독히 상투적인 것이었다.

여자의 이런 유치하고 달짝지근한 언어적 유희를 즐겁게 소화하려면 남자는 심장이 튼튼해야 하고, 어떤 경우에도 예민해서는 안 된다.

그녀는 지금 그가 자신을 사랑하고 있다는 확신을 점점 굳히고 있었다. 더 이상 그의 사랑 때문에 의혹에 빠지거나 끔찍한 불안감을 경험할 필요는 없을 것이다. 그녀의 마음속에 그 사람에 대한 온갖 이미지가 형성되기 시작하였고, 그녀 혼자 있을 때에는 그의 강렬한 모습을 떠올리면서 짜릿한 사랑의 환상에 사로잡혔다.

김영준, 의사 선생님, 정말 고마워, 너무 고마워.

그 누구도 당신처럼 날 사랑해준 적은 없었던 거야. 당신 덕분에 얼마나 행복한지! 얼마나 살아있다는 실감이 드는지! 당신만 생각하면 짜릿하고, 열이 나지, 온몸이 막 떨리고

난 지금부터 당신을 끝까지 믿을 거야, 끝까지 사랑한단 말이

지, 죽을 때까지 말이야. 몸은 정직한 거야, 그까짓 감정이나 이성은 날 속일 수 있어도 내 몸만은 날 속일 수 없어. 내 몸은 당신을 느끼고 있어. 사랑은 육체적인 거지. 정신적 사랑, 그건 예수님이나 하는 웃기는 소리이지.

그와 처음 이야기를 시작하였을 때의 손바닥에서 땀이 나면서 목소리가 떨리고 발음이 또렷하지 않은 이상한 증상은 이미 사라졌다. 그의 남성적 육체와 체취에 벌써 익숙해져 버린 것이다.

그들은 서로에게 얼이 빠져 있어서 그 무렵 거의 매일 밤 만난 것 같다. 그리고 매일 황홀한 밤을 보냈다. 어떤 때는 너무 다급한 나머지 저녁도 거른 채 모텔로 직행하기도 하였다. 그들은 이제 서로 터놓고 지내게 되었다. 서로 아무것도 숨기지 않기로 한 것이다. 그들은, "우리 사이에 비밀 같은 것은 없기야." 라고 말하며, 즐겁게 웃었다. 알고 보니, 그는 그녀와 동갑이었다. 그래서 이상한 친밀감을 느꼈다.

그의 아내는 젊은 나이에 갑상선암 중에서 희귀한 미분화암에 걸려 있어서 시한부 인생을 살고 있었다. 그것도 6개월을 넘기지 못할 것이라고, 대학병원의 담당 의사는 자못 심각한 표정으로 이야기하였던 것이다. 그러나 김영준은 크게 상심하기는커녕 그저 애매한 표정을 지었을 뿐이다.

그는 냉철하게 이것저것을 따졌다. 마누라가 죽으면 필리핀에 가서, 교포들이 많이 살고 있는 지역에 작은 병원을 차려 잠깐씩만 일하고, 아주 편하게 살기로 작정하였다.

마침, 마닐라 남쪽 외곽 고급 주택가에는 마누라 부친이 마련해 준 마누라 명의의 단독주택이 있었다. 그는 마누라가 죽으면 이를 상속받아, 그곳에서 시간 나는 대로 골프 치고, 여행이나 하면서 한가롭게 살 작정이었다. 동남아 쪽 여자들을 섭렵하는 것도 뭐 나쁘지는 않을 것이다. 여자란 그렇지 뭐.

계산에 밝고, 자기중심적인 그녀는 새삼스럽게 다시 골프 연습을 하기 시작하였다. 너무 열심이어서, 그는 놀랐다. 그들은 그가 멤버십을 갖고 있는 경기도 쪽 골프장에 가서 함께 자주 골프를 치게 되었다. 골프를 친 후에도 피곤한 줄 모르고 어김없이 모텔로 갔다.

그들은 그 당시 이 유쾌한 불륜행각에 대하여 어떤 혼란이나 심적 고통을 맛보지 않아도 될 만큼 거리낌이 전혀 없었다. 무슨 양심의 가책 같은 것은 추호도 없었다. 그들 사이에는 사태가 너무 급속하게 진행되고 있었고, 정념의 불꽃이 완전히 점화되어 버렸다. 활활 타오르는 화려한 불길이 그녀를 꼼짝 못하게 에워싸고 있었다.

그즈음 그녀의 영혼 속에서는 관능의 불길이 끊임없이 활활 타오르고 있었다. 그러나 그녀는 가끔 두려움을 느꼈다. 그에게 너무 빠져서 헤어 나오지 못하면 자신의 존재가 상실되어 버리지 않을까, 지워져버리지 않을까 내심 걱정이 되었던 것이다. 그가 자신을 무시하지 않고 그리고 영원히 사랑하고 매달리기를 바랐다. 그녀는 그때 그들의 사랑은 영원할 수 있다고 믿었다.

오랫동안, 남편과 그녀의 깊은 내면에는 가시 돋친 감정 대립이 불타고 있었다. 그 불씨는 어떤 경우에도 꺼지지 않고 항상 잠복하고 있었다. 그녀를 갉아먹고 있던 그 성가신 존재가 사라져 버렸다. 마침내 눈에 보이지 않는 운명의 족쇄를 벗어 버린 것이다. 그녀는 해방되었다. 자유롭다고 느꼈다. 한껏 마음이 편안해졌다. 자신은 지금부터 그 자유를 무한정 즐기리라.

그녀는 오래 전에 잊었던 생동감 또는 충동감을 만끽하였고, 동시에 달착지근한 승리감도 맛보았다. 그녀의 얼굴에서 분노와 고통, 경멸이 말끔히 사라지면서 본래의 모습이 되살아났다. 그녀의 생기를 잃어가던 얼굴이 다시 아름답게 피기 시작하였다. 가슴은 풍선처럼 부풀어 올랐다. 그땐 모든 것이 팽창하고 있었다.

그녀는 그 당시 그 어느 때보다도 발걸음은 가볍고 목소리는 경쾌하였으며, 자주 많이 웃고 크게 노래를 불렀다.

심현숙은 남편에게 반발하기 위하여, 또는 복수하기 위하여 다른 남자에게 몸을 맡긴 것일까. 아니면 느끼한 감각 때문이었을까. 이 삼각관계의 운명을 그녀는 어떻게 예견하고 있는가.

기하학에서 삼각형은 일직선상에 있지 않은 세 개의 점을 이으면 만들어진다. 각기 두 개의 점이 하나의 선에 의해 서로 연결되어 있으며, 이렇게 이어진 세 개의 선이 삼각형의 변을 형성한다. 삼각형에는 정삼각형, 직각삼각형, 두 변과 두 각의 크기가 같은 이등변삼각형이 있고, 이등변삼각형은 다시 예각삼각형, 둔각삼각형이 있다. 그러나 정삼각형은 같은 크기의 세 각과 같은 길이의 세 변을 갖추고 있으므로 조화를 상징하는 가장 단순한 도형으로 모든 평면도형의 원형이라고 할 수 있다.

그러나 극단적인 질투심이 지배하는 비이성적인 남녀관계에서 삼각관계는 둘은 웃고 하나는 울어야 하는, 또는 하나는 웃고 둘은 울어야 하는, 아니면 셋 모두 울어야 하는 자기 파괴적이고 위험한 관계일 뿐이다. 그러므로 셋 모두가 정상적으로 인간다운 남자이고 여자이어서 진짜 미치지 않았다면 그들 모두가 웃을 수 있는 경우는 있을 수 없다. 비이성적인 인간사회의 현실에서 결코 동등한 삼각관계, 즉 정삼각형은 존재할 수 없는 것이다.

5. 그러던 어느 날, 갑작스럽게 심현숙은 엄청난 제안을 하였다. 그때 그녀는 가슴이 두근거리고, 빨갛게 달아오른 얼굴이 잔뜩 긴장하고 있었다.

"전혀 임신하고 싶지 않았는데, 그래서 반드시 피임조치를 하였어요. 잠깐 실수한 거예요. 때 내 주세요, 아이는 필요 없어요"

"실수했다면…… 콘돔을 이용했던 거야?"

그녀는 갑작스러운 심경 변화에 대하여 변명을 겸하여 자기 합리화를 할 필요가 있다고 느꼈다.

"술꾼의 자식을 낳을 생각은 없었거든요. 그 자식 역시 대단한 술꾼일 게 틀림없어요. 술꾼은 정말 지겨워요."

의사는 깜짝 놀란 표정으로 이죽거렸다. 그의 눈가에 잔뜩 심술궂은 웃음이 노골적으로 번졌다.

"잘 몰랐네. 그렇게 형편없는 술주정뱅이인 줄은!? 고주망태가 되어 집에만 들어오면 막 발길질하고…… 때리고…… 닥치는 대로 물건을 집어 던졌겠네!? 술병을 마룻바닥에 내팽개쳐서 박살이 났을 거야. 유리 파편이 마구 튀었겠지.

당신…… 당신은 그걸 치우면서 훌쩍거렸겠지. 얼마나 지겨웠을까? 지옥이 따로 없었겠지."

그러자 그 여자는 정색을 하고 정정하였다.

"그 사람은 매일 밤 비틀거리며 이 술집 저 술집을 전전하는 술주정뱅이는 절대 아녜요. 2차 이상은 잘 안 가거든요. 술에 취하면 곧바로 곯아떨어지는 게 그의 오랜 버릇이에요.

가끔 화장실에서 밤새 심하게 토할 때도 있기는 하지만……. 그러나 어떤 경우에도 폭력을 행사하거나, 욕지거리를 하는 일은 없어요. 아주 점잖거든요…….

하여튼…… 세상 고민은 혼자서 다 하는 사람이에요. 그는 만날 술은 자신의 정신과 육체를 갉아먹는 위대한 살인자라고 욕하면서도 끝끝내 끊지를 못했어요."

그는 술만 취하면 그때부터 자기연민에 빠진 나머지 자학적이 되어 자기 파괴적인 모습을 보인 적은 아직 한 번도 없었다. 문제는 술을 마실수록 내성이 생겨서인지 웬만큼 마셔서는 취하지 않는다는 것이다. 그는 얼큰히 취하기 위해서 참으로 많은 술을 마셔야만 하였다. 그는 항상 아슬아슬한 순간 도망치듯 술집을 빠져 나갔다.

신혼 초기에 그녀가 날카롭게 지적하였었다.

"술이 결국 당신을 망쳐서 당신은 제명대로 못 살 거예요. 당신 스스로 그걸 잘 알고 있을 거구요.

그래도 술을 마실 겁니까? 지금 당장 술을 끊으세요. 필요하다면 적절한 치료도 받으시라구요."

그는 매번 똑같은 대답을 하였다.

"난 술을 많이 마시는 것도…… 더욱이 알코올 중독은 말도 안 되는 소리야. 나는 아무리 마셔도 취하지 않아. 난, 취하지 않지. 취하는 게 싫거든. 나의 몸속에서는 알코올 분해 효소가 왕성하게 작용하거든. 술꾼들이 그따위 술에 취해 비틀거리거나 중얼거리고…… 소릴 질러대는 것은 정말이지 질색이거든. 아무리 취해도 자신을 언제든지 컨트롤하고 있지.

내가 조금씩 술을 마시는 것은 인정할 수밖에 없어. 부인하지 않거든. 그렇지만 그건 단지 업무상 긴장을 풀기 위해서야. 아주 가끔씩 조금 지나치게 마시지만, 그땐 회사 사람들하고 함께 마시지. 절대로 혼자서 많이 마시지는 않는다구.

지금 내 위장은 알코올에 점점 익숙해지고 있어. 요즈음은 술을 많이 마셔도 거의 토하지 않고 있거든. 너무 걱정하지 마. 당신 마음은 이해하지. 그럴 거야."

그렇지만 그가 언제부터 본격적으로 술에 탐닉하기 시작하였는지는 누구도 알 수가 없다. 고등학교 시절부터 벌써 우울한 기분이 되면 혼자 몰래 조금씩 술을 마시기 시작하였지만, 아마 회사에 입사하여 설계 부서에 배치되고 나서 고도의 집중력이 요구되는 복잡한 작업과정에서 술은 지치고, 과민해진 신경을 달래주는 이완제 역할을 하였을 것이고, 그의 상상력이 고갈되어 갈 때 그의 영감을 자극하기 위하여 필요하였을 것이다.

그러나 여전히 그 증세를 이겨내기 위해서는 음주 이외에는 다른 방법이 없었다. 그때 음주는 더 이상 의식조차 하지 못할 만큼 그의 삶의 방식이 되어 버렸고, 몸에 배어버린 일종의 의식이었다.

그 의사가 못마땅한 표정으로 핀잔을 주었다. "그래도 남편일이라고 열심히 편을 드는군."

"혹시, 의사의 양심 때문에 꺼려하는 거야? 하지만, 당신이 해주지 않으면 다른 데 가서 할 거예요. 제 결심은 확고하니까요.

산부인과는 널려 있어요. 그러나 당신께 부탁하고 싶어요. 다른 사람이 손대는 것보다는 익숙한 당신이 낫겠죠. 간호원은 들어오지 못 하게 하라구. 당신 혼자서……"

"전혀…… 상관없으니까. 얼마든지 오케이야. 난 산부인과 전공이거든. 염려 놓으시라구. 하지만 이것만은 알고 있어야 해. 수술 직후에는 어지럽고 복통이 심할 수 있어. 3일 정도는 출혈이 계속될 거야."

그 며칠 후, 그는 임신중절 수술을 하기 위하여 그녀를 자기 병원의 수술대 위에 눕혔다. 그때 그녀는 몹시 초조하여 몸을 부들부들 떨고 있었다. 피로와 두려움이 그녀를 덮치고 있었다.

그는 그녀를 안심시키기 위하여 진담인지, 농담인지를 하였다.

"자기 그것은 아무리 봐도 잘생겼는걸. 냄새는 말이야, 축축한 이끼 냄새가 나지. 그러니까 맛이 좋지, 쫄깃쫄깃하단 말이야. 왜, 우리 속담에 보기 좋은 떡이 먹기도 좋다고, 하지 않았어……"

그는 부드럽게 검은 털이 반질반질 윤이 나는 그녀의 둔덕을 몇 번씩이나 쓰다듬었다. 그녀가 느끼한 미소를 지으면서 가볍게 몸을 꿈틀거렸다. 그녀는 이제 공포심 따위는 까맣게 잊고 있었다.

시간은 어느새 그렇게 빨리 흘러갔다. 그들은 동시에 뜨거웠던 밤들을 떠올렸고 얼굴을 붉혔다.

"그런데, 긁어내는 데는 약간 늦은 감이 있지만…… 걱정 말라고. 금방 끝날 거야. 내 솜씨를 믿어야 해. 나는 이 수술을 수백 번도 더 해봤으니까. 앞으로도 수천 번, 수만 번은 더하게 되겠지."

"죄를 많이도……"

"무슨 소리야! 내가 죄를 지었다고……"

"낙태는 범죄라고 하더군. 낙태를 한 여자도…… 낙태를 도운 처벌을 받아야 하더군."

"바보 같은 소리 하지 말라구. 낙태한 사실은 여자와 의사만 알고 있는 거라고 두 사람이 입을 꽉 다물고 있으면 된다는 거지. 미련하게 남자에게 말할 필요는 없는 거야.

이건 당신이 결정한 거야. 내가 종용한 게 아니란 말이지."

"그건 그렇지. 오랫동안 망설였지. 나로선 어쩔 수 없었다구."

그는 익숙한 솜씨로 자궁 내 모든 조직을 제거하기 위해 그녀의 자궁벽을 샅샅이 긁어냈다. 그 작업은 너무나 간단하고 손쉬운 일이었다. 그로 말미암아 고귀한 한 생명이 말살되었다는 죄의식 같은 것은 눈곱 티끌만큼도 들지 않았다. 무엇보다도 본인이 적극 원하는데 주저할 필요가 없었던 것이다. 더욱이 지구상에 인구가 넘쳐나므로 그 수술은 인구 조절에 유용할 것이었다. 자신이 먼저 하지 않으면 다른 산부인과 의사가 수술할 것이고 그 수입을 차지하게 될 것이다. 그는 오로지 많은 돈을 벌어야 하였다.

늦은 가을 한가한 오후의 나른한 햇살이 작은 창문을 통하여 병실로 들어와 복잡한 심정으로 수술대에 누워있는 그녀의 얼굴을 잠깐 비추고 사라졌다. 산부인과 병원의 잔인한 악취가 그녀의 코끝을 찔렀다. 이제 그녀의 몸속에서 남편이 남긴 흔적은 씻은 듯이 사라져 버렸다.

그 순간, "우리가 얼마나 기다리던 임신이야."라고 절실하게 말하던 남편의 얼굴이 다시 생생하게 떠오른다.

하지만 심현숙은 생각한다.

이건 살인행위는 아니야. 절대로……. 그 무시무시한 단어가 싫어. 소름이 끼치니까. 이건 단순한 거야. 흔해빠진 유산의 일종에 불과한 거야. 유산의 원인은 너무 다양한 거야. 그래, 유산 이라니까.

내가 오해한 걸까? 그 사진 찍는 여자 말이야? 배신감 때문에? 그럴 수도 있지만⋯⋯. 당신 같은 고지식한 사람이 설마⋯⋯

모든 게 당신 탓이지. 당신이 문제인 거야. 당신은 사막에 미쳐버린 사람이니까, 사막에서 살다가 끝내 사막에서 죽을 운명이지. 난 사막 같은 것은 딱 질색이야. 당신이 사막으로 가버리면 나는 혼자서 뭘 할 수 있을까? 사막이 나에게 무슨 의미가 있는지 당신은 한 번이라도 심각하게 생각해 본 적이 있을까? 당신은 너무나 추상적이어서 현실 감각이 없는 거야. 여자가 뭘 원하는지를 전혀 모른다고. 내가 원하는 것은 단순하다고⋯⋯ 다른 여자들이 하는 것을 나도 하고 싶단 말이야.

문명사회에서 살아야만 돼. 화려한 도시에서 살아야 된단 말이야. 나에게는 중산층이면 꿈꿀 수 있는 행복한 가정이 필요했어. 그들에게는 안락한 생활이 중요하지, 모험 같은 것은 싫어해.

이건 하늘이 준 기회야, 아마 마지막으로 선물을 준거야. 틀림없이 난 그와 행복하게 살게 될 거야, 그러니까 그를 놓치면 절대 안 되지. 그는 잘 생기고 능력 있지. 나와는 모든 게 잘 맞아, 너무 잘 맞지⋯⋯. 모든 자세가 잘 맞는 거야. 앞으로 해도, 뒤로 해도, 아무렇게 해도 잘 되는 거야. 항상 기진맥진해서 끝장을 보지. 만족스러워, 만족스러운 거야.

그처럼 완벽한 남자가 있는데 왜 우리는 일찍 만나지 못했을까? 그와 좀 더 일찍 만나서 결혼했어야 했는데.

성불능자에 가까운 그 애송이 테너, 너무 고지식한 당신, 그리고 다른 어설픈 자들과 완전히 다른 거야. 그는 확실하게 챔피언이야. 나는 이미 당신을 버렸어. 그 족쇄를 스스로 벗겨냈지. 난 지금 자유란 말이야.

그 여자는 곧 죽을 거야. 하루빨리 죽어야만 하지. 의미 없는 생명 연장은 쓸데없는 짓이지. 내가 써야 할 돈을 병원비로 까먹고 있으니까. 그 여자가 빨리 죽게 무슨 푸닥거리라도 해야 되는 거 아냐? 어쨌거나 우리도 이혼해야 할 거야. 나는 법적으로도 자유로워지고 싶어……

아무튼 당신에게 미안하긴 해. 오랫동안 망설였다는 걸 알아야 해. 그러나 후회하기는 너무 늦었어. 당신은 너무 착한 사람이고 어떤 최악의 경우에도 여전히 날 사랑할 거라고 당신과 나는…… 우리의 성격 중에는 맞는 것도 있고 그렇지 않은 것도 있겠지. 당신은 왜 나를 만나자마자 사랑에 빠진 걸까? 뭐가 좋아서…… 당신이 사랑에 빠지자 나도 어쩔 수 없이 사랑의 감정을 느꼈어.

그러나 정말 아쉽네. 우리의 사랑은 끝나버렸으니까. 먼 과거가 되어버렸다니까. 난들 어쩔 수 없다구. 어쩔 수가…… 이제 와서 다시 관계가 회복될 수는 없어. 후회하기는 늦었다고 나는 후회하지 않을 거야. 그걸 자신할 수는 없지만……

수술이 끝난 후 그녀가 단호하게 말하였다. 그 의사는 세면대에서 두 손에 잔뜩 비누칠을 하여 피부가 벗겨질 만큼 박박 문지르며 씻고 있는 중이었다.

"어떤 경우에도 이건 유산이에요, 알았죠. 비밀을 철저히 지켜주세요. 무덤까지 싸 가지고 갈 비밀이에요"

6. 그 당시 심현숙은 학교 업무 때문인지 귀가 시간이 점점 늦어지기 시작하였고, 무슨 일이건 짜증내는 일이 많아졌다. 갑자기 사람이 변한 것 같기도 하였다.

그 후 그녀는 학교 일로 무리를 거듭해서인지, 결국 임신 4개월여 만에 그만 유산하고 만 것이다. 그녀가 유산했다고 주장했던 것이다. 그러니 그는 아내가 과로해서 유산한 것으로 철석같이 믿고 있었다. 도저히 다른 상상을 할 수는 없었다.

1997년 11월 말경이었다.

김규현은 유산 사실을 처음 알았을 때 말로 표현할 수 없는 슬픔과 분노, 충격으로 그는 망연자실하였다. 갑자기 밀려드는 검은 어둠이 그를 덮쳤다. 곧 가슴 속에 차갑게 응어리져 있는 형체를 알 수 없는 분노 때문에 그의 단정한 얼굴이 형편없이 일그러졌다.

그의 싸늘한 입술에 새겨진 그 분노는 영원히 사라지지 않을 것 같았다. 그는 이 결혼을 인생의 최대 실수로 간주하고 저주하였다. 그러나 아내가 임신하고 출산을 하여 귀여운 아기가 태어났다면 서로 간의 어떤 불일치나 불화는 얼마든지 해소될 수 있었을 것이다.

그는 생각했다.

'눈에 넣어도 아프지 않을 자식이 있었다면…… 쌔근쌔근 잠든 그 아이의 모습을 오래오래 지켜볼 수 있었다면…… 해소될 수 있었을 거야. 한때는 당신을 넋을 잃고 쳐다보느라 눈이 멀 정도였던 시절도 있었고…… 밤마다 침대에서 코를 비비고 입술로 깨물었던 시절도 있었으니까. 나의 가슴팍에 얹었던 손의 가벼운 무게를 기억할 수 있고, 뽀얀 살 속 보이지 않는 혈관의 불규칙한 맥박을 지금도 느낄 수 있지. 그 시절에는 당신은 꿈에서 깨어나면서 나를 더듬으며 말했었지. 꼭 안아줘요 내가 나쁜 꿈을 꾸었나 봐요.'

그는 아내를 도저히 이해할 수 없었다. 그가 그렇게 말렸는데도 불구하고 과로로 유산을 하였단 사실 말이다. 그 후, 두 사람 사이는 급속도로 냉랭해지고, 사사건건 충돌하고, 자주 심각하게 말싸움을 하였다. 부부싸움과 눈물, 맞고함이 끊이질 않았다. 그들은 싸우고 또 싸웠다. 고통, 눈물, 충격, 분노의 감정들이 뒤엉켰다. 그녀의 얼굴은 분노와 모멸감 때문에 일그러져 있었다.

그녀는 그때마다 소프라노 목소리로 날카롭게 소리 질렀다. 때로는, 그녀의 목소리는 떨렸고 심한 분노 때문에 울음을 터뜨릴 것 같았다. 끔찍한 나날이 계속되고 있었다.

그 무렵, 김규현은 정신적으로 너무 힘들어서 머리가 깨질 것 같은 통증이 몰려왔고 가슴이 몹시 답답했다. 천천히 숨을 내쉴 수 없었고 마음을 진정시킬 수도 없었다. 그 멋있고 신비한 술, 소폭을 많이도 마셨다. 인생이 허무하고, 자신은 쓸모없는 존재라는 집요한 의식에서 벗어나기 위해서, 그는 매일 혼자서 술을 지나치게 마셨다. 그는 갈증을 면하기 위하여 매일 술을 들이켰고, 갈증이 없어도 갈증을 예방하기 위하여 또 술을 마셨다. 술은 충실하게 마취제 역할을 하였으므로 그 신비한 액체는 아주 잠시이긴 하지만 효과적으로 정신적 고통을 진정시켜 주었다.

그러나 지나치게 많이 마셨다. 이것저것 가리지 않고 아무 술이나 닥치는 대로 마시고 또 마시고, 토하고 또 토하기 일쑤였다. 그런 다음 식사를 끊었다.

그는 평생 동안 술을 좋아했지만 아버지가 알코올 중독이었고 그 때문에 폐인이 되었던 것처럼 자신도 그렇게 되지 않을까 두려워했는데 마침내 중독자가 된 것처럼 보였다. 그래서 비록 일시적이긴 했지만 술을 끊어야 하거나 줄여야했지만 그러면 금단 증상이 왔다.

그 무렵 그 심각한 증세가 다시 나타나기 시작하자 이를 견뎌내기 위하여 더욱 술에 의존하면서 매일 술을 마시게 되었고, 술만 마시면 만취한 상태로까지 발전한 것이다. 그는 그만 마셔야 하는 줄 알면서도 매번 끝까지 갔다. 그리고 몸을 겨우 추스를 정도로 취하여 방배동 뒷골목 연립주택으로 가는 긴 골목길을 비틀비틀 걸으면서, 때로는 집에 들어가기가 죽기보다 싫어서 느릿느릿 갈지자로 걸으면서, 터져 나오는 괴성 같은 울음을 참아내기 위하여 늘 낮은 목소리로 낡은 유행가 가락을 흥얼거렸다.

그는 그 기교적이고 여운이 남는 가사를 좋아하였다. 그러나 그 우울한 선율이 그를 가슴 저리게 하였다. 그때 초겨울이 되어 희미한 가로등이 졸음에 겨워 하품을 해대는 골목길에 불어 닥치던 시린 바람이 그의 가엾은 얼굴을 가볍게 쓰다듬고 지나 갔다.

늦은 밤, 그는 취기로 흐려진 눈에 악의를 가득 담아서 아내의 방을 쏘아 보았다. 그 방에서 매번 가볍게 코고는 소리가 들렸다. 그러나 문틈으로 새나오는 그녀의 불규칙적인 숨소리를 들으면 그녀가 짐짓 자는 척하고 있다는 것을 알 수 있었다. 그러나 그것뿐이었다. 그는 자기 방으로 들어가서 아무렇게나 쓰러져 잠들었다.

그해 겨울은 몹시 추웠다.

시퍼렇게 날이 선 칼날 같은 맹추위가 연일 계속되었다. 한강에는 얼음이 꽁꽁 얼고 얼음 조각들이 강의 중심부에서 동동 떠내려갔다. 차가운 바람 끝이 얼마나 매섭던지 몸도 마음도 꽁꽁 얼어붙어 버렸다. 사람들은 추위 때문에 얼굴이 창백해졌다. 그해는 유난히 눈도 많이 내려서 도시가 온통 흰 눈으로 뒤덮였다. 그는 비통한 심정으로 그의 생애에 있어서 마지막이 될 겨울을 보내야 했다. 그는 몹시 암담하였다.

그때 회사는 미증유의 경제위기인 IMF 사태를 그럭저럭 잘 극복하고 있었다. 그는 다음 해 회사의 3월 정례 인사 때 대표이사와 면담한 후 리비아 대수로 공사의 현장 근무를 자원하였

다. 견딜 수 없이 답답한 현실에서 도피하기 위해서였는데, 그
때는 아내와의 사이에 어느 정도 냉각기가 필요하였다.

7. 그녀의 남편이 리비아의 공사현장으로 떠난 후 몇 개월이
지나자 안성맞춤으로 산부인과 의사의 부인도 죽었다. 그해 여
름이 지나가고 있었다. 그들은 이제 거칠 것이 없었다. 사실 솔
직해야 하리라. 심현숙은 내심 그녀가 빨리 죽기를 얼마나 학수
고대하였던가. 그녀가 죽자 기쁨을 주체하지 못하고 얼마나 희
희낙락하였던가.

그 역시 아내의 죽음은 이미 예정되어 있었으므로 별반 슬퍼
하지도 않았다. 아내가 건강했던 시절에도 그와 아내와의 사이
는 그저 데면데면했으니까. 다른 바람둥이 남편과 그의 현모양
처형 아내 사이처럼 말이다.

그의 아내는 용도조차 알 길이 없는 각양각색의 약들을 먹으
며 그 지독한 항암치료를 받았고 지독한 통증 때문에 자주 진
통제 주사를 맞아야 했다. 그녀는 새까만 설사를 지렸고 플라스
틱 통에 검은 토사물을 쏟아냈다. 그때마다 정신이 멍한 상태에
서 꾸벅꾸벅 졸았다.

이제 아내의 몸은 뼈와 가죽만 남았다. 한동안 욕창 때문에
고생했다. 탄탄했던 엉덩이 살은 모두 사라져 버리고 누렇게 말
라비틀어진 살가죽이 골반뼈를 간신히 덮고 있다. 아내는 죽음
의 사신을 향해 진즉 투항했고 더 이상 얼굴에 고통의 표정은

없었다.

그러나 남편을 쳐다보는 그녀의 얼굴에는 원망과 분노가 가득 차 있었다. 그녀는 속으로 외치고 있었다.

바람둥이 자식…… 나를 이 꼴로 만들어 놓고…… 네 놈이…… 치사한 자식 같으니라고……. 내가 모를 줄 알고

의사 김영준은 알고 있었다. 그녀는 이미 죽은 것이다. 하지만 그가 마지막까지 처에게 최선을 다했다는 것을 남들에게 (특히 결혼할 당시 키를 몇 개씩이나 건네준 처가 쪽 사람들에게) 보여주기 위해서 몸소 심폐소생술을 시행하기까지 했다.

그가 난폭하게 전기 충격기를 누르자 강력한 전류가 그녀의 몸에 흐르면서 모니터 스크린의 푸른색 파동이 펄쩍 뛰어올랐다. 그리고 김영준은 땀을 뻘뻘 흘리며 그녀의 가슴을 계속적으로 짓눌렀다. 그러나 그게 무슨 허튼 짓거리인가.

그래도 아내는 담당 의사가 예상했던 6개월보다는 3개월여를 더 살다가 죽었다.

심현숙은 그 무렵부터 그의 압구정동 큰 아파트에 들어가서 살다시피 하였다. 그녀는 그의 욕실에서 화려한 비누 거품으로 목욕을 했고, 부엌에서는 그녀가 자신 있게 요리할 수 있는 카레 요리를 만들었으며, 그의 신용카드를 함부로 사용하였다.

김영준은 아내가 죽자 내심 홀가분했다. 몇 개월쯤 지나서 벌써부터 병원 문을 닫고 재산을 정리하기 시작하면서 이민을 준비하였다. 그녀 역시 학교를 그만두고, 남편과 이혼을 준비하고 있었다.

그녀는 처음에는 별다른 의식 없이 그 젊은 의사에게 순식간에 빠져들면서 그냥 즐기기 위하여 출발하였을 것이다. 다시 말하면 그녀와 김영준 사이에 그동안 있었던 모든 일은 미리 아주 세심하게 계산된 계획에 따라 이루어진 것이 아니라, 다만 가을 산에 산불이 번지는 것처럼 급속한 사태의 진전에 따라 여자의 맹목적 욕망이 분별없이 초래한 것이었다.

그러니까 그의 아내가 악성 암에 걸려서 오늘내일하는 상황에서 그와 깊숙이 사랑에 빠지자 이제 무한정 욕심이 생기기 시작한 것이다.

그 후 남편은 해외로 떠나고 남자의 아내는 저세상으로 떠나는 일련의 과정에서, 더욱 확실한 관계를 추구하는 단계로 발전한 것이다. 그녀는 벌써 그의 아내가 암에 걸린 사실을 알게 된 그 무렵부터 남편과 이혼하고 그 의사와 확실한 관계를 맺기로 결심한 것이다. 그녀는 몹시 조바심을 느끼고 있었다.

그러나 그것은 그녀의 일방적인 생각에 불과한 것이고, 남자는 결코 그런 것이 아니었다. 그는 이미 그녀보다 더 젊고, 더 예쁘고, 더 돈 많은 여자를 물색 중에 있었다.

그 당시 일의 진척은 의외로 지지부진하기 시작하였다. 시간은 답답할 정도로 아주 더디게 흘러갔다. 그는 예전처럼, 우린 영원히 함께할 수밖에 없는 공동운명체라는 달콤한 말을 다시는 꺼내지 않았다. 그는 팽팽하던 긴장이 서서히 풀리기 시작하였고 이제는 환상이 아니라 현실로 돌아와야 할 때라고 깨닫고 있었다. 불꽃은 더 이상 타오르지 않았다.

그들이 처음 만났을 당시에는 사랑하는 상대방 이외에는 아무것도 생각이 안 날 지경이었다. 서로의 매력에 끊임없이 흠뻑 빠져 있어서 밥을 먹거나 잠을 자거나 일을 할 때에도 온통 머릿속을 꽉 채우고 있었다. 서로 완전히 몰두해 있어서 그것은 짜릿한 전율로 다가왔다. 그를 생각하면 생각할 때마다 그녀의 내장과 항문, 자궁 속에서 무언가, 욕망이 무섭게 타오르다 흐물흐물 녹아서 부드럽게 흐르고 있었다. 그러나 그것은 사랑스러운 생명, 새로운 생명을 잉태할 것이다.

심현숙은 생각하였다. 여자는 마침내 죽었어. 적당한 때 알맞게 말이야. 이제 장애물은 없다구. 그의 아이를 갖게 된다면, 그것도 하루 빨리, 딱 한 번은 임신해야 할 거야, 그래야만 그를 꼼짝없이 옭아맬 수 있으리라.

그래서 다시는 그 지긋지긋한 임신을 하지 않으려고 자궁 속에 설치했던 피임기구인 루프를 제거했다. 그러나 산부인과 의사가 누구인가. 어떻게 평범한 인간이 귀신을 속일 수 있을 것인가. 그는 항상 모든 준비를 완벽하게 하고 있었다.

그녀는 그를 차지해야 한다는 허망한 욕망에 휩쓸리면서 더욱 지칠 줄 모르고 그것에 탐닉할 수 있었다. 그때는 그것이 실제의 욕망 수준을 훨씬 뛰어넘는 과도한 것이었음을 그들은 깨닫지 못하였다.

그러나 시간이 좀 지나면 너무나 강렬했던 최초의 불꽃은 서서히 사그라지는 법이다. 그러한 흥분이 영원히 지속될 것이라는 기대는 애당초 비현실적인 것이어서, 곧 심드렁해지기 마련이고, 그러면서 허망함을 깨닫게 되는 것이다.

　더욱이 호적을 같이하는 부부 간에도 사랑은 가변적이어서 쉽게 변색되고, 변주되고, 왜곡되는 법인데, 하물며 불륜의 관계에서는 육체적의 쾌락은 한계효용체감의 법칙에 따라 그 강도가 급속히 떨어지기 마련이다.

　그는 자신이 너무 깊숙이 진창에 빠져든 것을 깨닫고 후회하기 시작하였다. 예전의 경우처럼 아주 적절한 시기에 발을 뺐어야 옳았다. 그는 항상 만나는 여자와는 눈에 보이지 않는 일정한 거리를 유지했고, 싫증이 나면 곧바로 돌아서 버렸다. 여자가 입게 될 마음의 상처 따위는 그와는 상관없는 일이었다. 그리고 한번 헤어진 사람과는 다시 연락하는 일이 없었다. 시간 낭비라고 생각한 것이다.

　그는 여자와 헤어지면서 가슴이 찢어질 듯한 상실감 같은 걸 느끼는 일은 없었다. 그는 먹물, 책벌레 같은 인간들을 경멸했다. 인생은 즐기는 것이다. 그 중심에는 여자가 있었다. 여자를 잘 요리하려면 술과 골프는 좋은 양념거리였던 것이다.

　그는 생각했다. 이건 단순한 불장난에 불과한 거야. 여자 쪽에서도 눈치껏 알아차려야 할 거야. 그걸 모르면 둔감하거나 머리가 나쁘거나 둘 중 하나일 테지.

　이번의 경우에는 아내가 암에 걸리고, 그리고 죽는 과정에서 그 뒷수습을 하면서 몹시 혼란스러웠기 때문에 그 시기를 놓친 것뿐이다. 진작 과감하게 잘랐어야 하였다. 이제는 마지막 종지부를 찍을 때가 되었다고, 그는 굳은 결심을 하였다.

그러자 그동안 알게 모르게 쌓여있던, 일시 유예 상태에 있었던 그녀에 대한 시시콜콜한 것에서부터 심각한 것까지 온갖 종류의 미움과 역겨움, 권태와 불만들이 한꺼번에 쏟아져 나왔다. 이제는 그녀가 더욱 보기 싫어졌다.

그는 심호흡을 하면서 생각했다.

이젠 지겹군, 지겨워. 정말 따분하다. 그 여자한테 신용카드를 맡긴 게 큰 실수였던 거야.

어린 염소 가죽에 고무밴드가 들어간 첼시 부츠, 레드 스트랩 슈즈, 블랙 화이트 스니커즈, 셰브론 패턴 슈트, 트위드 체크 스커트, 살바토레 페라가모 명품백, 샤넬 향수, 비싸고 고급스러운 악세사리, 까르띠에 시계, 프리미엄 와인, 빛나고 예리한 아름다움을 갖추고 있다고 자랑했던 글라스웨어, 스킨케어 바디샵.

도저히 감당할 수 없다. 정리해야만 하지. 이번에는 시간이 좀 걸렸어. 여자란 싫증이 나면 그걸로 끝인 거야. 사태가 잘못 돌아가면 그저 도망쳐야…… 삼십육계가 최고인데……. 나는 언제나 날쌨는데 이번에는 어떻게 이 지경까지. 실기해서는 안 되는데……. 긴 말은 필요 없는 거야. 그래봐야, 구차하게 될 테니까. 딱 몇 마디만…….

여자는 이제 수줍어하지 않았다. 그 수줍은 미소가 사라진 지 오래되었다. 그 여자의 아름다움은 진즉 사라졌다. 점점 살찐 얼굴이 퉁퉁 부은 것 같고 젖가슴은 늘어나서 쳐졌다. 몸에서는 시큼한 땀 냄새가 나고 밤이면 가끔 약간이긴 했지만 노골적으로 코를 골았다.

스스로 알아서 떠나준다면…… 얼마나 좋을까. 왜? 그렇게 눈치가 없을까. 내가 꼭 노골적으로 혐오감을 드러내야만 할까. 혹시 심장마비로 급사한다면…… 내가 목을 조를 수는 없으니까.

미적미적 대던 김영준은 어느 날 갑자기 굳은 표정으로 짤막하게 말하였다. "글쎄, 지금 떠나기는 적당하지 않아. 상황이 여의치 않단 말이지. 재산 정리가 그렇게 쉬운 게 아니더라고"

그는 요즈음 그녀 만나기를 극구 회피하는 것처럼 보였다. 어쩌다 만난 경우에도 그들의 대화는 겉돌기 시작했다. 애정이 바람 빠진 풍선처럼 빠져나가고 있었다. 그의 말은 그저 건성이어서 머릿속으로는 완전히 다른 생각을 하고 있다는 것을 눈치챌 수 있었다. 때때로 까닭 없이 신경질을 부리기도 하였다.

그녀는 생각했다.

그래, 그렇지. 습관적이고 무기력한 섹스 때문에 불만을 가졌다니까. 옛날에 유명했던 압구정동 아파트도 이제는 이미 낡았어. 실내는 너무 낡아서 숨이 막힐 듯이 건조하고 답답하지. 그래서 폐쇄공포증을 느껴야만 했다. 푸석푸석 메말라가는 내 피부를 보호하기 위해서 자주 온몸에 엷은 향이 은은한 살구빛이 도는 바디 로션을 고르게 문질러 바르고 마사지를 받았다.

넌 얼마나 기분 좋게 코를 벌렁거리고 그 냄새를 맡으며 내 몸을 탐색했던가. 하지만 언제부턴가 네 눈에는 욕망의 표정, 굶주린 탐욕은 사라져버렸어. 그저 건성건성 무미건조한 상투적인 말만 늘어놓았지.

내가 좀 더 일찍 눈치챘어야 하는데 말이야.

이게 남들이 말하는 그 흔한 권태기인 거야. 그게 벌써 찾아온 거라고 이걸 빠져나가는 데는 시간이 필요하지. 그리고 나면 다시 회복될 거야. 우린 가끔 심한 말싸움을 했지만 결국 화해했었지 않은가. 나는 내 나이보다 훨씬 어려 보인다. 아직 쓸만 하다니까.

그러나 얼마간의 시간이 흘러도 도저히 돌이킬 수 없었다.

몹시 예민해진 그녀는 그때부터 불안해지기 시작했고, 일이 점점 잘못 돌아간다는 것을 느끼기 시작했다. 그래서 남자의 변덕에 비위를 맞추려고 안간힘을 다하였다. 두 사람의 관계가 바람처럼, 하늘의 뜬구름처럼 사라질 수 있다는 생각에 두려움을 느꼈다. 그가 가끔 너무 세게 깨물었기 때문에 그녀의 젖꼭지에서 느껴졌던 상큼한 통증을 더 이상 느낄 수 없었다. 그 무렵 그녀는 계속 너무 긴장을 해서 온몸에 난 모든 털들이 곤두서 있었고 배 속은 딱딱하게 굳어 있었다.

얼마 전까지만 해도, 그녀가 "당신, 언젠가는 날 떠날 거야." 라고 우울하게 말하면, "아니, 그럴 일은 절대로 없어. 네가 날 떠날 리도 없을 테지."라고 그가 단정적으로 말했었다.

그녀는 스스로 다짐하였다. 널 놓아줄 수는 없어. 순순히 놓아줄 수는 없지. 어떻게 잡은 마지막 기회인데……. 넌 나에게 이미 코가 꿰여버린 거지. 그녀는 자신의 위대한 승리를 믿어 의심치 않았다.

그러나 그의 아파트 문은 늘 굳게 잠겨 있었고, 그는 예고도 없이 장기간 해외여행을 떠나곤 하였다. 핸드폰 번호도 바뀌었고, 메시지가 끊어진 지가 오래되었다. 사태는 최악으로 치닫고 있었다. 그때에는 모든 것이 정지하고 있는 것처럼 느껴졌다. 그녀의 의지, 마지막 인내심이 급속히 붕괴되었다. 그것은 아무런 마음의 준비 없이 갑자기 맞이한 이별 같지도 않은 이별이었다. 그것은 추상적이고 비현실적이었다.

"그럼, 우린 어떻게 되는 거야?"

"왜, 그렇게 눈치가 없어. 우린 끝난 거지. 미련 없이 끝났어!"

"당신 입에서 어떻게 그런 말이 나올 수 있어. 당신을 이해할 수 없거든. 나를 이 지경으로 만들어놓고…… 마음대로 농락해놓고…… 이제는 아예 죽이겠다는 거지.

그러면 안 되지. 천벌을 받을 거야. 다시 생각해봐. 돌아와줘. 내가 이렇게 사정할게. 당신을 여전히 사랑해."

"멍청하긴……. 혼자서는 사랑을 할 수 없다는 걸 몰라서 그래? 어리석게 굴지 말라구. 창피한 줄을 알아야지."

그의 치켜뜬 두 눈은 혐오감을 드러내고 있었다.

그녀는 너무 분해서 그의 얼굴을 똑바로 쳐다보았다. 그의 뺨을 때리려고 올렸던 팔을 거두고 인정사정없이 욕설을 퍼부었다.

"개자식 같으니라고…… 사기꾼 자식."

"이게 무슨 짓이야. 무슨……"

"다시 말하면…… 너는 개새끼라고…… 똥개새끼……."

그녀는 자리에서 일어나 돌아섰다. 그녀는 울지 않았다. 가로수길 거리에 비가 내리고 있었다. 비는 점점 거세지고 은행나무 가지와 잎에 닿아서 서걱거린 후 땅으로 떨어졌다. 그녀는 비를 맞으며 걸었다.

한 폭의 정물화처럼 완벽해 보였던 미래의 꿈은 산산조각이 나버렸고, 그 사랑이란 존재가 지금은 가장 큰 고통으로 변해버린 것이다. 그 남자와 한 모든 약속과 맹세는 지금 아무런 의미도 없었다. 그녀는 그를 증오하려고 노력하였다. 그녀는 기억나는 온갖 독설을 동원하여 그를 저주하려고 안간힘을 다하였다.

그녀는 너무나 억울하고 분한 감정 때문에 가슴이 답답하거나 숨이 턱턱 막히고, 갑자기 얼굴이 화끈거리고 가슴에 통증이 생기기도 하였다. 그녀는 애써 무심한 척했지만 여전히 두통이나 어지럼증이 나타나고 밤에는 심한 불면증으로 고통받고 있었다. 어떤 때는 두려운 감정이 폭발해서 깜짝깜짝 놀라기도 하였고, 극히 사소한 일에도 분노를 참지 못하고 폭발하기도 하였으니, 일찍이 없었던 일이다. 화병과 우울증이 겹친 것이다.

그녀는 자신과 자신의 가치를 의심하기 시작하였고, 자신을 심하게 질책하였다. 그러나 몇 달간의 시간이 흐르면서 그 증세는 급속히 완화되기 시작했고, 분노마저 금세 멀리 사라졌고, 그리고 그녀는 그까짓 거 단념하기로 단단히 결심했다.

그런데도, 쓴웃음이 절로 나왔다. 그녀는 억누를 수 없는 혐오감을 느꼈다. 그 남자에게 수십 번씩이나 허벅다리를 벌리고 그를 받아들인 자신이 역겹게 여겨졌다. 정말 구역질나는 일이었으나 이제 와서 후회한들 무슨 소용이 있겠는가. 그녀의 자존심은 짓이겨질 대로 짓이겨졌다.

이제는 말할 수 있을 것이다. 어느 날 저녁, 그러니까 수술이 있고 나서 몇 달이 지나고 나서였다.

그가 말했다.

"이제 몸도 가벼워졌으니 스리섬 해보는 게? 어때?"

"도대체 무슨 소리하는 거야? 그게 뭔데?"

"펠라티오 가지고는 한참 부족하지. 이제는 그것도 별로라니까. 도대체 자극이 없어. 그렇다니까. 너무 순진한 척하지 마. 내숭 떨지 않기로 했잖아. 그게 어때서. 지극히 자연스러운 거야.

남자 한 사람과 여자 두 사람 또는 여자 한 사람과 남자 두 사람이 하는 거 말이야. 그게 지금 은근히 퍼지고 있거든. 스리섬하며 함께 히로뽕을 하면 금상첨화일 거야. 그거 죽여주지.

아니면 사디즘과 마조히즘을 뒤섞은 관능적인 게임을 할 수도 있고……? 하늘을 훨훨 나는 기분 아니겠어?"

"그렇게 기분 좋은 일이라면…… 그까짓 것…… 뭐…… 못할 것도 없지만. 조금 마음의 준비가 필요하지 않을까?"

그녀는 생각을 고쳐먹었다. 어리석게도 사랑이 영원할 것이라고 믿은 것은, 그리고 지금 마음고생을 해봤자 그건 정말 바보짓이었다. 그에게 고함을 질러주고 싶었다. 다시는 그 자식을 보지 않아야 한다고 단단히 결심을 하였다. 언제가 우연이라도 그 뻔뻔한 자식을 만나게 되면 거침없이 그 자식의 못된 얼굴에 침을 뱉어주어야겠다고 생각했다.

그녀는 요즘 자주 단골 재즈 바에 가서 혼자서 술을 마셨다. 그녀는 심신이 몹시 지쳐있었기 때문이다. 늘 안쪽 구석진 스탠드에 앉는다. 그날 밤에는 싱글몰트 위스키로는 부족했다. 바텐더에게 특별히 부탁해서 만들어준 폭탄주를 연거푸 서너 잔이나 마셨다. 뒤섞인 술이 혈관을 타고 흐르고 있다. 이제야 술기운이 핑 돈다. 그리고 흘러내린 머리카락을 쓰다듬으면서 담배 한 모금 깊게 빨았다 내뱉었다. 통유리창을 통해 어둠에 싸인 작은 정원의 나무와 풀들이 보였다.

카페 안의 낯익은 풍경들이 풀어지면서 그녀를 포근하게 감싸고 마음을 편안하게 해주었다. 이제야 카페 안에 앉아있는 사람들이 눈에 들어온다. 푹신한 의자에 느긋하게 앉아서 칵테일을 마시는 남녀들, 오늘의 스페셜인 염소 치즈를 안주로 붉은 와인을 마시는 젊은 남자들, 조각 얼음이 든 유리잔에 보드카를 따라 마시는 가벼운 슈트를 입은 중년 남성들, 그 밖의 사람들 모두 하던 이야기를 멈추고 시선을 돌려서 그녀를 눈여겨보는 사람들은 아무도 없었다.

그들은 마침 은은하게 흘러나오던 1920년대 시카고 재즈의 선율에도 관심이 없었다.

그녀는 생각했다.

모두 끼리끼리이군. 천박한 것들…… 너희들이 지금 지껄이고 있는 공허한 수다는 소음에 불과하다고 너희들이 나의 분노한 침묵을 어찌 알 수 있겠어?

그녀는 어떤 경우에도 울지 않는다. 김영준을 비웃었을 뿐이다.

그딴 자식한테 당하다니……. 그런 성도착자이고 변태한테 말이야. 진즉 그 자식의 정체를 알았어야 했는데. 그런데 내가 지금 그 역겨운 자식을 두려워하고 있는 건가. 그는 사막의 전갈처럼, 독사처럼 사악하고 위험한 존재라도 되는 걸까.

뭔가 부족했단 말이지. 사도마조히즘 게임이 필요하단 말이지. 불가능할 것도 없어. 내가 네 두툼한 입술을 깨물고 긴 혀를 잘근잘근 씹고 회색 털이 무성한 가슴팍을 문지르고 거시기를 빨고 항문과 발바닥까지 핥아줄 수 있지. 나의 입술과 혀, 이빨로 충분히 가능하니까.

그러면 만족할 거야? 그런데 내가 왜 그런 지극정성인 서비스를 해야 하지? 그건 말도 안 돼.

네놈 손에 수갑을 채우고 나서 칼로 온몸을 베고 긋고 찔러서 피가 철철 흐르게 하는 거야. 그러면 몸을 부르르 떨면서 살려달라고 애원할 것인가? 아니면 마조히스트처럼 쾌감을 느끼고 만족해서 더 해달라고 애원할 것인가? 웃고 울고 비명을 질렀다가 비명을 지르고 울고 웃을 것인가.

좋아, 좋다고 네놈의 피가 묻은 긴 칼날을 빨게 해주지. 그게 끝나면 네 혀를 그 칼로 잘라버리는 거야. 그 혀를 내가 잘근잘근 씹어서 삼키는 거지.

남자만이 상스러운 욕설을 내뱉는 게 아냐. 남녀평등이라니까. 연약한 여자라고 반격할 무기가 없을 것 같애? 너는 내 꿈을 박살냈으니까 얼마든지 복수할 수 있다고 너는 처벌을 받아야만 하는 거야. 그건 정의를 실현하기 위해서 불가피한 일이라고. 여자도 얼마든지 잔인해질 수 있다니까. 눈 딱 감고 그 예리한 칼로 네 심장을 단번에 찌르는 거야. 그러고 나서 분풀이를 하기 위해서 찌르고 또 찌르는 거야. 피가 넘치고 넘쳐서 한 강까지 흘러가야만 하지.

정말 통쾌할 거야.

ㅎㅎㅎㅎㅎㅎㅎㅎ

아니야, 아니야, 그를 그냥 무시해야만 하지. 그게 유일한 해결책이야. 끝났지, 끝났어. 당신하곤 끝났어. 당신의 냄새가 역겹지. 그때 카페에서 얼굴에 침을 뱉었어야 하는데. 그때 옆자리에 앉은 젊은 남녀가 불쾌한 표정으로 빤히 쳐다보았기 때문에 차마 못 한 거지. 김영준. 악몽. 실패. 수모. 더 이상 나 혼자서 이런 고통을 당할 수는 없는 거야. 영원히 끝장을 내버려야만 되지. 이 모든 것에 내가, 바로 내가 마침표를 찍는 거야.

그러나 생각과 몸은 다른 것이다. 그에게서 벗어나려고 몸부림을 칠수록 무의식의 심연에서 욕망이 들끓고 솟아났다. 그가 맹렬하게 압박을 하고 몸속을 뚫고 들어왔다. 그녀는 황홀해서 전율한다.

그녀는 절망한다. 나는 이런 수준밖에 되지 않는 여자라고

8. 김규현 상무는 리비아 대수로 공사현장에서 2년째 영국

건축 기술자들과 함께 공사 감리를 담당하고 있었다. 그 해 20일 간의 짧은 여름휴가 동안 사하라 사막의 남쪽을 여행하기 위해 트리폴리에서 부정기선 전세기에 편승하여 알제리의 타만라세트로 내려왔다.

그러나 사막의 미로에서 길을 잃고 15일째 모래언덕 계곡에 갇혀있다. 생명의 젖줄인 한 방울의 물까지 떨어졌다. 심한 갈증으로 목구멍이 불덩이처럼 타들어가고 있었다. 지금 절망적인 상황에서 죽음을 앞두고 가쁘게 숨을 몰아쉬고 있다.

사막에 별들이 총총히 빛나는 밤이 다시 찾아왔다. 밤의 한기가 담요를 덮고 있는 삐쩍 마른 몸속으로 스며들고 있었다.

이 지독한 추위도 이제 마지막이야.

그는 설핏 잠이 들면 계속 같은 꿈을 꾸고 있다. 바람은 불지 않았고 잿빛 바다의 부드러운 파도가 방파제로 밀려와서 하얗게 부서졌다. 그 순간 마른 하늘에서 천둥이 울리며 갑자기 거센 파도가 솟구쳐 올랐다. 다시 바다는 평화를 되찾았다. 모든 게 흐릿하였다. 멀리 수평선은 아주 옅은 안개 때문에 흐릿하여 시야에서 보이지 않았다.

그녀와 마주칠 때마다 언제나 모호하고 아득한 어머니의 냄새를 맡을 수 있다. 그녀는 처음이자 마지막이다. 그녀는 존경받는 자이고 멸시받는 자이다. 그녀는 타락한 자이며 거룩한 자이다. 그녀는 아내이고 처녀이다. 그녀는 어머니이며 딸이다…… 그녀는 지식이며 무지이다.

그리고, 그 날의 일을 떠올렸다. 1998년 늦은 봄. 토요일 석양 무렵. 황혼의 빛깔은 마치 무지개를 층층이 쌓아 놓은 것처럼 불타는 분홍, 장밋빛 분홍, 짙은 회색 분홍으로 변하고 있었다. 세상의 풍경이 황금빛 석양에 물들고 있다. 세속적인 모든 것이 사라지고 있었다. 그는 믿을 수 없는 하늘을 쳐다본다. 시뻘건 해가 석양 저편 어디론가 떠나고 있었다. 그는 그때 서초동 남부터미널 부근에서 방배동 쪽으로 아주 느릿느릿 길을 걷고 있었다.(그때는 아프리카로 가는 출국 준비가 거의 끝나서 홀가분했다고 할 수 있다. 그는 6월 초순경 출발할 예정이었다.)

그는 그녀와 길에서 갑자기 마주쳤다. 그녀가 먼저 깜짝 놀란다. 그는 손희승을 오랫동안 만날 수 없었다. 무슨 일인지, 그녀가 곧 회사를 그만두었기 때문이다. 한참 나중에서야 그녀가 새로 창간한 패션 전문 잡지의 사진기자로 갔다는 이야기를 들었을 뿐이다.

"상무님, 안녕하세요. 오랜만입니다. 죄송해요. 얼마 전에 회사를 옮겼지요. 말씀드릴 기회가…… 건축 쪽 현장 사진은 어지간히 찍었거든요. 새로운 것을 시도해보고 싶었지요. 자세한 이야기도 없이…… 그냥 그랬어요."

두 사람은 짧은 거리에서 빤히 쳐다보면서…… 잠시 환한 미소에 잠긴다. 서로 반가워서 손을 잡을 듯하였다.

그러나 그녀가 주춤거렸다. 그는 그 자리에 꼼짝없이 서 있다. 그는 말 한마디 없이 훌쩍 떠나버린 그녀에게 심술이 나서 빈정대고 싶었지만 꽉 막혀버린 목구멍에서 말이 잘 흘러나오지 않았다.

손희승은 가던 길을 걷는다. 그리고 돌아보았다. 가볍게 손을 흔들더니 계속 걸어갔다. 그녀는 골목길로 꺾어지는 모퉁이에 너무 빨리 도달했다. 거기서 잠깐 멈추었고 그가 서 있는 쪽으로 다시 돌아보았다. 그녀는 환한 미소를 지으려고 하였지만 눈물이 글썽거려서 웃음이 나오지 않았다. 손희승은 뒷골목길로 빨려 들어가듯이 사라져 버렸다.

트리폴리에 파견 나온 회사의 직원과 현지인들로 구성된 구조대에 의해 김규현의 시체는 석양 무렵에 발견되었다. 태양이 서쪽 모래언덕 너머로 사라지면서 아주 잠시 붉은 잔영이 사막에 여린 빛을 드리우다, 곧 어둠이 찾아왔다.

죽은 그의 얼굴이 너무나 평온해 보여서 죽은 것이 아니라 잠들어 있는 것처럼 보였다. 그는 얼굴에 잔잔한 미소를 머금은 채 깨어나지 않을 깊은 잠에 빠져 있었다.

그의 육체는 그동안 음식물을 제대로 섭취하지 못하였고, 몸속의 모든 수분이 전부 증발하면서 너무 말라, 위장과 등골이 맞붙어 있을 만큼 뼈와 가죽만이 남아 있었다. 뼈밖에 남지 않은 깡마른 몸에 걸친 옷이 너무 헐렁해서 마치 몸에 맞지 않은 잠옷을 입은 것처럼 보였다.

그래도 그는 아주 부드러운 모래침대 위에 태평스럽게 누워 있어서, 얼굴에 고통의 흔적은 남아있지 않았다. 원래 강인하고 섬세하였던 이목구비가 그대로 살아 있었다. 다만 그의 우수에

찬 검은 눈동자와 신중한 눈빛은 살며시 감긴 눈꺼풀 속에 감 취져 있었다. 그의 눈은 살아 생전에는 어둡고 그윽해서 언제나 저 멀리 지평선 뒤쪽을 바라보고 있었다.

유대계 이집트인 의사가 동행하였다. 알리마르크는 그의 상 태를 자세히 살펴본 후 그가 죽은 지 채 하루가 안 되었다고 말 했다. 일 년 전쯤, 트리폴리의 병원에서 처음 보았을 때 약간 수줍어하던 그 눈빛, 조금 슬퍼보이던 얼굴이 생각났다. 매일 물과 우유를 많이 마시라고 충고한 일이 엊그제 같았다.

구조대는 모래 먼지를 잔뜩 뒤집어쓰고 있는 트럭 밑 은신처 로부터 직선거리로는 불과 몇백 미터 떨어진 야트막한 모래언 덕 너머에 진을 치고, 며칠째 모래언덕 사이 침식으로 파인 협 곡을 뒤지면서, 그들을 수색하고 있었다.

그 거리는, 그가 단지 "여기! 여기! 여기야! 우리가! 우리가 살 아있어!" 하고 외쳤으면, 사막의 건조한 대기 속에서 정적을 깨 고 바람에 실려서 바로 닿을 수 있는 그렇게 짧은 거리였다. 그 러나 바람에 휩쓸린 모래 먼지가 트럭 주위를 두껍게 뒤덮고 있어서 그들은 쉽사리 트럭을 발견할 수가 없었던 것이다.

"이 사람에게는 행운이 따르지 않았어. 충분히 살 수 있었는 데 말이지. 안타까운 일이야. 어떤 사람이 한계적 상황이라고 할 수 있는 잘못된 시간에 잘못된 장소에 처해 있어도 대부분 의 경우 그 결과는 그럭저럭 견딜 수 있을 만큼 별것 아닌 것으 로 밝혀지지. 아주 이따금씩 그 결과가 극도로 나쁜 경우가 있 을 뿐이야. 그건 어쩔 수 없는 일이지."

알리마르크가 체념하면서 말했다. 그리고 간단하게 사망확인
서를 작성하였다.

Certificate of Death

Name: Kuhyun, Kim

Date of Birth: 20. 11. 1955.

Nationality: South of Korea

Final Destination: passing stay for the desert journey at the
south side of the Sahara

Date of Death : 09. 07. 2000.

Cause of Death: mental derangement by dehydration and self
murder

9. 가을이 하루하루 더 깊어가고 있었다. 가을이 기진맥진한
채 저 멀리 가고 없었다. 단풍으로 물들었던 가을 나무들이 어
느새 앙상한 가지만 남겨놓은 채 잎들을 낙엽으로 내려놓았다.
낙엽은 모든 추억을 데리고 사라졌다. 공기는 여전히 깨끗하고
투명하였다. 가을의 단풍들은 떠난 지 오래되었고, 눈은 아직
먼 것 같다.

눈이 내리지 않았지만 겨울은 겨울이었다. 마지막 낙엽이 겨
울을 몰고 온 것이다. 겨울은 계절의 끝물이다. 햇볕이 여리고
나무들은 헐벗었으며, 겨울바람은 너무 스산하여 다른 계절과
는 그 느낌부터가 다르다. 겨울은 황량하고 마음의 병이 더욱

깊어지는 계절인 것이다. 따뜻했던 날들은 지나갔다.

그가 죽은 후 벌써 6개월이 덧없이 흘러갔다. 시간은 깊은 강물처럼 소리 없이 흐른다. 그의 영혼은 지금도 사하라 사막의 남쪽에 홀로 누워 있을 것인가? 여기저기 날아다닐까? 그곳이 그가 그토록 갈망했던 곳일까?

도시는 이제부터 몇 달 동안은 잿빛 겨울 속에 잠길 것이다. 그러나 도시의 겨울은 인간의 신음소리로 가득 찬 괴물이었다. 겨울 하늘로부터 여린 광선이 도시의 지붕 위로 무기력하게 내려앉고 있었다. 밤이 되면 거리는 칠흑같이 어두운 저녁 빛이 감싸고 있어서 갑자기 죽은 듯이 고요하였다. 쓸쓸한 겨울바람이 짐승의 울음소리를 내며 어둠침침한 새벽 거리를 지나쳐 갔다.

아직 완전한 어둠 속에서 희미한 새벽의 색조가 스며들어오는 순간에도 사람들은 여전히 새벽의 단잠에서 헤어나지 못하고 있었다. 새벽의 유령은 벌써 사라지고 없는데도 말이다. 그 새벽을 달콤쓸쓸한 꿈들이 점령하고 있었다.

그녀는 그해의 비정하고 메마른 겨울을 맞이할 마음의 준비가 되어있지 않았다. 도시의 겨울이 이렇게도 쓸쓸하고 적막한지는 처음 알았다. 황홀한 순간은 덧없이 사라졌다.

그러나 겉으로는 변한 것이 아무것도 없었다. 짧지만 행복했던 시절의 화려한 광채는 사라져 버리고, 짙은 안개 같은 허무만 남았을 뿐이다. 이제서야 새삼 자신의 허영심을 탓할 필요는 없었다. 그녀는 그때 어찌할 바를 모르고 있었다.

그녀는 인간에 대한 불신감 때문에 초췌한 얼굴이 더욱 굳어 있었고, 가끔 멈칫거리면서 어정쩡한 미소를 지었다.

그해의 우울한 겨울은 눈이 많이 내리고 몹시 추웠다. 그리고 시간이 더디게 흘러갔다. 그녀는 죽은 남편이 점점 더 그리워지기 시작하였다. 처음 데이트하던 날 그녀의 마음을 빼앗은 그 수줍어하던 다정다감한 눈빛이 새삼 생각났다.

그만큼 아름다운 영혼을 가진 사람이 일찍이 있었던가, 그만큼 그녀를 순수하게 사랑했던 사람이 있었던가, 문득 깨달은 것이다. 자신은 패배자였다. 덧없는 욕망에 사로잡혀 오랜 세월을 허둥댄 철저한 패배자임을 깨달았다.

나 같은 하찮은 사람까지 자유를 남용하였으니, 지금 그 대가를 치르는 거야. 내가 그를 죽게 한 거나 다름없어. 그는 위대한 건축가가 될 수 있었지. 그의 아름다운 꿈을 함께 죽인 거야 …….

그러나 김규현은 어차피 사막에서 죽을 운명이었어. 그는 거길 죽음을 찾아서 갔던 거였어. 그가 사하라의 맨 밑바닥 구석까지 그 엉뚱하고 절망적인 여행을 떠났던 것을 어떻게 달리 해석할 수 있겠어.

나는 그 운명을 일찍이 예감하고 있었지. 그는 항상 어디론가 떠나야 했어. 그를 내게 붙잡아 둘 능력이 없었지. 당신 혼자 떠나는 당신만의 여행. 그 때문에 저항한 거지. 지긋지긋했거든. 그러나 당신이 떠날 때마다 절망적이었지. 나는 그때마다 마음 속에 이별을 준비했거든.

그 무렵, 그녀는 거울을 보면서 자주 눈물을 흘렸다. 그 눈물이 그녀의 마음을 정화시켰다. 하지만 눈물은 빨리 말랐다. 그녀는 본래의 모습을 되찾았다. 모든 일이란 게 역시 마음먹기에 달린 것이다. 그녀의 그 낙천적이고 활달한 성격이 어디 가겠는가. 다시 그녀는 자기 삶의 주인으로 돌아왔다.

심현숙은 다시 괜찮은 남자 (잘생기고, 고급 외제차 정도는 타고 다니는, 돈 많고, 힘 있는 남자, 그렇다면 나이는 약간 들어보여도 괜찮지 않을까) 찾기에 열중하였지만 쉽지만은 않을 것임을 예감하고 있었다. 그녀 역시 나이 들어 여자의 전성기를 지나고 있었으니 말이다. 그래도 자신감을 잃어서는 안 되리라. 그녀는 다짐하였다.

그가 거울 속에서 생전처럼 해맑게 웃고 있었다. 간절히 손짓을 하였다. 그의 영혼을 만나기 위해서라면, 한 번쯤은 바람도 쐬일 겸해서 남쪽 바다 쪽으로, 사하라 사막에 갔다 올 수도 있을 것이다. 사막에 가기 위해서 적당한 패키지여행 코스가 있는지 모르겠지만 말이다.

자부심이 강하고 냉정하고 고집이 센 여자. 강력한 자아가 똑똑한 그녀를 지탱한다.

2000년. 서울의 겨울. 그 겨울이 사라져간다. 다시 돌아올 것이다. 반복과 순환.

에필로그

나는 살아생전에 바람둥이 산부인과 의사와 심현숙의 만남과 열렬한 사랑, 배신과 결별의 과정을 까마득히 몰랐다. 그런데 똑똑하고 눈치 빠르고 대담한 심현숙이 그런 꾀죄죄한 얼치기 인간한테 당했다는 게 도대체 믿어지지가 않는다. 그게 말이 되는 소리인가.

혹시 뛰는 여자…… 나는 남자……

그리고 이제야 손희승이 진즉 죽었음을 알게 되었다. 내가 알 길이 없었지 않았는가.

내가 죽은 지 10년 후 그녀 역시 나이 들고 철이 든 후 벌교의 내 무덤으로 찾아와서 오랫동안 넋두리를 했기 때문에 그 자초지종을 알게 된 것이다.

나는 한줌 하얀 뼈만 남아서 영원히 사막에 묻히기를 바랐다. 사막은 신성했고 신이 살고 있으니까 말이다. 하지만 몰아의 경지에서 신을 환희로 포옹하는 황홀경을 경험한 것은 아니었다. 신은 나에게 현현하지 않았다. 사막의 빛이 너무 강렬해서 신을 직시할 수 없었던 것인지도 모르겠다.

인간은 삶의 지혜에 대한 깨어남 또는 깨달음을 통해서 자신의 신을 발견하고 자신의 신을 만나게 되는 것일 것이다. 다만, 지금 돌이켜 보면 무상 無相 無常 無想이라는 신적 경지에서 나는 오히려 *신은 간단히 말할 수 없다. 완전히 이해할 수 없다. 형언할 수 없다. 신은 모른다. 혹은 신은 알 수 없다.* 라는 깨달음에 이르게 되었다고 말할 수 있을 것이다.

나는 거기에 있고 싶었다. 황무지에도 온갖 생명이 넘치는 날이 올 것 아닌가. 새싹이 돋아나고 꽃이 만발하고 새가 날고 짐승이 뛰어다닐 것이다. 언제일지 모르지만 말이다. 아마 아득한 훗날이 될 것이다.

하지만 그들이 나를 이곳으로 데리고 왔다. 회사에서는 담쟁이덩굴이 무성한 회사 건물의 앞뜰에서 새삼스럽게 회사장으로 장례식까지 치러주었다. 그건 회장님이 나를 무척 아껴주었기 때문에 가능했을 것이다. 그 날 회장님은 염치불구하고 무척 울었다.

어린 시절 추억이 어린 바닷가로, 동생이 묻힌 회색 바다로 순천만 바다가 내려다보이는 선산으로 그게 우리 관습이고 전통이니까 어쩌겠는가.

그녀는 그때 술 한 잔을 봉분에 뿌리고 나서 자신도 몇 잔을 거푸 마셨다.

그녀가 말했다.

"당신이 좋아했던 독한 술이지. 나는 당신한테 고백해야만 하겠지. 시간이 많이 지났지만 말이야, 하여간에 말을 해야 할 거야. 그래야만 내 속이 풀릴 거거든.

그런데 당신이 죽고 나서 10년이 훌쩍 흘러갔지. 그 10년 동안에? 내 인생이 그렇고 그랬었지.

나는 믿고 있는 거야. 당신은 너무 착한 사람이기 때문에 지금쯤은 천국 중에서도 가장 높은 곳으로 올라가있겠지."

그녀는 처음에는 히스테리에 빠진 것처럼 울다가 웃다가 하면서 두서없이 이야기를 시작했지만 차츰 정신을 차렸다.

나는 그때 멀쩡하게 (또는 온전하게) 살아있었고 그녀의 이야기를 다 들었다. 그리고 그녀를, 심현숙을 이해했고, 연민을 느끼고 공감을 하였다. 그러니까 조금도 배신감을 느끼지 않았다. 그렇지 않은가. 지나간 일을, 오래전의 일을 새삼스럽게 꺼내 이러쿵저러쿵 따져서 어쩌겠다는 것인가. 그럴 필요는 없을 것이다. 시간은 참으로 좋은 약이다.

그날은 남녘에 봄비가 부슬부슬 내렸다. 지난밤에는 제법 천둥이 치면서 한동안 폭우가 쏟아지기도 하였다. 오랜 봄 가뭄 끝에 내리는 단비였다. 농부들은 봄 농사 준비에 분주하였다.

그녀는 요즈음도 골프를 많이 치는지 햇빛에 적당히 그을려서 여전히 보기 좋은 얼굴로 건강해 보였다. 그리고 일곱, 여덟 살 쯤으로 보이는 예쁜 여자 아이를 데리고 왔는데 그녀를 쏙 빼다 닮았다. 아이는 명랑했고 스스럼없이 묘지 주위를 깡충거렸다. 그녀가 재혼한 것인가? 그러나 나는 자세한 사정을 알 길이 없다. 그녀가 그 부분에 대해서는 한사코 입을 다물고 있었기 때문이다.

그러나 그 애는 너무 귀여워서 꼭 안아주고 싶다. 마치 나의 딸인 것처럼 말이다. 그녀의 딸이라면 내 딸이라고 해도 무방할 것이다. 그녀와 나는 정식으로 이혼한 적이 없으니 내가 죽은 후 그녀는 미망인으로 상속인이었다.

그 어린 애를 보는 순간 그때 우리는 진정한 화해를 해야 한다고 생각했다. 순수한 생명력이고 아름다운 상징인 그 어린애는 우리의 딸이고 미래의 희망이니까.

돌이켜서, 우리들의 삶에 깊이 뿌리를 내리고 있는 미학적 관점에서 생각해보면, 탐욕과 쾌락은 어쩔 수 없는 인간의 본성인데 어찌 이를 탓할 수 있으랴. 내 자신이 부끄럽다. 그리고 미안하다. 나의 가족사와 관련된 그 뿌리 깊은 원죄의식과 강박관념 때문에 인간의 자연스럽고 생명의 원천인 일상적인 쾌락과 즐거움을 거부하였으니. 나는 스스로 경계선을 그어놓고 그 선을 넘지 않으려고 자신을 괴롭혔던 것이다.

나는 아무튼 남은 생애 동안 그녀가 인생을 즐기면서 행복하게 살기를 바란다. 다만 딸을 잘 키워야 할 것이다.

그녀가 말했다.

"당신이 그렇게까지 날 이해해주다니……. 당신을 처음 보는 순간부터 특별한 감정을 가졌었지. 다른 사람들과는 확실히 달랐어. 약간 머뭇거리고 서툴렀거든.

당신이 살아있었다면 벌써 55살이 되는군. 그때 살았더라면 당신은 무척 강인하니까 100살까지도 살 수 있는 사람이었어. 그리고 회사에서는 계속 올라가서 틀림없이 대표이사가 되었을 거라구요. 당신이 올라가기 싫어해도 어쩔 수 없이 올라갔겠지. 회사 사람들이 그렇게 말하더라구.

아프리카 여행, 그 여행은 내가 따라갈 수 있는 게 아니었어. 그건 당신만의 여행이었지. 오직 당신 혼자서 가야만 하는 여행. 누구도 함께 갈 수 없는……. 그러나 그때 당신의 시체를 찾으려고 타만라세트에 갈 수는 없었어. 내가 그때 남몰래 눈이 빠지도록 서럽게 울기는 했지만…… . 무슨 염치로 거기에 갈 수 있었겠어. 나도 인간으로서 자존심이 남아있었지. 그 도시는 그 이름만으로도 사람을 매혹시켰어. 멀리 바다 건너에서 온 이국적인 이름……

이미 유명한 건축가였거든. 난 당신한테 언제나 열등감이랄까 패배감을 느꼈던 거지. 예술가적 열정이란…… 나는 마음속으로 당신을 의식하면서 자아박탈감 같은 감정을 느껴야 했어. 그게 날 자포자기하게 만들었을 거야. 그리고 무의식적으로 반항하고 싶었을 거야. 지금 내가 변명하는 게 아냐…… 그렇다니까…….

가끔 내려올게. 워낙 거리가 멀어서 자주 올 수는 없지만……. 지금쯤 이걸 말해도 될지 모르겠네. 당신은 땅속에 있으면서도 그녀의 소식이 몹시 궁금하겠지. 그렇게도 사랑했으니까.

그 사진 기자는 이 년 전에 아프가니스탄에서 죽었어. 여자인데 용감하게 죽었어. 내가 들은 바에 의하면 거의 자살행위였어. 그 여자는 신문사에 있다가 프리랜서가 된다고 뛰쳐나왔다고 하더군.

그러니까 당신의 회사에서 무슨 잡지사로, 다시 신문사로 그렇게 옮긴 거지. 그리고 스스로 원해서 아프가니스탄으로 갔고 누구를 향한 것인지도 모른 채, 아마 자신을 향해 증오에 차서 눈에 핏발이 선 군인들이 교차 사격을 하는 모습을 찍으려다가……

당신은 날 끔찍이도 아껴주었던 보호자였지만 그녀에게로 마음이 가버린 배반자였지. 나는 그 알량한 자존심 때문에 그걸 내색할 수는 없었던 거야.

하지만 내가 오해했을지도 모르지. 당신은 여자를 무서워하니까. 내가 처음 만났을 때 그 때문에 끌린 거지만…… 왜?! 여자가 접근하면 바보처럼 도망가는 거야. 그 여자 역시 하염없이 짝사랑했을 것 같네.

그때는 내 몸 속으로 지금 들어오는 게 누구인지 구분할 수가 없었지. 정체모를 유령이라는 생각이 들기도 했고 아니면 그게 김규현이라고 생각했던 거야. 얼마나 혼란스러웠는지 몰라. 나는 그때 숨을 헐떡이면서도 깜짝 놀라서 몸을 움츠렸던 거야. 남자는 땀으로 범벅이 되어 번들거리는 얼굴로 나를 내려다보았지. 그래서 힘껏 밀쳐냈어.

그리고 내가 당신을 끝까지 사랑한다는 것을 깨닫게 되었지. 지금도 꿈을 꾼단 말이지. 왜 자꾸 꿈속에 나타나는 거야. 그것도 몽설이었다고. 왜? 날 괴롭히려고? 복수하려고? 그러나 후회하진 않아. 어쩌겠어. 그리고 용서하라고 빌지도 않겠어. 부질없는 짓이니까. 하지만 당신은 결국 용서할 거야.

…… 그랬던 거야. 나는 당신이 사막으로 떠날 때마다 '빨리 돌아오세요. 반드시 살아서 돌아오세요. 보고 싶을 거예요. 너무 보고…… 꼭 돌아온다고 약속하세요. 약속을……'라고, 간절히 기도했었지."

그녀의 두 눈에 눈물이 가득 고였고 뺨을 타고 흘러내렸다.

나는 말해주고 싶었다.

"⋯⋯당신한테는 너무 미안하지. 내가 무슨 말을⋯⋯. 스스로 경계선을 그었던 거야. 정신적인 경계선을⋯⋯. 어쩔 수 없었어.

그러니까 그 신성불가침의 경계선을 넘은 적이 없었어. 나 자신을 학대하고 싶었던 거야. 그건, 바다에서 죽은 아버지와 동생에 대한⋯⋯ 그리고 당신을 포함한 내 주위의 모든 사람에 대한 사랑이었고 예의였기도 했지."

봄비가 다시 굵은 비가 되어 내리면서 목마른 대지를 촉촉하게 적셨다.

외톨이 테리리스트

외톨이 테러리스트

인세인 형무소

철조망이 둘러쳐진 감옥의 퇴색한 콘크리트 담벼락 위로 으스스한 망루가 보였다. 밤이면 감시탑의 서치라이트 불빛이 시간 간격을 두고 허공을 가르다 사라질 것이다. 육중한 회갈색 철문을 열고 들어서면 바로 면회실이 있었다. 그 면회실을 지나서 뒤쪽으로 붙어 있는 작은 방에서 낡은 철제 테이블을 사이에 두고 마주 앉았다.

그는 벌써 60대를 바라보고 있었다. 마른 체격이지만 다부지고 머리는 짧게 깎았다. 겉으로 보기에는 정신적으로나 육체적으로 건강하게 보인다.

그러나 과연 그럴까. 무기수의 운명이란? 이 깜깜한 벽 안에서 20년을 넘게 갇혀 있었으니.

그러니까, 그에게 아직 희망이, 어떤 가능성이 남아 있다는 것일까? 어머니와 여동생, 연인에 대해 지금도 언젠가는 만날 수 있다는, 또는 만나고 싶다는 희망을 가질 수 있을까? 고향에 대한 기억은 갈수록 희미해지고 멀어지는 게 아닐까? 아직도 그리움과 향수라는 인간의 원초적 감정이 남아 있을까? 지금 고국이 무슨 의미를 가질까? 자신에게 고국이 있기는 한 것일까? 고국은 자신의 삶을 송두리째 파괴하고 자신을 철저히 버렸지 않았는가. 민족과 국가, 그 거대한 이름이 지금 무슨 의미가 있을까? 그는 증오할 것이다. 이제 점점 늙어가고 몸은 날로 쇠약해지고 있을 것이다.

갑자기, 문득 생각할 것이다. 나는 누구인가? 나는 스스로 자신을 버린 것이 아닐까? 나는 허깨비가 아닐까? 나는 완전히 잊혀진 존재이리라. 여기는 어디인가? 나는 왜, 지금, 여기에 와 있는가? 라고

끝없는 외로움과 고뇌.

그리움과 증오

절망과 희망.

기자 : 밍굴라바 (안녕하세요). 여전히 건강하시네요. 그렇지 않은가요? 저는 한국에서 온 **이인원** 기자입니다. 아마 기자를 만난 것은 처음이겠죠? 우기가 다 끝났다니까 날씨가 아주 좋습니다.

마태 : 아직 새파랗게 젊은 양반이네. 테러리스트로 보이지 않는가? 또는 살인마로……? 험상궂고 잔인하게 생긴…… 세월이 그렇게 많이 흘렀으니……

그런데 버마는 사회주의 국가로 언론인들의 입국과 취재가

극히 제한되어 있는데 그게 가능했는가? 더욱이 남쪽 기자가? 어떻게 여기까지……?

기자 : 솔직히 말씀드려야겠죠? 들어올 때는 취재 비자로는 불가능했습니다. 어렵사리 상용 비자를 얻었고 면회 신청은 약간의 뇌물을 주고 외교관 행세를 했었지요.

인세인은 영국 식민지 시절부터 거대한 감옥이 있는 곳으로 유명했더군요. 영국인들이 세운 이 감옥이 말입니다.

양곤 순환열차를 타고 인세인 역에서 내렸습니다. 저는 지금 인야 호수 근처의 오래된 인야 레이크 호텔에 묵고 있습니다. 그때도 우리 기자들이 묵었던 호텔이지요. 호수 주변에는 우리 대사관과 미국 대사관, 양곤대학교가 있더군요.

마태 : 세월이 그렇게 흘렀는데 나를 만날 필요가 있을까? 너무 늦지 않았는가?

기자 : 한때 남한 당국에 강영철이 자폐증으로 고생하다가 폐인이 되었다는 보고가 올라왔지요. 죽을 날이 얼마 안 남았다는 거지요. 물론 진짜 그런 건지 반신반의했다고 합니다만……

마태 : 그 무렵 나에게 정신적으로나 신체적으로 위기가 있었다네. 그때 단단히 죽을 결심을 했으니까.

기자 : 그런데 그걸 견뎌내셨군요?

마태 : 그렇다네. 목숨은 끈질기니까. 사회주의 조국이니 강성대국의 건설 같은 허황된 구호에 진절머리가 나더군. 그 조국이 나를 버렸지 않은가. 나는 아무런 희망도 없이 매일매일 비참한 상황을 살아야 했으니까.

그걸 알게나. 테러리스트도 한때는 전도유망한 청년이었고 인간적인 꿈들이 있었다네.

기자 : 시간이 없어서 본론 쪽으로……

그 사건이 1983년에 일어났는데 지금이 2006년이니까 벌써 23년이 훌쩍 지나갔네요. 저는 그 아웅산 사건 당시 초등학생에 불과했지요. 그랬으니 그 사건에 관심도 없었고 잘 알지도 못했습니다. 그러나 기자 생활을 하다 보니 이 사건에 관심을 가지게 되었고 만나서 취재를 하고 싶었습니다.

지금은 은퇴한 선배 기자님들과 정부 관계자들, 그때 함께 간 생존한 경제인들을 많이 만나 인터뷰를 했고 옛날 신문기사와 정부기관의 공식 보고서를 열심히 읽어서 사건 내용을 파악했지요.

이 감옥에서 20년이 넘었는데 이제는 지낼 만한가요?

마태 : 그렇다. 잘 먹고 지내디. 오래 살다 보니까 버마 음식이 내 입에 잘 맞지 않겠어. 미얀마의 전통 커리라든가, 채소

볶음, 길거리 음식인 람베아샤아샤, 미얀마의 열대과일을 먹을 수 있거든.

이곳은 인세인 감옥 내에서도 주로 정치범과 외국인 등 특별한 죄수들이 갇혀 있는 곳이지. 이 특별 감옥은 별채이고 실외에서 활동할 수 있는 정원도 있다네. 그래서 일반 죄수들보다는 여유도 있고 식품 공급도 훨씬 나은 편이지.

기자 : 제가 알기로는 버마 말을 아주 잘한다고 그러던데요?

마태 : 이 감옥에 있으면서 많은 죄수들을 만났지. 그들은 거의 전부가 버마 사람들 아닌가. 버마군 탈영범 출신으로 이 감옥에서 5년 동안이나 사역병으로 일했던 죄수로부터 버마 말을 체계적으로 배우게 되었다네. 이제는 버마 말을 아주 자유롭게 쓸 수 있지.

그러나 여전히 조선말이 그립지. 너무 그립다고 한때는 너무 외롭고…… 조선말이 너무 그리워서…… 실어증에 걸린 일이 있었다네.

기자 : 이야기를 원점으로 돌아가서 북한에 있을 때 어떻게 해서 특수부대 장교로 뽑히게 되었는가요?

마태 : 나는 날라리였지. 그러니까 잘생기고 잘 놀고 공부도 모두 잘했지. 그래서 군대에 가서 특수부대로 뽑혔고 특수부대

의 장교가 되어 상당히 특별대우를 받게 되었지. 당 세포에서 간부급으로 올라가는 거니까.

하지만 내가 선택한 것은 아닌 거야. 그들이 강제로 선발한 것이라네.

기자 : 강원도 통천이 고향이지요? 가족사항은 어떤가요?

마태 : 통천은 바닷가이면서 교통의 요지이고 경치가 아름답기로 유명하지. 부친은 내가 군에 입대할 무렵에 돌아가셨고 어머니는 지금도 고향에 살고 계실 거야. 그리고 내가 떠날 때 시집가지 않은 누이동생이 하나 있었지.

버마로 떠나오기 직전 특별 배려로 집에 다녀오라는 허락을 받아 아주 오랜만에 가족들과 함께 며칠을 지낼 수 있었다네. 그것이 가족들과의 마지막 만남이었지.

기자 : 그때 가족들이 이것저것 많은 것을 물어보지 않았던가요?

마태 : 가족들에게는 내가 어디로 가는지 무엇을 하고 있는지 등의 이야기는 해서는 안 되는 거였어.

기자 : 어머니가 뭐라고 말씀하셨는가요?

마태 : 정말, 어머니는 그립습니다. 어머니는……. 어머니는 알아보기 힘들 정도로 달라진 제 모습을 보고 '네가 정말 많이 컸구나.' 하며 대견해 했지. 그러나 내가 하는 일이 아주 중요한 임무이긴 하지만 편하고 즐거운 일이라는 인상을 주려고 무척 노력했지.

그러나 어머니가 왜 모르겠어? 어머니인데. 어머니는 직감적으로 느끼고 있었을 거야. 그래서 떠나올 때 눈물을 보이지 않으려고 무척 애를 쓰더군. 그리고 '네가 어디에 가더라도…… 네가 무슨 일을 하더라도…… 내가 너를 위해 열심히 기도하고 있다는 것을 잊지 마라. 하나님이 너를 보살필 것이다.' 라고 말했지.

하나님이 지금까지 정말 잘 보살펴주신 것이지. 혼자서 살아남았으니까……

기자 : 북한에 있을 때 혹시 진지하게 결혼을 생각할 정도로 가까웠던 여자 친구가 있었던가요?

마태 : 잠시나마 결혼을 약속한 여자 친구가 있기는 있었다네. 그러나 육체적인 접촉은 없었지. 그러니까 지금까지 성적인 경험이 전혀 없는 숫총각이란 말이지.

기자 : 북한에서는 특수 공작원이 떠날 때 특별한 환송연을 해주는 것으로 알고 있는데 이때는 어땠는가요?

마태 : 초가을이었어. 무척 뜨거웠던 여름이 한물갔었지. 우리가 떠날 때도 당연히 부대 안에서 환송연을 해주었다네. 식탁에는 닭고기와 돼지고기, 소련제 보드카와 북조선의 인삼주가 즐비하게 놓여 있었고…… 우리는 인사불성이 되게 마시고 다 때려 부쉈지.

그럴 수밖에 없었다고…… 꼭 죽으러 가는 것만 같았거든. 인간의 예감이란 게 무서운 거야. 그렇다니까. 안 그런가?

기자 : 지금 북한과 버마 간에 국교가 재개되려고 교섭이 한창 진행 중에 있지요.

마태 : 그런가? 요즘 분위기가 심상치 않다고 들었네만……. 내가 무슨 걸림돌이 될까?

기자 : 북한은 그 사건과 자신들은 아무런 관련이 없다고 했으니까 잊어버린 것이 아닐까요? 버마 주재 남한 외교관들이나 국가 기관원들이 가끔 찾아오지 않았던가요?

마태 : 내가 도움을 요청하는 편지를 보낸 적이 있어. 몸이 몹시 아팠는데 이곳 형무소의 약은 쓸모가 없었지. 그러니까 의약품과 소액의 영치금을 교도관을 통해서 보내주었지.

그리고 사람들이 왔다 갔는데 그들이 외교관인지 기관원인지는 나는 알 수가 없어.

그저 형식적인 만남이었지. 그들은 뭔가 눈치를 살피려고 온 것처럼 보였어요. 내가 간곡히 말하면 건성으로 듣고…… 계속적으로 정부 탓만 했어.

기자 : 그때…… 그 완벽한 순간에 왜 목표를 달성하지 못한 것인가요? 무슨 이유가 있었던가요?

마태 : 이런 말로 설명할 수밖에 없겠지.

그 사람이 살아남을 수 있었던 것은 하늘에서 결정한 것이다. 다른 말로는 설명되지 않는다. 우리는 할 수 있는 일을 다 했고 실패할 수 있는 가능성은 하나도 없었다. 그런데도 작전은 실패로 끝났다. 사람들이 아무리 열과 성을 다해도 결국 모든 것을 정하는 힘은 따로 있는 것이다.

기자 : 그는 여태 아무 거리낌 없이 잘 먹고 잘살고 있지요 아주 건강해요.

마태 : 누구 때문에 사람들이 그렇게 많이 죽었는데…… 세상은 참으로 불공평하지.

기자 : 자신이 살인을 했다고 생각하지는 않습니까? 그것도 무고한 사람을 말입니다.

마태 : 내가 살인자라고? 내가 누굴 죽였는데? 아니야, 아니라고 아무도 죽이지 않았어. 나는 그들을 알지 못해. 얼굴도 모른다고.

우리 민족을 위한 위대한 행동이었어. 처음부터 그렇게 생각했어. 단지 실패했을 뿐이야.

기자 : 그렇단 말이지요? 더 이상 물을 수가 없군요. 그런데…… 북쪽에서는 그걸 어떻게 실패했다고 평가할 수 있을까요?

마태 : 그가 죽지 않았으니까. 유일한 목표물이었거든.

그쪽 사람들은 믿을 수가 없지. 과정은 보지 않고 오직 결과만 가지고 따지니까. 내가 북조선으로 귀환한다고 하면 당연히 처벌하겠지. 그쪽은 내가 테러의 전모를 자백했다는 것보다는 결과적으로 목표를 달성하지 못한 것 때문에 용서하지 않을 거야.

그리고 체포되었을 때 자폭하지 않은 것도 문제 삼겠지. 그들은 테러 훈련을 할 때 입버릇처럼 말하지. '최후의 총알 한 발, 최후의 수류탄 한 개는 자신을 위하여 아껴두라. 적에게 사로잡혀 포로가 되는 것도 조국에 대한 배신이다. 배신 중의 배신이다.'

그렇게 강조했거든……

기자 : 버마인들은 자기들 나름대로 발음하기 쉬워서인지 강민철 대신 '강민추'라고 하였고 또는 '김민추'라고 했다고 그러더라고요.

테러리스트들의 조장인 김진수도 그가 끝까지 말을 하지 않으니까 자기들 편의대로 '진모'라고 불렀고 그 때문에 공식기록에도 김진수는 진모라고 되어있어요.

그런데 언제부터인가 형무소 사람들이 강민철을 마태로 불렀다고 하던데요?

마태 : 버마는 압도적으로 불교국가지. 처음에는 불교에 귀의했지. 그러나 동료 죄수의 전도로 기독교인이 되었어. 기독교 교리도 배우고 성경도 받아서 읽었지. 사실 우리 어머니는 기독교도였고 집 안에는 남몰래 십자가와 성경 등을 숨겨놓고 어머니가 가끔 십자가를 꺼내서 기도했었지.

나는 '사람들은 모두가 하나님의 자녀이고 죄를 지었어도 회개만 하면 하나님은 언제라도 용서해주신다. 그리고 회개하여 하느님에게서 죄의 사함을 받으면 구원을 받아 영생을 얻는다.'는 기독교의 기본 교리를 철저하게 믿게 되었다네.

그래서 형무소라는 특수한 환경에서 신부님은 없었지만 물 없이 세례를 받고 '마태'라는 기독교식 이름을 얻게 되었지. 그 이후 내 이름은 마태가 된 거야.

성 마태는 그 당시 죄인이나 부랑자들과 다름없는 세리 출신이었지. 그러나 예수님은 그를 용서하고 제자로 받아들인 것 아

닌가. 마태의 다른 이름은 레위인데…… 나는 마태라는 이름이
너무 좋다네……

　내가 만약 죽기 전에 살아서 감옥을 빠져나갈 수 있다면 목
사가 되거나 전도사가 되어서 예수님의 복음을 널리 전파할 거
라네.

　언제나 예수님과 함께 있어야 하지…….

　기자 : 이곳에 신부님은 없겠지만 그래도 고해성사를 하나요?

　마태 : 감옥 안 벽에 이마를 대고 매일 하지. 그래야만 마음
의 평화를 얻고 그 날 하루를 무사히 넘어갈 수 있으니까.

　자주 악몽을 꾼다네. 그때는 오로지 군인으로서…… 공화국
혁명전사로서…… 임무를 완수해야만 한다는 강박관념에 사로
잡혀 있었어. 그렇게 특수 훈련을 받았으니까. 그렇다네…… 살
인이라는 생각은 단 한 번도 떠오르지 않았지.

　기자 : 자신을 달래기 위해서는 술이 필요했겠네요 이곳에서
술을 마실 수 있나요? 실제 마신 일이……?

　마태 : 외팔이 테러리스트도 연약한 인간이라네.

　내가 그때 왜 살고 싶다는 희망을 포기하지 않았는지……?
내가 왜 심경의 변화를 일으켰는지……? 왜 살기로 결심했을
까……? 수사관들이 나를 비인간적으로 대하고 자백을 받기 위

해서 심하게 고문을 했더라면 나는 반항하면서 차라리 죽기를 바랐을 건데……

나의 정신적 고통은…… 그걸 어떻게 달랠 수 있었겠어? 술을 마실 수밖에 없었지. 공공연히 많은 과실주를 담아놓고 있었으니까. 경비들이 모른 체했어.

술이란 그런 거야. 마시다 보면 많이 마시게 되는 거지. 가슴속의 분노와 슬픔을 불태워버려야 하니까. 엄청나게 마셨지. 인사불성이 되도록……

기자 : 어떻든 가슴 아프게 생각합니다. 저는 마태 님의 남한 송환을 강력히 주장할 것입니다. 그리고 솔직히 말해서 이용 가치도 충분한 것 아닙니까? 아주 중요한 역사적 사건의 증인으로 말입니다. 아웅산 사건의 자초지종을 테러리스트인 마태님이 직접 증언하면 북한의 잔혹성에 대해 아주 좋은 증거가 될 수 있거든요.

그러나 남한 당국은 북한과의 미묘한 관계를 의식해서 아주 소극적입니다. 웬일인지, 그쪽에 자꾸 굽신거려요.

정말 안타까운 일이지요. 인간적으로 말입니다.

정부 당국자는 마태님의 말할 수 없는 고통에 대해서 동정심을 표시해야 되는 것 아니겠습니까? 누가 비난할 수 있겠어요? 결국은 남과 북의 비극이고…… 분단의 비극인데……

마태 : 그렇군. 나는 북으로도 남으로도 갈 수가 없는 거군.

북조선보다 남조선에 더 희망을 걸었지. 그쪽에서는 나를 배반자로 생각하겠지만 남조선은 어쩌면 용서하고 받아들일지도 모른다는 생각을 버리지 못하고 있다네.

기자 : 북한은 자신들의 지시에 따라 자결하지 않은 것과 자백했기 때문에 사형을 당하지 않은 것에 대해 매우 언짢아 할 것이다, 그래서 남겨진 가족이 처벌을 받았을 거라고, 남쪽에서는 그 당시 그렇게 생각했더라구요.

그러나 북한도 일말의 양심은 남아 있었습니다. 또한 자신들은 이 사건과 무관하다고 잡아뗐기 때문에 남아 있는 가족을 어떻게 처리할 수도 없었던 것으로 보입니다.

제가 기쁜 소식인지 어떤지는 잘 모르겠습니다만 누이동생이 탈북하여 지금 남한에서 살고 있다는 소식을 전해드리겠습니다.

이 사진을 보시겠습니까? 누이동생이 맞지요?

북한에서도 미혼이었고 남한에서도 아직 결혼하지 않았습니다.

그 당시 북한 당국이 오빠가 훈련 도중 사고로 사망했다고 통지했지만 누이동생은 이를 믿지 않았다고 합니다. 다만 아웅산 사건을 알지는 못했지만 오빠가 특수임무를 수행하기 위해서 남쪽으로 내려갔다고 생각했던 것입니다. 다시 말하자면 오빠가 남파 간첩으로 내려갔다가 죽었거나 잡혔거나 그렇게 생각한 거지요. 그래서 오빠의 행방을 알아보기 위해 엄마가 돌아가신 후 탈북을 결심했다고 하였습니다.

마태 : 아! 이 사진은! 옛날 일만 떠오르고! 이 사진은 도저히 알아볼 수가 없어. 많이 변했군. 나는 지금 목이 메어 그 애 이름조차 부를 수가 없군.

기자님의 말씀을 믿어도 되는 건가? 기가 막힌 이야기 아닌가? 동생을 한시도 잊어본 적이 없었지. 그 애를 만나면 죽어도 한이 없겠네.

그러면 말이야. 어떻게 해서 누이동생을 알게 되었는가? 무척 궁금하군? 약간 의심이 들기도 하고…….

기자 : 제가 오랫동안 통일부와 국가정보원을 출입하는 기자였거든요. 그래서 그쪽에서 알게 된 겁니다. 동생이 탈북해서 온 게 작은 화젯거리가 되었거든요.

마태 : 그러니까…… 더욱 남조선으로 가야 할 이유가 생긴 거네. 그 애를 꼭 만나야만 하지.

기자 : 다시 말씀드리지만, 돌아가면 마태님의 남한 송환을 강력히 주장할 것입니다. 그러나 정부 쪽 사람들을 움직일 만한 힘은 없지요. 일개 기자의 말을 콧방귀나 뀌겠어요? 분명하게 말해서 그들은 마태님의 송환을 껄끄러워하고 있습니다.

제가 알아본 바로는 버마 당국도 그 태도가 아주 애매모호한 것 같습니다. 한국 정부가 나서서 석방을 교섭한다면 고려해볼 수 있겠지만 민간 측면에서 죄수의 신병을 인도할 수는 없다는 입장을 보이고 있습니다.

그러나 그건 표면적인 이유에 불과한 것이고 버마 당국으로서는 무기징역수로 이미 20년이 넘게 복역한 죄수를 더 이상 형무소에 가두어 놓을 이유가 없을 것입니다. 한국 정부 요청만 있으면 석방할 준비가 되어 있는 것입니다.

다시 말씀드리면…… 한국 정부가 문제인 겁니다.

마태 : 이곳 교도관들도 똑같은 이야기를 하지.

'만약 너를 받아줄 만한 나라가 나선다면 언제든지 내보내줄 수가 있다. 그런데 너는 갈 곳이 없다. 아무도 원하지 않는다. 그래서 여기에 있는 것이다.'라고 말하지.

기자 : 다시, 사건 당시의 원점으로 돌아가 보겠습니다. 그때 체포될 당시 훈련 수칙대로 자폭을 하지 않고 왜 살아남게 되었나요? 북한에서는 붙잡혀서 사건의 전말을 자백한 것을 두고 배신자라고 하지 않겠습니까?

그러니까…… 북한 공작원들이 스스로 목숨을 끊어야 하는 상황이 되었는데 손에 무기가 없을 때 혹은 신체의 자유를 잃었을 때는 스스로 혀를 깨물고 죽어야 한다는 수칙까지 있지 않습니까? 그런 때는 혀를 이빨에 물고 자기 주먹으로 아래턱을 강하게 가격해야 한다는 것이지요. 그러면 결국 출혈로 죽게 된다는 것입니다. 물론 칼이나 총 같은 무기가 있을 때는 자살은 간단하겠지요.

마태 : 그때 우리는 수류탄을 가지고 있었는데 그 수류탄은 5초 신간이어서 던지는 것과 동시에 안전핀을 놓으면 5초 후에 폭발하는 것으로 그렇게 알고 있었지. 그런데 안전핀을 제거하자마자 내 손에서 바로 터지는 바람에 팔 하나를 잃어버렸고 기념품 가게에서 샀던 십자가가 달린 묵주도 함께 날아가 버렸지.

다시 말하면…… 수류탄에서 안전핀을 뺐지만 안전장치는 쥐고 있었으므로 정상적인 상태라면 수류탄을 던지고 난 후에나 폭발했어야 하는데…… 그런데 핀을 뽑자마자 수류탄이 터진 거야. 그 순간 나도 놀라서 뭐라고 소리를 질렀던…….

그래서 우리가 스스로 죽도록 특수하게 수류탄을 제조했다는 것을 알게 된 거야. 나야말로 북조선 당국에 심한 배신감을 느끼게 되었지. 그걸 알고는 자살할 생각이 싹 사라져 버렸어.

기자 : 버마 당국은 그 당시 진모라고 알려진 김진수는 선고대로 사형을 집행했는데요?

마태 : 나는 왜 사형이 집행되지 않았냐고? 그게 궁금한 거구만. 내가 배신자고 자백했기 때문이라네. 그래서 봐준 거라네.

기자 : 그렇군요 남한 정부도 그렇게 알고 있었습니다. 그때 정부가 많은 애를 썼어요 사형시켜서는 안 된다고 하면서……
체포되고 나서 처음에는 완강하게 버텼는데요 앞뒤가 안 맞

는 말도 안 되는 소릴 하면서…… 그렇지 않았습니까?

마태 : 남조선 수사관들이 참여하여 심문할 때 대충 생각나는 대로 거짓말을 하였는데…… 한계를 느꼈지. 어쩔 수 없었어. 심경의 변화가 일어난 것이지. 살고 싶었다고…… 인간이 살고 싶다는 이유 이외에 무슨 명분이 필요했을까?

처음에는 의심했어. 과연 살려줄까? 11월 3일부터 범행 일체를 자백하기 시작했지.

기자 : 북한 당국에 대한 배신감만으로 그런 극한적인 상황에서 살려는 의지가 생길 수 있겠습니까?

마태님이 자살하지 않고 병원에서 치료받고 있을 때 북한 요원이 병원으로 잠입하여 살해할지도 모른다는 우려가 그 당시에 있었다고 하던데요

마태 : 나는 혁명성이 없어서 스스로 자폭하지 못한 것은 아니라네. 삶에 대한 강한 애착이 있었지. 비록 불구의 몸이 되었지만 치료를 받고 건강을 되찾는 과정에서 삶의 의지를 불태우게 되었지.

그때 병원에서 아름다운 여성 간호사가 나를 지극 정성으로 돌보아 준거야. 버마에서 제일가는 미인이라고 생각했지.

그런데 북한에 두고 온 여동생이 생각나더라고 반드시 살아야겠다는 생각이 들더구먼. 기념품 가게에서 산 선물을 지금도

간직하고 있지. 오랫동안 삶에의 집착을 잃지 않고……? 희망을 버리지 않으면서 살아온 거라네……?

그래 솔직하게 다시 이야기하지. 어쩔 수 없었다고 살고 싶었으니까. 그러면 충분한 설명이 되었을까?

그때도 북조선 요원의 은근한 자살 강요가 있었다네. 오랫동안 감감했었는데 버마와 북조선 간에 국교 재개 교섭이 있어서인지 눈에 안 보이는 무언의 압력이 들어오고 있지. 그걸 인간의 예민한 감각에 의해 본능적으로 느낄 수 있는 거야. 또다시 심한 불안증 때문에 밤마다 불면증에 시달리고 있다네.

기자 : 지금 단계에서 북한의 의도는 무엇이라고 보십니까?

마태 : 북조선으로 데려가고 싶은 거겠지. 그게 사실상 납치이고 버마가 눈감아 주는 거야.

기자 : 북한에 데려가서?

마태 : 그걸 강요하겠지. 남조선의 자작극이었다고…… 나는 버마 주재 외교관이었는데 억울하게 누명을 뒤집어쓰고 감옥살이를 하였다고…… 기자 회견을 하는 거지.

또는 조용히 데려가서 특수부대원들 앞에서 공개적으로 총살을 하려고 하지 않겠어? 본보기로 말이지.

기자 : 그렇게까지?

마태 : 그렇게 하고도 남지. 그쪽에서는 모든 게 가능하다네. 나는 지금 말할 수 없이 건강하지. 마음만 먹으면 오랫동안 살 수 있을 거라네. 그런데 내가 피치 못하게 막다른 골목에 다다르게 되면 결국 자살용 극약을 먹고 죽을 수밖에 없어.

기자 : 극단적으로 생각하면 안 되겠지요.

마태 : 그러니까 내가 석방되어서 돌아가는 것은 절망적이군. 간절한 부탁이 있지. 언젠가 동생을 만나면 주려고 간직하고 있는 목걸이와 반지가 있다네. 그걸 전해주게나.
그 애가 심성은 착하지만 그 험난한 세상에서 어떻게 살아갈지 걱정 되구먼. 자본주의 사회는 험악하다고 하니까 말이야.

기자 : 꼭 전하도록 하겠습니다. 저도 이산가족이랍니다. 할아버지가 흥남 철수할 때 어쩔 수 없이 가족을 남겨둔 채 혼자서 내려왔거든요. 우리 모두는 분단의 희생자인 거지요.
지금도 남조선혁명과 조국 통일이 가능하다고 보십니까?

마태 : 내가 어떻게 알겠나? 그런 희망을?

기자 : 그렇군요…… 부디 건강하십시오.

마태 : 트와메노 (안녕히 가세요).

인민사법회의

버마 정부는 보통 4심제로 재판을 하는데 이 경우에는 국가적인 중대 사안이어서 지방 혹은 지역 차원의 하급심을 생략하고 3심에 해당하는 수도 양곤 지구 사법재판소에서 1심을 하는 특별재판을 했다. 특별재판에서 판결에 불복하는 경우, 선고 후 7일 이내에 인민사법회의에 항소할 수 있다.

법정은 고등법원 건물에 있었다.

판사들이 엄숙한 표정으로 앉아있는 법대에서 내려다보면 왼쪽에 앉은 애꾸눈 진모는 하얀 반팔셔츠에 검은색 긴 바지를 입었고 운동화를 신고 있으며, 오른쪽에 앉은 왼팔이 잘려나간 강민철은 역시 하얀 반팔셔츠에 회색 긴바지를 입었고 샌달을 신고 있다. 그들 주위에는 미얀마 전통 복장으로 남자들이 입는 론지인 체크무늬 빠소를 두르고 상의를 받쳐 입었는데 파낫이라고 부르는 슬리퍼를 신은 교도관들이 앉아있다. 법정 밖에는 소련제 소총을 어깨에 멘 경찰들이 삼엄하게 경계를 하고 있었다.

재판부는 범인들을 살인죄, 살인미수죄, 불법무기소지죄로 기소하고 범인들에게 유죄 인정 여부에 대해 질문하였는바, 강민철은 범죄사실을 인정하였으나 진모는 묵비권을 행사하였다.

재판장이 강민철에게 말했다.

"you, Kang Minchul, are you guilty?"

강민철은 머리를 아래위로 끄덕이며 유죄를 인정했다.

진모는 "you, Zinmo, are you guilty?"라는 질문에 응답을 하지 않고 묵비권을 행사했다.

재판장은 계속하여 질문하였다.

"이름이 무엇인가?"

"......"

"어디에서 왔는가?"

"......"

"당신은 북한에서 파견된 북한군 장교라는데 사실인가?"

"......"

"당신과 대위 강민철, 신기철은 대통령과 그 일행을 암살키 위하여 파견되었다는데 사실인가?"

"......"

"수류탄과 폭발물을 북한에서 가져온 게 사실인가?"

"......"

"북한 선박에서 내렸을 때 북한 대사관원 2명의 안내에 따라 대사관 주택에 숨어 있었다는데 사실인가?"

"......"

"1983년 10월 9일, 그날 아침 당신이 직접 폭탄 원격조종장치 스위치를 눌렀다는데 사실인가?"

"......"

"그때 스위치를 누른 장소가 어디인가?"

"......"

"스위치를 누르고 나서 어디로 갔는가?"

"……"

"체포될 당시 상황을 구체적으로 설명할 수 있는가?"

"……"

"더 할 말은 없는가?"

"……"

그러나 진모는 시종 입을 열지 않았다.

재판장이 형을 선고했다.

이 사건은 대한민국의 부총리와 그가 이끄는 선발대가 1983년 10월 9일 오전 10시 25분 아웅산 묘역에 도착하는 대한민국 대통령을 영접하려고 자리를 잡았을 때 폭탄이 터진 것과 관련된 사건이다.

폭발의 결과 대한민국 측에서는 대표자인 대한민국 부총리 등 17명의 귀빈과 버마 측에서는 4명이 사망하였으며, 14명의 한국 측 귀빈, 32명의 버마인이 부상당하여 총 21명이 사망하고 46명이 부상을 당했다. 첫 정보가 바한경찰서에 보고되었을 때는 16명의 귀빈과 3명의 버마인이 사망했다.

조사 과정에서 그 한인은 자기의 이름은 강민철인데 나이는 28세이고 아버지는 강석준, 어머니는 김옥순이며 군번 9970번 북한군 대위라고 진술했다. 그의 일행에는 대위 신기철과 소좌 진모가 있었으며, 진모가 조장이었다. 그의 소속부대는 정찰국 소속 특수부대로서 그 기지는 북한의 개성시에 있다고 진술하면서 강민철 등 3명은 북한의 특수부대 사령관으로부터 대통령이 양곤에 있는 순교자 묘역에 도착할 때 폭탄을 폭파시키라는 임무를 부여받았다고 진술했다.

생존자들과 목격자들의 진술과 피고인들이 소지하고 있던 북한제 의약품, 배터리, 송·수신기, 수신기에 사용된 전자회로와 콘덴서 조각, 살상용 만년필, 금속탄알, 수류탄 안전핀과 손잡이 등 각종 증거물에 의해 범죄 사실은 확실하게 입증되었다.

피고인 진모는 유죄로 인정되므로 사형에 처한다.

피고인 강민철은 유죄로 인정되므로 사형에 처한다.

미얀마 최고 재판소는 1984년 2월 그들의 상고를 모두 기각했고 형은 확정되었다.

1983년 10월 8일 대통령은 서남아, 대양주 6개국 순방길에 올랐다. 대통령은 다음과 같은 출국인사를 하였다.

친애하는 국민 여러분

본인은 오늘 버마, 인도, 스리랑카 등 서남아시아 3개국과 대양주의 뉴질랜드 등 아시아, 태평양 지역 5개국 및 브루나이 왕국에 대한 순방길에 오르게 되었습니다. 인도양과 태평양을 종단하는 본인의 이번 순방은 제5공화국 출범 이후 우리 국력의 국제화를 지향하는 국민 여러분의 여망에 따라 본인이 추진해온 개방외교의 네 번째 결실로서, 세계사의 중심에 우리 스스로를 성큼 다가서게 하는 전진의 초석이 될 것을 기대하는 바입니다.……

버마에 도착한 대통령은 다음과 같은 도착성명을 발표했다.

본인은 오늘 우산유 대통령 각하의 초청을 받고 대한민국 대

통령으로서는 처음으로 황금빛 사원의 나라로 알려진 버마 연방사회주의공화국을 방문하게 된 것을 매우 기쁘게 생각합니다. 본인은 본인의 서남아시아 및 대양주 6개국 순방의 첫 방문국으로서 귀국에 도착한 것을 더욱 뜻깊게 생각하면서, 버마 국민에게 보내는 대한민국 국민의 따뜻한 우정을 전하는 바입니다. ……

쉐다곤 파야 shadagon paya

쉐다곤은 미얀마어로 황금의 언덕이라는 뜻을 가지고 있다. 양곤 중심부에서 조금 떨어진 상구타라라는 언덕에 세워져 있다. 쉐다곤은 불심이 깊은 미얀마인들의 정신적인 지주이고 죽기 전에 꼭 한 번 참배해야 하는 성지이다. 불탑은 온통 황금으로 덮여있고 불탑의 꼭대기는 5,448개의 다이아몬드와 2,317개의 루비, 사파이어 등 값으로는 도저히 계산할 수조차 없는 수많은 찬란한 보석들로 치장되어 있다. 찬란한 황금 불탑. 그러니 양곤 어디에서도 황금빛을 찬란하게 쏟아붓고 있는 쉐다곤 탑을 볼 수 있다.

이 거대한 불탑 사원은 세계 6대 불가사의 중 하나라고 자랑할 만도 하다. 그래서 미얀마를 찾는 사람들이 제일 먼저 찾아보아야 할 필수적인 방문지 같은 곳이다. 쉐다곤은 미얀마의 상징이고 미얀마인들의 자부심의 표상이다.

세계의 수많은 시인들이 혼신의 힘을 다해 이 신비스럽고 웅장한 탑을 노래했다.

구름과 안개 속에 흐릿했던 아침, 내가 쉐다곤을 처음 보았을 때 쉐다곤은 불로 된 헛바닥 같은 모습으로 하늘을 찌르듯 가리키고 있었다. 맑게 갠 날 정오의 그 모습은 평화롭고 장엄하였다. 그리고 달빛이 비치는 밤에 드러내는 자태는 정말 신비스럽기만 했다. 쉐다곤은 어느 곳에서도 선명히 눈에 들어온다. 그 분위기는 인간이 풍기는 듯한 분위기다.

그리고 그 위엄과 아름다움, 그 순결함은 쉐다곤을 인간이 추구해온 가장 고상한 것들의 상징으로 만든다. 나는 그동안 황혼과 폭풍우, 빙하, 공원, 꽃 그리고 사람의 얼굴 등 나를 감동시켰던 많은 것들을 보아왔다.

그러나 인간이 그의 손으로 창조한 모든 것들 중에서 내가 아는 한 쉐다곤이 가장 사랑스럽고 아름다운 것이었다. 쉐다곤을 처음 보았을 때 내 마음은 뛰었다. 그리고 그 아름다움은 내가 아무리 멀리 떨어져 있어도 나의 뇌리에 되살아나곤 한다.

테러리스트들은 대통령이 미얀마에 도착한 10월 8일에는 순교자 묘역 (일명 아웅산 묘소) 근처인 쉐다곤 사원 부근 숲속에서 노숙했으며, 사건 당일인 10월 9일 아침에는 사전 정찰해두었던 묘역에서 약 400미터 떨어진 한 자동차 정비공장으로 접근했다. 버마의 주요 교통수단인 모터바이크 택시, 사이클 택시, 사이카, 픽업 트럭, 미니버스 등을 수리하는 공장으로 사방이 훤히 터져있는 직사각형 목재건물인 공장 건물 앞 공터에는 수리를 기다리거나 폐차 처분된 수십 대의 차들이 주차되어 있다.

그런데 그 곳에서는 묘역의 전면과 묘역으로 들어가는 도로

가 한눈에 잘 보였기 때문에 원격조종 폭파 스위치를 누르기에 아주 적합한 곳이었다.

그러나 그들이 정비공장으로 들어가려 할 때 서로 간에 손짓, 발짓으로 하는 어설픈 대화가 오갔다. 정비공장 사람들은 버마어로 말하고 그들은 한국어로 대꾸해야 했으니 말이 통할 리가 없었던 것이다.

진모는 160센티미터 정도로 키가 작은 편이었고 몸집은 뚱뚱한 편이다. 진모가 들어왔을 때 한 종업원이 어떤 이상한 사람이 버마어도 모르고, 행동이 약간 수상하다고 하면서 주인에게 직접 한 번 만나보라고 말했다. 주인이 나가보니 진모는 다른 종업원과 손짓 발짓으로 대화를 나누고 있었다. 주인이 여기에 무슨 볼일이 있느냐고 물었는데도 그는 "차이나, 차이나"하고 되풀이할 뿐 더 이상 말이 통하지 않았다. 한 손에는 우산을 들고 다른 손에 25짜트짜리 미얀마 지폐를 들고 있었는데 아마도 진모는 이 돈을 줄 테니 여기에 있게 해달라고 말하고 싶었던 것이다. 하지만 서로가 계속 손짓 발짓으로 의사소통을 시도해보았지만 잘 되지 않았다. 진모는 계속 "차이나, 차이나"라는 말만 또다시 되풀이했는데 그는 자신들이 중국인 여행자라고 말하고 싶었던 것이다. 그러나 버마인들은 이 뜻을 전혀 알아듣지 못했다. 몹시 짜증이 난 주인이 진모의 저고리 앞주머니에 꽂혀 있는 만년필을 뽑으면서 글을 써보라는 시늉을 하자 그는 기겁을 하며 만년필을 빼앗아 황급히 공장 밖으로 달아났다. 이 만년필은 공작원들이 흔히 가지고 다니는 휴대용 살상용 무기였기 때문이다.

진모는 밖에서 기다리고 있던 2명과 합류해 자동차 정비공장을 포기하고 그 묘역으로 이어지는 다른 곳으로 이동했다. 그들은 군중들 틈에 섞였다. 마침내 쉐다곤 파야의 북쪽 계단 쪽 도로와 연결되어 있고 묘지에서 약 1킬로미터 떨어진 마하 위자야 파야 거리의 영화관 앞에 자리를 잡고 대통령 일행을 기다리게 되었다.

이때가 묘소참배 시각이 거의 다 된 10시 24분경.

그들의 시야에 미얀마 경찰의 모터사이클을 선두로 검은 리무진 차량 행렬과 태극기를 단 벤츠 차량이 뒤따르는 모습이 들어왔다. 구경나온 양곤의 시민들이 태극기를 단 차 속에 대통령이 있다고 생각하여 손에 든 태극기와 미얀마기를 힘껏 좌우로, 위아래로 흔들면서 환영하였다.

그들은 그 순간 그 차량 행렬이 묘소에 도착하는 시간과 헌화하는 시간 등을 계산했고 원격조종 장치의 버튼을 누를 순간을 기다렸다.

그런데 그들 사이에서 언제 어디에서 폭발을 일으킬 버튼을 눌러야 하는지에 대해 의견충돌이 생겼다. 조장이었던 진모 소좌는 구경꾼들 사이에 섞여 있다가 폭파 리모컨을 작동시킬 생각이었지만 강민철은 생각이 달랐다. 구경꾼들 틈에 섞여 있으면 차량 행렬을 볼 수 있어도 순교자 묘역 내에서 일어나는 실제 상황은 볼 수 없기 때문에, 말하자면 주공격 목표인 대통령이 폭탄의 살상 유효 공격 범위 내에 있는지 혹은 그 밖에 있는

지 알 수 없게 되는 것이다. 대통령이 폭탄의 치명적인 살상 거리 밖으로 이탈해 있을 때 폭발물이 터지면 공작은 당연히 실패한다. 그는 순교자 묘역 내부가 훤히 내려다보이는 쉐다곤 사원 북쪽 입구에 있는 나웅도지 파야의 맨 위층 계단에서 마지막 행동을 하는 것이 좋겠다고 주장했다. 그러나 진모는 조장으로서 주장을 굽히지 않았다. 그는 사원 주변에 있는 자동차 정비공장에서 최후의 마지막 행동을 해야 한다고 주장했다. 쉐다곤 사원은 관광객이 많아서 작전에 차질이 빚을 수도 있고, 그보다 중요한 것은 모여 있는 군중들에게 신변이 노출될 위험이 있었을 뿐만 아니라 현장을 탈출하는 데에도 시간이 걸려서 곤란한 상황이 될 수 있다고 주장했던 것이다.

그는 강민철의 의견을 무시했다. 그와 강민철은 이 문제 외에도 사사건건 의견충돌과 눈에 보이지 않는 갈등이 있어왔다.

어쨌거나 리모콘은 그때 진모의 바지 호주머니 속에 있었다.

그런데 만약 강민철의 주장대로 나웅도지 탑에서 리모콘을 눌렀었더라면 결과는 완전히 달라졌을 것이다. 다시 말해서 그들의 작전은 완전한 성공이 되었을 것이다.

대통령은 그 시각 아직도 영빈관에 있었다. 대통령이 아니라 대사 일행이 탄 차량 행렬은 1분 후인 10시 25분 묘역 기념관에 도착했다. 이때가 폭탄이 터지기 3분 전이었다. 일행이 줄을 정돈하고 있을 때 갑자기 행사의 시작을 알리는 나팔소리가 울렸다. 짧은 나팔소리였다. 테러리스트들에게는 이 나팔소리가 결정적인 신호였다. 나팔소리까지 들은 다음에 더 이상 폭발을 미룰 수는 없었다. 리모콘을 쥐고 있던 진모는 초조해지기 시작했다. 대통령이 도착해서 행사가 진행되고 있기 때문이었다. 미얀마에 도착해서 생긴 땀띠 때문에 사타구니에 발진이 돋았는데 또다시 미친 듯이 가렵다. 진모는 나팔소리가 울리고 난 후 잠시 사이를 두고 원격 폭파장치의 버튼을 눌렀다. 사실 눌렀는지는 기억이 나지 않는다. 안 눌렀을 수도 있다. 그때 너무 혼란스러웠기 때문이다.

그러나 순교자 묘역에 폭음과 함께 번갯불 같은 섬광이 번쩍이면서 맹렬한 폭풍이 일었고 일순 모든 것이 폭풍에 휘말렸다. 묘지는 캄캄한 암흑에 휩싸이고 파편과 함께, 사람의 몸에서 찢겨진 살과 뼈 등이 사방으로 흩어졌다. 그리고 짧은 순간 태곳적 정적이 찾아왔다. 그러나 현장은 바로 지옥의 아수라장으로 변했다. 불에 탄 목조 건물이 무너져 내렸다. 서까래가 내려앉고 지붕은 날아가 버렸다. 그 잔해 밑에 대통령을 기다리며 도열해 있던 인사들의 찢긴 신체가 널려 있었다. 부상자들 중에는 서까래나 다른 구조물 밑에 깔려 살려 달라고 부르짖는 사람들도 있었다.

테러의 최종 목표인 대통령은 그렇게 화를 면했다. 일정의 차질, 행사 시작 전에 울린 나팔소리 등 예상치 못한 일련의 우연한 사건들이 겹쳤다.

영빈관에서 순교자 묘역까지는 불과 4.5킬로미터였다. 폭발이 일어난 시각이 10시 28분이었고 대통령을 태운 차량은 그로부터 4분 전에 영빈관을 출발해 테러의 순간에 묘역을 1.5킬로미터 정도 남겨놓고 있었다. 공식행사는 2분 후에 시작될 예정이었다. 테러리스트들이 나팔소리가 들린 후 폭파장치를 작동시키지 않고 잠시만 더 기다렸다면 상황은 달라졌을 것이다.

순교자 묘역

순교자 묘역martyrs mausoleum은 약간 언덕진 구릉에 위치해 있고 버마의 상징인 쉐다곤 파야를 바로 올려다볼 수 있다. 현지어로는 '아자니베이만'이라고 부른다. 이 묘역의 바로 옆에는 '무명용사의 비'가 서 있는 묘역이 붙어 있다.

버마 전통 목조 양식으로 지어진 기념관은 약 200평 가량의 기다란 직사각형 기와집 모양이었다. 안에는 직사각형의 아웅산 장군 석관이 있고 그 좌우에 조금 작은 석관이 4개씩 나란히 배치되어 있으며, 묻힌 사람들의 사진이 황금빛 액자로 단장되어 가지런히 걸려 있었다. 1947년 자치 정부의 수반이었던 아웅산 장군은 휘하 각료들과 함께 회의 도중 정적이 보낸 테러리스트들에 의해 8명의 각료들과 함께 암살을 당했었다.

묘지 사방은 벽이 없이 틔어 있었고 티크 목재로 된 기둥이 빙 둘러서 지붕을 받치고 있었다. 높이 약 5미터의 천정은 목재 타일로 되어 있고 바닥은 대리석으로 장식되어 있었다. 그 주위에는 목책이 설치되어 있는데 그 목책에 따라 붉은 양탄자가 깔려 있었다.

이 묘역은 폭발 사건 이후 한동안 방치되어 있다가 그 후 소련 양식의 철근 콘크리트로 완전히 새로운 모양으로 신축되었기 때문에 옛 모습은 전혀 찾아볼 수가 없다.

2주일 동안 북한 공관원의 집에 은신하던 그들 3인은 10월 6일 공관원의 안내로 순교자 묘역 주위를 맴돌면서 범행 장소를 사전 정찰하고 치밀하게 계획을 세운 후, 10월 7일 새벽 2시에 폭발물을 휴대하고 묘역에 잠입하였다. 그리고 대통령 일행이 참배할 묘소 바로 위쪽 천정에 폭발물을 설치하였다. 테러리스트들이 설치한 폭발물은 모두 3개이다. 그 중 2개는 대통령이 헌화할 아웅산 장군의 묘 바로 위쪽 천정에 설치된 고성능 살상용 폭탄이었고 나머지 한 개는 폭발과 동시에 불이 일어나게 하는 소이탄이었다.

순교자 묘역에 설치된 폭탄은 북한이 테러용으로 특별히 제작한 고성능 폭발물로서 폭발 시 파편과 함께 폭탄 속에 내장되어 있는 사람에게 치명적인 상처를 주는 아이언 볼이 사방으로 튀어나와 많은 사람을 살상하도록 설계되어 있는 것이다. 1킬로미터 이내의 거리에서 원격조정 폭파가 가능하며 유효살상 거리는 직경 약 80미터 정도로 아주 강력한 폭탄임을 알 수 있다. 그런데 당시 살상용 두 개의 폭탄 중 한 개는 폭발되지 않았다. 만약 이 폭탄마저 폭발했더라면 더 많은 인명 피해가 발생했을 것이다.

거사를 하기 3일 전인 10월 6일, 그들은 은신처인 공관원의 관저를 나왔다. 진모와 강민철은 버마 현지인들의 옷을 입었다. 아래는 론지 longi 라고 부르는 치마 같은 옷인데, 옷이라기보다는 둥글게 이어진 옷감을 몸에 감고 위에서 매듭을 만들어 허리춤에 찔러 고정하는 옷이다. 별 장치가 없는데도 흘러내리지 않는 것이 그저 신기하다. 버마인들이 남녀 구분 없이 입는 전통적인 복장이다. 평소 일상적으로 늘 입는 복장이라는 점에서 한복과는 다른 것이고 얼핏 보기에 통치마 같은 이 옷은 직장인들의 근무복이기도 하고, 외교 행사 때나 국가적 기념식 때는 국가 원수나 외교관들이 착용하는 의례복이기도 하다. 신기철만 검은 바지에 흰 셔츠 차림이었다. 그리고 그들은 의심을 피하기 위해서 모두 엄지와 둘째 발가락에만 줄을 끼워 사용하는 슬리퍼를 신었고 길거리 음식인 밀가루와 콩을 갈아 튀긴 스낵인 '뼈쪄'를 들고 씹어 먹었다.

공관원의 집을 나와서 테러 현장인 순교자 묘역이 있는 지역인 쉐다곤 사원과 칸도지 인공 호수, 양곤국립박물관, 양곤동물원 일대를 정찰했다. 그리고 드넓은 실내 시장인 보족 아웅산 시장에서 버마식 슬리퍼와 론지, 기념품 등을 샀고, 시장 내 식당에서 버마 전통요리인 닭고기 커리와 채소 볶음으로 식사를 하고 나서 전통 담배를 피우며 사탕수수 주스인 '짠예'를 마셨다.

그들은 아무런 제지도 받지 않고 국빈 행사가 있을 예정인 장소에 침투해 폭탄을 설치할 수 있었다. 그들은 밤중에 묘소 관리인의 집을 방문해, 자신들은 남쪽의 보안요원이고 현장을 방문해야 한다며 관리인의 양해를 얻었으며 그 과정에서 관리인에게 최고액권 화폐인 10,000 짯 짜리 지폐를 주었고 그에게서 폭탄 설치에 사용할 사다리를 빌렸다.

3명의 테러리스트들은 날이 저물어도 거처로 돌아가지 않고 부근의 숲속에서 극성스러운 모기떼의 공격을 참아내면서 노숙을 했다. 그것도 수칙에 따라 1명씩 교대로 불침번을 서고 나머지 2명만 잠을 잤다. 그 다음날 10월 7일 새벽 2시, 그들은 순교자 묘역에 잠입했다. 동료 2명이 밑에서 기다리는 동안 신기철이 묘소 기념관의 지붕 위로 올라갔고 진모가 아래에서 폭탄들을 올려주자 이것들을 지붕 아래 장치하였다. 그 중 두 개는 원거리 작동 폭탄이었고 그리고 나머지 한 개는 화재를 일으켜 증거를 인멸할 목적으로 숨긴 소이탄이었다.

동건 애국호

9월 9일 그들은 비밀리에 '동건 애국호'를 타고 황해남도 옹진항을 떠났다. 이 배는 총 5,379톤, 속력 15.5노트의 튼튼한 화물 운송선이었다. 이 정도의 배라면 어떤 악천후에도 걱정하지 않고 세계 어디라도 항해할 수 있다. 전형적인 화물선으로 외견상으로도 화물선이고 실제 화물 운송도 하지만 세계 어느 곳에 기항하더라도 그 나라 항구의 무선전신국을 경유하지 않고 자국 본부와 직접 교신할 수 있는 장비를 갖추고 있어서 특수공작에 가끔 이용하는 배이다.

진모, 강민철, 신기철은 출발하던 날 아침 배에서 다시 만났다. 그리고 일단 승선을 하고 출항한 후에야 자기들이 수행해야 할 임무에 대해 구체적인 브리핑을 받았다. 세 공작원들은 항해 도중에는 모습을 드러내지 않고 거의 선실 내에서만 생활했다.

보통 사람들에게는 답답하기 짝이 없는 생활이었겠지만 온갖 힘든 극한의 훈련을 통해 단련된 그들에게는 이 정도 어려움이야 차라리 좋은 휴식거리였다.

그러나 항해 이틀 후 공해상으로 나오면서 서태평양 대만 해역 근처를 지날 때 계절적인 폭풍우가 몰아치면서 배가 심하게 요동치고 삐걱거리며 엄청난 포말과 소음을 일으켰다. 그들은 심하게 뱃멀미를 했으며 오장육부에 들어있던 마지막까지 토해내야 했다. 그때는 아무리 단련된 그들도 뱃멀미만은 당해낼 수 없었다. 배는 아주 천천히 지그재그로 나아갔다. 마침내 폭풍우가 잦아들었다. 배는 어느덧 남중국해로 접어들었고 말라카 해협을 빠져나와 안다만 해역으로 계속 북상하였다.

6일간의 항해 끝에 동건 애국호는 마침내 9월 15일 새벽에 양곤강 입구에 도착했다. 그보다 열흘 전에 이미 미얀마 항만청에 입항허가 신청이 되어 있었고, 미얀마에 도착한 그 다음날인 16일에 건자재 수송 목적으로 입항허가를 받았다. 이틀 후인 9월 17일 오후에 이 배는 양곤 항의 술레제티 부두에 접안해서 화물하역 작업을 하도록 승인받았다. 9월 18일부터 하역 작업이 시작되어 21일 새벽에 작업이 종료되었다. 21일에 동건 애국호는 출항허가서를 제출했다. 그러나 선장은 갑자기 선박이 이집트의 알렉산드리아 항으로 항해해야 하기 때문에 긴급하게 고장 난 엔진을 수리해야 한다고 하면서 며칠간 부두에 더 머무를 수 있도록 해달라고 요청했다. 미얀마 항만청은 처음에는 이 요청을 거부했다. 그러나 선장이 긴급한 사정이 있다면서 3

일만 시간을 달라고 간절하게 요청했고 항만청 담당 공무원이 선박에 올라와서 엔진을 검사하고 문제를 확인한 후 허락했다. 이제 동건 애국호는 양곤강 입구에서 정박할 수 있게 되었다. 이 배는 21일에 양곤 부두를 떠나서 3일 후인 24일에는 미얀마를 떠나라는 통고를 받았다.

그 다음날인 22일 북한인으로 보이는 사람 두 명이 채소와 파파야, 구아바, 귤, 망고, 바나나 등 미얀마 열대 과일을 플라스틱 바구니에 담아서 동력이 부착된 삼판을 타고 와서 배에 승선했다. 그러나 그들이 떠날 때에는 3명의 북한 사람들과 함께 떠나면서 바퀴가 달린 무거운 가죽 가방을 2개 싣고 갔다. 얼마 후에 동건 애국호는 바로 출항했는데 함께 떠났던 3명은 그때까지 배로 돌아오지 않았다. 3명의 선원은 아무런 입국 검사나 절차도 없이 미얀마 안으로 사라진 것이다. 당시 배에 승선해 화물과 인원의 이동을 감시했던 경찰관과 세관원은 아무런 조치도 취하지 않았다. 당시 배가 정박해 있던 곳은 수도 양곤의 항구이지만 부두에는 입출국을 통제하는 절차나 혹은 이를 관장하는 관청 등의 체계가 미비한 상태여서 테러리스트들이 미얀마에 잠입하는 데는 어려움도 없었던 것이다.

테러를 위해 파견된 특수공작원들은 모두 아무런 자취도 남기지 않고 양곤에 무사히 잠입하는 데 성공했다. 상륙 직후 그들은 공관원의 안내로 관저로 인도되었다. 이 집은 양곤 시내 남쪽으로 양곤 강과 접해 있는 알론 구역 트리엑타 2번가 미얀마 외무부 뒤편에 자리 잡고 있었다. 이 집이 있던 곳이 '외교단지'라고 불렸던 구역이었고 바로 옆집이 북한 대사관이었다. 이 집에 살고 있는 북한대사관 참사관이 그들의 연락책이며 현지 지도원이었다. 그의 공식 직함은 북한대사관 참사관이었고 공식적인 업무는 총무 담당이었지만, 실제는 북한 정보부의 해외 공작 책임자 중에 미얀마 담당 총책이었다. 3명이 북한대사관의 관저에 거처를 잡은 지 이틀 후에 이들이 사용할 폭발물이 외교 행랑 편으로 도착했다.

그 후 그들은 특별한 활동을 하지 않고 공관원의 집 2층에 숨어 지내면서 현지사정과 거사에 필요한 정보를 수집하고 대통령 일행의 도착을 기다렸다. 특히 대통령 일행의 순회 방문 일정과 미얀마에서의 행사 일정 등에 대해서는 본국으로부터 시시각각 자세한 정보를 받았다.

정찰국 소속 특수부대의 사령관은 진모 등을 소환하여 앞으로 중요한 임무를 수행하도록 준비를 지시했다. 함께 공작을 수행할 다른 두 명에게도 같은 지시가 내려졌다.

특수부대 요원은 키가 너무 커도 안 되고 너무 작아도 안 된다. 그리고 눈이 작아도 안 되고 너무 커도 안 된다. 너무 쉽게 남의 눈에 띄지 않는 외모를 가지고 있어야 한다. 그들은 그런 면에서 특수부대 요원에 알맞았다.

그러나 아직까지 그들은 자기들이 수행해야 할 임무가 대통령을 암살하는 엄청난 것인지 몰랐다. 단지 이 임무가 매우 중차대한 것이고 최고위층이 직접 지시한 것이라는 정도만 전달

되었다. 테러리스트는 모두 한 부대 소속이 아니었고 특수임무를 부여받기 전까지는 서로 모르는 사이였다. 공작원들은 처음에는 각기 고립된 가옥에서 지도원의 지시에 따라 자기가 맡은 임무에 필요한 훈련을 받았다. 그런 후에 합동훈련을 하였다. 특수부대가 주둔하고 있던 곳은 비무장지대 바로 위에 위치한 개성이었다.

특수임무를 부여받은 3명은 김진수 소좌 1명과 김치오와 강영철, 두 대위였다. 버마에서는 진모라고 알려진 김진수는 심한 부상을 입고 체포된 후 심문에 일체 응하지 않았다. 강민철의 본명도 강영철인 것으로 나중에서야 밝혀졌다. 이것은 오랜 시간이 지난 후인 1998년 그를 인세인 형무소에서 면담한 미얀마 주재 외교관에게 밝힌 것이다. 신기철로 알려진 인물은 미얀마 경찰과 교전 중 사망해서 인적사항이 전혀 알려지지 않았는데 그의 본명도 그때서야 김치오인 것으로 밝혀졌다.

그들이 버마로 떠나올 때 사령관이 말했다.

"혁명의 영재이시며 조선 인민의 태양이시고 우리의 어버이이시고 경애하는 수령이신 김일성 동지와 어둡던 이 강산에 떠오르는 태양이신 김정일 동지와 조선노동당의 따뜻한 사랑 속에 자라 온 동무들은 오늘 당과 수령님이 내려주신 최대의 영광된 임무를 부여받고 버마로 떠나게 되었소 동무들의 장도를 진심으로 축하하오 동무들은 주어진 임무를 잘 수행하고 돌아오시오

수령님은 동무들에게 2계급 특진과 영웅 칭호를 수여할 것이

고…… 또 마음껏 쉴 수 있도록 휴가도 줄 것이고…… 예쁜 아가씨를 고르고 골라서 결혼도 시켜줄 것이오.

동무들! 동무들! 동무들은 위대한 혁명 전사요! 우리에게 부과된 이 엄청난 과업의 성공을 위해 축배를 듭시다!"

그들은 다 같이 건배를 외쳤다.

"위대하신 수령 동지와 당을 위해 목숨을 바치겠습니다!"

강민철은 그때 생각했다.

우리가 서로를 결코 이해할 수 없으리라는 것을 나는 진즉 깨달았다. 우리 세 사람은 너무 비슷했으면서도 완전히 너무 달랐다. 그래서 서로 대화가 쉽지 않았다. 서로 간에 뻔했기 때문에 속일 수는 없다. 결국 결정적인 순간에는 의견 충돌이 일어날 것이다. 그 순간이 운명을 결정할 것이다. 나는 결코 그의 명령에 굴복하지 않을 것이다. 나는 테러리스트가 아닌가. 우리 역사 속에서 내가 맡게 된 배역의 무게를 느낄 수 있다.

테러리스트들은 상황을 오판해서 원격조종 장치를 잘못 작동시킨 것이 아니었다. 나팔소리를 행사 시작으로 착각한 것도 아니었다. 그들은 대통령이 아직 도착하지 않았다는 것을 알고 있었다. 영빈관에 배치된 또 다른 북한 요원으로부터 대통령의 움직임을 시시각각 전달받고 있었기 때문이다. 테러리스트들은 대통령의 일정과 동선을 미리 정확하게 파악하고 있었고 영빈관에서 출발이 늦어진다는 것도 현재 그의 차량 행렬이 어디까지 와 있다는 것도 알고 있었다.

그때 진혼곡의 나팔소리가 들렸다. 그러나 그들은 그 소리에 크게 신경쓰지 않고 대통령 차량이 오는 방향을 주시하고 있었다. 그때 예기치 않은 폭발이 일어났다. 다른 사람들만큼이나, 오히려 다른 사람들보다 그들이 더 놀랐고 당황했다. 최종 목표를 타격할 순간을 바로 목전에 두고 모든 것이 허사가 되는 순간이었다.

강민철은 한탄했다.

북에서 귀에 못이 박이도록 들었다.

"계급적 원쑤를 청산하자.

우리는 원쑤에 대한 적개심으로 타끓는다.

돌탕을 쳐 죽이자."

대통령은 광주항쟁 당시 대학살의 주범이었다. 그는 남조선 민중의 적이고 조선 민족 전체의 적이었다. 미제국주의의 앞잡이였다. 그는 민족의 이름으로 처단해야 할 만고불변의 역적이었는데……

그런데 그를 놓치고 만 것이다.

아! 이럴 수가!

그들은 우선 현장을 빠져나와 탈출에 성공해야 했다. 실패의 원인은 그들도 알 수 없었다. 한 가지 가능한 추측은 현장에서 많은 전파의 움직임이 있었을 것이고, 그 중 하나가 원격조종장치를 작동시킨 것이 아닌가 하는 점이다. 기술적인 실패를 추정할 만한 확실한 예가 또 있다. 설치한 폭탄 하나는 불발이었다. 원래 테러리스트들이 설치한 것은 대인지뢰 2개와 소이탄 1개, 모두 3개였는데 그 중 대인지뢰 1개와 소이탄만 폭발하고 1개는 불발로 남아 미얀마 수사 당국에 회수된 것이다.

그들이 기획했던 정치적 효과 면에서 본다면 테러는 완전한 실패였다. 정부의 주요 인사를 다수 살상했지만 가장 중요한 대통령을 암살하는 데 실패했기 때문에 그들이 노린 남한 정국의 불안정이나 혼란 그리고 저항운동의 확산 등은 전혀 없었다.

이때 진모는 3명이 함께 행동하면 눈에 쉽게 띄기 때문에 각자 탈출하는 것이 좋겠다고 판단했다. 그는 두 동료들에게 절대로 대사관 숙소로 돌아가지 말라는 말만 남기고 서둘러 현장을 떠났다. 그들은 안전하게 탈출할 방안이나 비상사태를 위한 대비책도 없었다. 그들은 결국 탈출하는 과정에서 죽거나 부상을 입고 잡혀서 모든 진상이 백일하에 드러나게 되었다. 테러리스트를 위한 배려는 아무것도 없었다.

양곤 강

원래는 쾌속정이 양곤 강에서 그들을 기다리고 있다가 강 입구의 태그우드핀 마을까지 데려가기로 되어 있었다. 그 후 모선으로 안내할 요원과 접선한 다음 강 하구에서 그들을 기다리는 동국 애국호에 승선해 귀환하는 것이 그들의 탈출 시나리오였다. 배는 하구에서 10월 12일까지 그들을 기다리기로 되어 있었다. 하지만 그들이 허겁지겁 양곤 강 부두에 도착해 아무리 찾아보아도 쾌속정은 어디에도 없었다.

동건 애국호는 테러리스트들이 애타게 탈출을 기도하고 있을 때 인도에서 비료를 선적하고 있었다. 어느 누구도 배가 미얀마에 입항할 수 없었고 양곤 강에서 그들을 기다리는 쾌속정도 없다는 사실을 그들에게 알려주지 않았다.

그럼에도 불구하고 그들은 처음 각본대로 각자 양곤강 하구를 향해 탈출을 시도했다.

진모는 있지도 않은 쾌속정을 찾다가 실패하자, 강가에서 낮동안 시간을 보내다가 날이 저물고 밤이 되자 강물에 뛰어들어 하류로 수영을 하여 내려가기 시작했다.

2월에서 5월까지 성난 태양은 하늘에서 이글거린다. 그러다가 갑자기 열대 몬순 기후가 스콜을 몰고 온다. 우기인 6~10월에는 거의 매일 5시간 정도 비가 쏟아져 내린다. 그때는 우기가 계속되고 있었기 때문에 강물이 많이 불어났고 물살도 거칠었다. 강가 진흙 언덕에는 열대 관목들이 무성한 덤불을 이루고 있다. 몇 마리 물소들이 선 채로 느긋하게 되새김질을 하고 있다. 강둑 너머에는 저지대 벼가 심어진 푸른 논들이 끝없이 펼쳐져 있고 아득히 저 멀리 지평선 끝에는 낮은 검은 산맥이 줄지어 솟아있다.

흙탕물이 많이 불어난 거대한 양곤 강은 신비롭고 심오하였다. 그 강은 버마인들을 전율케 하는 꿈과 환상과 망상을 실어 날랐다. 그러나 달이 빛났고 강은 달빛을 받았지만 어둠에 싸여 있다. 공기는 매우 후덥지근했다. 늪지에 사는 밤의 가수인 개구리와 두꺼비의 울음소리만이 울려 퍼진다.

그는 두려움에 몸을 떨었고 그 두려움은 계속 커져서 마침내 공포감이 밀려왔다. 왜? 아니겠는가. 그는 정신을 차리려고 끊임없이 고개를 흔들었다. 눈을 크게 뜨고 귀를 쫑긋 세웠다. 그는 강으로 뛰어들었다.

진모는 자신의 뛰어난 수영 실력을 믿고 혼자 힘으로 탈출할수 있을 것이라 생각했다. 강민철과 신기철은 걸어서, 진모는수영을 해서 약속된 장소로 가려고 했다. 걸어서 탈출을 시도하다가 현지인의 신고로 죽거나 부상을 입고 체포된 신기철과 강민철과는 달리 진모의 선택이 더 나았는지도 모른다.

밤 9시경 강변의 한 정박소에 모여 미얀마 길거리 음식인 '람베아샤야샤'를 즐기고 있던 주민들은 웬 남자가 혼자 하류를 향해 헤엄치는 것을 발견하고 매우 수상하게 생각할 수밖에 없었다. 주민들은 경찰서에 신고하는 한편 그에게 강가로 나오라고소리쳤다. 그러나 그는 그런 소리에 아랑곳하지 않고 계속 수영을 하면서 나아갔다. 횃불을 든 주민들과 보안요원들이 그를 쫓아 강변을 따라가고 신고를 받은 경찰관들은 배를 타고 그의뒤를 쫓았다. 진모는 접안시설로 쓰는 니아웅단 제티 플랫폼 부근까지 수영하다가 강폭이 좁고 맹그로브 숲이 길게 펼쳐져 있는 꼬불꼬불한 강의 지류로 빠져나가 일어섰는데 그곳의 깊이는 허리가 물에 잠기는 정도였다.

그때 사람들이 그를 에워싸자 허리에 차고 있던 가방에서 수류탄을 꺼내들고 위협했다. 그러고는 바로 폭발이 일어났다. 그는 한동안 물길을 따라 흘러가다가 강에 있던 말뚝에 걸려 멈추었다. 경찰관 한 명이 강물에 들어가서 그를 붙잡고 있는 사이 다른 경찰관이 그의 양손을 묶고 강변으로 끌어냈는데 몸에 큰 상처를 입었지만 죽지는 않았다. 진모는 그렇게 붙잡혔다. 그러나 잡히기 전에 수류탄 폭발이 있었고, 이때 가까이 있던 미얀마인 3명, 선원 1명과 어부 1명이 부상을 입었다.

그가 겨우 무거운 눈꺼풀을 들어 올려 눈을 떴을 때 달은 이 울고 하늘에 다시 검은 구름이 가득하였다. 우기의 억수 같은 비가 또다시 쏟아질 모양이다. 강물이 찰랑거리고 한 줄기 바람이 불어왔다.

진모가 급히 현장을 이탈한 후 뒤에 남겨진 강민철과 신기철도 역시 양곤 강으로 출발했다. 그러나 아무리 눈을 크게 뜨고 찾아보아도 쾌속정은 없었다. 그들은 쾌속정은 포기하고 길을 걸어서 계속 하류 쪽으로 내려갔다. 그들은 강변에 있는 채소 시장으로 가서 미얀마식 긴 나무 보트를 한 척 빌려 강을 건넜다. 그러고 나서 강변을 따라 하구로 다시 걷기 시작했다. 흰 백로들이 목을 구부린 채로 꼼짝도 하지 않고 길가 풀섶에 외다리로 서 있다.

그들은 탈출 계획에 차질이 생긴 것이 불안했지만 그때까지만 해도 절망적인 상황은 아니라고 생각했다. 밤이 되면서 몹시 피곤에 지치고 배가 고팠고 우선 너무 어두워서 길을 제대로 찾을 수가 없었다. 얼굴에는 비지땀이 흘러내렸다. 눈이 아득해지곤 했다.

무엇보다 이상한 외국 사람들이 밤길을 걸어가면 현지인들이 수상하게 여길 가능성이 컸다. 그런 생각을 하고 있던 참에 마침 강가에 모기들만이 살고 있는 빈 오두막 하나를 발견해서 그곳에서 꿀맛 같은 단잠을 잤다. 몇 시간 동안 눈을 붙였지만 먹을거리를 찾을 수는 없었다. 그들은 아무것도 먹지 못했다. 새벽이 되자 날이 희미하게 밝아왔다. 녹색비둘기 떼들이 벌써 나뭇가지 위에 모여 앉아 구구대기 시작했다. 그들은 다시 하구를 향해 걸었다. 공동묘지를 지나갔다. 멀리서 소가 끄는 달구지 바퀴가 천천히 돌아가면서 삐걱거리는 소리가 들려왔다. 그들은 어렵사리 작은 어선에 편승해서 하구로 내려갔다.

그러나 어부들은 처음부터 그들을 수상하게 여겼기에 기회를 보아 경찰서에 신고할 속셈이었다. 이미 수상한 사람을 발견하면 즉시 신고해야 한다는 통보가 있었다. 어선이 약속된 장소인 태그우드핀 마을에 가까워지자, 어부 중 1명이 배가 아파서 약을 사야 한다며 배에서 내려 육지로 올라갔다. 그 어부는 바로 경찰과 마을 인민위원회에 신고했다.

그들이 짊어지고 있는 가방 검사를 요구했는데, 그들은 모두 "머니, 머니"라고만 되풀이해서 말했다. 실랑이 끝에 강민철이 주저앉아 갖고 있던 가방 하나를 열었는데 그 안에는 정말 외국 돈이 많이 들어 있었다. 경찰관은 그들을 경찰서 지소로 연행했다. 그곳에서도 경찰관은 그들이 소지하고 있는 다른 가방들을 검사하려 했지만 이를 계속 거부했다. 경찰관은 그들에게 결국 총을 겨누면서 가방을 뺏으려 했다. 신기철은 강제로 가방을 뺏으려는 경찰관과 옥신각신하다 가방에 있던 총을 꺼내들어 경찰관들을 향해 먼저 발포했다. 총격전이 시작되었다.

불꽃이 튀었다. 아찔했던 순간들이 지나간다. 분명히 어딘가

치명적으로 맞은 것 같았다. 짧은 총격전 끝에 신기철은 수발의 총알이 가슴을 꿰뚫고 지나가면서 바로 사망했다.

미얀마 경찰관 2명도 중상을 입었다. 그러나 이 소동 중에 강민철은 지소 밖으로 달아날 수 있었다.

신기철의 피부는 창백할 정도로 하얬는데 온몸에 여러 군데 총상의 흔적들이 끔찍했다. 신기철은 처음 총격을 당하고도 싸움을 포기하지 않고 계속 대응 사격을 했던 것이다. 시체에 불과했지만 신기철의 모습을 보는 순간 바로 그가 북한에서 온 사람이라는 것을 알 수 있었다.

지소에서 총격전이 있고 테러범 중의 한 명이 탈출한 후에 그 마을에는 즉시 경계령이 떨어졌고 경찰과 함께 군부대가 파견되었다.

초가지붕을 한 작은 오두막집 수십 채가 옹기종기 모여 있는 마을은 물론 주변지역에서도 물샐 틈 없는 수색이 시작되었다. 다음날인 10월 12일 아침, 똥개들이 나지막하게 짖어대면서 먼저 잠에서 깨어났다. 마을에 사는 배가 볼록하게 튀어나오고 벌거벗은 한 아이가 수상한 외국인이 강변 갈대밭에 숨어 있는 것을 보았다고 신고했다. 경찰관, 군인 그리고 마을 사람들이 그 지역을 포위했는데 강민철은 태그우드핀과 크웨인 웨잉 두 마을 사이 강변 구석 푸른 꽃들이 피어있는 늪지에 숨어 있었다. 그때까지 그는 있지도 않은 모선으로 탈출할 희망을 버리지 않았다.

장교는 강민철에게 말했다.

"한국인 일어나라."

"······"

"빨리 일어나라! 쏘겠다! 쏘겠다!"

강민철은 머리를 두 번 흔들고는 쓰러졌다. 죽음이 목전에 닥쳐온 것 같았다. 그는 악몽 속을 헤매고 있었다. 장교가 다시 일어나라고 재촉했다. 그가 왼팔을 들어 보였는데 팔뚝 아래 손이 잘려져 나가고 없었다. 장교가 그를 똑바로 쳐다보자 그는 당황스러웠다. 강민철은 포위하고 있던 군인들에게 체포되었다.

남방셔츠가 땀으로 흠뻑 젖어있다. 숨 막히게 더웠고 강가에서 풀잎 냄새가 강하게 풍겨왔다. 한 떼의 알아들을 수 없는 말로 웅성거리는 마을 사람들과 점점 많이 모여드는 똥개들이 시끄럽게 짖어대며 따라왔다.

부상을 심하게 당한 미얀마 군인들은 헬리콥터로 이송 도중 사망했고, 강민철은 중상을 입었으나 살아남았다.

결국 멀고 먼 이국땅까지 온 세 명의 테러리스트 중에서 한 명은 죽고 다른 두 명은 온몸에 부상을 입고 미얀마 당국에 잡혔다.

그가 병원에 실려왔을 때는 의식이 오락가락했었다. 얼굴과 양쪽 다리 등에 심한 부상을 입었고 복부에도 중상을 입어서 개복수술을 했다. 왼쪽 팔은 더 이상 치료하기 어려운 상황이어서 팔꿈치 부근에서 절단했다. 그는 미얀마의 의사들이 치료에 최선을 다하고 잘 돌보아주는 것을 고맙게 여겼다.

진모가 병원에 이송되어 왔을 때 수류탄이 자기 손에서 미리 터져서 왼팔과 오른쪽 손가락 4개가 절단되었고, 복부는 창자, 방광 등이 터져 나와 있었다. 왼쪽 가슴에도 내부 출혈이 심했다. 수술은 2시간쯤 걸렸는데, 사지의 일부가 절단되고 눈도 실명상태가 되었다. 그러나 청력은 정상이었고 영어를 어느 정도할 수 있었다. 그는 수술 며칠 후부터 조금씩 식사를 할 수 있을 정도로 회복이 빨랐다. 처음 음식을 주었을 때, 영어로 빵과밥 중 어느 것을 원하는지 묻자 바로 '브레드'라고 대답했다. 간호원과 의사들이 그를 친절하게 치료해주자 그는 자주 '생큐!'라고 말했다.

강민철도 간단한 영어회화를 할 수 있었다. 군의관들이 영어로 "건강상태가 좋은가" 하고 물으면 '예스'라고 대답하고 '음식이 맛있는가?'하고 물으면 고개를 끄덕였다. 의사들이 치료를 끝내고 나갈 때는 '생큐'라고 했다. 보통 사람 같으면 자기 몸에서 수류탄이 폭발했다면 바로 사망했을 것이다. 또 웬만큼 건강한 사람이라도 그 정도의 상처를 입으면 고통스럽고 복잡한 치료 과정을 견뎌내지 못했을 것이다. 병원에 도착했을 때 진모는의식이 없는 상태였고 강민철은 의식이 오락가락했다. 두 사람모두 한쪽 팔이 절단되어 있었다.

그러나 강민철의 부상은 진모보다는 조금 가벼웠던 것 같다. 그도 역시 한쪽 팔을 절단해야 했고 얼굴과 양쪽 다리, 허벅지등 복부와 내장에도 부상이 심했다. 그는 왼팔이 절단되는 부상외에 온몸에 상처가 심했지만 진모처럼 실명이 되지는 않았다. 기이한 것은 두 사람 모두 한쪽 팔이 잘렸고 교전 중에 상대방의 공격이 아니라 자신들이 소지하고 있던 수류탄으로 부상을 당한 것이다. 이러한 사실은 후일 강민철이 범행의 전모를 자백하는 심경의 변화를 일으키는데 한 요인이 되었다.

서울대학교

진모와 강민철이 건강을 회복하자마자 미얀마 정부는 외부의 간섭을 완전히 차단한 채 그들을 심문했는데 처음에는 두 사람 모두 전혀 조사에 응하지 않고 침묵으로 대응했다.

강민철은 그때 설망적이었고 자주 죽음을 생각했다.

당초 버마에서는 한국 내부의 불만 세력 혹은 반정부 세력이 저지른 짓으로 보는 시각도 있었고, 한국 내에서도 모든 것이 대통령의 자작극이라는 허무맹랑한 루머가 돌기도 했었다. 그러나 움직일 수 없는 명백한 물증들이 나왔다.

한국 수사관들이 심문에 참여해서 그들에게 몇 가지 질문을 했다. 파편 때문에 한쪽 눈의 시력을 잃고 완전히 자포자기한 진모는 모든 질문에 묵묵부답으로 일관했다. 그러나 강민철은 엉뚱한 대답을 하기 시작했다.

자신은 28세로 남한 출신이고 영등포에서 초·중·고등학교를 졸업했고 육군에서 제대한 후 현재 서울대학교에 다니고 있다고 주장했다. 그러나 이내 자신은 초등학교만 나오고 중학교와 고등학교는 다니지 않았다고 답변했고 영등포 역 부근에서 살고 있으며 그 곳에 어머니가 여전히 있다고 했다.

물론 모두가 허위 진술이었다.

한국 수사관들이 질문 했다.

"너무 거짓말이 심하다. 우리가 모든 걸 다 조사했다. 그럴 것까지 없지 않은가?"

"……"

"버마까지 언제 어떻게 왔는가?"

강민철은 그 당시 심한 부상에도 불구하고 또렷하고 큰 목소리로 도전적으로 대답했다.

"우리들이 버마에 온 것은 육로를 통해서 왔다. 다시 말하자면 중국 윈난성에서 라오스로, 라오스에서 메콩강을 건너서 태국 북부를 거쳐 국경을 넘을 수도 있고, 중국 윈난성에서 곧바로 버마 쪽으로 국경을 넘을 수도 있다.

아니면 빙빙 돌아서 인도나 방글라데시에서 국경을 넘을 수도 있다. 육지에서는 장거리 시외버스를 타거나 기차를 타고 이동했다. 알아서 생각해라."

"버마 당국이 버마와 국경을 접하고 있는 모든 나라에 다 조사해 봤지만 그쪽으로 온 게 아니야."

"다 조사해 봤다면 왜 이렇게 물어보는가? 이렇게 말할 수 있겠다. 배를 타고 왔는데 이를 믿지 않는다면 비행기를 타고 양곤 국제공항을 통해서 들어왔다고 해두자."

"아까운 목숨 버릴 필요가 있겠는가? 어떻게 해서든지 우선 살아야 하지 않겠나? 우리가 얼마든지 도와줄 수 있다."

"도움은 필요 없다. 무슨 도움? 나는 죽음을 두려워하지 않는다. 공화국을 위해서 이 한 목숨을 바칠 것이다."

1989년 6월 18일 버마에서 미얀마로 국호가 변경되었다.

2007년 4월 버마와 북한은 국교를 재개했고 2008년 5월 18일 강민철은 죽었다. 버마 당국은 강민철이 간암으로 사망했다고 공식 발표하였다. 버마 정보부의 고위 간부와 인세인 형무소 교도관이 병원의 사망 진단서를 확인하고 죽은 시신을 살펴보았다.

강민철은 교도소 내 화장장에서 한 줌의 재로 변했고 그제서야 그의 고독한 영혼은 바다를 건너 고국으로 돌아올 수 있었다.

유 혹

유혹

악마는 우리들을 유혹하지 않는다.
우리들이 악마를 유혹하는 것이다.
— G. 엘리엇
나는 유혹만 빼고 모든 것을 참을 수 있다.
— 오스카 와일드

변호인 접견실.

겨울 오후의 짧은 햇살이 교도소의 더럽고 꼴사나운 콘크리트 담벼락을 비스듬히 비추고 있다. 교도소 건물은 낡고 칙칙했다.

그 건물은 오랜 세월 동안 그 자리에 서 있으면서 얼마나 많은 인간들 (혹은 죄수들)의 슬프고 혼란스러운 모습을 지켜보았을까? 이 교도소는 시간의 흐름을 역행해서 뿌연 과거로 되돌아가는 느낌을 주고 있지. 이 낡은 건물이 지금 보여주는 것과 보여주는 것 이상으로 숨기고 있는 것은 무엇일까? 육중한 철문이 굳게 닫혀 있는 내부는 들어가 본 적이 없지 않은가.

건물 밑에는 내가 모르는 비밀 통로와 어두운 지하 감옥이 숨겨져 있는 것이 아닐까. 그 무한히 구불구불 뻗어 있는 통로는 아무리 헤매도 탈출구를 찾을 수 없고 다들 떠나버리고 나 혼자 남아 있다는 고독감과 한없는 불안감 때문에 몸서리치게 되는 미로가 아닐까. 한낮에도 사형수들과 억울하게 죽은 자들의 유령이 배회하고 있는 것은 아닐까. 죽음과 부패의 냄새가 나는 것은 아닐까.

내가 여기를 처음 왔던 게 언제였더라? 30년 전인가? 40년 전인가? 가물가물하다. 1980년대는 아주 폭력적인 시기였어. 그래서 눈에 보이는 모든 게 사람을 불안하게 만들었지. 그런 걸 애써 외면하려고 한들 어쩔 수 없었어. 이 건물은 직업적 타성에 젖어 수없이 들락거렸지만 단 한 번도 내게 유쾌해 보이거나 익숙해 보이지 않았다. 늘 나를 옥죄는 두려움과 섬뜩함과 거북스러운 느낌만 들었을 뿐이다.

눈은 갈수록 침침하고 오줌 누기가 점점 힘들어지고 있어, 손등에 죽음의 예고편인 검버섯이 점점 번지고 있다고 내가 입고 있는 20년도 더 넘은 빛바랜 양복을 보라고 나는 늙었다고, 그것도 너무 늙었어. 세상은 원래 안개가 낀 것처럼 너무 흐릿하다고 내 삶으로부터 도대체 뭘 그렇게 기대할 수 있었단 말인가? 사는 것도 죽는 것도 그게 그거야. 나에게 언제 좋은 시절이 있었긴 했던가?

늙은 변호사는 지친 표정으로 접견실에 무료하게 앉아서 희미한 옛 기억을 뒤적이고 기억들 사이의 틈새는 어리석은 상상력으로 보충하며 차례를 기다리고 있다.

그 유명한 야구선수는 TV에서 여러 차례 경기하는 모습을 보았기 때문인지 바로 이웃집 총각인 것처럼 익숙한 모습일 터이다. 나이가 몇 살? 서른한 살이던가? 서른두 살이던가? 선수로서 아직 한창때일까? 아니면 지난 것인가? 그는 호남형의 잘생긴 얼굴에 키가 185센티미터를 넘고 근육으로 뭉쳐진 단단한 체구이니까 얼마나 위압적일까. 변호사는 점점 쭈그러들고 있는 자신의 왜소한 체구를 떠올렸다. 그리고 괜히 반쯤 벗겨진 머리 뒤쪽에 붙어 있는 몇 올의 흰 머리카락을 쓸어보았다.

그가 한창 전성기였을 때 그해 18승 7패에 방어율은 2.4였다. 그 중 21번을 퀄리티 스타트를 하였고 완투승 세 번, 완봉승 한 번이 있었다. 그러나 그해 최고의 컨디션이기는 했지만 탈삼진 기록만은 세우지 못했던 걸로 기억한다.

그의 주 무기는 타자 바로 앞에서 안쪽 또는 바깥쪽으로 예리하게 휘어지는 커브와 체인지업이었고, 홈플레이트 바로 앞까지 직구처럼 날아와서 곧바로 타자의 바깥쪽 아래로 갑자기 도망가 버리는 슬라이더는 일품이었다. 불같은 강속구는 아니었지만 큰 키와 긴 팔을 이용해서 150킬로미터의 속구를 던지기도 하였다.

* * *

변호사는 부드러운 시선으로 아들뻘밖에 안 되는 그 유명한 야구선수를 바라보았다. 그가 부끄러운 듯 눈길을 외면한다. 그 눈에는 수줍음과 당혹감이 어렸다.

"교도소 생활은 잘 적응하고 있나요? 건강은 괜찮으신가요?"

"잘 지내고 있습니다."

"요즘은 죄수들이 넘쳐나서…… 공간이 좁으니까 모두 어깨를 비비대며 지내야 할 거요. 프라이버시도 거의 없고 말입니다.

그래도 지금은 천만다행입니다. 옛날에는 감방에 벼룩과 빈대가 시커멓게 기어 다녔어요. 그리고 옷깃마다 개미만큼 큰 이가 붙어 있고 털마다 하얀 서캐들이 달라붙어 있었지요. 그게 디디티를 뿌려도 소용없어요"

"옛날엔? 지금은? 어쩔 수 없어요. 참고 지내야지요"

"그렇다면 이곳 교도소 역시 피고인에게 잘 적응하고 있겠군요"

"……"

"국선 변호사입니다. 법원에서 친절하게도 지정을 해주었지요. 그런데 말입니다. 유명한 야구선수였는데…… 스타가 아니었던가요? 죄목도 만만치 않습니다. 사선을 선임하는 게…… 그렇다면 저는 물러나야지요"

"어차피 망가진 인생인데…… 비싼 돈을 들여서 사선을 할 필요가 있겠어요? 지금 돈도 없지요. 그런데 법원 때문에 원치 않는 사건을 맡게 된 것이 아닌가요?"

"그렇지 않습니다. 국선을 자원했습니다. 오래되었지요. 그런데 감방 안에서는 말들이 많을 텐데요 이 사람 저 사람 모두 전관예우를 들먹이지 않던가요"

"몇몇 변호사들이 스스로 찾아왔어요 그렇지요 어김없이 전관예우를 들먹이더라고요 금방 빼준다고 했거든요"

"그러면…… 그 변호사를 선임하는 게?"

"어지간하게 불러야죠 돈이 없다고 하니까 계속 깎아주겠다고 했지요 시장 잡상인들도 그렇게는 안 하겠어요 꼭 치사한 양아치 같더라고요"

"그건 알고 계세요 저야 뭐…… 국선이니까. 전관예우는 있을 수가 없지요 그 대신 야구는 광적으로 좋아합니다."

"아무렴 어때요. 전 빨리 나가고 싶지 않습니다. 안에서 콩밥을 먹으면서 수양을 쌓아야지요 그래야만 될 것 같습니다. 그리고 밖에 빨리 나가면 그 자식들이 또다시 공갈 협박을 할 것 아니겠어요? 죽여 버리겠다는 말은 신물이 나지요"

"그랬다고? 협박은…… 그건 인간의 정신을 갉아먹는 역겨운 속임수이거든"

"그놈들이 또다시 괴롭히면 전 정말로 창문 밖으로 뛰어내려야겠죠 다시 말씀드리자면…… 변호사님이 너무 신경 쓸 것은 없다고 봐요 대충 해도 상관없어요"

"그런 말은 하지 마시게…… 그런데 결혼은 했던가요"

"오래 사귀던 여자가 있었긴 합니다만……"

"이 지경이 되니까 멀리 도망가 버렸겠구만. 어차피 떠날 여자였어. 안 그런가? 처음부터 너무 심각한 이야기는 피해야 하

겠지. 자네보다 열 살은 더 먹은 아들이 있다네. 야구 이야기를
해보지? 궁금한 게 많았거든."

"정말 야구를 좋아하시나요?"

"그렇다니까. 두서없이 이것저것 생각나는 대로 물어보아도
괜찮겠지? 물론 내가 뭘 물어봐도…… 혹시 내키지 않으면……
꼭 대답할 필요는 없다네. 다시 말하면…… 말을 돌려서 할 필
요는 없다는 거지. 그건 시간 낭비니까."

"그럴 리가요. 변호사님인데……"

그는 울퉁불퉁한 자기 손을 내려다보면서 수줍게 웃었다.

"옛날 우리 고등학교가 야구로 유명했지. 그때부터야……. 훌
륭한 선수들을 많이 배출했었지. 그중에는 메이저리그에도 진
출했으니까…… 거기서 성공했는지는 잘 모르겠네만.

그렇지만 고등학교를 졸업한 후에는 내가 야구장에 가본 적
은 없다네. 그래도 TV는 열심히 보았지. 마누라는 야구라면 질
색이긴 했었네만…… 그 여자는 지금 내 곁에 없지……"

"저는 야구 때문에 고등학교 때부터 서울로 올라왔지요. 학교
다닐 때 공부라곤 전혀 안 했어요. 오직 야구만 했지요. 그래서
머릿속에 든 게 아무것도 없습니다."

"누군들 머릿속에 뭐가 들어 있겠나? 그건 그렇다고 치자고
그래도 야구를 하면서 배운 게 많이 있었을 텐데?"

"세상을 살아가는 데 필요한 모든 걸 야구를 통해서 배웠습
니다. 인간의 도덕과 의무 같은 거 말입니다.

저는 연습을 할 때도 야구 모자를 삐딱하게 쓰거나 챙을 구

부리면 안 되는 줄로 알았지요. 지금까지 머리도 항상 짧고 단정하게 깎았어요. 그런데 전 이렇게 된 거죠."

"야구는 참으로 미묘한 게임인 것 같은데…… 심리 게임이더라고. 야구 때문에 행복했던 때가 있었긴 있었나?"

"글쎄요…… 연습을 열심히 하고 나서 나른한 피곤함을 느낄 때는 정말 행복했지요. 그리고 관중이 썰물처럼 빠져나간 후 불 꺼진 야구장의 적막함을 느낄 때…… 그때는 끝났다는 안도감이 들었거든요. 그러나 기막힌 승리의 기쁨 같은 거는 행복했다고 할 수 없을 것입니다. 그 이유는 잘 모르겠습니다.

경기에서 패전 투수가 된 다음 울음이 터져 나올 것만 같은 슬픔 같은 것도…… 나중에 생각해 보면 그게 행복한 일이었습니다."

"그렇구만…… 야구 경기를 TV로 보면 투수들이건 타자들이건 스트라이크존에 매우 민감하던데. 그렇지 않은가? 가끔 노골적으로 심판에게 불만을 보이기도 하고"

"심판들이 야구 규칙을 해석하는데 편차가 있는 게 사실입니다. 심판도 인간인데요. 인간의 한계 아니겠어요? 현실에 따라, 상황에 따라, 심판에 따라 조금씩 변할 수밖에 없는 게 스트라이크존의 문제점입니다."

"그래서야? 공평하다고 할 수 있을까?"

"그러니까 사람 눈으로 보면 스트라이크존의 상한선이 높게 보이는 게 당연합니다. 그래서 규칙대로 적용하긴 곤란한 부분이 있으니까 실제 조금 낮게 보는 경향이 있는 거죠. 타자가 서

있지 않고 구부리고 있어 상한선 자체가 조금 낮아지게 된단 말입니다.

그렇긴 하지만…… 가끔 지나친 오심이 눈에 들어와요 그땐 여러 가지 의미에서 심판을 의심하게 되죠"

"야구는 투수 놀음이라고 하더구만. 투수는 스트라이크존이 마음 속에 그려지나?"

"타자가 치기 좋은 게 스트라이크존입니다. 그러나 스트라이크존 역시 허공에 떠 있는 가상의 공간에 불과하지요 분명히 정사각형은 아닙니다. 직사각형이라고 할 수 있는데요…… 그 공간이 마음속에서 뒤틀리고 뭉개지기 때문에 경계선을 고정하는 게 여간 어려운 게 아닙니다.

이론적으로 존재하나 명확히 선을 그을 수 없는 한계를 태생적으로 가지고 있다고 할 수 있습니다. 투수는 허공을 향해 공을 던지고 타자는 허공을 향해 방망이를 휘두르죠 그래서 허공에서 공과 방망이가 접점을 찾는 겁니다.

타석에 서 있는 타자는 투수가 자신을 상대로 스트라이크를 던지기 위해 무진 애를 쓰고 있다는 것을 잘 알고 있습니다. 그만큼 좋은 타구가 많이 나올 수 있는 존입니다. 그래서 타자는 투수가 스트라이크를 던지려고 하는 것 이상으로 그 공을 때리려고 무진 애를 쓰는 것이지요"

"그날 경기할 때 보니까 땀을 좀 흘리더만…… TV화면에 땀방울이 보이니까."

"그렇겠지요. 땀을 흘릴 수밖에 없지요 경기가 안 풀리면서 핀치에 몰리게 되면 긴장하게 되고…… 이것저것 불안하거든요 불안하면 땀이 많이 나는 것 같아요"

그는 흔들리고 있었다. 하지만 얼굴 표정에서, 투수 동작에서 그걸 감춰야 한다. 타자와의 심리전에서 져서는 안 되는 것이다. 그런데 타자는 눈빛이 활활 타오르고 있으니.

그는 송진 주머니를 천천히 가볍게 주무르면서 시간을 지체하고 다시 사인을 받기 위해 포수를 쳐다보았다. 그러고 나서 타자의 자세와 미세한 몸동작을 예민하게 관찰한 후 볼을 뿌렸던 것이다.

그럴 때마다 그는 속으로 되뇌었다. 너는 내가 어떤 볼을 던지는지 예측할 수 없어. 그러니까 타이밍을 절대 잡아낼 수 없단 말이야. 칠 테면 쳐 보라니까. (물론 그가 전성기 때의 일이다.) 그러나 타자는 그의 마음을 이미 읽고 있었다는 듯이 방망이를 날카롭게 휘둘러서 멋있게 안타를 쳤다. 1루에 있던 주자는 잽싸게 3루까지 진출하고 관중석에서는 우레와 같은 함성이 터졌다.

"투수의 볼 배합에 기본과 같은 원칙이 있을지 모르지만…… 정답은 없겠지? 볼 배합은 투수와 포수의 합작품 아니겠어?"

"볼 배합은 타자와 투수 간 피나는 머리싸움이지요. 동시에 투수와 포수 간 호흡 문제이기도 합니다.

투수마다 자신만의 결정구가 있어야 해요. 그게 없으면 프로 야구에서 좋은 투수가 될 수 없어요. 결정적 순간에 그 공을 던지기 위해 먼저 반대쪽으로 향하는 공을 던져 타자의 시선을

분산시킵니다. 일종의 사전 예비작업이지요

타자는 먼저 바깥쪽 공이 들어오면 다음에는 몸 쪽 공이 들어온다고 무의식적으로 생각하기 마련이지요 생각은 그렇더라도 막상 몸 쪽으로 공이 예리하게 찌르듯이 들어오면 몸은 쉽게 반응하지 못하고 움찔합니다. 그래서 지그재그 투구가 볼 배합의 기본이라고 할 수 있습니다."

"피차간에 어느 정도는 상대방 수를 알고 있을 텐데?"

"프로 야구에서는 경기 전에 상대 타자의 강점과 약점에 대한 분석은 이미 끝낸 상태이지요 짧게는 한 시즌, 길게는 수년간 축적된 데이터가 있기 때문입니다.

그렇다면 타자의 약점만 줄기차게 공략하면 이길 확률은 높다고 볼 수도 있겠지요 그러나 그게 마음대로 되는 건 아닙니다. 타자도 투수의 약점을 훤히 꿰고 있거든요"

"투수들은 결국 도박사들이 아닐까? 볼 배합은 어느 정도 도박적인 요소가 있지 않겠어? 선택의 문제이니까. 다시 말하면…… 삼진을 잡으면 도박에 성공한 것이고 안타를 맞으면 실패한 거지.

그런데 도박사들은 어쨌거나 미신을 믿게 되어 있어. 그리고 반신반의하면서도 행운의 부적을 믿고 있지. 그래서 징크스가 생긴다니까."

"그렇기 때문에 제가 도박을 했다는 말씀이군요

다시 말씀드리지만…… 볼 배합에서 이기기 위해서는 결정구가 있어야 합니다. 타자를 상대할 때, 핀치에 몰리면 투수는 결정구를 던져야 하는 상황과 마주치게 됩니다. 투수의 결정구는 대부분 변화구이지요. 강속구를 결정구로 준비하는 투수는 거의 없습니다.

결정구는 타자의 눈에 익은 공이 아니어야 하기 때문이지요. 아무래도 눈에 익은 공을 또 던지면 맞을 가능성이 높습니다."

"베이스 코치는 온몸을 이용해서 팔을 휘두르며 사인을 보내지 않는가. 포수는 손가락을 폈다 쥐었다 하면서 손가락 개수를 몇 차례씩이나 바꾸고 말이야. 그 복잡한 사인이 차질 없이 전달될 수 있겠어?"

"사전에 약속하는 것입니다. 예컨대 포수가 손가락 한 개를 보내면 직구를, 두 개를 펼쳐 보이면 변화구를 던지라는 식이지요. 가끔은 투수가 어깨에 손가락을 대고 포수에게 먼저 사인을 보내기도 합니다.

사인은 상대방에게 노출되면 안 되니까 극비 사항인 거죠. 그러나 너무 복잡하게 하다 보면 깜박하고 헷갈릴 때도 있어요."

"투수는 포수와 호흡이 잘 맞는 게…… 그렇게 중요한가?"

"포수가 사타구니 사이로 손가락을 접었다 폈다 할 때 보면 손톱에 형형색색 매니큐어가 칠해져 있는 걸 볼 수 있지요. TV 화면에서는 안 보일 수도 있어요. 이들 손톱은 빨간색, 노란색, 분홍색, 검정색, 야광색 등으로 요란하게 치장하고 있다구요. 손톱을 보호하는 게 아닙니다. 투수를 위한 배려이지요. 투수가 사인을 쉽게 알아보게 하기 위해서입니다."

"포수가 투수의 마누라도 아닌데 투수를 위해서…… 그렇게까지나 신경을 쓴다구?"

"포수가 영리하고 경기 운영에 여유가 있으면 투수는 정말 편하지요. 그리고 결과가 좋게 나오면 덩달아 좋은 평가가 나오고 서로 신뢰할 수 있는 바탕이 됩니다.

노련한 포수는 아주 긴박한 상황에서도 투수에게 믿음을 줘야 합니다. 저는 믿을 수 있는 포수인 경우 대부분 포수의 사인대로 던졌습니다. 그러면 결과가 괜찮았지요.

그런데 어설픈 포수인 경우에는 투수는 불안해져요. 커브 볼을 던지기가 망설여진다니까요. 가랑이 사이로 흘릴 것만 같거든요."

"그러니까 경기 결과를 보고 평가한다는 건가?"

"중요한 것은 결과 이전에 과정이지요. 과정이 좋으면 결과도 좋게 나오는 거겠지요. 상대방 타자들이 경기 초반부터 타석에서 서두르는 모습이 눈에 확 들어오는 때가 있어요. 그러니까 빨리 점수를 뽑아 선발을 무너뜨리려고 한 거죠. 그러면 포수가 싸인을 보냅니다. 그런 타자들한테 스트라이크를 던질 필요가 있나요. 살짝 살짝 빠지는 유인구로 범타를 유도하지요."

변호사는 의자가 몹시 불편한 듯 의자 등받이에서 등을 떼고 몸을 꼼지락거렸고 얼굴을 찡그렸다. 그리고 때가 낀 누런 책상 위에 놓인 검정 볼펜을 만지작거렸다.

이윽고 그가 다시 말했다.

"신경전이 대단하구먼. 그렇지 않은가? 그래서 투수는 누구보다도 머리가 명석해야 되겠지?"

"그건 정말 피 터지는 신경전이지요.

투수와 타자는 공 하나하나에 수 싸움을 벌입니다. 한쪽이 다른 한쪽의 의도를 알게 되면 상대하기 수월해지니까요 포수는 홈플레이트 뒤에서 투수가 유리해지도록 선도하는 역할을 맡고 있습니다.

중심 타선과는 달리 하위 타선은 좋은 공이 들어와도 볼 하나 정도는 기다리는 경우도 있습니다. 그런 때는 오히려 스트라이크존으로 공을 던지지요.

투수가 무슨 일 때문인지 평소답지 않게 바싹 얼어붙어 있을 때가 있어요 이때 포수가 이거 안 되겠다 싶으면 투수를 달래 주어야 해요"

"그러니까 포수는 투수에게 어머니 같은 역할을 하는구먼. 마누라는 그렇지 못해…… 잔소리나 하지.

그래서 투수와 포수가 서로 어루만지듯 호흡이 잘 맞으면 폭투나 패스트 볼은 훨씬 줄어들겠군."

"그러니까 포수는 쉬운 포지션이 아니에요 그 거추장스러운 장비를 메고 홈 플레이트 뒤에 쭈그리고 앉아서 모든 종류의 볼을 다 받아내야 하지요 미트질을 잘 해야 해요

그리고 홈 플레이트에서 충돌하면 큰 부상을 당하기도 하지요

그때 우리 팀 주전 포수는 아주 노련했어요 그래서 투수들은 그가 요구하는 공을 누구도 감히 거부하지 못했지요 거기다 타율도 높았고요 그런데 3루에서 미친 듯이 달려들던 거구와 부

닦히면서 다리가 부러지고 뇌진탕을 당한 거예요. 그걸로 선수 생명이 끝장났어요."

"그러면 백업 포수에게 드디어 기회가 왔겠구먼……"

"그런데 그 포수는 투수 리드는 그럭저럭 괜찮았는데 타율이 엉망이었죠. 맨날 헛스윙 삼진을 당했어요."

"포수의 고충을 알만하군.

그런데 상대팀 강타자를 헛스윙 삼진으로 돌려세울 때 기분은 어때? 기분이 째지지 않는가? 그때 타자는 실망한 기색이 역력하지. 삼진을 먹고 나서 볼이었는데 왜 그게 스트라이크지? 괜스레 주심 탓을 하며 은근히 째려보고 나서 덕아웃으로 고개를 숙이고 들어가거든."

"타자는 마치 허공에서 어떤 허깨비를 쫓고 있는 자신을 발견하고 내심 쓴웃음을 지었겠지요.

그러나 삼진 잡았다고 마운드에서 퍼포먼스를 할 필요는 없습니다. 상대방 감정만 건드릴 뿐이지요. 그 타자는 다음에 또 만나게 되어 있거든요. 쓸데없이 감정을 주고받을 이유가 없지요."

"그러면, 반대로 투수가 홈런이나 만루 홈런을 맞은 기분은 어떨까? 대게는 망연자실하던데."

"홈런 친 타자는 투수의 기분을 아는지 모르겠어요. 제 잘난 척 희희낙락하지요. 그때는 머릿속이 하얘지면서 털썩 주저앉아서 울고 싶지요. 그리고 막 후회가 되는 겁니다. 차라리 볼을 주고 말걸…… 그렇게 던져서는 안 되는데……"

"현역 홈런 타자라면 역시 이승엽이나 이대호, 그리고 박병호가 대충 생각나는구면. 언제였더라? 여기 구장에서 박병호가 친 홈런 볼이 담장을 훨씬 넘은 적이 있었지. 정말 멀리 나갔어. TV 카메라가 쫓아가지 못했으니까."

"그 공은 아마 지금도 멀리 날아가고 있겠지요. 그날은 공이 정말 안 좋았어요. 공이 춤을 추어야 하는데 밋밋했거든요.

흥분해서는 안 되지요. 그걸 알면서도 어쩔 수 없어요. 열 받으면 틀림없이 제구가 안 돼요. 그러면 웬일인지 투수 마운드에서 포수가 앉아있는 자리까지 거리가 아득하게 멀어 보이더라고요."

"컨디션이 안 좋았겠지?"

"컨디션이 안 좋으면 공에 자신이 없으면서 의구심이 들지요."

"공이 투수 손을 떠날 때 느낌이라는 게? 어떤? 내 말은 공이 갑자기 터무니없이 솟구쳤을 때를 말하는 거야? 그러면 웃음이 절로 나오지."

"손이 공을 장악하지 못했을 때이지요. 그때는 공이 바람처럼 어디론가 날아가서 공기 속에 녹아 없어져 버리지요."

"어떤 때는 감독이 격려해 준 적이 있겠지? 누가 뭐래도 네가 팀의 주전 투수다. 왜 이런 말을 하냐 하면 한때는 최고의 투수로 대접받았으니까. 책임감을 가지고 팀을 이끌어야 한다고 말해준 적이 있었던가?"

"한때 저의 입지가 매우 불안했지요. 제가 이런저런 부상에 시달리면서 하향세에 있으니까 구단은 외국 투수를 영입하였거든요. 그래도 감독님이 내가 잘해야 된다고 다독여주며 신뢰를 보내주시면 그때는 자부심이 생기지요. 그건 프런트가 자기와 상관없이 제멋대로 결정한 거라고 하면서 말이지요.

언젠가부터 포수가 투수에게 공을 잘 닦아서 건네주면 포수가 사소한 일에도 정성을 쏟고 투수를 믿고 존경하기 시작한 거라고 봐야겠지요."

"감독이거나 또는 투수 코치는 경기가 진행하는 중에 투수교체를 하는 기준이 나름대로 있겠지. 투수교체 시기를 잡는 것이 승패를 가를 만큼 굉장히 중요해 보이거든."

"대부분의 감독은 투수의 볼끝이 무뎌졌다고 여겨지면 다음 투수를 준비시키지요. 그러니까 던진 투구 수보다는 볼끝이 우선이지요. 투수가 그날 시합에서 만족스럽게 볼을 던졌다고 한다면, 첫째는 제구가 잘 되었다는 것이고, 둘째는 볼끝이 좋았다는 것입니다."

"볼끝이 좋은지를 어떻게?"

"볼이 끝까지 살아 움직이면 볼끝이 좋은 것입니다. 볼끝이 좋으면 스피드가 떨어지지 않고 오히려 더 빨라지는 착각을 불러일으키기 때문에 이때 타자는 공의 스피드를 따라가지 못하고 헛스윙을 하게 되는 것이지요"

"투수가 마운드에서 한결 여유롭게 행동할 수는 없나? 가끔 웃고 말이지……"

"어떤 경우이건 마운드에서 웃을 일은 거의 없습니다. 항상 긴장하고 있거든요. 그렇다고 인상을 쓸 수도 없습니다.

내야수나 외야수나 할 것 없이 어느 순간 터무니없는 실수를 하면 온몸에서 힘이 쏙 빠지지요.

그러나 내색할 수는 없습니다. 저도 자주 실수를 하거든요. 빨리 털어버리고 오직 경기에 집중해야 합니다."

"얼간이 같은 플레이라는 뜻으로 본헤드플레이가 있지 않은가?"

"정말 기가 막히지요. 그래도 자주 있는 일은 아닙니다. 아주 가끔…… 저도 몇 번쯤은 당황한 나머지 그런 플레이를 한 적이 있었겠지요. 기억나지는 않습니다만……"

"가끔 빈볼 시비가 일어나는데…… 그러면 벤치 클리어도 일어나고 관중들이 보기엔 그게 게임보다 더 재미있다고.

자네도 투수니까 그걸 던졌겠지. 그렇지 않은가? 한 번도 안 던진 건 아니겠지."

"전 그걸 싫어하지요. 빠른 공에 정통으로 맞는다면 심한 부상은 물론이고 죽을 수도 있어요. 같은 동업자끼리 그러면 안 되겠지요.

그래서 전 개인적 감정으로 그걸 던진 적은 없어요. 하지만 팀 분위기상 반드시 던져야만 하는 상황이 있어요. 가령 상대방에게 불쾌한 일을 당했을 때 말입니다. 팀을 위해서 어쩔 수 없는 거예요. 그걸 거부하면 배신자가 되지요."

"내가 보기에는 말일세…… 공에도 감정이 깃들어 있더란 말일세. 타자가 빈볼을 맞으면 어떤 의도로 던졌는지 감이 오지

287

않겠나. 다시 말하면 공에 맞은 타자가 고의 사고라고 느꼈다면 일부러 던졌을 확률이 높다는 거지."

"저의 경우를 말씀드리면, 실수로 맞힌 공이 고의로 취급받아서 억울했던 적이 한두 번이 아니지요. 제가 변화구를 던지려고 손목을 꺾었는데 상대방 타자는 얼굴과 몸을 향해 공을 던지려고 했다고 오해를 한 것이죠."

"내가 타자를 해본 적이 없어서 잘 알 수는 없네만…… 그 당시 경기 상황이나 날아오는 볼의 속도…… 맞았을 때 타자의 느낌을 보면 의도가 담긴 공인지 알 수 있지 않겠나?"

"글쎄 말입니다. 투수가 모자를 벗고 인사를 안 했다고 해서 그게 고의 사고의 근거가 될 수는 없겠지요. 제구도 안 되고 큰 점수 차로 뒤지고 있는데 투수가 사과까지 해야 할까요?

제가 확실히 말씀드릴 수 있는 것은 투수 마음속에 들어가보지 않은 이상 고의인지 실수인지…… 진실은 아무도 알 수 없다는 것입니다."

"그렇구만…… 잘 알겠네. 역시 만원 관중이 최고지? 엔도르핀이 마구 솟구칠 것이 아니겠어? 혹시 관중의 함성소리에 압도되어 기가 죽을 수도 있겠네."

"경기를 할 때는 관중이 많으면 많을수록…… 사람들이 제가 던지는 공에 집중하면 그럴수록 오히려 에너지를 더 받았다고 해야 되겠지요.

고등학교 시절부터 저는 경기 규모가 클수록, 관중이 많을수록, 팬들이 몰려들수록 경기를 더 잘 해냈어요 그걸 즐길 줄 알았던 거지요. 선천적으로 타고난 배짱이 있었던 겁니다. 저의 경우는 그렇다는 것입니다.

물론 관중들 때문에 무척 흥분하기도 했지만 아주 불안했던 것도 사실입니다. 어떻든 관중의 존재를 의식하지 않을 수 없습니다. 그 흥분되고 불안한 감정에 자기를 내맡겨야 하지요.

그러나 많은 관중 수에 겁을 먹은 선수들이 분명히 있습니다. 그러면 큰 경기에서 약할 수밖에 없습니다. 연습할 때는 기가 막히게 던지는데 막상 시합에 나오면 영 아닌 거죠. 심리적 압박을 이기지 못하는 겁니다. 누구라고 지적하고 싶지는 않네요. 이쯤 해두죠."

"모든 일이라는 게 신체적인 것만큼 정신적인 부분의 준비가 반드시 필요하다네. 그런데 팀의 주장을 맡은 적이 있었나?"

"주장은 팀의 사기를 올리거나 분위기를 다잡는 데 중요한 역할을 하지요. 저는 주장이 될 기회가 없었습니다. 누가 추천해도 아마 거절했을 것입니다. 제가 저 자신을 잘 알지 않겠어요?"

"잘 나갔을 때는 팬들이 구름처럼 모여들면서 팬클럽도 생겼을 거 아닌가?"

"그렇습니다. 그 여자도 거기서 만났지요. 그러나 제가 이 모양이니 흐지부지되었지요."

"모든 일에는 때가 있는 법이지. 하루 종일 지루할 거야. 책을 읽게나. 책은 악귀나 잡신을 쫓아내는 부적이라고 할 수 있지. 그게 시간을 때우는 데는 제일이지."

"그럴까요?"

"오늘은 여기까지만…… 내가 몹시 피곤하다네. 늙는다는 것은 서글픈 일이라네. 우스운 일이기도 하고 신경쇠약 때문인지 요즈음 불면증으로 잠을 제대로 자지 못하였지.

일주일 후에 다시 오겠네. 기록을 복사하고 잘 읽어야 하니까. 피고인이 국선을 취소할 거로 지레짐작하고 복사 신청을 안 했었지. 추운 날씨에 몸조심하시게."

*　*　*

성민경은 도핑 검사에 걸려서 출장 정지를 당한 후 오늘 처음으로 출장하였다. 토요일 낮 경기였다. 그는 마운드에서 푸른 하늘을 바라보았다. 참으로 차갑고 투명한 하늘이었다. 눈이 시렸다.

그는 지난 밤에 잠을 설치면서 생각했었다. 가수면 상태에서 많은 생각들이 두서없이 머릿속을 스쳤다.

내가 다시 마운드에 서면 어떤 기분일까? 몇 번이나 상상했었다. 내가 이번 일로 정신적으로 많이 성장했다고 할 수 있을까? 팀 동료들의 표정은? 관중들의 반응은? 그때 구단은 나를 보호하기 위해서, 실은 구단을 위해서 투수는 심한 허리 통증 때문에 금지 약물인지 모르고 복용했다고 발표했으니까, 그건 일부는 맞는 사실이다. 나는 온몸을 쥐어짜서 투구를 하니까 관절이 있는 무릎과 허리, 팔꿈치, 어깨 등 안 아픈 데가 없지 않은가. 열성 팬들은 그렇게 믿고 있겠지? 그걸…… 당분간 잊을 것은…… 잊어버려야 한다. 오직 볼 하나하나에 집중하자. 약물의 후유증은 말끔히 털어냈다. 나는 몇 달 동안 제대로 몸을 만들기 위해서 최선을 다했다. 그렇지 않은가? 언젠가는 다시 돌아오게 되리라는 것을, 다시 부름을 받게 되리라는 것을 굳게 확신할 수 있었던가? 과연 어떤 성적을 낼 수 있을 것인가? 짧았던 영광의 날들이 먼 과거의 일로 되어버릴 것인가? 올해는 지루한 한 해가 될 것이다. 시간이 느리게 흘러갈 것이 아닌가…… 내년은 몇 광년이나 떨어져 있는 게 아닐까?

완봉승을 할 때였다. 그때는 공을 던질 때마다 모든 잡념이 사라졌고 완전히 집중하였다. 9회 말이었던가? 아니면 9회 초였던가? 우타자의 무릎 쪽으로 예리하게 파고드는 스트라이크를 던졌고 마지막 타자는 멍하니 쳐다보다 꼼짝없이 삼진을 당했다. 그 완봉승은 지금까지 처음이자 마지막이었다. 그 순간 공은 어째서 마술을 부린 것처럼…… 천둥이 치고 번갯불이 치는 것처럼…… 스트라이크존으로 빨려 들어갔던 것일까? 그 후 가끔 그 순간을 생각할 때마다 짜릿한 전율을 느꼈다. 벌써 자정이 지났다. 그는 깊은 잠 속으로 빠져들었다.

1회 말부터 선발 투수가 두들겨 맞았다. 4회가 되자 벌써 5점이나 내주었다. 5회 말 성민경이 등번호 19가 새겨진 흰색 유니폼을 입고 마운드에 서자 관중석에서 가벼운 환호성이 터졌다. 홈 팀을 응원하는 관중들은 1루 쪽 방공호 뒤편에 몰려 있었고 그의 모습을 카메라에 담느라 여념이 없었다. 우여곡절 끝에 1년여 만에 그가 마운드에 우뚝 선 것이다.

그는 마운드로 올라가면서 초조함 때문에 자신도 모르게 몸을 떨었다. 그는 숨을 몇 번이고 깊이 들이쉬었다. 그리고 관중석을 둘러보았다. 관중의 수는 관중석의 절반에도 미치지 못했다. 일 년 사이에 변한 것은 아무것도 없었다. 그는 위안을 삼는다. 애써 미소를 지어 보이려 한다.

첫 상대는 1번 타자였다. 그는 심호흡을 하고 나서 타자를 노려보며 어린 포수의 손가락 신호를 무시하고 제멋대로 초구를 던졌다. 시속 131킬로미터 높은 변화구였다. 심판은 가차 없이 볼 판정을 내렸지만 관중들은 그래도 함성을 지르며 첫 투구를 반겼다.

이날 성민경은 날씨가 쌀쌀한 탓인지 볼 컨트롤이 좋지 않았다. 벌써 4월이었지만 꽃샘추위가 운동장을 덮고 있었다. 잔인한 4월. 연속 안타를 허용한 성민경은 무사 1,3루에서 센터 깊숙이 날아간 희생플라이를 맞고 선취점을 내줬다. 후속 타자들을 간신히 범타로 처리했지만 5회에만 벌써 25개의 공을 던졌다.

6회에도 성민경은 선두 타자에게 하염없이 볼넷을 내줬다. 그러나 다음 타자를 병살타로 잡으면서 한숨 돌렸고, 세 번째 타자는 볼 카운트 3-2 풀카운트에서 몸 쪽 낮은 변화구로 삼진 처리하며 실점 없이 마쳤다.

너무 긴장했던가. 땀방울이 온몸에 송글송글 맺혀서 흘러내려 떨어지는 것을 느낄 수 있었다. 그는 안도의 숨을 쉬었다.

더그아웃에 들어온 성민경은 흰색 두터운 다운점퍼를 입고 연신 손을 비비며 간신히 몸을 추스렸다.

위기는 7회에도 계속 이어졌다. 연속 안타를 맞은 성민경은 무사 2,3루에서 희생플라이를 내주고 2실점째를 하였다. 투수코치가 올라왔다. 그는 올라오자마자 다짜고짜 투수에게 심호흡부터 시켰다. 그리고 나무라듯 말했다. "자신감을 가지라니까. 두들겨 맞으면 할 수 없다고 생각하라니까. 볼을 던지지 말고 스트라이크존 구석으로 던지라고……" 그리고 어깨를 툭툭 치고 내려갔다. (그게 마음대로 되나요.) 그러나 다음 타석 때 도루에 이어 폭투가 나오면서 또다시 실점 위기에 몰렸고, 타자가 안타를 치면서 3점째를 내줬다.

또다시 폭투가 나오면서 1사 2루가 된 상황에서 성민경은 다음 타자를 3:2 풀 카운트에서 9구만에 헛스윙 삼진으로 돌려세웠다. 이미 예정했던 투구 수를 초과한 상태였다.

그는 어깨를 내리누르는 피곤을 느꼈다. 이때 투수코치가 구심에게서 새 공을 받아 쥐고 다시 마운드로 올라왔다. 이는 투수교체를 의미했다. 실망한 기색을 감추려고 애쓰고 있었다. 후속 투수가 안타를 맞으면서 성민경의 실점은 4점으로 늘었다. 경기는 9대 1로 졌다.

그는 멀리 우뚝 서 있는 경기장 조명탑을 새삼스럽게 돌아다보았다. 그리고 벤치를 향해 천천히 무거운 발걸음을 옮기며 두리번거렸고 은근히 감독과 코치들의 눈치를 살폈다. 조금 거세어진 바람이 운동장을 휩쓸고 지나간다. 근 1년 만에 돌아온 벤치가 반갑다기보다는 매우 낯설었다.

이날 성민경의 최종 성적은 2와 3분의 2이닝 동안 4실점이었다. 투구 수는 65개(스트라이크 35개, 볼 30개)를 기록했고, 직구 최고 구속은 139킬로미터를 찍었다. 그러나 관중에게 기록은 의미가 없었다. 팬들은 마운드에서 내려오는 성민경을 위해 박수를 보냈다. 성민경도 모자를 벗어 답례했다.

이날 성민경은 타자들을 상대하면서 몇 명에게만 초구 스트라이크를 잡았는데 처음에는 스트라이크를 던지는 데 애를 먹었다. 변화구가 제구가 안 되면서 직구로 승부를 했지만 구위는 아직 덜 올라온 상태였다. 안타 전부가 밋밋한 직구를 던지다 내준 것이었다.

팀의 전력분석 코치는 어느 야구 전문 기자에게, 변화구의 각도와 스피드는 그럭저럭 괜찮은데 스트라이크존에서 터무니없이 너무 크게 빠지는 공이 많았다고 지적했다. 그러면서 그는 앞으로 변화구 제구가 관건이라고, 특히 예전의 날카로운 커브와 슬라이더의 위력을 되찾는 것이 재기의 관건인 것 같다고 설명했다.

경기 후 성민경은 마냥 기다리는 기자들에게 조심스럽게 말했다.

"1년여 만에 마운드에 서니까 너무 감격스러웠습니다. 투구 내용이 만족스럽지는 않지만 점점 좋아지겠지……. 조급한 마음에 마운드에서 다소 서둘렀던 것 같습니다.

그러니까 밸런스가 깨지고 집중력이 떨어지면서 스트라이크를 잡는 데 어려움을 겪었지요. 빠른 시일 내에 투구 수를 100개까지 늘리는 게 목표입니다."

제구력과 스피드를 모두 타고난 투수는 거의 없다. 투수가 빠른 공을 가지고 있으면 빠른 공과 밸런스를 맞추는 제구력이 부족하게 된다. 이처럼 뛰어난 제구력과 타자를 압도하는 스피드를 다 갖춘 투수는 드물다. 프로야구 역사에서 제구력과 빠른 공을 모두 보유한 투수가 과연 몇 명이나 되겠는가? 국보급 투수로 회자되거나 메이저리그로 진즉 진출했을 것이다.

예를 들자면 선동열, 최동원, 박찬호, 류현진, 오승환 선수처럼 말이다.

성민경은 고등학교 시절부터 빼어난 스피드를 자랑했고 프로야구 초기 시절에도 그의 스피드는 국내에서는 수준급이었지만 점점 스피드는 줄었다. 그는 스피드 대신 정확한 제구력을 연마했다. 그는 원하는 곳에 구석구석 공을 던질 수 있는 능력을 향상시키기 위해서 피나는 노력을 한 것이다.

그때 감독으로 올라갈 가망이 전혀 없는 늙은 투수 코치가 말했던 것이다. "공부 안 하고 시험을 잘 볼 수 없어. 제구를 잡기 위해서는 남들보다 3배, 4배 이상 많이 던져야 한다. 그런 노력이 필요하단 말이다. 요즘 투수들이 제구가 안 좋은 건 그만큼 안 던지기 때문이야."

그는 자발적인 훈련을 강조하며 노력하지 않는 자세를 질타했다. 피나는 노력 없이는 되는 게 아무것도 없다고 강조했다.

"제구를 잡기 위해서는 수많은 어려움을 스스로 극복해야 하는데 요즘 투수들은 힘든 걸 안 하려고 한다. 프로가 왜 프로인가, 깊이 생각해 보아야 한다.

야구 선수에게는 인간이 먼저 되는 게 첫 번째 덕목이겠지. 누구나 그걸 강조하지. 그걸 누가 모르겠어? 그러나 독하게 마음을 먹어야 된다고. 포기하지 않고 노력하는 자세가 더 필요하단 말이야. 그렇게 하지 않으면 꽝이 되는 거라고"

그런데 왼손잡이가 더 대우받는 분야가 있다. 야구 선수의 경우이다. 야구는 다른 종목에 비해서 왼손잡이가 높은 평가를 받을 수밖에 없다. 그래서 왼손 강속구 투수는 지옥에서라도 데려오라는 야구 속담이 있는 것이다. 모든 팀은 왼손 투수에 대해서 쌍수를 들어 환영한다. 같은 강속구를 던져도 오른손 투수보다 왼손 투수가 훨씬 유리하다. 이는 좌우 타자를 가리지 않는다. 좌완 투수가 던지는 공은 우타자의 몸 쪽으로 각도 상 더 파고드니까 더 빠르게 느껴진다.

일류 투수들의 폼은 제각기 개성이 강하지만 모두에게 공통점이 있다. 공이 나오는 지점을 알아채기 어려운 폼을 가지고 있다는 것이다. 릴리스 직전까지 공을 감췄다가 느닷없이 공이 나오는 느낌을 준다. 우연히 그렇게 하는 건 아니라 의도적으로 공을 감춘다. 투수는 가능한 공을 오래 숨겨야 한다. 우타자를 상대하는 좌완 투수는 자연스럽게 릴리스 직전까지 공을 숨길 수 있다. 왼팔의 스윙과 몸통과 머리에 가려져 나오기 때문이다.

그러나 투수가 아무리 위력적인 직구와 다양한 구종을 갖추고 있어도 그것만으로 이길 수는 없다. 타자와 타이밍 싸움에서 이기기 위해서는 가장 중요한 게 컨트롤이다. 아무리 강속구 투수라고 하더라도 제구가 안 돼 실투가 나오면 얻어맞게 되어있다.

야구에는 구속 이외에 수많은 변수가 있다. 스트라이크존 구석을 찌를 수 있는 제구력과 완급 조절로 타이밍을 뺏을 수 있는 변화구 구사 능력이 스피드 이상으로 중요하다. 아무리 강속구라도 비슷한 코스로 계속 오면 타자가 때려낼 가능성이 크다. 오히려 제대로 맞게 되면 반발력 때문에 큰 타구가 나오게 된다.

왼손잡이인 성민경은 크고 작은 부상 때문인지 공이 점점 느려졌다. 그래서 제구력과 타자의 타이밍을 뺏는 완급 조절을 최대한 활용했다. 그는 타자들이 가장 어려워하는 코스인 무릎 근처로 공을 던져 스트라이크를 잡아내는 능력을 연마했다. 여기에 직구와 변화구의 구속 차이로 타자의 타이밍을 빼앗는 투구 능력도 어느 정도 갖추게 되었다. 140킬로미터 정도인 평범한 직구에 비해 체인지업과 슬라이더는 더 느리고, 심지어 커브볼은 타자의 방망이가 다 돌아간 이후에는 공이 홈플레이트를 통과하기도 한다. 그러므로 상대 타자는 타이밍을 못 맞춰 땅볼을 치기 일쑤였던 것이다.

* * *

오늘은 창문이 없는 방이 배정되었다. 사방이 퇴색한 회색 벽인 방이다. 접견실의 천장 형광등은 오래돼서 짙은 젖빛 색깔이었다. 변호사는 의자에 앉으면서 좀 더 편안한 자세를 취하려고 몸무게를 이리저리 이동하였다. 한쪽 벽 위에 붙은 환풍구에서 담배 냄새라도 올라오는 것처럼 코를 벌름거린다. 복사한 기록은 한편으로 치워 놓은 채 실눈을 뜨고 여전히 야구 이야기를 꺼냈다.

"피나는 두뇌 싸움을 한다고 했는데…… 오늘은 슬럼프에 대해 이야기해 보지. 모든 게 슬럼프 때문에 발단이 된 게 아닌가? 그러니까 슬럼프를 이기려고 그 빌어먹을 약을 먹었던 게지.

그리고 재수 없게도 도핑검사에서 걸려 출장정지를 당했고…… 정말 재수 없었지…… 그냥 속아 넘어갈 수도 있었는데……. 그 기간 중에 도박을 했고, 도박 빚 때문에 승부조작까지 하게 된 것이 아닌가?

가장 좋은 약은 인내라고 했네만……

약물, 도박, 승부조작은 악마였지……"

"그렇게 되었지요. 슬럼프 말인데요…… 처음엔 잘 몰랐어요 내가 어느 순간부터 야구를 즐기지 못하게 됐다는 걸…… 그땐 야구에 전념했고 어떻게 해서든지 완벽하게 내 몸을 관리해야만 했거든요 건강관리를 위해서 스케줄을 얼마나 지독하게 짰는지 몰라요

몸에 좋다는 보약도 끊임없이 먹고 뱀탕깨나 마셨지요

지금은 컨디션이 괜찮지만 언젠가는 반드시 슬럼프가 올 것이라는 걸 생각해서 거기에 맞춘 것이지요 이미 슬럼프를 겪은 동료 선수들의 경우를 잘 알고 있거든요"

"그런데도……?"

"내 몸을 엄격하게 통제했어요 그야말로 가장 완벽한 틀 안에 나를 옭아맨 거죠 그게 감독님의 지시 사항이기도 했습니다.

그런데 그거 아시나요? 어느 종목이건 운동선수가 아무리 자신을 관리해도 슬럼프는 오거든요 아무런 상관없이 와요 처음에는 왜 오는지 도대체 이해가 되질 않았지요 이렇게 철저하게 자신을 관리하는데 말이지요

그러나 그게 아니에요 제가 좀 민감한 편이거든요 잦은 이동으로 불규칙한 생활을 하게 되고 스트레스를 받게 되면 밤에 도저히 잠을 잘 수가 없는 거예요 그러면 남몰래 수면제를 먹기도 해요

그럴 때 온몸이 멍들고 피로가 겹치면 야구가 지독히 싫어질 때가 있어요 그때는 무조건 쉬어야 되는데…… 팀 사정상…… 감독님 눈치도 봐야 하고…… 아프면 아프다, 힘들면 힘들다, 인정하고 그걸 솔직하게 털어놓아야 슬럼프가 오질 않는 겁니다.

웬만한 부상은 혼자 진통제를 먹으면서 숨겨야 했습니다. 출전 명단에서 제외될 수 있으니까요 그걸 선수들이 가장 싫어해요

그렇게 자신을 통제하다 보면 어느 순간 스스로 최면을 걸게 된답니다. '지금 괜찮다니까! 참으라고! 참아야 된다고!' '정말 잘 하고 있다니까!' 이렇게 자신에게 속삭이는 거죠.

결국 자신의 육체와 정신을 몇 번이고 속이면서 학대하게 되는 거예요. 그러면 반드시 무너지는 거죠. 운동장이 지옥처럼 느껴져요. 공에 손을 대기 싫어지죠."

"그러니까…… 그렇게 노력을 했지만…… 어쩔 수 없이 찾아온 느닷없는 슬럼프가 주저앉혔다는 거네. 평균 자책점이 어느새 5점대 이상으로 올라갔군. 야구 천재라고 칭송하던 사람들이 손가락질하기 시작했겠지."

"동네 야구선수라든가, 아마추어 선수라는 비아냥거림이 나왔지요. 술만 마시고 연습을 게을리 한다는 소문도 돌았구요. 저는 그때 야구장에 서 있는 것 자체가 싫을 정도로 힘들었는데…… 그러나 감독은 팀이 연패에 빠지니까 눈치도 없이 자꾸 내보냈지요."

"정말…… 그랬었나?"

"정말 실컷 놀았으면 억울하지도 않았어요. 누구보다 기를 쓰고 있는데. 매일 술집에서 새벽까지 술을 먹었네, 도대체 연습을 안 한다고 하니까. 내가 뭘 그렇게 잘못했다고 다들 그런 식으로 입방아를 찧는 걸까, 싫었습니다.

팬클럽 사람들이 한 술 더 뜨는 거예요.

그러나 냉가슴을 앓았지요. 누구에게도 말하고 싶지는 않았습니다. 괜히 자존심이 허락하지 않는 겁니다.

그거 아세요? 제가 출전 정지를 당하니까 그때 비로소 푹 쉬게 되었다니까요 그때에야 비로소 내 곁에서 끊임없이 나를 진심으로 걱정하는 몇몇 사람들이 보이더라고요 난생처음 푹 쉬면서 낚시도 가보고 고등학교 때 친구들을 만나서 실컷 이야기하고 그랬어요 그 전에는 어디 여행을 가본 적도 없었고 속마음을 주위 사람에게 말해본 적도 없었어요"

"그런데 여행을 다니긴 했어? 마카오 쪽 말고……"

"마음만 먹었지요 국내는 어딜 가든 다들 제 얼굴을 아니까 사람들 만나는 게 힘들었어요 그래서 거길 갔었지요"

"왜? 그랬어? 자신을 스스로 지켜야 하는데……"

변호사가 그를 나무라듯 부드럽게 말했다.

"좀 더 진즉 그런 걸 알았더라면…… 그런 걸 깨칠 마음의 여유가 없었어요 그런 건 다 낭비라고 생각하고 죽도록 훈련하고 운동만 했던 거죠

그러다가 출장 정지를 당하면서 비로소 알게 된 거예요 내가 나 자신을 더 아껴주지 못해서, 주위를 더 돌아보고 쉬어갈 줄 몰라서 그런 시간을 겪고 있다는 걸요

힘들면 울고, 즐거우면 웃어야 하는데 그동안 나는 그런 것에 초연한 사람인 척 살아왔어요 남들보다 강하다고 믿었어요 그게 아니라는 걸 알았어요 나도 약하다는 걸, 나도 보호받아야 한다는 걸, 나도 더 행복해지고 싶다는 걸 알았어요 그걸 알고 나니 편해졌어요 그때부터 비로소……"

"구속되고 나니까 기분이 어땠어? 유명한 선수가 구속되니까

매스컴에서 상당히 씹었겠지. 자존심이 상했겠네."

"뭘…… 그렇지요…… 평소 친하게 지내던 기자들도 등을 돌리더라구요. 더 난리를 쳤지요"

"그런 게 세상 인심이라네. 어쩌겠어? 기자들이란 게 머릿속에는 쥐뿔도 들어있는 게 없으면서 입만 살아있는 자들이야. 평생 남을 씹는 직업이라네."

"어쩌면 내 인생은 지금부터인지도 모르겠습니다. 아직 젊거든요. 그동안 산등성이에 서있는 소나무처럼 홀로 지냈다면 이젠 여러 그루의 나무들과 함께 지내야 되는 시기가 온 거겠지요.

그래서 두렵기도 하고 막막하기도 하지만…… 이제부터 야구를 잊어버려야죠. 무슨 일을 하든 인생의 밑바닥부터 새로 출발할 거예요"

"스타가 밑바닥부터 출발하는 게 쉽지는 않을 거야. 마음을 완전히 비워야 하니까. 내 아들 말이야…… 좋은 대학을 나오고 고시 공부를 열심히 했지만 수없이 떨어졌다네.

결국 폐인처럼 되었지. 지금 어디에서…… 살았는지 죽었는지 소식이 없어……. 그러니까 인생의 밑바닥을 기고 있겠지."

"아버지이신데 아들을 잘 좀……"

"인생은 가는 대로 가는 거라네. 자기 인생이야. 다 자란 자식한테 아버지가 해줄 수 있는 게 없다네.

그걸 알게나. 인생도 슬럼프가 수없이 많다네. 슬럼프의 연속이지. 나를 돌아보면 오히려 슬럼프 기간이 훨씬 더 길었지.

행복했던 시절이 도대체 기억나지 않는다네. 여자들의 갱년기는 생리적 슬럼프이고 늙으면 죽을 때까지 슬럼프이지. 슬럼프란 결국 고통이고 불안이고 강박 아니겠나? 그보다는 울화라고 해야겠군?"

"그럴까요?"

창살이 박힌 먼지 낀 창문으로 들어오던 겨울 늦은 오후의 일광이 희미해지고 있었다. 아마 저물어가고 있던 황혼의 마지막 빛줄기였을 것이다. 멀리 교도소 밖 간선도로에서 자동차의 경적 소리가 들려왔다.

"겨울 해가 짧군. 오늘은 여기서 마치고 며칠 후 다시 오겠네. 나이가 들수록 겨울은 정말 지긋지긋하지. 차가워진 날씨와 함께 세월의 스산함을 느낀다네.

요즈음은 척추협착증 때문에 오래 앉아있기가 여간 힘든 게 아니라네."

* * *

성민경은 프로 야구 데뷔 후 5년 차부터, 그러니까 처음 팀에서 별 볼일 없는 중간계투 선수로 몇 년을 보낸 후 트레이드가 된 다음 해부터 투수로서 최고의 기량을 선보였다. 그때부터 팀의 주전 투수가 되었고 덩달아 몸값도 뛰고 팬들의 기대를 한 몸에 받았다.

그런데 몇 년 후 그는 공이 갑자기 나빠지기 시작했고 방어율이 눈에 띄게 올라갔다. 따라서 이기는 경기보다 패전하는 경기가 더 많아졌다. 이제는 2군으로 내려가야 할 정도였다.

갑작스럽게 공이 스트라이크존으로 들어가지 않았고 밋밋한 공은 어김없이 얻어맞았다. 그래서 그 즈음엔 내 실력이 정말 이 정도밖에 안 되는 게 아닐까 하고 자신을 심하게 자책하게 되었다.

야구에서 슬럼프의 기준은 딱히 없지만, 그래도 타자의 경우 지난 시즌 대비 타율이 현저히 떨어졌거나 투수의 경우 평균 방어율이 현저히 상승한 경우로 볼 수 있다.

스타급 최고의 선수라 해서 슬럼프를 겪지 않거나 또는 덜 겪거나 무명 선수라고 해서 슬럼프를 더 자주 겪는 것은 아니다. 성적이 뛰어난 선수가 슬럼프를 안 겪는 것처럼 보이는 건 착각이다. 어느 스포츠이건 선수는 오랜 선수 생활 중에 슬럼프를 경험한다. 슬럼프는 신체적 이상과 함께 오기도 한다. 오히려 가장 흔한 경우라고 할 수 있다. 하지만 선수가 까닭 모르게 슬럼프를 겪을 때 느끼는 스트레스란 이루 말로 표현할 수 없다.

그는 봄 동안 허리 통증을 겪었던 그 해에 극심한 슬럼프로 선수 생활에 빨간불이 켜졌다. 꾸준히 양방과 한방 치료를 받았지만 5.16까지 치솟은 방어율이 떨어질 기미가 보이지 않았다. 허리 통증이 가셨는데도 마찬가지였던 것이다. 한번 무너진 투구 폼이 도대체 돌아오지 않았다.

그런데 슬럼프를 피하려고 하는 것보다 어떻게 극복할 것이

냐가 중요하다. 슬럼프를 극복하기 위해 가장 필요한 건 자신이 슬럼프에 빠졌다는 사실을 스스로 인정하는 것이다. 슬럼프를 극복하기 위해 선수들은 현실을 직시하는 단계가 필요하다. 바닥을 찍었다는 것을 스스로 인정했을 때 그때부터 회복이 시작되는 것이다.

그러나 자존심이 강한 선수들은 자신이 슬럼프에 빠져서 바닥으로 떨어진 것을 인정하는 자세를 보이지 않는다. (내가 누구인데?) 그러면 슬럼프는 헤어날 길 없이 길어진다. 슬럼프에 빠진 선수들은 코치를 따로 찾아가 조언을 받고 투구법을 교정하는 등 적극적으로 변화를 수용해야 한다. 그렇지만 그걸 자존심이 허락하지 않는 것이다. 어느새 스스로 스타 선수라고 뻐기는 그릇된 자부심이 그를 좀먹고 있었던 것이다.

만약 2군에라도 떨어진다면 더욱 자신을 버려야 한다. 그리고 솔직히 인정해야 한다. 나는 2군 선수다. 2군이기 때문에 이곳에 있는 거다. 이곳이 지금 내가 있어야 할 곳이다. 그렇게 인정을 하고 받아들여야 하는 것이다.

사람이 늘 최상의 컨디션을 유지할 수 없다. 좋아졌다가 나빠지기를 반복한다. 슬럼프는 인생의 동반자인 고독과 불안처럼 늘 함께한다. 중요한 건 슬럼프에 안 빠지는 게 아니라 가끔 찾아오는 반갑지 않은 손님인 그 슬럼프에서 가능한 한 빨리 탈출하는 것이다.

그러면 슬럼프 극복 후 성적이 올라갈 뿐만 아니라 심리적으로 긍정적으로 변하게 된다. 이러한 심리적 변화는 다음에 다시

오는 슬럼프에 대한 완충장치로 작용하게 되는 것이다.

그는 그냥 자신의 자리에 충실하려고 노력했다. 해마다 시즌을 시작하면서 그가 그리는 목표 안에 갈 수 있게 최선을 다하자고 다짐했다. 그만큼 안 되면 남몰래 씩씩거리며 혼자서 연습하기로 작정하였다. 야구는 선수의 성적 관련 통계가 너무나 철저하다. 어떻게 하여 그 통계 숫자를 속일 수 있겠는가? 그러나 언제부터인가 투수로서의 성적을 그래프로 그려보면 밑에서 위로 올라갔다가, 위에서 떨어졌다가, 다시 올라가는 경우가 많았다. 기복이 심했던 것이다. 그는 성적이 위에서 떨어지는 게 너무 싫었다. 한 해는 잘했다가 다음 해는 떨어졌다가 다시 한 해는 잘했다. 그렇게 되는 게 싫었다. 그 자신이 마음속에 목표로 정한 (투수에게 가장 중요한 지표인) 방어율이 일정한 기준에 도달하면 그때부터는 기복 없이 쭉 가고 싶었다. 물론 좀 무리하면 어느 정도 더 치고 나갈 수 있을지도 모른다. 그러나 그게 가능할까? 그렇게 되면 떨어지는 것밖에 남지 않는다. 떨어지는 것을 최대한 짧게 가자 그렇게 각오를 다짐했던 것이다.

이제부터 부상을 당하거나 아프지 않으려고 철저히 준비를 잘하자. 웨이트 트레이닝을 열심히 하고 투구폼을 흐트러지지 않게 유지하자. 더 아프기 전에 빨리 알아서 치료하자. 또 잘 먹고, 잘 쉬고, 잘 자자. 회식을 할 때도 끝까지 갈 분위기만 풍기고 그러나 끝까지 가지는 않아야 한다. (아니 그렇게 몇 번이고 결심한 것이다. 하지만 그 결심은 너무 쉽게 무너졌고 자주 반복적으로 슬럼프를 겪었고, 그래서 악마의 유혹을 떨칠 수가 없었던 것이다.)

그는 자신의 몸에 대한 통제를 잃어버렸다. 딱히 정확한 이유를 알 수 없는 불안이 찾아오고 온갖 걱정에 휩싸였다. 실수하면 어쩌지? 만약 이렇게 되면? 저렇게 되면? 어느 순간 갑자기 공을 스트라이크존 안으로 던지지 못하게 된다면? 어찌할 바를 모르겠어. 두려움이 더 큰 두려움을 낳고 있었다. 고통이 점점 커져서 나를 삼켜버리고 있는 거야. 도무지 버텨낼 수가 없어. 이제 그만. 야구는 그만이야. 야구는 그만이라고. 나이 탓인가? 체력이 고갈된 것인가? 벌써? 회복은 불가능할 것인가? 이러다가 2군으로 내려갈 것인가? 방출될 것인가? 병원에? 술을 마실까? 약을? 약효가 강한 것으로? 스트레스를 푸는 데는 주절거리는 게 제일 좋은 거야. 다시 말하면 수다를 떨고 말도 안 되는 농담을 늘어놓는 거야. 무언가 바늘 같은 것이 내장 안을 찌르는 것 같다. 그는 배가 아팠고 머리가 어지러웠으며 팔다리의 통증 때문에 고통을 겪는다. 자주 오줌을 누고 싶고 구토를 하고 싶은 충동을 느꼈다. 그러나 구토가 나올 것 같았지만 요란한 헛구역질만 나오고 아무 일도 일어나지 않았다. 다시는 수많은 관중들의 시선이 집중된 운동장에 가서 마운드에 오를 수 없을 거야? 그러나 내 상처를 절대 드러내서는 안 된다. 나를 도와줄 사람을 찾을 수 있을까? 어디에서 도움을 구한단 말인가? 그러나 도와달라고 말하기가 부끄럽지 않을까? 안 된다. 비밀로 꽁꽁 감추어야 한다. 내 몸은 내가 제일 잘 알지. 감정을 함부로 드러내면 절대로 안 돼. 초조해서도 안 되지. 함정에 빠져서도 안 돼. 후배들 앞에서 약하게 보여서는 안 되는 것이다. 나는 여전히 팀의 기둥이 되어야 한다. 자존심이라고, 자존심, 자존심 문제란 말이지. 나는 스타야, 스타라고. 경기를 하려면, 승리를 거머쥐려면 기가 살아야 한다.

그는 그때 너무 혼란스러웠다. 확실한 게 아무것도 없었다. 갈피를 못 잡았다. 그는 예리한 칼로 몸을 찔러서 긋기 시작했다. 고통이란 거 어떤 것인지 느끼기 위해서였다. 그리고 흐르는 검붉은 피를 보며 흥분 또는 공포를 느끼기 위해서였다.

* * *

"지금부터 야구단 단장인지…… 사장인지…… 그리고 막강하다는 프론트에 관해 이야기해보게. 그들의 역할이 무엇이지? 일요일판 신문에서 그에 관해서 특집기사를 읽은 적 있었거든"

"그건 감독의 역할과도 겹치는 데요…… 숨은 선수를 찾아내서 상대적으로 저렴한 값에 영입해 키우고 성과를 내는 것이 필요합니다. 값비싼 선수를 데려와서 한다면 누가 못하겠어요?

선수를 고를 때 야구에 대한 기본 실력은 물론이고, 야구에 임하는 자세와 태도를 중시해야 합니다. 어떤 선수가 어떻게 자라왔는지, 동료 선수들에게 어떻게 대하는지 태도를 살펴보고, 평소에 어떻게 생활하는지 관찰한다는 것입니다. 저는 선수가 아닌 인간을 스카우트하라고 말하고 싶습니다.

제가 이렇게 말할 자격이 있는지 모르겠습니다만……"

"그래도 그 수많은 선수들 중에는 본받을 만한 훌륭한 선수가 있었을 것 아닌가?"

"저는 선수들이 경기장에서 어려움에 부닥쳤을 때 어떻게 반응하는지를 유심히 살펴봅니다. 최고의 타자도 타율이 3할 대를 넘을 수 없습니다. 다시 말하면 열에 일곱은 실패한다는 말이지요. 야구는 실패를 통해 완성되기 때문이지요."

"선수 중에는 거만한 선수가…… 그러니까 저만 잘난 척하는 선수도 없지 않을 텐데?"

"저는 잘난 척하지는 않았습니다. 그건 믿어주세요. 팀의 균형을 깨는 선수는 스타 플레이어라도 언제든지 내보내야 합니다. 몇몇 스타를 통한 경기 운영에 의존하는 것이 아니라 이길 수 있도록 팀 자체를 단합시키는 것이 중요하지요.

야구는 기록의 스포츠입니다. 통계적으로, 수학적으로 분석해 선수의 재능을 평가할 필요가 있습니다.

이렇게 축적된 자료를 가지고 선수의 기량을 끌어올리거나 부상을 방지하는데 활용하는 것입니다. 예를 들자면 말입니다…… 선수의 성적이 극도로 부진할 경우와 가장 좋았던 경우를 엄밀하게 비교해서 문제점을 찾아내는 것이지요."

"모든 스포츠는 멘탈 게임이 아닌가? 특히 야구가 심하지. 그래서 야구에는 징크스도 많던데?"

"정말 그렇습니다. 스포츠는 인간이 하는 멘탈 게임이기 때문에 징크스나 저주가 많은 것이겠지요. 그걸 무시할 수는 없습니다. 하지만 세상에 깨지지 않는 징크스는 없겠지요."

"술을 좋아하나? 가끔 언짢은 기분을 풀려면 그게 최고일 텐데. 나는 젊은 시절부터 너무 많이 마셨다네. 그 힘으로 버티고 살고 있지……"

"변호사님이…… 선수들도 가끔 모여서 술을 마시긴 해요. 하지만 전 술이 몸을 망친다고 생각해서 많이는 마시지 않아요"

"그렇구만…… 언젠가 감독을 해보시지. 잘할 것 같은데……"

"감독 한 번 하는 게 꿈이었지요. 감독이 아무리 파리 목숨이라고 해도 말입니다. 그러나 이제는 불가능한 일이 되어 버렸지요. 끝났다니까요. 끝났…… 영구 제명이 된 거라고요"

"내가 눈치 없이 말을 잘못 꺼냈구만."

"일장춘몽이 되어버렸네요"

"인간이 꾸는 꿈은 모두 개꿈이라네."

"글쎄 말입니다."

"그래도 말이지…… 그 사정을 알고 싶었다네. 어떤 감독과는 불화설이 끊이지 않았는데…… 그 감독은 그 후 성적 부진으로 쫓겨났지만…… 헛소문이었던가, 아니면 실제 그랬었던가?"

"그 감독과는 애증의 관계였죠. 심정적으로는 서로 맞지 않았어요. 어쩐지…… 너무 심하게 엄격했어요. 그래서 저는 쓸데없이 반항하고 싶었던 거지요. 한 번은 찾아가서 노골적으로 트레이드를 요구했습니다. 그랬더니 마구 화를 내는 게 아니라 싸늘한 눈으로 쳐다보더군요

그렇지만 언론은 과장을 너무 좋아하니까 터무니없는 소설을

썼지요"

"그래도 한 팀에 있으면서 그러면 괴로운 일일 텐데."

"매우 엄격하게 통제했습니다."

"그건, 대부분 감독이 그렇게 하지 않는가?"

"그렇지만…… 분명히…… 그 감독은 까탈스러웠지요. 너무 지독했어요."

"뭐가 있었지?"

"제가 지금부터 감독을 까발려야 하겠군요. 진실을 말하려면 어쩔 수 없는 것이죠.

그 감독은 규율을 무척 강조했습니다. 운동장 밖에서 담배 피우고 술 마시는 등 생활이 흐트러지면 운동장 안에서도 플레이가 무너질 수밖에 없다고 생각했기 때문에 엄격하게 통제한 것입니다.

그건 당연하다고 할 수 있습니다.

그러나 선수들을 혹사했습니다. 너무 심했지요. 그것도 팀 성적을 올려서 자신의 자리를 지키기 위해 그랬단 말입니다. 감독은 선수에게 맞춰서 가르쳐줘야 하는데 자기 스타일을 고집하고 자기 것만 가르치니까 오히려 선수에게는 독이 되는 겁니다. 그리고 선수들이 아프다고 하는 것을 싫어했어요. 꾀병으로 간주하고 더 다그쳤습니다. 실제 아프면 무조건 쉬어야 하는 거 아니에요?"

"밖에서 아는 것하고는 영 딴판이구면."

"그렇겠지요. 밖에서 어떻게 그런 내막을 알 수 있었겠어요?

자기가 유명한 투수 출신이거든요. 그래서인지 자신이 제일이라고 자부심이 대단했지요. 한마디로 오만했던 것입니다. 그랬으니 구단 운영도 자기 마음대로 하려고 했고…… 프런트와는 끊임없이 충돌했지요"

"세상 어디에나 자기중심적이고 과대망상적인 사람은 있는 법이니까. 그런데 말이야…… 천부적인 재능을 타고 난 훌륭한 선수가 훌륭한 감독이 되라는 법은 없는 걸세. 어떤 종목도 마찬가지야.

그렇다면…… 자네는 어떤 스타일의 감독을 생각하고 있었나?"

"저는 야구가 인생의 전부라고 생각했습니다. 출전 정지가 되니까 더욱 절실하게 느끼게 되었지요. 그래서 선수 생활이 끝나더라도 야구를 떠나지 않고 어떻게 해서든지 단계적으로 계속 올라가서 감독이 되겠다고 결심했습니다.

제 나름대로 결론을 내리겠습니다.

감독은 선수들을 공평하게 대하려고 해야지, 똑같이 대하려고 해서는 안 될 것입니다. 왜냐면 모든 선수가 성격과 특성이 저마다 다르기 때문이지요. 좀 더 혹독하게 훈련을 시켜야 그제서야 움직이는 선수가 있고 칭찬을 하고 어루만지며 부드럽게 지도해야 통하는 스타일이 있지요. 선수들에게 다른 방식으로 대해야 합니다.

그것을 알기 위해 감독은 선수들과 정말 대화를 많이 나누어야 하지요. 그때는 친형님처럼 되어야 합니다.

야구장에 나오는 게 즐거워야 하지 않겠어요? 연습하고 경기하는 게 가슴 설레이도록 기다려져야 합니다.

그리고…… 감독은 선수들을 존중해야 합니다. 비록 지독하게 통제를 해도 말입니다. 실제 선수들 간에 사이가 항상 가깝고 좋을 수는 없는 것이지요. 30여 명의 코칭 스텝과 100여 명의 선수가 다 제각각 개성을 가지고 있거든요. 하지만 함께 팀으로 나서면 코치나 선수들 모두 서로를 존중해야 합니다.

그러니까…… 좋은 감독이라면 이렇게 상호간 존중과 배려를 이끌어내야 하지요."

"감독에게는 그런 탁월한 리더십이 필요하겠군."

"그런데 감독들은 이중고를 겪고 있지요. 미국식 프런트가 등장하면서 실제 권한은 프런트가 쥐고 있어요. 그러니까 감독은 프런트로부터 견제를 받고, 그리고 요즘 너무나 야구 상식이 풍부한 열성 팬들로부터 심한 견제를 받고 있지요.

팀 성적이 나쁘면 괜스레 감독을 타깃으로 해서 분풀이를 하는 거죠. 팀이 연패에 빠지기라도 하면 그 감독은 온라인에서 거의 뭇매를 맞는 거지요.

이때 프런트의 책임은 쏙 빠져버리지요. 밖에서는 프런트와 감독 간 알력이나 대립은 알 턱이 없는 거지요.

그래서 감독 연봉의 절반은 욕먹는 값이라고 하지 않습니까."

"뭐더라…… 그렇지 않은가…… 넥센이라고 있지? 그 팀 감독이…… 누구였는데?"

"염 감독님 말씀인가요?"

"그렇지. 이제 기억이 나는군."

"훌륭한 감독님이죠. 맨날 꼴찌 팀을 상위권으로 끌어올리지 않았습니까. 그만한 이유가 있었을 것입니다."

"그렇겠지. 아버지가 훌륭한 변호사였거든. 훌륭한 아버지가 훌륭한 아들을 만드는 거지. 나는 그렇지 않네만……"

"왜 그 감독님을?"

"갑자기 생각이 났다네. 그 친구 선수시절은 별로였던 모양이야. 선수 생명이 짧았어. 그러고 나서 닥치는 대로 프로팀의 운영팀장도 하고 작전코치와 주루코치, 수비코치도 했던 모양이야.

그러면서 사람을 판단하는 기준이 생겼다는 거야. 그리고 야구는 기계가 아니라 사람이 하는 거라는 사실을 깨달았다는 거지.

내가 무슨 신문에 난 인터뷰 기사를 감명 깊게 읽었다네."

"저에게도 진정한 꿈이 있었지요. 버려진 이름 없는 선수들을 데려다가 훌륭하게 키워내는 것이죠. 그들의 꿈을 이루게 해주고 싶었지요. 모두 함께 노력해서 꿈을 이룬단 말입니다.

……그때 약물 파동으로 징계를 당하고 돌아왔을 때 감독님의 따뜻한 격려가 잊혀지지 않는군요. 저도 그런 감독이 될 수 있었는데 말입니다."

"……"

"……"

변호사가 멍한 눈으로 다시 창밖을 내다보았다. 그날따라 작은 창으로 보이는 풍경이 낯설어 보였다. 하늘은 금세 눈이라도 내릴 것처럼 회색 구름으로 덮여있다. 손목시계를 본다. 그리고 낡은 접이식 서류 가방을 집어 들었다.

"오늘은 여기까지만. 난 야구 이야기가 재미있으니까 자주 올 수 있다네. 택시가 올 시간이지. 자네한테는 미안하지만…… 오늘 밤에는 이놈의 날씨 때문에 술에 취하고 싶다네.

나는 알코올 의존증이지. 아직 중독까지는 안 갔을 거야. 내 좁은 사무실에는 값싼 양주병이 여러 개 있지. 독한 술이 좋은 거야. 이유 없이 홀짝거린다네.

그러니까 울적한 기분이 들면…… 술잔을 들고 길게 목구멍 속으로 털어 넣는 거지. 그러면 머리끝까지 곤두서는 싸늘한 기분이 든다네.

지금 당장은 밖에 나가서 담배를 빨고 싶지."

* * *

테스토스테론은 남자를 남자답게 만드는 호르몬이다. 울퉁불퉁한 근육, 거뭇거뭇한 수염을 만든다. 1935년부터 테스토스테론 유사체인 아나볼릭 스테로이드가 다량으로 만들어졌다. 혈압, 신장, 당뇨 치료제로 쓰이기 위해서였다.

그러나 의료용이었지만 멀쩡한 사람이 이 주사를 맞으면 근육이 늘어나고 힘이 강해졌다. 그래서 스테로이드가 선수들 사이에 마법의 주사로 은밀하게 돌기 시작한 것이다.

몇 주간 스테로이드를 주사로 맞거나 약으로 먹으면 근육이 증가하고 힘이 늘어난다.

최근 새롭게 각광을 받고 있는 도핑약은 두뇌 도핑에 사용되는 도파민과 노니페린으로 두뇌 호르몬이다. 이 주사 한 방이면 근육은 탄탄해지고 손발은 민첩해진다. 그리고 혈액 도핑은 근육에 산소를 더 공급하게 한다. 산소가 더 많아지면 더 빨리, 더 강하게 움직일 수 있다. 수혈로 산소 운반 적혈구를 늘린다. 타인이나 자기 피를 몇 주 전에 뽑아 놨다가 시합 바로 전날 맞는다.

그러나 심근경색, 뇌졸중, 간종양, 무월경이라는 부작용이 있다. 애너볼릭 스테로이드는 근육을 빠르게 생성하고 골밀도를 늘리는 데 최적화된 약물이다. 자율신경계와 손, 발 등을 비대화시키고 생식기를 이상하게 변하게 한다. 어깨와 등에 여드름 증세, 탈모, 고환이 축소되면서 정자수가 급격히 떨어지는 심각한 약물 후유증을 겪는다. 애너볼릭 스테로이드는 신체 모든 세포에 침투해 원래 체내에 유지되던 각종 호르몬과 세포 균형을 전부 깨기 때문에 중독이 되면 뇌뿐만 아니라 간, 콩팥, 전립샘 등에서 문제를 일으킨다.

이 약물은 단백질 합성을 촉진해 근육을 빨리 만들어주기 때문에 효과가 탁월한 만큼 부작용의 범위가 큰 것이다. 그러므로 현재 밝혀지지 않은 부작용도 많다.

도핑검사는 소변, 혈액 속의 흔적 물질을 찾는다.

방해 도핑은 도핑 약물이 검출되지 않도록 방해 물질을 주사하는 것이다. 교묘하게 도핑을 감추겠다는 것이다. 이뇨제로 소변량을 늘리고 수혈 보조제로 혈액 수분을 늘린다. 소변, 혈액이 희석되면서 도핑 약물 검출이 어려워진다. 숨기려는 도핑과 찾으려는 반도핑이 숨 가쁘게 충돌하고 있는 것이다.

그는 환각 성분이 포함되어 있는데다가 중독성이 강한 그 약을 멀리해야 한다고 결심했다. 그러나 아침에 잠이 깨면 다시 약물이 필요하다는 생각이 들었다. 금단증세가 일어났기 때문이다. 이런 악순환이 반복되면서 심리적인 안정을 찾기가 힘들었다.

그는 50경기를 뛰지 못한다. 사실상 시즌 아웃이 되었다. 한국야구위원회는 구단에도 제재금 1억 원을 물렸다. 한국야구위원회가 주관했던 도핑 테스트에서 금지 약물에 양성반응을 보였기 때문이다. 동화작용이 있는 남성 호르몬 스테로이드 계열 약은 세계반도핑기구가 지정한 제1종 상시 금지 약물에 속한다.

한국야구위원회는 등록 선수 중 구단별로 5명씩 총 50명의 선수를 대상으로 표적 검사를 했다. 한국과학기술연구원 도핑 컨트롤센터의 분식 결과 그를 제외한 49명은 음성 판정을 받았다.

* * *

"지금은 사정이 이렇게 변했네만…… 운동장에서 수많은 관중들의 함성을 들으며 포효하던 때가 엊그제 같을 텐데 정말 답답하지. 그런데 그때 은퇴를 생각하지 않았나? 팀 동료나 후배들을 의식할 수밖에 없었을 텐데. 그랬더라면 차라리 잘 됐을 텐데…… 너무 때늦은 후회가 되겠지?"

"그때는 아직 물러갈 때가 아니라고 생각했지요. 창피하고 자존심도 상했지만 말입니다. 지금 당장 유니폼을 벗기엔 너무 아쉬운 게 많았습니다.

언젠가 야구를 그만둘 때가 오겠지만 아직은 아니라고…… 한창일 때 그 좋았던 공이 왜 안 나오는지 확인해보고 싶었지요. 선수는 운동장에서 제일 행복한 거라고요.

그러나, 아시다시피, 일이 계속적으로 꼬이기 시작했었지 않습니까? 훈련을 정말 성실하게 했는데 직구 속도가 현저히 줄어들고 투구 폼도 알게 모르게 흐트러졌지요. 그러니까 약물의 유혹을 뿌리칠 수가…… 그렇게 된 것이지요."

"난, 도저히 이해할 수 없는 게 오랫동안 그렇게 야구를 했는데 말이지, 어떻게 폼이 흐트러진단 말인가? 그 폼은 빳빳하게 굳어 있을 거 아닌가?"

"어느 날 갑자기 자신도 모르게 슬럼프가 찾아오면 그렇게 된답니다. 인간의 동작은 기계가 아니거든요.

한 번 투구 폼이 망가지면 정말 말썽이지요. 그건 타자들도 마찬가지에요. 나쁜 폼을 가지고 하면 아무리 연습을 해도 더 나빠져요. 그런데 마음이 급하니까 이것저것 폼을 바꾸면 더 나빠져요. 자기한테 맞는 것으로 쭉 나가야만 하는데."

"만약 그런 불미스러운 일이 없었다고 하고…… 그러니까 나이가 들면 후배들의 눈초리가 따갑지 않을까? 거 왜 있지 않은가? 유명한 탤런트나 한창 잘나가던 가수들도 때가 있는 법이고, 언젠가는 한물가고 뒤로 밀리니까 말이야."

"누구나 나이가 들어가면 경기력이 조금씩 처지니까 전혀 없다고는 할 수 없겠지요. 하지만 후배들이 불편하다고 해서 내가 나갈 입장은 아니지요. 후배들은 오직 실력으로 선배를 밀어내야만 하지요.

후배들은 이걸 알아야 해요. 선배들이 오래 있어줘야 자신들도 오래 있을 수 있는 거다.

선배가 그런 식으로 빨리 나가면 그 후배들도 언젠가 똑같이 밀려나게 될 것입니다. 오히려 선배들이 굳건히 버티는 것을 고마워할 줄 알아야 해요."

"야구 선수 중에 친한 친구가 있는가? 또는 야구선수가 아니더라도 말이야?"

"우리는 고등학교시절 야구 때문에 행복했지요. 저에 대해 나쁜 소식이 돌면 그 친구가 바로 연락했어요. 고등학교 때부터 저는 투수이고 그는 포수였거든요. 우리는 그때 맨날 붙어살면서 친형제보다 가깝게 지냈어요.

그러나 머리가 좋아서인지 학교 졸업하고 삼수를 해서 명문대학으로 진학했어요. 그는 나중에 은행원이 되었어요.

저는 바로 프로팀의 연습생으로 갔구요. 체육 특기생으로 오라는 대학은 몇 군데 있었습니다. 대학 가봤자 어차피 공부는 안 할 텐데 무슨 소용이 있었겠어요? 그리고 할머니만 계시니까 돈이 필요했습니다.

그는 나쁜 소식이 들리면 사실이냐고 물을 수 있는 사람은 자신뿐이라고 생각했던 거지요. 하지만 저는 냉정하게 네가 뭘 안다고, 겨우 은행원이나 하는 주제에, 쓸데없는 소리하지 말라고, 쏘아붙였습니다.

그와는 결국 인연이 완전히 끊어졌지요. 그의 마지막 잔소리가…… 잔소리가 아니라 훌륭한 충고였는데……

'야구는 핀치에 몰리면 대타나 구원이 있는데 인생엔 그런 게 없다.'고 하더군요."

"인생에 대타나 구원이 없다는 말이지? 인생은 쓸데없이 길다네."

"그런데…… 변호사님의 경우는 어때요?"

"난들 별 수 있나. 보시다시피 내 나이가 꽤 되었지. 대머리에다 몇 가닥 남은 흰머리 보게."

"저도 알고 있어요. 옛날에 판검사 하면서 떵떵거렸을 거고 변호사 해서 돈도 많이 벌었을 거 아녜요?"

"내가 떵떵거렸다고…… 겨우 말석으로 합격해서 시골에서 바로 개업을 했다네. 사실대로 말하면…… 젊었을 때니까 떵떵거리고 싶었었지. 하지만 아버지가 옛날에 부역을 해서 임관될 수 없었지.

그리고 장사가 잘 안 되니까 여기저기 옮겨 다녔어. 오죽하면 이 나이에 국선을 하고 있겠나. 이게 내 밥줄이라네."

"설마……"

"가끔 울고 싶어질 텐데. 안 그런가?"

"벌써 그랬지요. 지금은 무덤덤합니다. 시간이 약이지요.

정말 많이 울었던 때가 있었긴 합니다. 출전 정지가 풀리면서 처음 나간 재기전을 잊을 수가 없지요. 데뷔 전이나 트레이드되고 난 후 첫 출전 때보다 더 그랬어요. 엄청 긴장했거든요. 그래서 투구 내용이 안 좋았어요.

그날 경기가 끝나고 나서 남자 화장실은 북적거리니까 여자 화장실로 들어가서 혼자 엉엉 울었어요. 왜 그랬는지 모르지요. 그렇게 눈물이 많이 흐르더라고요."

"다시 생각해보면…… 그 도박 말일세…… 자네는 돈에 대한 욕심이나 무슨 비틀어진 속물근성 때문이 아니라…… 그때 자신에게 몹시 화가 나 있었으니까 손을 댔는데…… 그만 깊은 수렁에 빠지고 말았다는 생각이 드는군."

"그렇다고 할 수 있습니다. 약물은 약물이고 도박만 안 했어도 제 운명은 달라졌겠지요."

"그놈들은 꽤 잘 짜여진 관료주의적인 조직체였어. 그 브로커 역시 중간 두목급에 불과한 거야. 그들이 자네를 상대로 게임을 벌였단 말이지. 그 게임에서 도저히 이길 수 없었네. 결국 그 게임에서 졸 역할을 한 거야."

"그 졸이라는 게 다름 아니라 미끼였단 말이군요. 어리석게도 미끼였다구요."

"인간들이 기대하는 최선이란 게 바로 최악의 상황을 피하는 것인데 말이야. 하지만 희생자가 되고 말았네."

"그만 하세요…… 그만두라고요…… 제가 스스로 그 미끼를 덥석 물어버렸으니까요……"

"그럴 테지. 진정하시게. 나도 그런 적이 수없이 많이 있었다네. 왜 없었겠는가. 자업자득이지.

내가 이 모양이니 친구들이 없다네. 늦게 되면 사람들과 어울리고 관계를 맺는 게 매우 어려운 일이지.

자신을 보호하고…… 그러니까 신경질적인 노인이 안 되려면 외부 세계와 자신과의 관계를 아주 단순화시켜야만 하는 거라네.

요즈음 매일 혼자서 술 마시는 게 무척 고역이지만…… 그래도 술이라도 마음대로 마실 수 있으니까 다행이라고 해야겠지."

* * *

마카오의 정킷방

성민경은 마카오에서 각각 수억 원대의 원정도박을 벌인 혐의를 받고 있었다. 경찰은 법원으로부터 압수수색 영장을 발부받아 그의 금융계좌를 추적했다. 1년 치 자금 흐름을 조사한 것이다.

그는 예전에도 가끔 프로야구 시즌이 끝나면 동계 훈련이 시작되기 직전까지 마카오로 가서 슬롯머신을 하거나 블랙잭을 했었다. 그때는 작은 돈으로 했고 돈을 잃기도 하고 약간 따기도 했다.

물론 일부 선수들은 전지훈련 중에는 물론이고 시즌 중에도 경기가 끝난 뒤 인터넷 사이트에 접속해 많게는 수천만 원씩 베팅을 해서 불법 도박을 해왔다.

그는 수사당국의 감시를 피하기 위해 마카오 현지 카지노에서 도박장을 운영하는 조직폭력배들에게 도박자금을 빌린 뒤 한국에 들어와 돈을 갚는 방법을 이용했다. 이 과정에서 조폭들은 그에게 도박자금을 빌려주고 숙박, 항공, 차량, 환전 등 일체의 서비스를 제공했다. 그리고 마카오 현지에서 도박 자금을 빌려줄 땐 나중에 발뺌하지 못하도록 동영상을 찍었다.

그는 조폭들이 마카오 현지에서 운영하는 정킷방을 이용한 것이다. 정킷방은 VIP를 위한 일종의 도박방으로 규모에 따라 1년에 70억~150억 원의 보증금을 내면 카지노에서 임대받아 정킷방을 운영할 수 있다. 정킷방은 판돈의 일부를 정킷방 업주가 챙기는 '캐주얼 정킷'과 고객이 잃은 돈의 일정 부분을 카지노에서 받는 '셰어 정킷'으로 나뉜다. 카지노와 정킷방 업주는 고객이 게임에 참여해 이긴 금액은 반반씩 부담하고, 잃은 금액은 일정한 비율로 나눠 갖는다. VIP룸에서는 90퍼센트 이상 '바카라'라는 카드게임을 한다. 바카라는 단숨에 승부가 나고 회전율이 빨라 딜러나 업주, 게임 참여자 모두 선호한다.

호텔은 세련된 반달형의 하얀 건물이었다. 그 호텔 어딘가에 특별한 고객들만 들어갈 수 있는 정킷방이 숨어 있었다.

밝은 빛이 들어오는 창문마다 육중한 붉은색 벨벳 커튼이 연극 무대의 막처럼 드리워져 있고 시간 가는 줄 모르고 도박에 열중하기 위해서 시계가 보이지 않는 방.

어두운 욕망과 흥분과 열정과 소리 없는 탄식이 교차하는 방.

경찰은 최근 해외 원정도박 기업인과 도박을 알선한 조폭들을 수사하는 과정에서 성민경이 도박을 한 사실을 밝혀내었다.

그 브로커는 마카오에서 귀국하면서 인천공항에서 꼼짝없이 체포됐다. 경찰은 그의 휴대전화에서 동영상과 문자메시지 등을 복원해서 수사 단서로 활용했다. 그는 두목급으로 단순한 브로커가 아니었다.

그는 카지노의 거물 에이전트였고 불법 스포츠 도박에도 관여한 것으로 의심을 받았다. 그리고 고액의 수수료를 받으며 환치기라고 하는 불법 환전을 통해 국내 유력 인사들의 검은 돈을 세탁하는 것을 돕고 있었다. 한국에서 환전 브로커에게 현금을 건네면 해외 환전상이 현지에서 이를 달러 등으로 바꿔 되돌려주는 방식이다. 환치기로 만든 검은 돈을 카지노에 넣어 두면 이자는 없지만 거래 명세나 환전 사실 등이 적발될 위험이 없을 뿐만 아니라 예치자의 신분 또한 확실하게 비밀 보장이 되었다. 그러므로 마카오 도박장은 아주 안전한 금고인 것이다.

그러나 불법 스포츠 도박이건 환치기이건 현금화하는 단계에서 반드시 대포 통장을 이용한 자금 세탁을 거쳐야 하니까 문어발식 조직이 필요했다. 그래서 하부 조직으로 조직폭력배가 필수적이었던 것이다. 대포 통장을 모으는 모집책과 은행에서 자금을 인출하는 인출책이 필요했던 것이다. 가끔 협박과 폭력을 행사하기 위해서도 그들이 필요했다.

그리고 누군가에게 필로폰이나 엑스터시를 공급해야 하는 경우에는 마약 조직이 있어야 하고, 요즈음 도박 사이트 별로 회원 유치 경쟁이 치열하다 보니까 가끔 경쟁사 홈페이지에 과부하가 걸리게 해서 마비시켜야 하므로 이때는 디도스 공격을 담당하는 해커 조직도 필요하였다.

그러므로 각 파트마다 자체 구성원과 책임자급 두목이 있었고 서로 완전히 칸막이가 되어 있었다. 전체 조직을 아우르고 지휘 총괄하는 회장님과 극소수의 그 측근들은 철저히 베일에 가려져 있어서 아무도 그들을 알지 못했다. 그들은 여러 개의 가명을 썼고 수십 개의 대포폰을 이용했으며, 그나마 기록이 남는 전화통화는 가끔 했을 뿐이고 주로 암호화된 문자를 모바일 메신저로 주고받았다.

그들은 정킷방이 있는 호텔의 스위트룸에 간이 사무실을 차리고 업무를 처리하였다.

그 브로커가 경찰에서 진술했다.

"저는 10년 넘게 마카오 카지노에서 에이전트로 일했습니다. 중견기업 대표, 유명 연예인, 스타급 야구선수 등 고객들의 이름이 빼곡히 적힌 장부를 부하들을 시켜 관리했지요. 특히 현지에서 도박 빚을 빌려줄 때는…… 그걸 일명 빽이라고 하는데요…… 꼼짝달싹 못하게 차용증에 지장을 찍게 하고 동영상까지 촬영합니다.

그런데 말입니다…… 고객이 돈을 잃어야만 정킷방 운영자와 에이전트가 돈을 버는 것은 아닙니다. 고객이 돈을 따서 계속

칩을 교환해야 수수료를 따 먹게 되는 것이죠. 그러다가 고객은 결국 다 잃게 됩니다. 그리고 가지고 있던 도박 자금을 탕진하고 현지에서 빽까지 쓰게 되면 그때부터는 본격적으로 조폭의 빚 독촉과 수사기관의 추적을 받게 되는 것이죠.

그 야구선수는 모아놓은 돈 다 털리고 본전 생각 때문에 점점 크게 덤벼들었지요. 그랬으니 도박 빚이 그야말로 눈덩이처럼 불어났지요. 마침내 도박의 함정에 빠진 거예요. 누적 도박 빚이 5억인지 그 이상인지 될 거예요. 당장은 감당할 수 없는 돈이겠지요. 그러니까 돈이 하나도 없는 거예요.

그래서 승부조작을 하라고 협박한 것이죠. 불법 스포츠 도박에서는 이리저리 잘 엮어서 승부조작에 성공하면 아주 쉽게 10억 이상도 벌 수 있거든요. 틀림없어요.

그런데 몇 번이나 실패했다고 들었습니다. 그들은 과정은 따지지 않고 오직 결과만 봅니다. 그건 핑계에 불과하다고 본 것이지요. 그랬으니 그쪽 조폭들이 아주 심하게 했겠지요.

물론 저하고는 관계가 전혀 없습니다. 전 에이전트에 불과하고 환치기 전문입니다. 자세한 것은 그쪽에 알아봐야 할 거예요.

한국에서 오는 VIP들은 대부분 전문 모집인을 통해 옵니다. 전문 모집인들은 국내 카지노나 골프장, 유흥주점 등에서 대상을 물색하지요. 국내 도박 관련 커뮤니티 등에도 많은 홍보 글을 남깁니다. 그러니까 인터넷에 올라오는 해외 원정 후기의 10퍼센트 정도만 어쩌면 사실이라고 할 수 있겠지요. 돈을 얼마

땄다는 글은 대부분 미끼용 홍보글입니다. 이렇게 모집한 고객이 게임에 참여할 때마다 쓰는 게임비의 통상 몇 퍼센트는 수수료로 정킷방에서 전문 모집인에게 지급합니다.

다시 말씀드리면, 성민경은 출장정지를 당하니까 약간 자포자기한 심정이 되었겠지요. 인터넷을 보고 제 발로 걸어 들어온 것입니다. 불과 몇 달 동안 도박에 빠져서 그렇게 된 거예요"

* * *

변호사는 그날따라 곰팡이 냄새가 뒤섞여있는 교도소 특유의 역겨운 냄새가 느껴졌다. 검정색과 흰색의 사각 리놀륨이 깔려있는 바닥을 내려다보면서 안경을 만지작거렸고 가끔 벗었다가 다시 쓰곤 했다.

"도박 빚 때문에? 돈에 몹시 쪼들리고 있었으니까 그 유혹을 뿌리치기가…… 어려웠겠지. 나도 그 지경이면 그랬을 거라고"

"재기에 성공하고 있었어요. 선발 출장도 보장되었구요. 그런데 느닷없이 연락이 온 거예요. 그걸 잘 처리해주면 빚을 깨끗이 없애주겠다고 했거든요. 그리고 매 건마다 충분히 보상을 해준다고 했어요. 결코 섭섭하지 않게 말이지요"

"걔들한테 죽도록 얻어맞지는 않았나? 말 안 듣는다고 그것들은 남을 죽도록 때리고 싶어서 좀이 쑤실 텐데."

"솔직히 귀가 솔깃했지요. 빚도 없어지고 게다가 목돈도 쥘수 있게 되었으니까요. 저는 흔쾌히 응했어요. 그러니 절대로 때릴 이유가 없었지요. 조건이 좋았어요. 채무면제 합의서도 받았고…… 선금도 두둑이 받았거든요. 그래서 신사적으로 처리했습니다."

"다른 투수를 포섭하라는 지시는 안 받았나?"

"당연히 받았지요. 하지만 제가 먼저 시작하고 성공하면 그때부터 친한 동료들을 끌어들이려고 했어요. 몇몇하고는 이심전심으로 이미 이야기가 되었지요."

"그러니까…… 처음에는 그 유혹에 넘어갔고…… 나중에는 심한 협박을 받았고…… 후배를 끌어들이려고 시도했고…… 그걸 검찰에서 순순히 이미 진술했단 말이지?"

"그렇게 되었지요."

"자유계약 선수라는 게 있지 않은가?"

"제가 투수 아닙니까. 투수는 타자와는 대우가 다르지요. 제가 재기에 성공했단 말입니다. 4년에 40억, 50억이 가능했겠지요."

"좌우지간 안 됐구면. 모든 게 물거품이 되었으니……"

"…… 잘 모르겠습니다."

"선수 생명이 끝나면서 괴로웠겠지…… 그렇지 않나? 술깨나 마셨겠군. 그럴 때는 알코올이 해결책이 될 수 있으니까."

"그렇지요. 죽을 것처럼 마셨어요. 그런데 아무리 들이부어도 술이 취하지가 않는 거예요. 뻗어버려야 하는데 말입니다."

"그러면…… 그러니까…… 그렇게 망가지게 되면…… 이왕지사 약에 손을 댔다면…… 마약이라도 해야 되는 거 아닌가? 요즘은 좋은 게 많을 텐데…… 쉽게 구할 수도 있고……"

야구선수가 거북하고 언짢은 표정으로 웃음을 지었다. 그리고 우물거리며 말했다.

"정신적으로 무너지니까 유혹을 받았지요. 그러나 그것만은 차마……"

"나도 한때는 강한 유혹을 받았었지. 단골로 만나는 여자가 있었거든. 그 여자도 나이가 드니까 별 수 없이 은퇴했다네. 아주 오랜 옛날 일이구만."

"약물의 유혹은 뿌리칠 수가…… 슬럼프라든가…… 스트레스라든가…… 그것도 미국 선수들이 먹었던 약효가 매우 강한 것으로 먹었지요. 빨리 효과를 보고 싶어서…… 과다 복용했어요."

그의 눈에 눈물이 고였다. 그는 입술을 깨물었다. 변호사는 외면했고 누렇게 색이 바랜 천장을 쳐다보았다. 잠시 침묵이 흘렀다.

변호사가 말했다.

"그렇게 되었구만. 모든 약물은 어떤 면에서 독약이고 마약이라고 할 수 있다네. 반드시 부작용이 있거든. 그래서 약은 조심해야 한다네."

"그 약도 부작용이 심했지요. 그리고 금단증세도 있었어요. 복용을 중단하면 심리적으로 위축되니까 극심한 신체적인, 정신적인 고통을 겪게 되지요.

그래서 불안, 불면, 두통, 귀울림, 극도의 우울감이 발생하는 거예요. 그러나 아직 발작이나 경련, 환각, 망상까지는 가지 않앗지요"

그는 우울하고 창백한 얼굴이었고 목소리는 다소 쉬어 있었다. 그 말을 하면서 그는 땀으로 흠뻑 젖었다는 걸 그때서야 깨달았다. 셔츠가 땀으로 축축했으니 가슴과 등쪽으로 달라붙어 있었다.

"우린 야구 이야기만 했네요. 재판은 어떻게 될까요"

"야구 이야기는 무척 재미있었네. 궁금증이 많이 풀렸거든."

"재판 말입니다? 재판 날짜가? 요즘은 밤마다 나쁜 꿈만 꾸니까 온종일 뒤숭숭해요"

그때는 매일 새벽이면 얕은 잠에서 깨어나기 직전 어김없이 나쁜 꿈을 꿨다.

그들이 검찰청 건물 정문의 포토라인 근처에서 기다리고 있었다 많은 기자들이 몰려든 것은 아니었다 몇몇 얼굴을 잘 아는 야구 전문 기자들이었다 사진기의 찰칵 소리가 반복해서 터진다 고개를 들라고 고개 좀 이쪽으로 이쪽이야 개미만한 수많은 이들이 스멀스멀 온몸을 기어 다니며 귓속으로 콧속으로 헤벌린 입속으로 기어들어갔고 흡혈귀처럼 피를 빨아 먹었다 그의 손을 떠난 공은 하늘로 높이 올라가서 어느 순간 사라져 버렸다 심판은 가차 없이 볼 판정을 내렸고 관중들은 어리둥절하다가 이내 야유를 보냈다 투수 코치가 올라왔다 그런데 코치가 아니라 처음 보는 사람이었다 그는 자신이 판사라고 했다 그는 마구 날뛰며 화를 냈고 심한 욕지거리를 내뱉었다 차디찬 금속성 수갑이 손목을 죄어왔다 여자는 완전 나체였다 마른 상체에 봉긋한 가슴 흑갈색 유두 빈약해 보이지만 의외로 풍만한 엉덩이 역 이등변 삼각형 형태 속의 무성한 거웃 살결이 투명해 보였다 그녀는 잘 아는 사람처럼 보였으며 몇 번 만난 적이 있었던 것 같다 여자 검사였다 그러나 그를 향해 히스테릭하게 비웃었다 그래도 그는 여자가 좋아서 어쩔 줄 모르고 여자를 바라보았다 온몸이 일어섰다 육체는 스스로 알아서 반응을 했던 것이다 그는 도무지 앞을 분간할 수 없는 어둠 속에서 발을 질질 끌면서 미로 같은 길을 맹목적으로 끝없이 걸었다 벗어나고 싶고 도망치고 싶었다 그러나 탈출구가 보이지 않는다 그는 힘겹게 손을 들어 온몸을 더듬어 보았다 온몸이 피투성이고 깨진 머리에서는 피까지 흘렀다 칼에 찔린 듯한 예리한 통증이 머리에서부터 발바닥까지 꿰뚫고 지나갔다 무더운 여름날 개처럼 숨을 헐떡였고 연거푸 신음을 내뱉었다 더 이상 도저히 참을 수가 없다 차라리 죽어버리자고 그 사람들이 날 끝까지 놓아주질 않을 거라고 누운 자세에서 침대 위 창문을 올려다보았고 간신히 몸을 일으켜 창문가로 올라갔다 그가 월셋방으로 얻은 임시 거처는 지하철 강남역 1번 출구 근처 20층 원룸의 5층이었다 그가 창문의 방충망을 위로 젖히고 뛰어내리면서 밖으로 뻥 뚫린 창틀을 붙잡고 위태롭게 매달렸고 병신 새끼! 뛰어내려봐! 손을 놓으라고! 남자들이 외쳤다.

꿈이 깨면서 겨우 잠든 새벽잠에서 깨어났다.

사기전과 9범인 남자가 앉아있는 똥통으로부터 역겨운 똥 냄새와 희미한 정액 냄새와 소독약 냄새와 감방 냄새가 뒤섞여

확 풍겨왔다.

늙고 꾀죄죄한 변호사는 담배 진으로 누렇게 변한 이빨을 드러내며 애매하게 웃었다.

"법적 관점에서 검토해 보겠네. 생각 나름이지만 별것이 아닌 것은 확실해. 도박이 합법적인 나라도 많지. 그것도 선진국에서 말이야. 외국환거래법 위반도 그렇지 뭐, 벌금으로 끝날 수 있으니까. 그리고 도박빚은 법률적으로 성립되지 않는 거야.

그런데 승부조작이 문제야. 물론 실패로 끝나긴 했지. 피고인은 협박과 공갈 때문에…… 오히려 피해자로 둔갑할 수 있었는데. 문제는 공모 부분을 빼는 게 너무 늦었다는 거지."

"그걸 빼는 게 변호사님의 역할 아닌가요?"

변호사가 신경질을 냈다. 무뚝뚝하고 약간 빈정거리는 듯한 쉰 목소리로 말했다.

"내 변론에 큰 기대를 하지 말게. 국선이 뭘 어떻게 하겠나? 그저 죽을죄를 지었으니 잘 살펴봐 주십시오, 라고 말할 걸세."

"제가 뭘…… 죽을죄를 지었다구요?"

"그러면? 검찰에서 다 인정하지 않았던가. 그리고 그 브로커인지 뭔지가 진술도 했더구먼."

"여자 검사가 친절했지요. 그냥 믿음이 갔어요. 꼬박 이틀 간 조사를 받았는데 무슨 말을 했는지 지금은 생각나지 않습니다만…… 좌우간 다 이야기했지요."

그녀는 마른 체구에 단순하면서도 촌티나는 우중충한 검은색인지 또는 회색 옷을 입고 검정테 안경을 쓰고 있었다. 조사가 끝날 무렵 우울하게 말했다. "나로선 어쩔 수 없다고…… 재판이나 잘 받으세요"

"검사가 예뻤던가…… 검찰이 미인계도 쓰는 모양이지. 검사가 범죄사실에 대해 세심하게 조서를 잘 꾸미긴 했더구먼. 그런데 검사가 야구에 대해서 뭘 알고 있긴 했어? 그 부분이 좀 미심쩍었거든. 야구 용어도 부정확하게 사용하고 말이지……"

변호사는 수사기록을 한 장 한 장 천천히 넘기면서 노란 형광펜으로 밑줄이 그어진 관련 부분을 손으로 짚었다. 야구선수는 그 동작 하나하나를 눈으로 좇으며 거기에 구체적으로 무엇이 적혀있는지 새삼스럽게 궁금했다. 문장은 끊기고 이어졌지만 투명했고 단단했다. 자신이 진술한 그대로라고 하지만……

그때 (그녀가 말할 때마다 볼우물이 들어갔고, 꿈속에서 두 사람의 팔다리가 한없이 부드럽게 뒤얽혔던) 그 예쁜 여자는 아주 날렵한 솜씨로 유영하듯 능숙하게 글자판을 두들겼었다.

"…… 아니요. 전혀 알지 못했고 관심도 없었지요"

"그렇다면…… 자넨 승부조작 부분에서 볼 배합하는 것처럼 지그재그로 진술할 수도 있었는데…… 다시 말하면, 야구의 기술적인 부분이니까 실제 조작은 하지 않았다고 주장할 수 있었단 말이지.

미수범도 원칙적으로 처벌되긴 하지만 정상 참작에 절대적으로 유리하다네.

그리고 실질적으로는 피해자라고 주장할 수 있었는데…… 그만 실토하고 말았구먼. 너무나도…… 진실인 것으로 믿을 수밖에 없게…… 상세하게 진술했단 말일세."

"……"

"거짓말을 해 본 적이 있었던가? 가끔 거짓말하면 기분이 후련해지거든."

"글쎄요. 오직 야구만 했으니…… 사회생활을 많이 하지 않았단 말입니다. 거짓말을 할 기회가 많지 않았을 것입니다."

"그렇겠군. 밑바닥 생활을 하려면 거짓말도 가끔 해야 될 거야."

"그렇지만…… 잘 아시지 않습니까? 저는 저 자신을 죽인 것이지 다른 사람에게 해를 끼친 적은 없었다구요. 승부조작도 모두 실패로 끝났어요. 승패와 관계가 없었단 말입니다. 제가 죽어야 할 만큼 양심의 가책을 받아야 하나요?"

"그 애송이 판사는…… 내가 보기에는 틀림없이 애송이지. 제잘난 맛에…… 천방지축 철없이 까분다네."

"판사들한테 심한 알레르기가 있는 거 아니에요?"

"그렇다네. 그렇고말고."

야구선수는 당황했고 낙심한 표정으로 변호사를 쳐다보았다.

"나갈 수가 없단 말인가요?"

"글쎄…… 집행유예가…… 설마…… 장담할 수는 없다네."

"저는 어떻게 될까요? 제가 앞으로……?"

"내가 그걸 어떻게 알 수 있겠나? 너무 일찍 인생의 험한 꼴을 맛본 거겠지. 인생에서 누구는 성공하고 누구는 실패한다네."

그들은 더 이상 별로 말을 나누지 않았다. 딱히 더 해야 할 만한 말이 없었던 것이다. 잠시 무거운 침묵이 내려앉았다. 변호사는 쇠창살이 박힌 창밖으로 골짜기 건너 아주 멀리 있는 산을 문득 바라보았다. 변호사가 일어섰다. 그가 연약한 눈빛으로 야구선수의 슬픈 눈을 내려다보았다.

변호사가 악수를 하기 위해서 연약한 손을 내밀었다. 말라비틀어진 손가락의 뼈마디가 딱딱했지만 약간 끈적거렸고 따뜻했다. 야구선수의 목에서 맥박이 뛰었다. 거구의 야구선수는 엉거주춤 일어나서 허리를 굽혀 손을 잡았다.

"오늘이 마지막일세. 물론 법정에서 잠깐 함께 있겠지. 우리가 무슨 인연이 있다고…… 다시 만날 기회는 없을 걸세.

내가 특별히 해줄 말은 없다네. 힐링이니 그따위 말들은 믿지를 말게. 그저…… 스스로 자신을 지키게. 살다 보면 힘들 때도 있고 아닐 때도 있겠지. 삶을 있는 그대로 받아들이게."

"……"

* * *

경찰에 체포된 투수는 결국 승부조작을 시도했다고 자백했다. 그가 자백한 경기는 지난해 여름에 홈에서 야간 경기로 벌어진 경기였다.

그때 브로커가 그에게 주문한 내용은 첫 이닝 첫 타자를 몸에 맞는 볼로 출루시키는 것이었다. 그것도 몸 쪽으로 속구를 던져서 허벅지나 정강이를 맞추라는 것이었다.

타자들은 언제든지 빠른 공이 자신의 몸 쪽으로 날아올지 모른다는 두려움을 안고 타석에 서게 된다. 그러니까 투수가 던지는 강속구는 자신의 머리로 언제든 날아올 수 있는 것이다. 왜냐하면 투수의 제구력은 늘 완벽하지 않기 때문이다. 투수는 실제 타자를 이기기 위해 몸 쪽 승부를 한다. 그리고 가끔 투수는 위협구는 물론이고 악의적으로 몸에 맞히기 위해서 공을 던지기도 한다. 선수들은 이구동성으로 말한다.

"몸에 맞는 공의 고통이란 게 별 거 있나요?"

"안 맞아 봤으면 말을 마세요!"

말이 필요 없을 만큼 아프다는 것이다. 그 고통은 직접 당해봐야 알 수 있다는 것이다. 살집과 근육이 두툼한 엉덩이나 허벅지는 그나마 괜찮다. 그건 뼈를 깨부수는 고통이라고 할 수 있다.

그날 성민경의 시즌 10번째 선발 등판 경기였다. 그는 1여 년 만에 복귀해서 성공적으로 재기하고 있었다. 이미 6승째를 챙겼기 때문이다.

그는 이 경기에서 1회 선두 타자의 목표지점을 향해 포수의 사인을 무시하고 인정사정없이 강속구를 던졌다. 그러나 타자는 엄청난 반사신경에 의해 엉겁결에 피해버렸다. 그리고 투수가 볼카운트를 조절할 틈도 주지 않고 2번째를 건드렸다가 볼이 붕 뜨면서 하늘로 치솟더니 내야 플라이로 아웃되었다. 그는 두번째 선수에게 안쪽 낮은 볼 2개를 던진 다음 스트라이크 1개를 던졌고, 볼카운트 2-1에서 바깥쪽 높은 볼, 몸 쪽 낮은 쪽으로 계속 공을 던져 볼넷을 허용했다. 그는 볼넷 이후 내야 수비 실책으로 다음 타자를 내보내 자초한 1사 1,2루에서 4번 타자에게 2루타를 얻어맞고 먼저 2점을 내줬다. 볼넷이 빌미가 되었다. 그는 7회에서 첫 타자에게 볼넷을 내주고 내려갔는데 성민경의 기록은 6와 3분의 1이닝 5피안타 5볼넷 4실점이었다. 하지만 팀타선이 나중에 6점을 뽑아내며 6대 5로 역전승했다.

그는 그 경기 이후에도 브로커의 지시를 받고 승부조작을 시도했다. 두 번째 경기에서는 1회에 볼 컨트롤이 안 되는 척하면서 두 번씩이나 볼넷을 주라는 지시를 받았다. 그러나 경기 기록상 성민경이 1회에 허용한 볼넷은 없었다. 첫 타자가 초구를 건드려 내야 땅볼 아웃됐고, 다음 타자들도 풀카운트 대결 끝에 높은 공을 쳐내서 외야 플라이로 아웃됐기 때문이다.

그러나 이 경기에서 2회 3점을 내주는 등 5이닝 5실점한 후 투수 교체로 내려왔다. 하지만 이날 팀은 7회 이후 끈질기게 따라붙으며 끝내기 안타로 7대 5 역전승을 거뒀다.

그는 이제부터 심리적으로 위축되고 쫓기기 시작했다. 성적은 뒤죽박죽이 되어 감독의 신뢰를 다시 잃어버렸다.

그가 경찰에서 진술했다.

"제가 승부조작을 한 사실은 인정합니다. 엄청난 도박 빚 때문에 그들의 지시를 거역할 수 없었습니다. 첫 번째 승부조작에 실패한 뒤부터 브로커들의 협박과 공갈을 도저히 당해낼 수 없었습니다. 저 때문에 엄청난 손해를 봤다고 하면서 죽여 버리겠다고 협박을 하고 죽도록 때렸거든요.

저는 무서워서 도저히 견딜 수가 없었습니다. 오죽했으면 자살할까도 생각했습니다."

두목인 조폭은 구단에도 직접 전화를 걸어왔다. 구단 소속 어떤 선수가 승부조작과 연루됐는데 내가 그 때문에 돈을 잃었다. 다른 구단은 이럴 경우 돈을 메꿔줬다며 돈을 요구했다. 브로커들은 약점을 쥐고 구단 소속 선수의 승부조작을 공개하지 않겠다는 구실로 거액의 돈을 요구한 것이다.

그동안 야구계에선 구단들이 소속 선수의 승부조작 사실을 자체 조사를 통해 알았으면서도 구단 이미지 등 악영향을 고려해 숨기고 있었다. 그러나 이번 경우는 증거가 너무 명백했기 때문에 도저히 숨길 수가 없었던 것이다.

* * *

형사 법정

성민경은 도박과 외국환거래법 위반, 국민체육진흥법 위반으로 구속 기소되었다. 법정에 팽팽한 긴장감은 없었다. 그는 공소사실을 모두 인정했다.

변호사는 연신 고개를 굽신거리면서 입안에서 우물거렸다.

"피고인은 흔히 말하는 대로 초범이고 많이 반성하고 있습니다. 글쎄 말입니다. 그리고 공갈 협박을 받은 가련한 피해자라는 점을 고려해 주십시오. 동기와 그 과정을 면밀히 살펴봐 주십시오 국가는 거대한 괴수이지요. 그 괴수는 언제나 비단뱀처럼 아가리를 쩍 벌리고 있습니다. 희생자를 통째로 삼키기 위해서 말입니다. 국가가 이 불쌍한 청년을 처벌해서 어쩌겠다는 것입니까? 처벌만이 가능할까요?

처벌이라는 것은 그 안에 악이 들어있습니다. 이 말은 제가 만들어낸 것이 아닙니다. 오래전에 영국 법철학자 제레미 벤담이 하였습니다.

이 사건에서 다른 피해자는 없습니다. 다시 말씀드리지만, 모세의 율법에는 목숨은 목숨으로…… 눈은 눈으로…… 이는 이로…… 손은 손으로 갚아야 한다고 했습니다. 이 법 감정은 수천 년이 지나도 여전히 소멸되지 않은 채로 살아있지요. 그러나 이 사건엔 피고인 이외에 다른 피해자는 없습니다. 피고인은 이미 충분히 처벌받았습니다. 삶의 전부이고 일생의 꿈인 야구와 영원히 결별하게 되었기 때문입니다. 꿈을 이루기 위해서 충분히 준비했고 성공할 수 있었는데 말입니다.

제가 이 젊은 사람을 변호할 자격이 있는지 모르겠습니다. 어쩐지…… 그런 생각이 문득 듭니다."

애송이 판사는 듣는 둥 마는 둥 했다. 무테 안경 속에서 나른하게 눈알을 굴리면서 의심스러운 눈초리로 피고인을 내려다본다. 서로 시선이 엇갈린다.

3주 후 선고가 있었다.

판사는 엄하게 훈계하듯이 말했다.

"유명한 야구 선수는 공인이나 다름없고 커가는 어린이들의

꿈의 우상인데, 그런 기대를 저버리고 약물을 하고 해외 원정도
박을 하였을 뿐만 아니라 그것도 모자라 승부조작까지 하였는
바, 어떻게 피고인이 공갈 협박을 받은 피해자라고 주장할 수
있는가요?

　다시 말하면 처벌 받을 일을 했으면 반드시 처벌을 받아야지
요. 그래야만 합니다. 그게 판사의 거룩한 임무입니다. 진정으
로 뉘우치는 기색도 없으니 엄벌에 처할 수밖에 없습니다."

　**판사는 징역 2년을 선고했다. 그리고 친절하게도, 항소하고 말고
는 피고인의 자유라고, 자신이 관여할 바는 아니라고, 만약 항소를
하게 된다면 기간을 잘 지키라고, 말했다.**

귀휴

귀휴 歸休

모든 비극은 죽음으로써 종막이 되고……
— G.G. 바이런

경복궁 동쪽 돌담을 왼쪽으로 끼고 삼청로를 따라 걸어 올라
갔다. 국립현대미술관, 삼청파출소를 지나자 왼쪽으로 팔판동이
나왔고 계속 더 올라가자 삼청동 예수 그리스도 후기성도 교회
가 나왔다. 심장의 박동을 느끼며 느리게도 빠르게도 걷는다.

나는 언덕길을 올라서 숲속으로 들어갔다. 가벼운 산들바람
이 불어왔다. 숲은 여전히 아름답다. 나무들이 울창했고 무성하
게 자라난 보드라운 풀들이 너울거렸고 봄의 꽃들이 피어있다.
벌들이 윙윙거리며 날아다녔으며 새들이 지저귀는 소리가 들려
왔다. 새들은 덤불 숲속에서 아름답게 노래했다.

그곳에는 옛날 옛날 옛적에는 깊은 샘이 있었고 송사리가 사
는 맑은 개울이 흘렀다. 그리고 작은 신비한 나비들이 많이 날
아다녔다. 큰주홍부전나비와 독수리팔랑나비, 도시처녀나비, 시
골처녀나비, 남방남색공작나비 등이 날아다녔다.

숲을 온통 파란색으로 색칠하였으니 여름은 위대하였다.

한여름에는 밤하늘에서 깜박거리는 불빛을 바라볼 수 있었다. 그때 세 살 터울의 형은 움직이는 불빛을 보고 밤 도깨비가 날아다닌다고 하였다.

빛을 내며 날아다니는 곤충. 반딧불이 또는 개똥벌레.

반딧불이는 어떤 가수가 불렀던 '개똥벌레'라는 노래 때문인지 깨끗한 곳에서만 살 수 있는데도 개똥에 사는 더러운 벌레라는 오해를 받았다. 애벌레 상태로 겨울을 난 반딧불이는 여름을 앞두고 성충으로 변신한다. 배에 형광색 발광기를 켜고 이르면 늦은 5월부터 밤하늘을 날아다니는 것이다. 반딧불이의 빛은 구애의 빛이다. 암수가 불빛을 주고받으며 제 짝을 찾아 나선다.

그 숲은 가을이 되면 산수유와 단풍나무가 가을빛으로 물들었다. 가을이 깊어질수록 자연의 색은 성숙해진다. 빨간색은 붉게, 노란색은 샛노랗게, 보라색은 가짓빛으로 자신의 색을 찾아 영글었다.

그리고 꾀꼬리 대신 꿩과 까투리와 산비둘기와 산새들이 모여들어 재잘거렸고, 원형으로 돌출된 커다란 육각형 겹눈을 홀깃거리며 전진, 정지, 후진, 뒤집기 등 자유자재로 비행 기술을 구사하는 고추잠자리들은 짝을 찾아 헤매 다녔다.

아침 일찍 산등성이에서 내려다보면 계곡은 짙은 안개에 덮여 있었다. 가을이 되어 일교차가 크게 벌어지면서 밤사이 계곡이 차갑게 식어서 안개가 낀 것이다. 그러나 낮 동안 햇살이 비치면서 지상의 온도가 올라가면 안개는 서서히 흩어졌다. 자욱한 안개가 너무나 그립다. 그 계곡에는 흰 꽃잎에 노란색 수술이 겹으로 피면서 그윽한 향기를 내뿜는 야생 수선화가 질편하게 깔려 있었다.

계절이 지나가는 하늘에는 가을로 가득 차 있었다.

아카시아 꽃향기를 맡으며 가파르게 경사진 숲속 길을 올라가자 숨이 차올라 목이 막혔고 얼굴이 창백해지며 차가워진 몸이 몹시 떨렸다. 그 순간 과거로 이어진 문이 열리면서 어린 시절을 추억했고 눈물이 뺨을 타고 흘러내렸다.

기억의 잎사귀들이 살랑거리면서 슬픈 음악을 연주한다.

나는 어린 시절 가회동 꼭대기에 살았다. 그 동네에서 초·중·고등학교를 다닌 것이다. 그때 동네 입구에 있는 구멍가게에서는 채소와 두부도 팔았고, 생선 가게와 정육점, 연탄 배달집, 세탁소, 방앗간, 대중목욕탕 등이 자리 잡고 있었다. 그리고 하늘과 맞닿을 듯한 높고 가파른 축대와 좁은 계단을 올라가면 조선시대부터 형성된 두 사람이 지나가려면 어깨를 비켜야 할 정도로 좁은 골목길이 그대로 남아서 이 골목에서 저 골목으로 미로처럼 이어졌다. 대낮이면 아이들 고함 소리로 가득 찼다가 저녁때쯤이면 이 집 저 집에서 새어나오는 밥 짓는 냄새와 된장찌개 냄새로 채워졌다.

그래서 사람 사는 냄새가 물씬 풍겼던 것이다.

그 시절에는 그곳에서 시간은 아주 천천히 흘러갔다.

하지만 지금은 현대식으로 새로 지은 건물에 편의점과 피자

집, 이탈리아 식당, 식빵 전문점, 프랜차이즈 카페, SK텔레콤 대리점 등이 들어와 있다. 그리고 전통 한옥을 현대적으로 개축해서 모던한 세련미를 살린 부티크, 갤러리, 게스트하우스, 자수나 옻칠, 민화, 한지, 한복 등 전통 장인들이 운영하는 공방들이 들어서 있다.

하지만 어쩌다 입구에 남아있는 일제 때쯤 지은 오래된 단층 한옥집은 3~4층 다세대 주택들에 둘러싸여 마치 외로운 섬처럼 고립되어 있다.

매서운 한파가 몰아치던 날이면 어김없이 아버지는 동네의 술친구 서너 명과 함께 옛집에 둘러앉았다. 그들은 오랫동안 단골손님이었다. 손때가 묻어 끈적이는 나무탁자를 사이에 두고 중년의 주인과 손님들은 오랜 친구처럼 얘기를 나누었다. 주인은 핏물이 고인 생선과 돼지고기, 남쪽에서 올라온 꼬막으로 안주를 만들었다. 그들은 막걸리 아니면 독한 소주를 마셨다. 아버지는 거나하면 옛날 노래를 흥얼거렸다. 그리고 나에게 고기 몇 점을 입에 넣어 주었다. 나는 겨울밤이면 몇 점의 고기를 얻어먹고 싶어서 아버지를 마중한다는 핑계로 그 포장마차에 갔었다.

북촌 한옥 마을의 비탈진 골목길.

외국 관광객 수십 명이 디지털카메라와 스마트폰으로 열심히 이곳저곳 사진을 찍고 있다. 알아들을 수 없는 말들이 와자지껄했다. 골목길 양쪽에 있는 빛바랜 기와지붕과 벽돌담, 격자무늬의 녹슨 창살을 단 한옥들의 대문에는 'Silence please'라고 쓰인

종이가 붙어 있다. 그 문장 아래는 중국어, 일본어로 같은 뜻의 말이 적혀 있다. 그러니까 골목 곳곳에 정숙을 요청하는 안내판과 현수막이 걸려 있는 것이다.

관광지가 된 가회동 주택가의 주민들이 고통을 호소하고 있었다. 오죽했으면 종로 구청에서 현수막까지 만들어 내 걸었을까.

골목길에서 만난 북촌 주민이 말했다.

"매일 외국 관광객 수십 명이 한꺼번에 몰려와 여행용 가방을 끌고 다니며 시끄럽게 떠드는 소리에 노이로제에 걸릴 지경입니다. 사람 사는 게 아니지요

처음 이사 왔을 때는 대문을 열어놓고 관광객들에게 집도 구경시켜주고 화장실도 이용하게 해줬죠 그러나 일행 하나가 들어오면 줄지어 들어오는 통에 결국 문을 닫아 놓고 살지요 그랬더니 이제는 아침마다 대문 앞에 버려진 쓰레기 치우는 일이 큰일이랍니다."

우리는 고향을 잃어 버렸다.

우리가 아직 젊었을 때 문화와 예술의 중심지였던 명동.

내가 연극에 미쳐 빠져 있을 때 저녁이면 그 친구와 함께 매일처럼 들렀다. 그 시절 우리들의 호주머니는 늘 가벼웠다. 하지만 나에게는 지울 수 없는 많은 시간과 아스라한 기억이 남아있다. 그냥 그곳에서 그 시절을 보냈던 사람의 기억이다.

명동에는 그 옛날 은성주점과 돌체다방과 쉘부르와 코스모스 백화점과 엘칸토, 떼아뜨르 추 등 소극장들과 음악다방들이 있었다. 그 이전에는 베토벤의 교향곡 9번과 헝가리 랩소디를 틀어 주었던 음악다방인 '봉선화 다방'과 시인과 작가, 화가 등 예술가들이 모여들었던 '아카데미 다방'이 있었지만 사라진 지 오래 되었다.

다만 명동의 상징으로 신성불가침의 성지였던 주황색 벽돌의 엷은 붉은 빛이 여전히 감도는 명동성당은 아직도 그 낮은 언덕에 남아있다.

지금은 온통 외국인 관광객이 거리를 메우고 있고 그들을 대상으로 하는 저가 화장품 가게, 중저가 해외의류 브랜드와 대형 프랜차이즈 식당들만 즐비하다. 맛 골목으로 유명했던 먹자골목은 사라진 지 오래 되었다. 중국 대사관 뒤쪽 이른바 카페 골목도 사라지고 없다. 옛날에는 그 골목에 카페와 구둣가게, 보세옷집들이 모여 있었는데 지금은 몽땅 화장품 가게가 되었다.

무색무취의 무국적 거리로 변해버렸으니 이제 명동은 잃어버린 땅, 빼앗긴 땅이 되었다.

거리는 일본어 간판과 중국어 간판이 숲을 이루고 있다. 그러니 옛날과는 완전히 다른 골목 표정을 띠고 있다.

긴 그림자를 오만하게 드리우며 하늘을 가리고 있는 새로 지은 고층 건물들은 무미건조하고 더욱 차갑고 냉소적으로만 느껴진다.

명동의 중심에는 명동예술극장이 있다. 맞은편에는 유네스코

회관이 있는데 유네스코의 옆구리 좁은 길 역시 유커들이 넘쳐났고 그들을 상대로 한 많은 좌판들과 호객하는 사람들로 북새통을 이루고 시골 장터처럼 시끌벅적하다.

우리가 명동을 한참 드나들던 시절이 언제였던가? 예술가들이 은성주점, 돌체다방, 동방살롱 등을 배경으로 드나들던 시절은 이미 지나갔고, 1970년대 중반부터 오비스캐빈, 쉘부르 등에서 청바지를 입고 통기타를 치던 젊은 가수들이 새롭게 신선한 바람을 불러일으켰던 시절도 다 지나간 다음이었다.

그 당시에는 브랜드 옷가게와 구두 가게, 먹고 마시는 가게들이 즐비했다. 그때 외환은행 본점 건물 뒤쪽 좁은 골목에는 유리 칸막이 안에서 디제이가 하루 종일 팝송을, 가끔은 남미 음악이나 재즈를 틀어주는 경양식집들이 한 집 건너 몰려 있었다. 언제나 담배연기가 자욱했고 가끔은 그렇고 그런 가수들이 출연해서 라이브 연주를 하였다. 그곳에서 함박스테이크 아니면 돈가스를 먹었고 오비 병맥주를 마셨다.

그 친구는 술에 취하면 센티멘탈해져서 늘 노래를 불렀다.
명동 샹송으로 알려진 '세월이 가면'을 불렀다.

지금 그 사람 이름은 잊었지만
그의 눈동자 입술은
내 가슴에 있네

그리고 박인환의 '목마와 숙녀'를 불렀다. 부르는 게 아니라 쉰 목소리로 나지막하게 읊조렸다.

한 잔의 술을 마시고
우리는 버지니아 울프의 생애와
목마를 타고 떠난 숙녀의 옷자락을 이야기한다
목마는 주인을 버리고 그저 방울 소리만 울리며
가을 속으로 떠났다 술병에서 별이 떨어진다
상심한 별은 내 가슴에 가벼웁게 부숴진다

하지만 그 노래를 불렀던 박인희 가수는 언젠가 L.A.로 떠난 뒤였다. 소문대로 가수 박인희는 31살에 요절한 천재 시인 박인환의 동생이었을까.

지하철 2호선과 4호선과 5호선이 교차하는 동대문 역사문화공원역 5번 출구를 나오자 '샤프카'라는 러시아식 방한모를 쓴 러시아인들이 자주 보였다. 길 건너편에 몇 억 광년이나 떨어진 머나먼 별나라에서 외계인이 타고 내려온 UFO처럼 생긴 동대문 디자인 플라자가 보인다. 골목 간판에 쓰여진 문자들이 몹시 낯설었다. 러시아, 중앙아시아 국가에서 주로 쓰는 키릴 문자였다.

여기는 '서울의 실크로드'라고 불리우는 을지로5가 광희동 중앙아시아 거리이다.

나는 그 시절 동대문 야구장에서 야구 경기가 끝난 뒤 친한 친구들과 함께 자주 광희동에서 쌍림동 방면으로 이어지는 술집 골목을 찾았다. 그때 나에게 야구장은 성지였다. 세속 종교의 지붕이 없는 성당이었다. 그렇게 추억이 어린 야구장이 오래

전에 사라진 것은 참으로 잔인한 일이다. 여전히 귀청을 찢는 함성 소리가 아련한데 말이다.

그런데 그 일대가 외국인 거리로 변하게 된 건 한국과 러시아의 국교가 이루어진 1990년부터라고 한다. 동대문 의류시장을 찾은 보따리 상인들이 이곳에 몰려있던 숙박업소에 며칠씩 묵게 되면서부터였다.

러시아 의류상들은 이구동성으로 말했단다.

"동대문의 한국 의류는 값이 너무 싸면서도 디자인과 품질이 뛰어나 러시아에서 인기가 많지요. 그래서 한 번 오면 몽땅 사가지요. 이익이 많이 남거든요."

그 이후 우즈베키스탄 등 중앙아시아 다른 나라 소상인들도 자연스럽게 이곳에 터를 잡았다.

나는 13년째 자리를 지키고 있다는 광희동의 터줏대감이라고 할 수 있는 우즈베키스탄 식당 '사마리칸트'에 들렀다. 가게에 들어서자 벽에는 우즈벡 전통의상인 '치아판'이 걸려있고 현지 음악을 들려주기 때문에 마치 중앙아시아로 여행을 온 듯한 착각마저 든다. 우즈벡 전통 볶음밥인 '플로프'와 훈제 양꼬치 '샤실릭', 전통 빵을 시켜 먹었다.

광희동 거리 중심부에 있는 뉴금호타운은 '몽골타워'로 불리고 있었다. 그 10층 건물에는 몽골인이 운영하는 식당, 몽골식 전통 찻집, 그리고 여행사, 중고 휴대폰 판매점 등이 입주해 있기 때문이다. 3층에 있는 '잘루스'에선 우유에 녹차, 소금 등을 넣어 만든 몽골식 전통차인 수태차를 맛볼 수 있다. 타향살이에 지친 몽골인들은 이곳에 모여 고향 음식을 먹으며 향수에 젖어 고향 이야기를 나눈단다. 고비 사막과 유목민 생활, 영하 50도까지 내려가는 살을 에는 지독한 추위, 몽골 게르, 쌍봉낙타와 낙타 젖, 독수리와 회색 늑대, 풍장 그리고 한국에서 생활하면서 필요한 생활 정보를 나눈다. 사랑방 같은 곳이다.

세운상가가 있는 종로4가의 예지동.

예지동은 입정동과는 세운상가를 사이에 두고 대각선상에 있고 배오개 길을 건너면 광장시장이 나온다.

나는 예지동 시계골목을 찾았다. 구불구불하고 좁은 뒷골목에 들어서자 시곗바늘을 한참 뒤로 돌린 듯 옛 풍경들이 그대로 남아있다. 낡은 시계 점포에 진열된 옛날 시계들과 색이 바랜 간판들이 보인다. 그 짧고 좁은 거리엔 수많은 시계, 귀금속 가게, 솜씨가 귀신같은 전문가들이 운영하는 카메라 수리점이 밀집해 있다.

이 골목은 1960년대 무렵 청계천의 상인들이 이쪽으로 옮겨오면서 형성됐다. 거친 목재로 만든 사과궤짝 위에 싸구려 시계를 고무줄에 묶어 진열해 놓고 팔던 게 시초였다. 그러면서 귀금속 가게들이 하나둘씩 늘어나기 시작했고 1980년대까지는 혼수 마련을 위해 꼭 들러야 하는 장소가 되면서 전성기를 맞았다.

하지만 1990년대에 들어서면서 시계 기능이 포함된 삐삐와 휴대폰의 등장은 이 골목에 결정적인 타격을 가했다. 그리고 명품 예물의 상권이 고급 백화점으로 이동하면서 그런 손님들의 발길마저 끊겼다. 하지만 재개발의 광풍은 아직 여기까지 몰아치진 않았다.

그 옛날 그 자리엔 60년 경력의 주인 아저씨가 여전히 2평 남짓한 가게에서 반세기가 넘게 정확한 시계처럼 반복된 삶을 살고 있었다. 세밀한 시계 수리공의 작업. 그 아저씨는 이제는 할아버지가 되었으니 허리는 굽고 얼굴에는 잔주름이 자글자글하다. 누구도 시간의 강을 거슬러 올라갈 수는 없을 것이다. 몹시 피곤해 보였다. 내가 인사를 하면 누구인지 기억이나 할까? 나는 그 시계 가게를 외면한 채 도망치듯 그냥 지나쳤다.

그러나 오래된 그 골목에는 옛날 전통 맛집들이 몇 개는 그대로 남아있다. 나는 그날 밤 옛날에 가끔 들렀던 빈대떡 파는 술집을 찾아갔다. 10여 분을 기다린 뒤에야 겨우 빈자리가 났다. 혼자 앉아서 막걸리를 시켰다. 그리고 웬 낯선 중년의 남자와 합석하게 되었다. 우리들은 이런저런 이야기를 하면서 막걸리와 소주를 섞어서 한참을 마셨다. 그리고 그가 이끄는 대로 2차를 갔는데 일본식 선술집이었다. 테이블 서너 개가 고작인 작은 술집이었는데 미지근하게 데운 일본 청주인 사케를 마셨다.

그가 말했다.

"이 동네는 신문에 기사가 안 나왔으면 좋겠어요. 동네가 유명하면 절대 안 된다니까. 절대로 안 되지. 그렇고말고

이 좋은 동네에 관광객들이 많이 몰리면 예전에 느꼈던 편안함과 호젓함은 온데간데없게 되겠지요

그러면 옛날 집들은 집세를 감당하지 못해서 떠나야 하고 그

자리에 프랜차이즈 가게들이 들어온단 말이지요."

나는 지하철 2호선 을지로 입구역에서부터 외환은행 본점 건물을 지나고 남대문 세무서를 지나서 고층빌딩이 화려하게 빛나는 을지로2가 대로변을 따라 동대문 방향으로 걸었다. 을지로3가역을 지나면서부터 어느새 높은 빌딩들이 모습을 감추고 낡은 저층 건물들이 나타났다. 거기서부터는 을지로3가와 을지로4가 지역이다.

세운상가와 청계상가, 대림상가가 그 사이에 끼어 있다.

갑작스러운 풍경 변화에 시간의 흐름이 뚝 끊긴 듯한 느낌이 든다. 오래된 거리의 낡은 풍경 사이로 수십 년간 거리를 지켜온 작은 가게들이 보인다. 변한 것 같지만 변하지 않은 풍경들. 그러나 풍경은 건물만으로는 그려지지 않는다. 풍경에는 건물과 장소를 이어주는 길과 사람이 살아가는 모습이 담겨 있어야 한다.

을지로3가에서 을지로4가에 이르는 큰 길가에는 벽지와 바닥재 가게를 비롯해 배관공사 자재를 전문으로 취급하는 가게, 방수시공 업체, 알루미늄 샤시 가게, 세면대와 양변기를 취급하는 도기 타일 전문점, 부동산 중개소, 다방, 세무사 사무실, 직업소개소까지 빼곡히 들어서 있고, 전기재료와 조명기구를 파는 가게들은 대낮인데도 여전히 훤하게 불을 밝히고 있다.

뒤쪽 골목으로 더 들어가면 철물점, 자재상, 인쇄공장, 화공약품을 파는 가게들, 자물쇠가 채워져 있는 공동 화장실이 나온다.

좁은 골목에 봉고트럭과 리어카로 물품을 실어 나르는 인부들의 발걸음이 분주하다.

수표동에서 큰길을 건너 오른쪽으로 골목길을 좀 더 걸어 들어가면 작은 철공소와 모터 가게, 주물 가게, 정밀기계 가공업체, 금형 가공업체가 밀집해있는 입정동과 산림동의 공장지대가 나온다. 너무 오래된 공장들이 빽빽이 들어차 있고 낡은 건물과 건물, 처마와 처마가 거의 붙어있고 곱창처럼 복잡하게 얽힌 골목길을 형성하고 있다. 절삭기의 원통형 톱날이 금속을 자르면서 나오는 요란한 굉음과 쇳가루가 뿜어져 나오면서 튀는 불꽃과 매캐한 쇳가루 냄새, 기름 냄새가 가득하다.

이것은 신기한 풍경이라기보다는 고단한 풍경이라고 할 수 있다. 매일 이곳으로 출근하는 어떻게든 살아가겠다는 꿈을 가진 블루칼라 노동자들에게는 그저 고달픈 일터이고 직장일 뿐이다.

저녁이 되면 공장들은 일제히 셔터를 내려 사람들이 지나다닐 수 없을 것 같은 좁은 골목 전체가 깜깜해진다. 골목 구석에 남아있는 오래된 식당들만 불을 밝힌다.

아버지도 조촐한 밥상과 술 한 잔이 그리워 퇴근길이면 이곳으로 발걸음을 옮겼을 것이다. 아버지는 그때 이곳에 있는 작은 철공소에서 젊은 견습생 한 사람만 데리고 수직 밀링머신으로 공작물을 자르거나 깎는 작업을 했었다.

나는 그 시절 아버지의 철공소에서 가늘고 긴 철판을 잘라서 깎고 며칠 동안 숫돌에 갈아서 칼날 부분을 예리하게 만들고, 손잡이 부분은 얇은 가죽으로 감싸서 검은 테이프로 겹겹이 감았던 단도를 만들어서 보관했다.

전혀 변하지 않은 그 옛날 골목길을 보았을 때 정겨웠다. 흐르는 눈물을 어쩔 수 없다.

그러나 이 곳 역시 작은 변화가 일어나고 있었다. 설치 작가와 인테리어 디자이너, 사진 작가, 전시 기획자 등 예술가들의 작업실과 전시장이 들어서고 있었던 것이다. 그리고 세운상가 쪽은 어떤 형태이든 조만간 재개발이 될 모양이다.

옥탑방.

서울에서 방에 누워 밤하늘의 별을 볼 수 있는 곳. 자신만의 마당을 즐길 수 있는 곳. 옥탑방은 시야가 트여 조망이 좋고 임대료가 저렴했다. 그때는 2층 평평한 옥상에 옥탑방이 있었고 계단을 오르고 또 오르면 옥탑방의 문이 보였다. 집 안에 들어서면 5평 남짓한 아기자기한 공간이 나타났고 시내가 한눈에 들어오는 문 밖 마당엔 구석에 굴뚝이 솟아있고 빨랫줄에는 이불과 옷가지가 널려 있었다. 나는 그녀와 함께 살기 위해서는 좁은 공간을 활용해야 했다. 옥탑방 곳곳에 수납공간을 만들고 가구 배치도 새롭게 바꾸었다. 그러나 화장실에는 여전히 곰팡이가 가득했다.

도시의 풍경 속으로 겨울의 짧은 해가 저물고 있었다. 더욱 컴컴해진 어둠 속으로 건물들이 차츰 사라지고 별들이 깜박이며 검은 하늘을 수놓았다.

옛날 그 집은 어느새 사라지고 없다. 지금은 대학로 변화한 뒷골목에서 낙산 공원 쪽으로 올라가는 길에는 4, 5층 높이의 원룸 빌딩들이 좁은 간격으로 숲을 이룬 채 들어서 있다.

내가 그때 무슨 일 때문인지 머리는 박박 깎였고 먹방에 갇혔다. 먹방이란 글자 그대로 먹물을 뿌린 듯 사방이 새카만 독거실을 말한다. 겨우 0.8평으로 밥그릇이 들어오는 식구통만 열려 있는 폐쇄된 방이었는데 이른바 징벌방이었다. 적막감이 감도는 방에 들어간 순간부터 사방을 둘러싼 검은 시멘트벽은 한기를 내뿜는다. 하루 온종일 식구통만 바라보는 날들이 계속되었다. 시간은 더디게 흘러갔다. 식구통만 늘 열려 있어 어두컴컴한 작은 상자 안으로 네모난 하얀 외줄기 빛이 쏟아져 들어왔다. 먹방에서 감금된 상태로 오랫동안 외부와 단절되어 있으면 현실감각이 사라진다. 마침내 무감각해지고 자아는 무의식의 심연 속으로 사라지게 된다. 그러니까 현재는 완전히 사라지고 가까운 미래마저 전혀 생각나지 않는다. 오로지 지나간 시간과 과거만이 남아있다. 과거 외에 확실한 것은 없었다. 과거를 기억하며 현재의 고통을 잊으려 했다. 먹방 생활을 견디려면 과거에, 추억에 의지해야만 한다.

옛날에 품었던 희망, 그 시절의 꿈, 옛사랑, 오래전 이야기, 지난날의 이야기는 아름다웠던가? 슬펐던가? 내가 과거를 떠올릴 때면 가장 먼저 대학로 뒤쪽 낙산으로 올라가는 골목길에 있는 붉은 벽돌로 지은 2층 단독주택의 옥상을 생각했었다.

그 산꼭대기에 오르면 왼쪽으로 삼선동과 한성대학교 캠퍼스가, 오른쪽으로 창신동 꼭대기의 다닥다닥 붙어있는 판잣집들이 내려다보였다. 그리고 아득하게 펼쳐진 파란 하늘을 마음껏 우러러볼 수 있었다.

하지만 어쩔 수 없었다. 그녀를, 즐거웠던 한 시절을, 그날 밤 칼이 번쩍이며 피가 낭자했던 그 끔찍했던 순간을 기억했다.

나는 어린 시절 살았던 동네에서부터 시작해서 생각나는 대로 거리와 골목과 지역으로 추억을 찾아 떠돌았다.

짧게 지나가는 이 찬란한 계절이 아쉬워서 또는 한없이 복잡한 마음을 비우기 위해서 또는 건강한 몸으로 추스르기 위해서 길을 나선 것이 아니다. 그러므로 뚜렷한 목적지가 있을 리 없다. 천천히, 멈추지 않고 여기저기로 발길을 옮긴다.

길 위에서 만난 사람들이 너무너무 낯설다.

새로워지는 일이 왜 그렇게 중요하단 말인가. 우리 삶의 터전인 이 세상이 너무 급속도로 변화하고 있기 때문일까.

적자생존이나 자연선택 이론에 의하면 우리는 변화에 적응하면 살아남아 번성하고 변화에 적응하지 못하면 사라지게 되는 것일까. 이것은 인간이나 동물은 물론이고 모든 생물체에게 적용되는 것일까. 심지어 사상 또는 이념 같은 추상적인 개념에도 이 원칙은 적용되는 것일까.

교도소의 높고 차가운 시멘트벽은 나와 바깥 세계를, 시간의 벽은 나의 삶과 느리게 지나가는 무기수의 시간 사이를 완벽하게 갈라놓았다.

나에게 변화란 무슨 의미가 있는 것일까? 나는 그 변화가 두려웠고 무서웠다. 나의 시간을 끝장내는 것은 결국 죽음뿐일 것이다.

동대문역을 내려서 새로 명명된 율곡로를 따라 대학로에 들어섰다. 서울사대 부설 초등학교와 서울사대 부설 여자중학교, 방송통신대학, 서울대 의과대학, 동숭교회 건물은 옛날 그대로 여전히 남아있다.

천천히 걸어서 4호선 혜화역 2번 출구쯤에 다다르자 호객꾼이 연극, 뮤지컬 리스트가 빼곡하게 적힌 책받침을 들고는 옷깃을 붙잡는다. 고등학생이거나 고등학교를 막 졸업한 앳된 얼굴이고 간혹 껄렁댄다.

앳된 얼굴이 말했다.

"이 연극 무지 재밌다니까요. 아저씨, 배꼽 빠져요."

며칠째 동숭동 일대를 천천히 걸어서 뺑뺑 돌고 있다. 동숭동은 이제 익숙하면서도 몹시 낯설었다. 무작정 걸었다. 상실감에 힘겨웠고 가슴이 먹먹하였다. 낯선 얼굴들을 바라보며 그들의 기쁨과 웃음, 걱정과 슬픔을 함께 느껴보고 싶다.

나는 뭔가 말할 수 없는 고통 때문에 밤이면 잠을 이룰 수가 없다. 설핏 선잠이 들면 악몽을 꾸고 잠에서 깨어났다.

사형 집행관이 내 목에 밧줄을 걸었다. 밧줄이 조여 오면서 뭉툭한 촉감이 피부에 느껴지고 전율처럼 심장과 내장으로 내려왔다.

집행관이 말했다. '연극쟁이였다고 하니까 잘 알고 있겠지. 인생은 한바탕 연극이라고. 너의 연극은 이제 막을 내린 거야. 법률의 규정에 따라 형을 집행한다. 이승에서 마지막으로 할 말이 있는가?'

옛날 나의 일터였던 소극장이 있는 건물을 찾았다. 언제부터인가 건물을 새로 단장해서 소극장이 있던 지하에는 젊은이들이 다니는 술집이 생겼고 1층에는 프랜차이즈 커피숍이 들어서 있다. 커피숍의 창가에 앉아 그 연출가를 만나기로 했다. 그 시절부터 오래 친구였다.

나는 지그시 눈을 감았다. 친구의 환영이 눈앞에 어른거렸다. 불멸의 영혼은 결코 대학로를 떠나지 못했을 것이다. 그 친구와 지금부터 깊은 이야기를 나눠야 한다.

등장 인물

남자 - 56세
친구 - 57세
다만 친구는 대학로를 배회하는 영혼이다.

무대

명동이나 강남역 부근에서 흔히 볼 수 있는 프랜차이즈 커피숍 풍경. 최신 팝 음악이나 재즈의 선율이 낮게 흐른다.

커피숍에서는 한국어가 거의 들리지 않는다. 중국어와 영어가 뒤섞인 가운데 간간이 일본어 정도만 귀에 들어온다. 화장실 안내판도 한국어, 영어, 중국어, 일본어 등 4개 국어로 되어있다.

건물 밖 골목에는 외국 디자이너 브랜드의 쇼핑백을 들거나 '바켄'이나 '이코복스'같은 유명 커피전문점의 테이크아웃 커피잔을 든 세련된 차림의 외국인 여성들이 눈에 띤다.

창밖은 하늘이 개어 가는지 굿어지는지 분간이 안 가는데 엷은 회색 구름이 가느다란 봄비를 뿌리고 있다.

창 쪽 4인용 탁자에 아메리카노 종이 커피 잔 두 개가 놓여있다.

두 사람은 마주 보고 비스듬히 앉아있다.

남자　(카페 안을 둘러보고 나서 밖을 내다보며) 많이 변했군!

목소리　(사이) 안 변하면 이상하지. 세월이 그렇게 흘렀으니. 자넨 흰 머리가 많이…… 그러나 얼굴은 크게 변한 것 같지 않군. 옛날 그대로야. 세월이 비켜간 거라고

남자　난들 별 수 있겠어. (사이) 그런데 걔들이 누구지? 지하철 입구에서 공연 순위가 인쇄된 책받침 같은 걸 주더라고…… 웃기는 소리도 하고……

목소리　속칭 '삐끼'라고 불리는 호객꾼한테 걸렸구만. 걔들은 연극, 뮤지컬 리스트가 빼곡한 책받침을 들고 지나가는 사람들의 옷깃을 붙잡는다네. 걔들이 대학로

물 흐린다고 원성이 자자하지.

남자　(미심쩍게) 그게 무슨 말인가? 옛날에는 그런 거 없었는데.

목소리　자네도 알 것 아닌가. 이 바닥은 좁지 않은가. 뻔하지.

남자　뭐라고?

목소리　그러니까 걔들을 업고 있는 공연 기획사들이 있는 거지. 뒤에 강력한 조폭들이 바치고 있다는 등, 점조직이라는 등 확인할 수 없는 소문들이 무성하지.

남자　그렇다면!!!! 나도 알아야 하니까???? 자세히 좀……

목소리　(은근히 멸시감을 드러내지만 목소리에는 분노와 상실감이 자리 잡고 있다.) 그래도, 삐끼라고 하면 무척 싫어한다네. 자존심은 있다는 거지. 자기들끼리는 '전단팀'이라고 하더라고 제작사마다 기획팀이니 마케팅팀이니 있지 않은가.

　　(사이) 그러니까 그런 업무처럼 공연 소개하는 전단지 만들고 돌리는 일을 한다는 거지. 홍보팀 직원인 셈이야. 단지 그 일을 회사 내에서 하지 않고 거리로 나와 한다는 거지.

　　가장 왕성하게 전단팀을 운영하는 곳이 몇 군데 있다네. 돈에 환장한 친구들이지…… 걔들은 안면몰수하고 있는 거야……

남자　그러면??? 삐끼들의 조직이란 게???

목소리 어떤 제작사에 소속되면 완전히 피라미드식 구조라 네. 실장 한 명에 팀장 서너 명, 각 팀장 아래에 10 명 내외의 알바가 있지. 공휴일이나 주말엔 고등학 생 알바가 많지. 전단팀은 비수기 때는 20명 내외, 연말이나 방학 등 성수기 때는 50명 정도가 된다고 보면 되겠지.

그러나 연말과 크리스마스이브 같은 대목엔 팀별로 100명까지도 풀린다네.

남자 (기가 막혀서) 그렇다면 말이지……? 돈은 어떻게 나 누지?

목소리 당연히 교통비라든가 기본급은 없다네. 손님을 물어 오는 데로…… 다시 말하면 피켓을 많이 파는 만큼 돈을 버는 구조라네. 그래서 열심히 뛰는 자들은 돈 을 꽤 벌 수 있을 것이네.

남자 구체적으로 말해보거나.

목소리 그렇지. 자넨 관심이 많겠지. 자세히 말해주겠네. 전단팀의 총 판매액 중 30~50퍼센트가 그들 몫으로 떨어진다네. 다시 말하면 티켓 한 장당 실장 10퍼센 트, 팀장 10퍼센트, 알바에게 10~30퍼센트 할당된 다네. 그게 이 바닥에서는 반 공식처럼 되어있지.

그러면 알바는 100만 원 남짓, 실장과 팀장은 200 만~300만 원을 벌 수도 있다는 거야.

남자 그렇다면…… 걔들 수입이 얼마나 될까!!??

목소리   그렇고말고 (사이) 개들 수입은 웬만한 배우보다 훨씬 낫지. 현장까지 직접 뛰는 특급 실장과 팀장은 월 500만 원도 찍는다고 소문이 나 있지.

남자   그렇게 삐끼가 많으니 구역을 둘러싸고 싸움이 벌어질 것 같은데?? 조폭들도 자기들 구역이 있지 않은가.

목소리   자기들끼리 구역을 둘러싼 몸싸움과 신경전이 치열하다네. 가장 인기 있는 구역은 지하철역 입구인데 그곳은 공평하게 다 함께 들어가고…… 나머지 지역은 서로 나누어서 독점 방식으로 한다네. 그러니까 골목길도 구간별로 주인이 정해져 있는 거지.

남자   삐끼들 때문에 부작용이 많을 것 아닌가?

목소리   삐끼가 순위까지 조작한다네. 당연히 원성이 높았지. 지금은 모바일 시대 아닌가.

남자   ??????

목소리   네가 그걸 어떻게 알겠어? 그래…… 옛날과는 완전히 다르지. 그때가 까마득한 옛날처럼 느껴지는군. 어느새 세월이 그렇게 흘렀지 않은가.

남자   (창밖을 망연히 내다보며) 그렇지…… 어쩔 수 없었지…… 나는 캄캄한 벽 속에 갇혀 있었으니까. 그 콘크리트 벽은 높고 두텁다네. 밤이면 감시탑의 서치라이트 불빛이 시간에 맞춰…… 허공에서 어른거리다 사라진다네.

(사이) 그리고…… 그 벽은 만질 때마다 거칠고 날카로운 감촉이 손바닥에 느껴진다네.

목소리   하루 종일 밤낮으로 무슨 생각을 했을까?

남자   그러게 말이네…….

목소리   개들은 예매사이트 순위 화면을 찍어내서 그 중간쯤에 자기들 공연을 가짜로 집어넣어 인쇄하고 그걸 코팅해서 책받침을 만들어 뿌린다네.
그걸 보여주며 손님을 꼬드기는 거지.

남자   설마?? 그렇게까지 썩었겠나??

목소리   도저히…… 믿을 수 없을 걸세.

그때 커피를 마시던 외국인 (일본인으로 보이는) 남녀가 밖으로 나간다.

침묵

남자   (마시다 만 차가운 커피를 마저 홀짝거리며) 아까, 그 자식들 뒤에 조폭이 있다고 했는가?

목소리   옛날에는 틀림없이 그놈들 뒤에 든든한 조폭이 있었다네. 지금은 조폭도 기업형이 대세야. 그러니 동네 조무래기라면 몰라도 그쪽에선 파이가 너무 적으니까 구미가 당기지 않겠지.

남자   ??????

목소리 요즘은 경기가 정말 안 좋다네. 그래서 최근엔 저가 연극이 수두룩하지. 이쪽 영업이란 게 전쟁이나 다름없다네. 그러니 전쟁터에서 무슨 반칙 운운할 수 있겠는가.

남자 많이 변했어!! 상상도 할 수 없이!!

목소리 개들도 할 말은 있을 거야. 연극계가 흥행이 안 되니까 무슨 핑계거리가 필요했을 거고 그걸 삐끼 탓으로 돌리는 거라고 툴툴거리고 있지.

그렇게…… 앞에서는 입에 거품을 물고 욕을 하면서도 뒤로는 표를 팔아달라고 부탁한단 말이지.

그리고…… 얼마 전부터는 예매 순위를 올리려고 사재기하는 것도 비일비재하다네.

남자 단속이 있을 것 아닌가?

목소리 그렇지만 말이지…… 구청이나 경찰서에서도 뻔히 눈치채고 있지만 손을 놓고 있어.

남자 그런데 말이지…… 연극계 선배들은 무얼 하고 있는 거야? (사이) 그때는 연극판에도 위계와 서열이 있었지 않은가? 동국대파도 있었고 중앙대파도 있었고 드라마 센터파도 있었지.

우린 셋 중 어느 하나에도 속하지 못했지만 말이야.

목소리 그런 건 사라진지 오래야……

남자 즈그들끼리…… 이러쿵저러쿵……

목소리 연극인들이야 앞에서는 삐끼문화가 변질되었다느니, 뿌리를 뽑아야 한다고 목소리를 높이고 있지. (사이) 걔들이 단지 공연을 알리고 관객을 모집하는 수준을 넘어서 순위 조작이나 허위 정보의 제공, 여러 가지 불미스러운 행동으로 다른 공연에 실질적인 피해를 주고 있다고 다들 인식하고 있지. (사이) 그건 명백한 영업 방해라고……

남자 썩어빠진 경찰은 뭘 하고 있는 거야!! 단속을 해야지!!

목소리 경찰 욕할 것도 없다네. 호객 행위는 기껏해야 10만 원 이하의 과태료를 내는 경범죄에 불과해. 누가 그걸 무서워하겠나?

남자 아까 저가 연극에 대해 이야기 했는데……??

목소리 일단 저가 연극은 제작비가 싸다네. 거 있지 않은가? TV에 나오는 막장 드라마처럼 권선징악 구조가 명확하지. (사이) 그러니까 개연성과 현실성이 없는 거야. (사이) 처절하게 궁상맞지 않으면 관객을 끌어 모을 수가 없어.

남자 신파조는 언제나 있었던 거 아닌가……

목소리 그렇긴 하네만…… 대개…… 그런 연극엔 남녀 두 명씩 4명이 출연한다네. 연극은 매우 엉성하지만 싸구려 배우들은 땀을 뻘뻘 흘리면서 열심히 하지. 그리고 소셜커머스에서 천 원짜리 폭탄 세일로 티켓을 판매하지.

남자 허허!! 기가 막히구만!! 그래가지고 과연 남는 게 있을까??

목소리 누적 판매량이 높아야만 소셜커머스 상단에 노출된다네. 그러니까 울며 겨자먹기지만 딴 방법이 없는 거지. (사이) 평일에는 객석에 열 명도 안 차는 경우가 흔해 빠졌는데 차라리 천 원에 덤핑이라도 하는 게 낫다고 보는 거지.

남자 !!!???

목소리 겉으로 보면 지금 대학로 연극의 공식 가격은 대략 삼 만 원 선이라고 할 수 있다네. 그러나 삼만 원을 다 내고 보면 호갱 중의 호갱이라고 하지.

　정가에서 통상 70퍼센트를 할인해서 만 원도 비싸다는 게 정설처럼 되어있어. 그러니까 팔천 원 안팎으로 실제 가격이 형성되어 있는 거지.

　다시 말하면…… 소셜커머스가 득세하면서 만 원 마지노선은 몇 년 전에 이미 붕괴되었다네.

남자 그렇게까지 된 데에는…… 이유가 있을 거 아닌가?

목소리 그렇고말고…… 가격 하락의 일차적 원인은 공급 과잉이라네. 지금은 만 원이면 대학로 모든 연극을 다 볼 수 있게 되었다네.

남자 그때…… 그 시절에도…… 뒷골목 연극이라고 하는 저가 연극이 제법 있었지. 스토리나 무대는 조잡하지만 코미디와 싼 가격으로 관객을 끌어 모은 거지.

그런데 지금은 너무 심한 것 같구만.

목소리 그러니까 비주류로 간주되던 저가 연극이 대세를 이루게 된 건 2013년부터라네. (사이) 전용관이 있고 어느 정도 완성도도 있고 빠른 회전율로 무장한 창작극 몇 개가 잇따라 히트하면서 아류작이 양산됐다네…… 아휴!! 말도 말게!! 자연히 가격 전쟁도 치열해졌지……

남자 전쟁이?? 치열해졌다고??

목소리 얼마 전에 대학로 연극 제작자들이 한 데 모여서 제 살 깎기 그만하고 최소한 가격을 만 이천 원은 지키자고 약속했지만 한 달도 못 가서 깨져버렸다네……

이제는 대학로에 상도의고 뭐고 없어…… 그게 현실이지.

남자 그렇게 해서는…… 뭐가 어떻게 되겠나?

목소리 그렇지…… 그렇고말고 직격탄을 맞은 건 바로 출연 배우라네. 저가 연극엔 보통 배우 4명이 나오는데 회당 출연료는 평균 이만 원에서 오만 원 안팎이지……

그게 최근에는 만 오천 원까지 낮아졌다네……

그러니까 출연자들은 연극 출연이 아니라 행사 뛴다고 자조하고 있다네……

남자 (창밖을 망연히 내다보며) 그 지경이 되었단 말이지?

목소리   그러나 참으로 이상한 일이 벌어지고 있지. 그래도
오디션 공고를 내면 보통 20대 1의 경쟁률을 보이고
있는 거야. 그만큼 연기자 지망생들이 줄을 잇고 있
는 거지……

개들은 이쪽 현실을 전혀 몰라…… 그래서 열정페이
를 감수하는 거지……

남자   대학로는 지금 어디로 가고 있는 거야?

목소리   하여간에 그 옛날 실험 정신이 넘쳐나서 창작 산실
이라고 했던 대학로는 이미 사라져버렸다네.

일행인 한 때의 사람들이 들어오면서 시끄러워진
다.

무대 암전.

그들은 이제 거리로 나와 벤치에 앉아있다.

비는 그쳤다. 차가운 바람이 불면서 남자는 옷깃을
여민다.

남자   오늘 밤은 달이 뜰 텐데……

목소리   구름이 낀 게 다행이라네. 달빛은 영혼을 설레게 하
니까 말일세. 마음 속 깊은 곳에 숨겨져 있는 어두
운 욕망을 끌어내서 걷잡을 수 없는 충동에 빠지게
하거든. (사이) 자네 기억하나? 그날 밤도 달이 떴었
지. 달이 자네를 미치게 한 거라니까.

남자   그만두자고…… 술이 그립군…… 우린 꽤 많이 마셨지……

목소리   그렇다네…… 토하면서…… 죽도록 마셔댔지……

남자   (회색빛 어두운 하늘을 바라보며) 우울한 이야기는 그만하자고 됐다고…… 됐어. (사이) 자네 얘기 좀 해야겠군. 자네는 연습이 시작되면 반쯤은 미쳐버렸지. (사이) 그리고…… 연습 시작하면서 젊은 사람이 웬 자기 자랑이 그렇게 심했는지……!

목소리   그래도 그 시절이 너무 그립지. 그때 함께 일했던 배우들이 그립구만…… 너무 그립다고……

남자   담벼락 안에서 얼마나 그리운지…… 가끔 눈물을 쏟았다네……

목소리   그들도 중년이 되자 뒤로 물러났지. 우린 함께 늙어간 거야. 걔들…… 세상에서 자기가 제일 잘난 배우인 줄 알고 연출가 말을 죽어라고 안 들었는데……

남자   배우로서 자존심이 있었던 거지……

목소리   걔들 연기는 너무 가식적이고 자기도취에 빠져있었는데…… 그래도 신들린 듯한 몰입과 절절한 감정 표현으로 객석을 빨아들였던 거야……

남자   요즘은 이때??

목소리   지금은 세상이 달라졌다네. 20, 30대 배우들이 주류인 연극계에서는 중년 배우가 설 자리가 거의 없지. (사이) 작품에서 할머니나 중년 어머니 역도 젊은 배

우들이 다 해버리니까. 정작 중년 배우가 설 자리가 없는 거지. (사이)

그래서인지…… 연극에서 대사가 고작 몇 개 밖에 안 되는 단역 자리라도 맡겨만 주면 감지덕지하는 거야.

남자 그건…… 걔들 탓도 있어. 중년 배우들이 왕따 당하는 이유는 간단하다고…… 젊은 연출가들이 중년 배우들은 컨트롤이 안 되니까 안 부르는 거 아니겠어? 그때나 지금이나 마찬가지일 거야. (사이) 배우들이 이력이 날 만큼 났으니까 너 왜 연출을 그렇게 하냐며 대들지 않겠어……? 그리고 막판에 늘 뒤집고 말이야……

목소리 그랬던가?

남자 그래도…… 자네는 확실한 프로니까 연극의 방향성과 논리가 정확했지. 그래서 고집 센 배우들도 자네한테는 따라갈 수밖에 없었어.

목소리 그래…… 그들도 매우 외로울 거야. 어쩌겠어. 세상이 이렇게 빨리 변할 줄이야…… (사이) 연출가와 배우 사이에는 늘 눈에 보이지 않는 긴장감이 있는 거라네. 어쩔 수 없지. (사이) 확실하게 자리를 잡았다면 통속극은 지겨워졌을 걸세…… 가끔 논리도 줄거리도 없는 지리멸렬한 부조리극이나 실험극을 해볼 생각이었네만……

남자　그래?? 자네의 화려한 꿈이었겠지……

목소리　나도 알고 있었다네. 이 고약한 연극이 왜 무대에 서야 하는지 무척 고민을 했다네. (사이) 실험극은 시대적인 고통을 안고 가야 하니까 말이야. 끊임없이 시대와 대화하고 소통하려는 노력이 필요한 거지. (사이) 실험극은 그냥 즐기는 것은 불가능하다고 해야겠지. 실험 정신이 요구되니까 몹시 불편한 거야.

남자　(희미하게 웃는다) 때로는 성공하고…… 때로는 실패했지…… 아마 실패했던 적이 더 많았겠지.
관객들이 몰려들고 객석을 꽉 채우면 얼마나 흐뭇했던가! 그들의 마음을 사로잡고…… 웃기고…… 울리면…… 보람도 있었고……

목소리　그렇고말고…… 옛날에는 그런 시절이 있었지.

침묵

남자　(구름 낀 먼 하늘을 바라보고 나서 다시 땅바닥을 바라보며) 자네만큼은 날 이해하겠지? 자네마저도……

목소리　물론이고 말고…… 자네를 이해하지. (적당한 말을 찾는다.) 음모와 배신이 있었다네. 그리고 강렬한 욕구와 갈망이 있었던 거지. (사이) 자넨 성질이 불같았으니까 참을 수 없었을 거야. 그놈의 성질하

곤…… 그 애를 오디션에서 내가 뽑았지 않은가? 대
성할 것처럼 보였거든. 정말 성공했지. 그러니까 마
음이 변한 거야.

남자 (꿈꾸듯이) 인간은 변하니까…… 더욱이 여자의 마음
이란…… 사랑 때문이었다고 변명하고 싶지는 않
네…… 신파조 대사 같으니까……

목소리 그때 자넨 연극이라고 착각했던 거야. 뼛속까지 연
극쟁이였으니…… (사이) 무대 위에서 칼을 휘두른
다고 생각했겠지…… 비열한 인간들에게 응징을 한
다고…… (사이) 그 칼말이야…… 자네가 직접 벼렸
던 거…… 다용도였지. 무대 장치를 하면서도 늘상
사용했으니까. 그 연극에서도 소도구로 이용된 거야.
(사이) 그리고 말이지…… 내가 자네 재판할 때마다
법원에 갔었지 않은가…… 재판관은 자신의 희생자
인 피고인을 정말 사랑했던 것이 아닐까? 피고인의
영혼만이라도 구원하겠다는 생각으로 진지하게 심
문을 했던 것이 아닐까? 영원한 저주의 지옥으로 가
는 길목에서 구원하겠다고 말이네. (사이) 그러나 그
재판관이 위선자인지 아닌지는 알 수 없었네.

남자 그건 순간적이었어. 미칠 것만 같았으니까. (사이) 그
러나 수십 번 수백 번 후회했다네. (사이) 그때 참았
어야 했다고…… 오직 믿음만이 구원을 준다네.

목소리 믿음만이? 자넨 무신론자 아니면 불가지론자 아니

었던가…… 그러니까 개종을……

남자 날…… 배교자인지 변절자인지…… 비난하는 건 아
닐테지. (사이) 안에 있으면…… 하나님께 의지할 수
밖에 없다네…… 너무 외롭지 않은가……

목소리 그러니까…… 예수쟁이가 되었단 말이지……자네
가……

남자 그렇게 되었다네…… 그러나 나는 신앙심이 너무 부
족하다네…… (사이) 나는 후회는 했지만…… 여지
껏 회개는 하지 않았으니까…… 그러니 하나님이 사
면해 주리라고는 생각지 않는다네. 나는 살인자였지
않은가. 내 손은 피로 더럽혀졌단 말이네.

목소리 자넨 자신을 납득시키려고 애쓸 필요는 없을 걸
세…… 칼날이 번쩍이는 그 순간에 당연히 수치심과
분노를 느꼈겠지……

남자 어쩔 수 없었다네.

목소리 신을 이해하기가 점점 힘들어지지. (사이) 때늦은
후회를 해서 무슨 소용인가? 그때 자넨 참고 참아야
했어. (사이) 얼마나 됐지? 도대체 셈이 되지 않는군.
그런데 석방되기는 한 건가? 그래, 어쩔 셈이야? 세
상은 이렇게 변했는데 말이야.

남자 20년이나 되었다네.

목소리 눈 깜짝할 사이에……

남자 눈 깜짝할 사이라고? (사이) 식구통으로 들어오는 지

독히 맛없는 식사라든가, 퀴퀴한 냄새가 풀풀 나는 푸른 죄수복, 소독약을 아무리 뿌려도 어쩔 수 없는 구린내 나는 뺑끼통, 죄수들이 불만에 차서 구시렁거리는 소리, 제복을 입고 거들먹거리는 간수들의 오만하거나 지루하고 무료해서 금방이라도 하품을 할 것 같은 표정, 소름이 돋는 육중한 철문이 철거덕 열리고 닫히는 소리까지 이제 익숙해졌지. 작업도 열심히 했다네. (사이) 그러나 칠흑 같은 밤이 되면 갇혀있는 처지가 더욱 뼈저리게 느껴졌다네. (사이) 정적은 그렇게 무섭다네. 그렇지, 그곳에선 정적이야말로 최고로 무서운 형벌이지. 그 정적이 무서워서 마침내 미쳐버렸다네. 아무것도 들리지 않고, 아무것도 보이지 않았지. 연극이 끝나고 불이 꺼진 텅 빈 무대 같았다네. 내 머리 속까지 텅 비어버렸지. 그리고 폭발해 버린 거야. 밤새 고래고래 소리를 지르고 벽과 철문을 발로 차며 한없이 난동을 부렸지. 그래서 더 무서운 정적이 기다리는 징벌방으로 가게 되었지. 징벌방에선 계구 때문에 옴짝달싹할 수 없다네. 혁대 같은 거친 가죽으로 꽉 조아버리거든. 그중에서도 안면 계구가 최악이라고 할 수 있다네. 입을 틀어막고 얼굴을 죄어버리니까 미칠 노릇이지. (사이) 그러나 끝났다네, 끝났어. 조만간 가석방이 될 거라네.

(생각에 잠긴다.) 그러나 내가 갈 데가 어디가 있겠어. 결국 연극판이지. 그러니까 대학로로 다시 돌아온단 말일세.

목소리　대학로로 돌아오겠다고?

남자　내가 어딜 가겠어? (사이) 컴컴하고 텅 빈 무대에 올라가면 그게 내 세상이었거든. 아무도 없는 무대가 가장 연극적이었지. 칠흑같이 캄캄한 무대에 비춰 들어오는 한 줄기 광선을 내내 그리워했다네.

목소리　그게 가능하다고 보는 거야? (사이) 어느새 20년이 훌쩍 지나갔거든.

남자　어차피 시간이 많이 흘렀어. 다들 까마득하게 잊어버렸겠지. (사이) 그리고…… 어차피 나는 사람들이 안 보는 뒤쪽에서 일할 거니까……

목소리　??????

남자　(힘없이) 그런데 그 희망이 사라져 버렸다네…… 자네가 없는데…… 자네야말로 참고…… 참고…… 기다려야 했어. 내가 곧 돌아올 텐데……

목소리　그런가?

남자　(눈물이 글썽해서) 네 얼굴 좀 보여주면 안 될까? 마지막일텐데……

목소리　스스로 목숨을 끊었어. 그 이그러진 얼굴이 오죽하겠나?

남자　죽도록 자네가 그리웠어.

목소리 (어두운 하늘을 바라보며) 나는 여기가 두렵다네. 어쩐지 점점 낯설어……

남자 ……

목소리 저주하고…… 저주한다네…… 이놈의 연극판을……

남자 오오오! 우리의 주님! 하나님 아버지시여!

그 두려운 날에 영원한 죽음에서 우리를 구하여 주소서! 하늘과 땅이 움직일 그날…… 주님께서 유황불로 이 세상을 심판하실 그날…… 우리가 두려워 떨며 심판이 우리에게 떨어질 그날…… 하늘과 땅이 움직일 그날…… 분노와 재앙과 고난의 그날…… 끔찍한 비통의 그날…… 하나님께서 불로서 이 세상을 심판하실 그날…… 우리는 다가오는 분노의 날을 기다립니다.

무대 조명이 깜빡인다. 그의 얼굴이 어둡게 일그러졌다. 그 친구가 마지막으로 말한다. 그리고 곧 망각의 어둠 속으로 서서히 사라진다.

— 막이 내린다.

막이 내려왔을 때 막 사이로 살펴보니 극장은 텅 비어 있었고 불빛은 꺼져가고 있었다. 극장은 갑자기 공포의 먹방으로 변했다. 나는 움찔했고 몸을 떨었다. 그때 지나가는 고양이가 울음소리를 냈고, 문득 깨어났다.

나지막하게 노래를 불렀다.

연극이 끝나고 난 뒤 혼자서 객석에 남아 조명이 꺼진 무대를 본 적이 있
나요
음악소리도 분주히 돌아가던 세트도 이젠 다 멈춘 채
무대 위엔 정적만이 남아있죠 어둠만이 흐르고 있죠······

나는 얼마 남지 않은 가석방되는 날의 순간을 상상했다.

얼마나 그날을 손꼽아 기다리고 있었던가. 외부로 통하는 감방의 육중한 철제문이 열릴 것이다. 햇빛이 눈부시게 쏟아질 것이다. 그러면 낯익은 콘크리트 담벼락, 망루, 쇠창살, 자물쇠, 운동장, 작업실, 죄수들, 교도관, 불안과 초조, 정적 등과 마침내 이별을 하게 될 것이다.

잘 있거라! 잘 있으라고! 안녕! 안녕! 안녕!

그러나 가석방이 무슨 소용이 있겠는가.

돌이켜보면······ 길고 긴 고난의 여행길이었다. 나라는 인간이 얼마나 하찮은 존재인가를 자각하게 해주는 여행. 그 여행은 곧 나를 아는 길이었을까? 그러면 무엇을 찾아서 떠난 여행이었을까? 혹시 자아를 발견하기 위한, 또는 나의 신을 발견하기 위한 길이 아니었을까? 나는 성공했을까? 실패했을까? 여전히 알 수가 없다. 다만 침묵 속에서 콘크리트 벽과 망루에 둘러싸인 암흑의 숲을 헤매었을 뿐이다.

그 연출가는 대학 시절부터 대학로에서 연극을 한답시고 먹고 마시며 놀았는데 그가 대학로를 좋아하는 가장 큰 이유는 그곳에 연극판이 있었고 젊음과 설익은 순수가 넘쳐났기 때문이다. 그는 평생 연극을 하면서 돈을 벌지 못하였거나 아주 조금 벌었다. 그런데 벌써 50줄에 들어선 것이다. 이제 마냥 젊다고 할 수 없는 나이인데도 그는 여전히 젊었다. 그가 평생 동안 하고 싶은 연극을 하고 있으니 재미있었던 것이다. 대학로에서 손바닥만 한 연극계에서도 이런저런 일 때문에 사분오열하고 뒤에서는 흉도 보고 뒷말도 많았지만 어느 누구도 그에게 험담을 하지는 않았다. 그는 늘 유쾌하고 명랑했다.

나는 대학 입시에 떨어진 후 일찍 대학을 포기했다. 몇 년 동안 마땅한 일자리를 찾기 위해 수표동과 입정동, 예지동을 기웃거렸다. 해병대를 제대하고 나서 무작정 대학로 연극판으로 진출했다. 배우를 하겠다고 열심히 연습을 했지만 배우로서 대성할 가망성은 전혀 없었다. 아무리 해도 무대 연기가 요구하는 신체적인 기교나 발성법이 영 서툴러서 상투적이거나 기계적으로 동작과 대사를 처리했기 때문이다. 그러니 자신이 맡은 배역을 제대로 소화하지 못했다.

출연작은 모두 해야 10편을 넘지 않고 그것도 무대에서 단역에 불과했다. 무대에 등장하자마자 얻어맞고 쫓겨나거나 죽어서 나가는 역이었던 것이다. 또는 문상객 1번 배역을 맡으면, 상주에게 슬픈 표정으로 말없이 조문 인사를 하고 퇴장하는 게 전부였다.

어쩔 수 없이 연출로 방향을 틀었지만 연극의 본질에 대한 이해가 부족한 탓인지 공연 대본을 선정하는 문제에서부터 작품을 분석하고 해석하는데 한계를 드러내서 그마저도 안 되겠다는 소리를 들었다. 나는 연기도 안 되고 연출도 안 됐지만 그런데도 죽어라고 연극을 하고 싶었던 것이다. 물론 여길 떠날 수밖에 없다고 반쯤은 자포자기한 상태였다.

그때 그 연출가를 만났다. (지금 그의 이름을 밝힐 수가 없다. 그의 명예 때문이 아니라 어쩐지 목구멍이 막혀서 이름을 입 밖으로 내보낼 수가 없다. 그를 생각만 해도 가슴이 찢어질 듯 미어진다.)

그는 작품을 해석, 재해석했고, 인물에 맞는 배우를 선택했으며 자신만의 연출 스타일을 창조하는 세련된 미장센의 달인이었다. 그 당시 연극계에서는 그렇게 인정받고 있었다.

그 연출가가 말했었다.

"연극은 우리네 인생과 가장 가까운 예술인 거야. 그러니까 어떤 예술도 연극만큼이나 인간에 대해서 더 생생하게 표현할 수 없는 거야. 연극에는 살아 숨 쉬는 사람이 있기 때문이지. 너나 나나 연극을 떠날 수 없어. 떠나는 날이 죽는 날이야.

성공이란 게 무언지 알아? 자기가 하고 싶은 대로 하는 거야. 그렇다면 성공하는 거지. 자네는 연극계를 떠날 수는 없어. 그러니까 기획을 해보라고 프로듀서라는 게 무대 뒤에 있는 존재이지만 그러나 프로듀서는 총사령관이야……

연극에서 가장 먼저 꿈을 꾸는 사람이지…… .

그리고 그 꿈을 구체적으로 실현하려면 여러 사람들을 모아 설득하고 설명하고 판단과 결정을 내려야 하는데, 그래서 프로듀서에겐 리더십이 가장 필요한데 자네한테는 그게 있는 거지.

해병대 출신이면서…… 우리는 죽으나 사나 함께 가자고……"

그렇게 해서 둘은 인연을 맺었고 콤비가 되었다. 내가 프로듀서를 하고 그 연출가는 감독이 되었던 것이다. 그 연출가가 대본을 던져 놓으면 내가 도맡아서 예산을 짜고 자금을 조달하였으며, 그가 오디션에서 고르고 고른 배우들과 출연 계약을 체결하여 리허설을 준비했고, 무대 장치, 조명, 음향, 의상, 분장, 무대 소품을 마련하였다. 그리고 마케팅과 홍보와 광고를 담당하였으며 포스터, 티켓, 전단지, 팜플렛을 제작해서 배포하였다.

그 연출가는 연출가로서 고뇌하며 최선을 다하여 오로지 작품에만 매달릴 수 있었으니, 그러므로 우리는 업무 분담이 분명하였다.

그리고 수십 편의 연극을 함께 만들어 대학로에서 공연하였으니 흥행에서 성공하기도 하고 실패하기도 하였다. 그래도 젊은 우리는 그때가 가장 행복했던 시절이었다.

그러다가 내가 1997년 그 사건으로 구속되어 대학로를 떠나자 그 연출가가 모든 일을 혼자서 힘겹게 떠맡게 되었다. 연극의 길은 고난의 길이었다. 그 연출가가 대표로 있는 극단은 방송통신대학 뒤쪽에 있는 허름한 빌딩의 지하 연습실을 극장으로 개조해서 오랫동안 사용하다가 임대료가 일 년이 넘게 밀리자 결국 쫓겨나게 되었다. 그는 계속 경제적으로 어려워졌다. 전셋집을 두 칸짜리 월셋집으로 그 월셋집을 다시 한 칸짜리 월셋집으로 옮겼다. 대학로 극단의 터줏대감의 처지가 그러하였다.

무엇보다도 그 연출가는 연극계에, 대학로에 환멸을 느꼈다. 어느 날 갑자기 숨졌다. 그가 스스로 결정한 일이었다. 서울대 병원 영안실 빈소는 사흘 내내 연극인들로 북적거렸다고 한다. 그러나 그것이 전부였고 그는 화장터에서 한 줌의 재로 남았다.

* * *

"잠깐만요. 신고가 들어왔습니다. 그리고 우리 직원들이 출동해서 확인했습니다. 죽었습니다. 죽었단 말입니다." 진주교도소의 보안 과장이 기자들에게 말했다. "상황이 정리되어 밖으로 나갔던 직원들이 속속 돌아오고 있는 중입니다. 본부에 먼저 정식 보고를 해야 해서 정신이 없습니다. 현재 시신은 광양읍의 한 병원에 임시로 안치되어 있습니다. 김영만의 형이 이쪽으로 오고 있는 중이지요. 우리는 형의 말을 듣고 처리해야만 합니다."

전남 광양시 봉강면 백운 저수지에서 일자봉으로 올라가는 산 중턱에서 **김영만**의 변사체가 발견됐다는 소식이 교도소에 날아들었다. 그때 교도소는 믿었던 김영만이 귀휴에서 돌아오지 않자 발칵 뒤집혔다. 살인을 저지른 무기수가 탈옥을 했으니 그가 또 다른 살인을 저지르지 않는다고 누가 장담할 수 있겠는가.

진주교도소는 비상 상태였고 기자들이 벌써부터 몰려들었다.

귀휴는 재소자가 출소하기 직전 일정한 사유에 따라 잠시 휴가를 얻어 교도소 밖으로 나오는 제도이다. '형의집행및수용자의처우에관한법률(구 행형법)' 제77조에 의하면 6개월 이상 복역한 수형자로 형기의 3분의 1이 지나고 교정 성적이 우수한 경우 1년 중 20일 내에서 귀휴 허가를 받을 수 있다. 징역 21년 이상을 선고받은 유기수 또는 무기수는 7년을 복역해야 한다. 교도소 내 귀휴심사위원회가 귀휴 여부를 결정한다.

교만한 눈빛이 형형한 대형 공연 기획사의 대표이자 자칭 유명 연출가, 서울연극연합회 회장이었던 남자와 또렷한 이목구비에 눈빛이 빛나는 아름다운 그의 아내는 연극과 영화, TV드라마를 오가며 연기하는 유명 여배우.

그해 겨울은 일찍 찾아왔다. 초겨울 깊은 밤. 창문 밖으로 어스름한 달빛이 밤의 유령처럼 어른거렸다. 그날 밤 대학로에 있는 극단 사무실에서 김영만은 필터를 이빨로 잘근잘근 씹어서 잘라냈다. 그리고 혀로 담배를 핥고 나서 불을 붙였다. 담배 연기가 허공으로 퍼진다. 잠시 후 손잡이가 검은 테이프로 감겨 있는 예리한 칼로 두 사람을 무자비하게 찔러 살해하였다.

그 여배우와는 그 옥탑방에서 3년간 동거했었다.

그는 1심에서는 사형을 선고받았지만 서울고등법원에서 그 살인의 불가피한 동기가 참작되어 무기징역으로 감형되었다.

그는 20년 동안 교도소에서 복역하면서 교화 프로그램을 충실히 이행했고 직업능력 개발훈련을 받아 몇 가지 자격증을 땄고 다시 검정고시에 합격하는 등 모범적으로 생활했기 때문에 귀휴 허가를 받은 것이다.

당초 김영만의 귀휴 일정은 일주일이었다. 5월 1일 오전 10시에 나가 7일 오후 5시까지 복귀하는 조건이었다. 재소자가 귀휴를 나가면 어디에서 무엇을 하든지 하루 4통의 전화로 동선 보고를 해야 한다. 김영만은 교화위원인 신부님의 설득으로 천주교에 귀의해서 종교생활에 전념했고 같은 방 수감자들 사이에서도 모범수로 통했다. 담당 교도관들의 평가도 매우 좋았다. 그런 점들이 평가를 받아 귀휴 심사위원들이 만장일치로 허가를 결정하였다.

그러나, 예정일에 당연히 복귀하기로 되어있던 김영만이 흔적도 없이 사라져 버렸다. 귀휴 첫날인 1일 저녁 늦게 그는 서울 서초구 서초동 예술의 전당 앞에 있는 형님 집으로 향했다. 그 다음날부터는 계속 종로구 일대에서 머물렀다. 그의 아버지는 그 사건 이후 화병이 나서 술로 지새다가 죽었고 몇 년 전에는 어머니마저 죽었기 때문에 형님만이 유일한 혈육이었다. 복귀 예정일인 7일 김영만은 오전 9시경에 충신동의 모텔을 나간 뒤 연락이 완전 두절됐다.

그는 7일 오전 9시경 동대문에서 택시를 타고 강남 고속버스 터미널로 이동했고 고속버스를 타고 광양으로 내려왔다. 그리고 봉강년 우산리에 있는 보문사에 들러 탁자와 이불만 있는 작은 손님방에서 이틀을 머물렀다. 그리고 등산을 간다면서 사찰을 나와 산으로 올라간 뒤 자취를 감췄다. 그가 돌아오지 않자 젊은 스님이 다음 날 광양경찰서에 실종 신고를 하였다.

술패랭이꽃, 제비꽃, 고사리와 부추꽃, 도라지꽃이 피어있는 호젓한 산길 풀 섶에 진달래꽃이 무리지어 만발해 있었다. 산속은 해가 일찍 저물었다. 황혼녘에 빨강과 주홍빛으로 물든 구름이 산등성이에 내려앉아 있었다.

그날 오후 늦게 김영만의 시신을 찾았다. 자신의 검정색 청바지로 아카시아 나무에 목을 맨 채 숨겨 있었다. 목이 조이면서 고통스러웠던지 심하게 몸부림을 친 흔적이 남아 있었다. 발견 당시 김영만은 파란색 티셔츠와 하얀 속옷 하의만 입고 있었다.

시체는 형님이 동의하여 국립과학수사연구원에서 부검을 마쳤다. 그리고 광양읍에 있는 공설화장장에서 화장되었다.

사찰 방에서 김영만의 스냅백 모자와 파란색 티셔츠, 깨알 같은 메모가 적힌 노트, 완성되거나 미완성된 수십 편의 연극, 드라마의 대본, 시나리오 뭉치, 성경책, 색이 바랜 아주 옛날 연극 포스터들, 현금 90만 원이 든 가방을 발견했고 그의 지갑에서 귀휴허가증을 찾아냈다.

김영만은 형님에게 편지를 남겼다.

형님, 죄송합니다.
저는 아버지와 어머니 곁으로 먼저 갑니다.
제가 누굴 원망하겠습니까?
조용히 갑니다.
모든 것이 헛되고 헛될 뿐입니다.

그리고 한때는 펜팔 친구였다가 그가 청혼을 하여 혼인신고를 마친 연인에게도 보내는 편지가 있었다.

김영만의 면회 기록을 분석한 결과 광양에 있는 교회와 선교단체에서 영치금을 넣어주고 면회도 자주 왔으며 그때 그 단체에서 충실한 신도이고 미혼이었던 그 여자를 소개해준 것이었다. 그들은 그가 진주교도소로 이감되어 오기 전 순천교도소에 있을 때부터 아주 오랫동안 수백 통의 열렬한 편지를 주고받은 것으로 밝혀졌다.

정말 감사합니다.

저 같은 사람을 친구로서 연인으로서 받아주고 더욱이 결혼까지 해주었습니다. 저에게 결혼은 큰 의미가 있지요. 가석방을 받는 데 절대적으로 유리하기 때문입니다.

제가 귀휴를 나와서 차마 만날 순 없었습니다. 염치가 없었거든요.

저의 유일한 희망은 연극이었고 대학로였습니다.

그러나 세상이 몰라보게 변했듯이 대학로는 변했고 타락했습니다. 절대적으로 타락했습니다. 저는 그 변화에 도저히 적응할 수가 없겠지요.

그리고 저의 둘도 없는 친구였고 위안이었고 희망이었던 그는 스스로 목숨을 끊었습니다. 그러나 그의 고귀한 영혼은 그곳에 틀림없이 남아있었고 그는 그와 많은 이야기를 나누었지요.

제가 더 이상 살 이유가 없는 것 같습니다.

귀휴 歸休

초판 1쇄 인쇄 2018년 6월 12일
초판 1쇄 발행 2018년 6월 20일

지 은 이 유중원
펴 낸 이 최종숙
펴 낸 곳 글누림출판사

책임편집 이태곤
편　　집 문선희 권분옥 박윤정 홍혜정
디 자 인 안혜진 홍성권
마 케 팅 박태훈 안현진 이승혜

주　 소 서울시 서초구 동광로46길 6-6(반포4동 577-25) 문창빌딩 2층(우 06589)
전　 화 02-3409-2055(대표), 2058(영업), 2060(편집)
팩　 스 02-3409-2059
전자메일 nurim3888@hanmail.net
홈페이지 www.geulnurim.co.kr
블로그 blog.naver.com/geulnurim
북트레블러 post.naver.com/geulnurim

등록번호 제303-2005-000038호(2005.10.5)

정　 가 15,000원
ISBN 978-89-6327-516-1 03810

* 이 도서의 국립중앙도서관 출판예정도서목록(CIP)은 서지정보유통지원시스템 홈페이지(http://seoji.nl.go.kr)와
　국가자료공동목록시스템(http://www.nl.go.kr/kolisnet)에서 이용하실 수 있습니다.(CIP제어번호: CIP2018016928)